Contra un mundo sin amor

Susan Abulhawa

Contra un mundo sin amor

ESPASA

Título original: *Against the Loveless World*

Traducción: Susana Margarita Olivares Bari y Gloria Padilla Sierra

Diseño de portada: Estudio la fe ciega / Domingo Martínez
Fotografía de portada: iStock

Bajo el sello editorial ESPASA M.R.
Avenida Presidente Masarik núm. 111,
Piso 2, Polanco V Sección, Miguel Hidalgo
C.P. 11560, Ciudad de México
www.planetadelibros.com.mx

Primera edición en formato epub: enero de 2023
ISBN: 978-607-07-9599-2

Primera edición impresa en México: enero de 2023
ISBN: 978-607-07-9558-9

Impreso en los talleres de Impresora Tauro, S.A. de C.V.
Av. Año de Juárez 343, Colonia Granjas San Antonio, Iztapalapa
C.P. 09070, Ciudad de México.
Impreso y hecho en México – *Printed and made in Mexico*

I. Kuwait

El cubo, este

Vivo en el Cubo. Escribo sobre los bloques de cemento lustrosos y grises del muro con lo que sea que pueda: con mis uñas antes y con lápices ahora que los guardias me traen algunos suministros.

La luz entra por la pequeña ventana de bloques de vidrio que está en la parte más alta de la pared y a la que solo llegan las criaturas reptantes de muchas patas que también viven aquí. Tengo aprecio por las arañas y hormigas que establecieron dominios independientes y que logran evitarse entre sí en nuestro universo de nueve metros cuadrados. La luz de un mundo más allá de este, con un sol, una luna y estrellas, o tal vez solo focos fluorescentes —no podría asegurarlo—, se filtra por la ventana en un prisma que desciende sobre la pared en patrones rojos, amarillos, azules y morados. A veces se deslizan sobre la luz las sombras de las ramas de un árbol, de animales que transitan por allí, de guardias armados o, tal vez, de otros prisioneros.

Una vez intenté llegar a la ventana. Apilé todas mis posesiones sobre la cama: una mesita lateral, la pequeña caja donde guardo mis artículos de aseo personal y los tres libros que me dieron los guardias (traducciones al árabe de *La lista de Schindler*, *Cómo ser feliz* y *Always Be Grateful*). Me estiré lo más posible sobre el montón de cosas, pero solo alcancé una telaraña.

Cuando mis uñas eran fuertes y pesaba un poco más que ahora, traté de llevar cuenta del tiempo como lo hacen los presos, con una línea en la pared para cada día en grupos de cinco, pero pronto me di cuenta de que los círculos luminosos y oscuros en el Cubo no equivalen a los del mundo exterior. Fue un alivio percatarme de ello, porque seguirle el paso a la vida más allá del Cubo había empezado a pesarme. Abandonar la imposición de un calendario me ayudó a comprender que el tiempo no es real; no tiene lógica en ausencia de la esperanza o la anticipación. El Cubo está desprovisto de tiempo. En lugar de ello, contiene una extensión profunda de algo innombrable, sin presente, futuro o pasado, que lleno con fragmentos imaginarios o recordados de la vida.

En ocasiones llegan individuos a visitarme. En su cuerpo y en sus palabras portan el ambiente del mundo, donde las estaciones y el clima cambian; donde los autos y aviones, barcos y bicicletas, transportan gente de un sitio a otro; donde los grupos se reúnen para jugar, comer, llorar o ir a la guerra. Casi todos mis visitantes son blancos. Aunque no puedo saber si es de día o de noche, es fácil discernir las estaciones del año en ellos. En verano y primavera, el sol resplandece desde su piel. Respiran con facilidad y portan el espíritu de las cosas que florecen. En invierno llegan pálidos y desencajados, con sombras bajo los ojos.

Venían más antes de que mi pelo encaneciera, y en su mayoría eran empresarios de la industria de las prisiones (tal cosa existe) que esperaban a evaluar el Cubo. Estos mirones bien vestidos siempre me dejaban con una sensación de vacío. Los reporteros y los trabajadores de derechos humanos siguen viniendo, aunque no con tanta frecuencia como antes. Luego de que aparecieron Lena y la mujer occidental, dejé de recibir visitas por un tiempo.

Cuando vino a entrevistarme la mujer occidental, que parecía tener un poco más de treinta años, la guardia me permitió sentarme en la cama en lugar de esposarme a la pared. No recuerdo si se trataba de una reportera o si trabajaba en derechos humanos; incluso pudo haber sido novelista. Le agradecí que trajera a una intérprete, una joven palestina de Nazaret. Algunos visitantes ni siquiera se tomaban la molestia y esperaban que yo les hablara en inglés. Por supuesto que puedo hacerlo, pero no me resulta fácil enunciarlo y no tengo interés en complacerlos.

Le interesaba saber de mi vida en Kuwait y quería hablar sobre mi «sexualidad». Todos quieren saber historias sobre mi vagina. Se atreven a tantas cosas y se toman libertades con palabras que no tienen derecho a pronunciar. Me preguntaron si es cierto que fui prostituta.

—¿Piensa que la prostitución tiene que ver con la sexualidad? —le pregunté.

Un momento de confusión cruzó por su rostro.

—No, claro que no —respondió al final—. Sigamos adelante.

Era alta y su pelo castaño estaba atado holgadamente a la espalda. Vestía de jeans con una sencilla blusa color crema, un saco y zapatos negros cómodos. No llevaba maquillaje. No me simpatizó. Me cayó bien la intérprete, que era pequeña y morena como yo, y que llevaba unos Converse rojos con catorce puntos negros en las suelas blancas de goma. Un punto, luego un grupo de nueve puntos y después cuatro puntos: 194, el código que usábamos para evadir a la vigilancia israelí. Así se armaban los mensajes ocultos a partir de la primera, luego la novena y al final la cuarta palabra. Era un método simple y eficaz, gracias al cual supe que era más que una intérprete. Recuerdo que se llamaba Lena.

Al principio me confundió. El método 194 solo funciona en mensajes escritos. No podíamos contar, escuchar, interpretar y hablar al mismo tiempo. Luego me di cuenta de que Lena golpeteaba con el lápiz en ciertas palabras a medida que traducía. Debe haber reconocido el instante en que me percaté de ello porque sonrió levemente. Las palabras en las que insistía al golpetear eran variaciones de «cómete la nota», «guarda el papel en la boca» y «alimento de papel».

La entrevistadora bajó la vista, como si no estuviera segura de su siguiente pregunta.

—¿De qué te gustaría platicar? —me preguntó.

Ese día en particular estuve rondando por las playas, desiertos y plazas comerciales del Kuwait de tiempos pasados y más simples.

—*Zeit-o-za'atar* —espeté.

—¿Esa es la pasta palestina para untar en pan? —le preguntó a Lena.

La intérprete asintió y la mujer garrapateó algunas notas, aunque me di cuenta de que no estaba interesada en la historia. De todos modos se la conté.

—Cuando vivíamos en Kuwait, las calificaciones del *Tawjihi*, el examen general de los graduados de preparatoria, siempre se publicaban en los diarios y, todos los años, los palestinos dominaban entre los primeros diez puestos. El año en que los principales cinco fueron *todos* palestinos fue especialmente perturbador para los kuwaitíes, y empezaron a circular rumores de que los palestinos eran listos porque comían mucho *zeit-o-za'atar*. Todo el país entró en un frenesí por comerlo. Las tiendas apenas podían mantener las existencias de *zeit-o-za'atar* en sus anaqueles —me reí.

La occidental se movía con nerviosismo mientras Lena le traducía. Ignoré su creciente impaciencia y proseguí:

—Sabía que no era verdad, porque yo comía mucho *zeit-o-za'atar* y nunca me fue bien en la escuela. Repetí el noveno grado por reprobar tanto religión como matemáticas el mismo año en que invitaron a mi hermano Jehad a saltarse el cuarto grado. —Aunque aquellos fueron tiempos más felices, ahora los recordaba con una sensación de tragedia y un deseo de reafirmarle su valía e intelecto a mi yo más joven; su capacidad para aprender y para creer que no era tonta, como el mundo me había convencido que era.

La occidental trató de interrumpirme, pero yo continué con mi relato.

—Por un tiempo traté de ser mejor estudiante y dejé que mi hermanito me diera clases, pero cuando una escuela cree que eres estúpida, no hay cantidad suficiente de buen trabajo que los convenza de lo contrario.

—Su hermano… Leí que era…

No la dejé terminar.

—Mi hermano *es* inteligentísimo —respondí. Volteó a ver su cuaderno, aunque ya había dejado de tomar notas. Supe que no le interesaban las remembranzas de las historias de mi infancia—. No me importa lo que haya leído sobre mi hermano. Jehad era amable y vulnerable. Cuando estaba en secundaria, descubrí que dos bravucones lo acosaban. Reuní a mi grupo de amigas y los esperamos a la salida de la escuela para darles una buena tranquiza. Eso hizo que Jehad me admirara más. Un verano…

La occidental levantó una mano. Miró su cuaderno mientras cubría con ambas manos las preguntas escritas e inhaló lo más profundo que pudo. Entonces parpadeó con esas pestañas de un largo exagerado, como si respirara por los párpados, y luego dijo:

—En alguna parte leí que sufrió una violación tumultuaria el día que Saddam Hussein invadió Kuwait.

Enarqué una ceja y eso pareció intranquilizarla. En mi visión periférica pude ver que los labios de Lena se elevaron de manera casi imperceptible.

La mujer prosiguió:

—Solo puedo imaginarme el horror de esa noche y lamento sacarlo a relucir.

—¿Qué le hace pensar que está bien preguntarme esas cosas?

Lena dudó, pero lo tradujo al pie de la letra.

La mujer pareció exasperada.

—Usted accedió a la entrevista y es por ello que le hago las preguntas —afirmó y se detuvo un instante a tomar aire por sus párpados—. Tuve que someterme a dos meses de investigación solo para tener esta hora con usted. Les envié todas mis preguntas a las autoridades por anticipado —añadió, casi con desesperación.

Lena repitió sus palabras en árabe, pero me comunicó algo más con los ojos. Al final respondí:

—Ah, las autoridades no me informaron de ellas. Le garantizo que los reprenderé como corresponde. —Mi sarcasmo casi la llevó a las lágrimas y eso me enterneció, así que añadí—: Sin embargo, le responderé la pregunta: no. *No.* No sufrí una violación tumultuaria la noche en que Saddam invadió Kuwait.

Pareció decepcionada, pero siguió con una pregunta sobre cómo me involucré con la resistencia. Le llamó «terrorismo». Me preguntó sobre mi celda, que ella catalogó como una «habitación agradable», aunque luego matizó diciendo: «pero sé que sigue siendo una prisión».

—¿Usted es judía? —pregunté.

Volvió a hacer uno de sus largos parpadeos.

—No creo que eso tenga importancia.

—Sí la tiene.

—Vine como profesional, no por mi religión.

—Y, sin embargo, la mayoría de los profesionales no dirían que este lugar sea una habitación agradable —respondí.

Me traspasó con la mirada.

—Si consideramos lo que usted hizo, diría que es más agradable de lo que podría merecer. No le habría ido tan bien en cualquier país árabe. Para este momento ya la hubieran azotado y colgado.

Cerró su cuaderno y se levantó.

—Creo que tengo todo lo que necesito —afirmó y le hizo una indicación a la guardia para que las dejara salir.

La guardia, que había estado parada vigilándonos para asegurarse de que ni la occidental ni la traductora me tocaran o me entregaran cualquier objeto, aseguró mis brazaletes de seguridad a la pared antes de abrir la puerta.

La mujer volteó hacia mí.

—Solo quiero que sepa que mis abuelos…

—…sobrevivieron al Holocausto —terminé la oración por ella.

Su mirada se llenó de desprecio.

—De hecho, así fue y ellos me enseñaron que siempre fuera justa. Eso es lo que estoy tratando de hacer aquí —terminó.

Lena empezó a traducir, pero la interrumpí.

—Eso no es lo que está haciendo aquí —dije en inglés con el suficiente desdén como para ocultar la indignidad de estar esposada al muro. La guardia nos ordenó que dejáramos de hablar y se lo agradecí, porque eso me permitió tener la última palabra. Esa pequeña brizna de control significó todo, *todo*, para mí.

Más tarde escuché el silbato que indicaba que estaban metiendo mi siguiente comida por la rendija, pero al acercarme a la puerta, alguien me susurró:

—Dentro del pan.

Me senté con la bandeja y arranqué pequeños trozos de la pita para asomarme con cuidado al hueco interior mientras vigilaba la cámara del techo. Allí estaba, un papel doblado varias veces y envuelto en plástico. Lo metí dentro de uno de mis libros y esperé hasta que oscureciera para abrirlo y ponerlo dentro de un libro que fingí estar leyendo cuando volvió a haber luz.

> Deja de hablar con los reporteros. Israel está vendiendo la historia de que los hombres musulmanes abusaron de ti toda la vida y luego te

> obligaron a unirte a un grupo terrorista. Afirman que Israel te salvó y que la prisión te dio una mejor vida. Eres la única prisionera que recibe visitantes internacionales. Tienen permiso de entrar en tu celda. ¡Eso es inaudito! Piénsalo. Publicaron fotografías tuyas en una celda limpia con un montón de libros para demostrar que Israel es un país benévolo, incluso con los terroristas. Tu familia está bien y te mandan su amor. Seguimos luchando para conseguirles la oportunidad de visitarte. Cómete esta nota.

No necesitaba ver una firma para saber que venía de Jumana. Esta fue la primera indicación que tuve de que se encontraba bien y, aunque apenas podía recordar su rostro, la extrañaba. Esperaba que me hubiera escrito algo sobre Bilal. Alguna noticia, o aunque fuera su nombre. O tan solo la primera letra de su nombre. «B está vivo y bien. B te manda su amor». O simplemente «B».

Cuando volvió a oscurecer, me metí la nota en la boca, la mastiqué y me la tragué. Imaginé lo terrible que debía verme en esas fotos en la prensa. No me permitían tener un espejo, pero sabía que, sin tener una secadora, tendría el pelo erizado. Todavía no estaba tan encanecido como ahora y esas cosas no habían dejado de importarme. No me había depilado el vello sobre los labios y mis cejas estaban tupidas, por lo que era probable que me viera justo como los occidentales imaginan a una terrorista: descuidada, peluda, oscura y fea. Sin embargo, esas no eran las fotos que me molestaban, sino las que aparecieron en los diarios árabes durante mi juicio y que tomaron en Kuwait hacía tantos años. Imaginaba que mi familia las había visto y lo mucho que habrían lastimado a mi madre.

Pero ahora incluso eso ya no me conmueve. Nada puede moverse en confinamiento, ni siquiera el corazón.

No tuve visitantes por mucho tiempo después de que Lena y la occidental se fueran. El pelo me había crecido casi cinco centímetros cuando vi al siguiente ser humano: una guardia. Entró al Cubo con un cuaderno y dos lapiceros. Podría haberlos deslizado por la rendija de la puerta, pero eligió entrar al Cubo y anunciarse por el altavoz para que yo misma fijara mis brazaletes a la pared. Me pregunté si ella fue la que me pasó la nota. No tenía permitido hablar, pero me sonrió, creo, cuando vio lo emocionada que estaba por la entrega que dejó sobre mi cama.

Había librado una larga batalla por conseguir estos instrumentos de escritura, pero entonces me pregunté qué escribiría. ¿Una carta? ¡Un cuento! ¡Un diario! ¿A lo mejor poemas? En cuanto se cerró la puerta de metal y me soltaron de la pared, recogí un lápiz y abrí el cuaderno.

Ahora tengo la mirada fija en las páginas en blanco, intentando contar mi historia: todo lo que le confesé a Bilal y todo lo que pasó después. Quiero contarla como lo hacen los narradores, con anclas emocionales, pero las emociones son algo que solo recuerdo de nombre. Mi vida vuelve a mí en imágenes, aromas y sonidos, pero nunca en sentimientos. No siento nada.

Baila, río rubí

No recuerdo la primera vez que bailé. Las mujeres de mi generación nacíamos bailando. Era algo que siempre hacíamos cuando nos reuníamos. Formábamos un círculo y aplaudíamos y cantábamos al tiempo que cada una de nosotras entraba al centro para mover las caderas, pero desde muy al principio supe, por la manera en que me miraba la gente, que la manera en que bailaba era encantadora.

Cuando la música suena, mi cuerpo se mueve como quiere. Jamás traté de controlar nada. Me rendía por completo a la música y a todas las fuerzas invisibles y desconocidas que inspiraba. Dejaba que el ritmo se restregara contra mi alma y que se envolviera en torno a mi aliento. Tal vez eso era lo que las personas veían, porque bailar es lo más cerca que jamás estuve de la verdadera fe.

La danza oriental, lo que las personas que no saben de lo que están hablando llaman «danza de vientre», podrá verse como una serie de movimientos controlados y orquestados, pero es el total opuesto. Tiene que ver con ceder el poder que se tiene sobre el propio cuerpo, otorgándole autonomía a cada hueso, ligamento, nervio y fibra muscular. A cada célula de piel y de grasa. A cada órgano.

Supongo que eso podría decirse de todas las formas de danza nativa, pero los únicos que conozco son los ritmos del Levante, Babilonia, del Khaleej y del Norte de África. Esa es la música que se arraigó en mi cuerpo mientras maduraba desde la infancia y que, después, se alojó en mis huesos. Las letras de Um Kulthum, el lamento de un *ney*, la melodía de un *qanuun* o el rasguido del *oud* son los sonidos de mi vida. Reverberan en mi interior al paso del tiempo y se entremezclan con las historias que crean esos antiguos instrumentos. Con todo y lo mucho que me fascinan los sonidos de la India –la compleja resonancia de la cítara o las agudas cuerdas de un *tumbi*–, o la profunda percusión y ritmos variados de los tambores africanos, o la intensa precisión de un xilófono, aunque mueven mi cuerpo, no alcanzan las profundidades desde las cuales me transporta la música, porque son los sonidos de otros pueblos e historias que escuché solo como adulta.

La música es como un idioma hablado, imposible de separar de su cultura. Si no aprendes un idioma al principio de tu vida, las palabras emergerán por siempre arrugadas y acentuadas por otro mundo, sin que importe lo mucho que memorices o ames el vocabulario, la gramática y las cadencias de esta nueva lengua. Esa es la razón por la que siempre me han molestado las «bailarinas del vientre» extranjeras. Me ofende el uso de nuestra música como accesorio para que puedan contonearse, sacudirse y dar de brincos.

La música oriental es la pista musical de quien soy, y bailar es la única nación que jamás he reclamado, la única religión que comprendo. Cuando veo a mujeres que bailan la «danza del vientre» con música que no entienden, vestidas con la ropa de un pueblo que no conocen o que, peor aún, desdeñan, siento que me están colonizando a mí y a todas las mujeres árabes que son las guardianas de nuestras tradiciones y herencia.

* * *

Mi vida comenzó en un departamento de dos recámaras en Hallawi, un gueto de Kuwait donde se establecieron los refugiados palestinos después de la Nakba. Aunque crecí escuchando historias de Palestina, no me metí en la política ni jamás me interesó averiguar nada de la misma. Aunque nuestro padre nos llevaba hasta allá año con año para «renovar nuestros papeles», Palestina siguió siendo mi antigua patria dentro de mi joven mente, el distante origen de la generación de mi abuela.

En el cuarto grado, Gameela, una compañera egipcia, alguna vez me ridiculizó, diciendo «Los palestinos son idiotas. Esa es la razón por la que los judíos les robaron su país». La jalé de las trenzas para tirarla al piso y la molí a golpes. Me suspendieron de la escuela y quedó establecida mi reputación como buscapleitos. Fue una de las pocas veces en que Sitti Wasfiyeh me dijo que estaba orgullosa de mí. Después de eso, nadie de la escuela se atrevió a molestarme.

Jamás le conté a nadie, hasta que conocí a Bilal, que le pegué a Gameela justo para que me suspendieran antes de los exámenes escolares nacionales. Apenas y podía leer. Más que nada, temía que me desenmascararan como una tonta. Hasta ese momento, había logrado sobrevivir en la escuela por medio de hacer trampa en las pruebas, por mis impactantes capacidades de memorización y a través de las peleas. Pero entonces, mi hermano Jehad empezó a instruirme cuando avanzó lo bastante como para estar casi en el mismo grado en que yo me encontraba. Lo hizo en secreto y a menudo me decía que era «muy inteligente». Con su apoyo empecé a leer poesía y, al paso del tiempo, fui capaz de recitar algunas de las historias árabes de amor más grandiosas y eróticas alguna vez plasmadas en verso. Fue a través de las mismas que logré dominar la palabra escrita.

Mamá guardaba una caja de fotografías en blanco y negro de su vida en Haifa. Su familia era acomodada, pero los judíos europeos les robaron todo cuando conquistaron Palestina, en 1948, incluyendo muebles, libros y cuentas bancarias. De la noche a la mañana, su familia se quedó sin un quinto y, después, se regaron por los diferentes rincones del mundo o murieron. No le gustaba hablar al respecto. «¿Qué caso tiene rascar costras?», decía, excepto cuando le conté lo que Gameela me dijo. Le habló a la mamá de Gameela y le dijo que más le valía que atara su larga lengua egipcia antes de que se la cortara.

—Mujer, más te vale que te lleves las manos a la cabeza cuando te atrevas a hablar de Palestina, o te meteré un zapato en la boca —gritó al teléfono. Me emocionó escuchar a mi madre reprender a la mamá de Gameela y no pude contener mis risas.

Mi abuela paterna, Sitti Wasfiyeh, Hajjeh Um Nabil, vivía con nosotros. A diferencia de Mamá, en realidad jamás abandonó su aldea de Palestina. De la misma manera en que ahora lo hago yo en el Cubo, mi abuela daba vueltas por Ein el-Sultan en su mente. Nos aburría con historias de su infancia y con narraciones de personas a las que no conocíamos. Estaba segura de que regresaríamos algún día.

—Es la ciudad más vieja del mundo, niña tonta —me decía—. De hace muchísimo tiempo. Es más vieja que Jericó, incluso. Si fueras buena en la escuela, lo sabrías.

Más tarde, con ayuda de Jehad, busqué la información con la esperanza de probarle que era inteligente.

—Sitti, sé que Ein el-Sultan se fundó en el 7000 a.C.

—¿Y crees que no lo sé? —me respondió Sitti—. Quizá deberías esforzarte por bajar de peso. Nadie va a querer casarse con una gorda.

Sitti Wasfiyeh también tenía momentos agradables. Me trenzaba el pelo cuando iba a la primaria. Me enseñó a hacer rollos de hoja de parra, a cortar calabacitas y a hornear pan. Pero había ocasiones en que podía ser maliciosa sin ningún motivo, cosa que casi siempre coincidía con sus llamadas a sus hijas, tías de las que solo había oído y que vivían en Jordania. Para empeorar las cosas, mi hermano no podía hacer nada malo a los ojos de Sitti Wasfiyeh, cosa que hacía que sus insultos fueran todavía más hirientes. Mamá me decía que no fuera tan sensible.

—Es una vieja cascarrabias, ¿qué le vamos a hacer? No lo dice en serio.

Me vengué de Sitti Wasfiyeh a los quince, cuando ya creía que era mala. Era la líder de una pandilla que les jugaba tretas a los maestros. Robaba dulces de la tienda de la esquina de manera habitual y en una ocasión dejé que un chico me besara en la boca. Les contestaba a los adultos y hubo una vez en que hice llorar a Sitti Wasfiyeh.

—Eres una anciana malvada —le grité—. Esa es la razón por la que tus hijas no te piden que vivas con ellas. No es porque se estén mudando o porque sus casas sean demasiado pequeñas o por ninguna de las demás mentiras que insisten en contarte. Es porque eres una vieja desagradable que nadie quiere tener cerca y si no aprendes a hablarnos de mejor manera, también te vamos a sacar a la calle. Los tres estamos metidos en un solo cuarto para que tú puedas tener una habitación propia. Deberías besarle los pies a mi madre por lo que ha hecho por ti. Si de mí dependiera, te echaría a la calle. Y sabes bien que tus estúpidas hijas no nos mandan ni un quinto. A la siguiente que acuses a mi mamá de robarse tu dinero, yo personalmente te voy a mandar al carajo. —Nadie de mi edad les hablaba así a sus mayores. Era mala.

Mi mamá me golpeó con su chancla de hule.

—Jamás le hables así a tu abuela —me gritó. El ardor de los golpes de su chancla remarcaba cada palabra—. Si tu padre, Dios guarde su alma, estuviera aquí, te marcaría el cuerpo entero de rayas con su cinturón. —Me dio gusto que mi papá ya no estuviera. Lo más seguro es que hubiera hecho justo eso.

—¿Pero cómo puedes defenderla? ¡Ella te trata peor! —exclamé.

Mi madre dejó caer su chancla, jadeando por el esfuerzo. Ya casi no tenía energías desde la muerte de *Baba*. Respiró profundo, exhaló con lentitud y me llevó hasta la veranda, pero solo después de que me disculpé con Sitti Wasfiyeh, le besé la mano tres veces y me quedé callada cuando dijo, «Eres como un animal salvaje. Te criaron mal».

Mamá puso su mano sobre mi hombro con gentileza.

—Sentémonos afuera para platicar, *habibti* —dijo. Así es como era entre nosotras. Una pelea o una golpiza pasaban en segundos y regresábamos a *habibti* y a otras palabras de afecto.

»Tienes que entender. Somos todo lo que tiene en el mundo. En algún lugar, muy dentro de ella, sabe que lo que estás diciendo es cierto. Y por eso está allá adentro, llorando. Pero si puede fingir que yo soy la razón por la que sus hijas no responden a sus llamadas o por la que no la visitan o no le piden que vaya a vivir con ellas, entonces no tiene que enfrentarse a la verdad de que sus hijas la echaron a la basura. Ese es un destino terrible.

La escuché al darme cuenta de que estaba oyendo algo que provenía de las silenciosas profundidades de mi madre. Éramos una familia con secretos, con cosas que acechaban en los rincones de nuestras vidas, invisibles e inexpresadas, pero palpables en la textura de nuestras discusiones, en la larga duración de una pausa, en la intensidad de una mirada. Por ejemplo, no supe sino hasta varios años después que lo más probable es que mis padres me concibieron antes de que se casaran; mi papá pidió la mano de Mamá para evitar el escándalo y la vergüenza. No sé si el rumor era cierto, pero quizá esa fue la razón por la que casi no frecuentábamos a su familia.

Los conocí cuando murió mi abuela materna en Siria y viajamos hasta el campo de refugiados de Yarmouk para asistir al funeral. Todo el mundo se portó de lo más agradable conmigo, mi hermano y Mamá, pero pude percatarme, por el cariño y amor que se expresaban entre sí, pero no a Mamá, que de alguna manera siempre tuvo una posición marginal dentro de su familia. No lo dijo, pero pensé que se debía a mí o porque su padre, que murió cuando todos ellos eran niños, la había preferido a ella.

—Necesito un cigarro, *habibti*. Ve adentro y abre el tercer cajón. Hasta atrás, hay una cajetilla escondida en unos calcetines.

Mamá se la pasaba entre periodos de una cajetilla al día y «tratando de dejar de fumar». Yo fui la única chica entre mis amistades que a esa edad no trataba de fumar a escondidas. En un cómic leí que las empresas occidentales estaban usando el tabaco para matarnos poco a poco y para llevarse todo nuestro dinero y recursos en el proceso. Negarme a fumar era un acto de rebeldía y me gustaba dar discursos a los demás acerca de la conspiración de Occidente, pero no quise arruinar el momento con Mamá, de modo que, obediente, saqué sus Marlboros escondidos mientras el té hervía en la cocina.

—Que Dios bendiga todos los días de tu vida, hija mía —dijo cuando regresé con la olla caliente, dos tazas, menta fresca recién cortada, azúcar y su añeja cajetilla de cigarros. Por lo normal, podíamos ver a los niños que jugaban en la estrecha calle debajo de nuestro balcón, pero era el día de lavado y nuestra ropa colgada para secar obstruía la vista. Como me lo había enseñado Mamá, colgué los jeans y camisas de mi hermano en los cables exteriores que daban a la calle y, después, las *dishdashas* de mi madre. Mis pantalones, vestidos y blusas estaban colgados en los cables intermedios, ocultos de los lujuriosos ojos de los transeúntes adolescentes y, por último, sobre los cables internos más cercanos a la orilla del balcón, colgaba nuestra ropa interior. En lugar de poder ver lo que estaba sucediendo en la calle, lo único que podía verse eran nuestras pantaletas, que se agitaban con el viento bajo el cielo azul.

Mientras servía el té, dije:

—Mamá, debes detenerla. Es terrible.

—Hay veces en que quiero llevarla hasta Amán para que viva con sus hijas, pero no es correcto —Prendió un cigarro, le dio una fumada, cerró los ojos y levantó la barbilla con satisfacción antes de dejar salir una nube de humo de su boca—. Tu padre, Dios lo tenga en su Gloria, me hizo prometerle que cuidaría de su madre a pesar de lo que fuera. —Las promesas que se hacían a los muertos eran sacrosantas.

Mi madre se enfrentaba a Sitti Wasfiyeh cuando quería, pero la mayor parte de las veces solo dejaba las cosas en paz. A diferencia de mí, a Mamá jamás le gustó el drama, a menos que implicara que alguien tratara de lastimar a sus hijos, razón por la que en alguna ocasión amenazó a su suegra con un cuchillo de cocina. Habré tenido unos siete años y acababa de entrar a comer antes de poder salir a jugar de nuevo, pero Mamá insistió en que me quedara.

—Además —había bromeado—, quizá seas demasiado grande como para jugar con los chicos. Podrían pensar que te gustan.

No alcancé a oír lo que le dijo Sitti Wasfiyeh, pero mi mamá fue hasta la cocina y regresó con un cuchillo.

—Por Dios y por el Profeta, te cortaré la lengua si te atreves a decir algo así de nuevo.

Más tarde, le pregunté lo que dijo Sitti Wasfiyeh, pero Mamá me hizo a un lado.

—Ocúpate de tus asuntos y no te metas en cosas de adultos —me dijo.

Ese día, me quedé dentro y pensé que se escucharían discusiones estridentes cuando mi padre regresara del trabajo, pero cuando llegó, Mamá me mandó a la casa de los vecinos. Lo que sea que fuera, tenía que ver conmigo. Había algo que yo en lo particular no podía saber. Claro que, sabiendo lo que sé ahora, lo más seguro es que Sitti Wasfiyeh haya sacado a colación el rumor de mi nacimiento y que dijera algo como «de tal palo, tal astilla» o algo todavía peor.

Según Mamá, *Baba* no tenía gran gusto por los quehaceres de la casa. «¡Soy un hombre! ¿Qué esperas?», solía decir, pero sé que limpiaba los vidrios de la mesa de centro con Windex, que era más elegante que usar simple jabón de trastes y que indicaba que éramos de clase media en los barrios bajos de Kuwait.

—*Yalla* —me indicaba para que lo acompañara—, canta lo que aprendiste.

Empezaba con la canción de Fattooma de Ghawwar el-Tousheh. Los fines de semana, por las mañanas, cuando Mamá iba a casa de los vecinos para tomarse un café, me enseñaba algunos versos más de la letra, que yo le cantaba mientras limpiaba la mesa de centro. El Windex formaba un arcoíris sobre el vidrio, cosa que me maravillaba. *Baba* decía que esa era la magia del Windex. Solo sucedió en un par de ocasiones pero, de alguna manera, mi memoria lo extendió por la totalidad de mi infancia, como si él y yo cantáramos y limpiáramos a diario.

No me permitía cantar la canción de Fattooma cuando estaba Mamá.

—¿Por qué? —le pregunté a *Baba*.

—Porque de veras detesta la canción y los dos nos meteríamos en líos si supiera que la cantas.

Me sentía conflictuada entre mi amor por mi padre y mi lealtad hacia mi madre. Pero me callé la boca porque ese es el tipo de persona que soy. También sabía, sin saber que lo sabía, que lo más seguro era que Fattooma fuera el nombre de su nueva novia, y que Mamá lo sabía también.

Debería tener más recuerdos de mi padre. Para cuando murió, tenía la edad suficiente como para acumular recuerdos de él. Por un tiempo, inventé recuerdos de cosas que hubiera deseado que hiciera: cepillarme el pelo, enseñarme a reparar autos, visitar la escuela el Día del Padre, decirle a mi estúpida maestra que le besara el trasero, nadar juntos en el mar, leerme, cargarme sobre sus hombros, darme la razón contra Mamá los días en que nos entregaban la boleta de calificaciones, y poner a Sitti Wasfiyeh en su lugar cuando me decía que era tonta como burro o cuando me obligaba a lavarme la boca con jabón por decir groserías. Imaginaba que estaba igual de harto que yo con la máquina de coser Singer de Mamá y que insistía que dejara de cosernos la ropa para llevarnos de compras en el *souq* Salmiya.

Pero lo único que queda de mi padre es un hombre que canta la canción de Fattooma y que limpia la mesa de centro con Windex hasta que muere y se desvanece en la amenazadora ausencia de una cara en la foto enmarcada que colgaba de la pared del departamento kuwaití hace mucho tiempo desocupado en un país que nos abandonó.

* * *

Mamá estaba embarazada de mí cuando Israel la convirtió en refugiada por segunda ocasión. Después de huir de Haifa en 1948, formó un hogar con mi padre en Ein el-Sultan, la aldea ancestral de Sitti Wasfiyeh. Cuando tuvieron que escapar una vez más en junio de 1967 con solo lo que pudieran cargar, caminaron más de ocho kilómetros para cruzar el río Jordán a la altura del puente Allenby. Al llegar al mismo, el puente estaba atestado de personas y, por último, terminó por colapsarse justo cuando Mamá estaba a punto de cruzar. Algunas personas cayeron y fue necesario rescatarlas. Otras no lograron salir. Pero la gente siguió caminando sobre el puente colapsado, aferrándose a los cables y a los pedazos rotos mientras vadeaban en el agua. Mamá me dijo:

—Solo le recé a Dios mientras cruzábamos tu padre y yo, e hice un trato con el río. Le dije que te daría su nombre si no se tragaba a ninguno de nosotros.

Pero llamarme Jordán hubiera sido demasiado extraño y así fue como obtuve el nombre de Nahr: río.

Mi padre emprendió el peligroso viaje de regreso a Palestina después de que nos pusiera a salvo en Jordania. En 1948, los palestinos aprendieron por primera vez que huir para salvar la vida significaba que perderías todo y que jamás podrías regresar. Esa fue la razón por la que *Baba* se quedó solo en nuestra casa vacía por meses, sometido a toque de queda, mientras Israel consolidaba su poder sobre la totalidad de Palestina. Estar a solas en el inquietante silencio de la casa desocupada en la que él y sus hermanos habían crecido entre el bullicio cotidiano de una gran familia debe haberle resultado doloroso. Aun así, se quedó y obtuvo una *hawiyya;* desde ese momento en adelante, podría permanecer en Palestina como «residente extranjero» en su propio hogar. Dijo que era mejor que ser un refugiado.

Baba se reunió con nosotros tan pronto como pudo, pero su prolongada ausencia fracturó a nuestra familia, y para el momento en que nací, mis padres habían regresado a Kuwait, donde mi padre ya se estaba cogiendo a la primera de varias novias. Se llamaba Yaqoot y ese fue el nombre que registró en mi acta de nacimiento, en lugar de Nahr, sin consultárselo a mi mamá. Lo más seguro es que estaba con Yaqoot la noche en que Mamá entró en trabajo de parto, sin duda algo borracho al llegar al hospital, y todavía gozando del recuerdo de su noche de romance, cuando de manera impulsiva decidió darme el nombre de su nueva amante, quizá subestimando la intuición y rabia de Mamá.

Yaqoot es un nombre inusual para los palestinos. Se encuentra con más frecuencia entre los iraquíes, razón por la cual supongo que la amante de mi padre era una hija de Babilonia. Significa «rubí» y todo el mundo coincide con que es un sonoro y melodioso nombre árabe, pero cuando Mamá vio el acta de nacimiento, gritó y lloró y le pegó a mi padre con un zapato. Rompió todos los platos de la casa y le lanzó varios a Papá, mientras él los esquivaba, moviéndose a derecha e izquierda. La dejó desquitarse, le pidió perdón y juró que Mamá era la única mujer a la que amaba, además de prometerle que jamás lo volvería a hacer. Lo más seguro es que hicieron el amor después de eso; estuvieron bien por un tiempo y, después, la escena completa volvió a repetirse con otra mujer.

Cuando quedó embarazada por segunda vez, Mamá amenazó con matar a mi padre si le daba al bebé el nombre de alguna de sus «putas», pero no tuvo que preocuparse por ello cuando dio a luz a un niño. Mi padre lo nombró Wasfy, en honor a su madre, Sitti Wasfiyeh, que, en opinión de mi madre, fue casi igual de malo. Sobra decir que Mamá jamás usó los nombres registrados en nuestras actas de nacimiento. Cumplió la promesa que le hizo al río y me llamó Nahr. Mi hermano Wasfy era Jehad, un nombre que eligió Mamá y que se convirtió en un punto de desacuerdo más entre ella y Sitti Wasfiyeh.

Solo nuestra familia y algunos de los administradores de mi escuela sabían que mi nombre verdadero era Yaqoot, cosa que tuvo un elemento de destino porque, cuando los estadounidenses destituyeron a Saddam, la policía kuwaití empezó a preguntar por alguien llamada Nahr, pero mi tarjeta de identificación decía Yaqoot.

Mi hermano no tuvo la misma suerte. La gente lo llamaba por cualquiera de los dos nombres, o incluso por ambos, Wasfy Jehad. Cuando la policía kuwaití inició su cacería de palestinos para vengarse por el hecho de que Yasser Arafat tomara partido por Saddam, supieron a quién estaban buscando.

Jehad tenía apenas tres años de edad cuando *Baba* murió de un infarto en los brazos de otra mujer. Mamá mintió y dijo que *Baba* se encontraba en casa cuando sucedió. Inventó una historia de lo más elaborada que cambiaba cada que la contaba.

—Traía puesta la pijama roja de franela que le compré —decía en alguna ocasión. A la siguiente, traía puesta su pijama verde o solo estaba en ropa interior. En esa última versión, tenía que vestirlo con rapidez antes de la llegada de la ambulancia. Mamá era una mentirosa de lo peor, pero la verdad era demasiado humillante, aunque todo el mundo sabía cuál era, y Mamá sabía que sabían. La mentira no era solo para protegerla a ella y a nosotros de la vergüenza. Creo que también quería proteger a *Baba.* A pesar de todo, mi madre amaba mucho a mi papá. Y él la amaba a ella, a su manera.

En alguna ocasión, al calor de una pelea relacionada con dinero (por lo general se peleaban por dinero), Sitti Wasfiyeh culpó a Mamá por la muerte de mi padre, su único hijo.

—Si hubieras sido mejor esposa, no habría tenido que ir en busca de otras mujeres —dijo Sitti Wasfiyeh de manera casual mientras se tragaba la comida que Mamá le había preparado.

—Y si tú hubieras criado a un hombre que supiera guardarse la verga en los pantalones y que gastara su dinero en su familia y no en putas, no estaríamos teniendo esta pelea —respondió mi madre al instante. Esa noche, la oí en el balcón, disculpándose con mi padre por lo que había dicho—. Te perdono, amor mío, y te extraño —murmuró silenciosa al éter.

* * *

Todos los palestinos que salieron huyendo de sus hogares en Jerusalén, Haifa, Yafa, Akka, Jenin, Belén, Gaza, Nablus, Nazaret, Majdal y las demás ciudades principales de Palestina encontraron un lugar en

Kuwait. La bonanza del petróleo les ofreció la oportunidad de construir una nueva vida allí. Aunque Kuwait jamás nos permitió más que la residencia temporal, dejando más que claro que siempre seríamos invitados, los palestinos prosperaron y representaron un papel principal en la construcción de Kuwait como el mundo lo conoce en la actualidad. Participamos y contribuimos en casi cada sector de la vida, pero jamás dejamos de ser una subclase.

Era algo que yo sabía, pero que no me importaba. Adoraba Kuwait. Era mi hogar y fui leal súbdita de su realeza. En la escuela, me formaba con mis compañeros a diario para entonar el himno nacional. Cantaba con pasión y fidelidad hacia los sucesivos emires que reinaron Kuwait. Me apesadumbré cuando murió Emir Sabah Salem el-Sabah, en 1977, y cada 25 de febrero nos íbamos de parranda para celebrar el Día de la Independencia de Kuwait como si fuera el nuestro.

Me fascinaba todo acerca de los kuwaitíes; sus delicados *thobes khaleejis*, sus *matchboos* con pollo asado y salsa picante, sus *diwaniyas*, sus tradiciones de buceo de perlas y sus costumbres tribales. Incluso me enseñé a hablar su dialecto y podía bailar el *khaleeji* «mejor que las mejores», según me dijo alguien. Lo que es más, cuando estaba en octavo grado, me seleccionaron para formar parte de la compañía oficial que bailó en la celebración televisada para la familia real durante el Día de la Independencia. Sin embargo, a diferencia del resto del grupo, no me incluyeron al año siguiente porque las personas se quejaron e insistieron que un honor así debía reservarse para los niños kuwaitíes.

—No les gusta ver que los palestinos sobresalgan en nada —afirmó Mamá para hacerme sentir mejor, aunque solo logró molestarme. No me gustaba en absoluto que hablara mal de los kuwaitíes, pero para ella todo se reducía a que éramos palestinos y a que todo el mundo estaba en nuestra contra. No fue sino hasta que sobreviví al tiempo, a la guerra y a la prisión que pude comprender por qué.

—¿No ves cómo el país entero está comiendo *zeit-o-za'atar* para tratar de ser como nosotros? —Y se rio a carcajadas. Pude ver las amalgamas de sus muelas. Ahora, a solas en el Cubo, me río al recordarlo y es como si las amalgamas que recuerdo fueran las mías propias. Le digo a Mamá lo mucho que me gustaba que se riera así, a carcajadas. Los guardias están acostumbrados a las conversaciones que sostengo con las paredes. Sé que estoy sola, no es que esté loca, pero la manera en que los recuerdos le dan vida al pasado es más real que el presente. Veo y siento y oigo a Jehad, a Sitti Wasfiyeh, a Mamá, a *Baba*. Y más que nada, estoy aquí con Bilal.

* * *

Cuando era niña, no había ni celulares ni computadoras, y la televisión solo ofrecía dos canales: uno en árabe y otro en inglés con subtítulos. La programación arrancaba por las tardes y terminaba a la medianoche. Los dos canales empezaban y terminaban con lecturas del Corán, que los niños tolerábamos con enorme impaciencia antes de que pudiéramos ver las caricaturas (Tom y Jerry o el Correcaminos), seguidas de las telenovelas. Una vez por semana, cada canal transmitía una película fuertemente censurada para eliminar cualquier asomo de intimidad física, lo que significaba que jamás vi imágenes de dos personas que siquiera se tomaran de las manos. Era más que evidente dónde se encontraban los cortes. Un momento, los actores se miraban a los ojos con pasión y se acercaban para darse un beso, y al siguiente estaban parados más lejos de donde habían estado al inicio. La película parecía tener un espasmo, lo que nos alentaba a llenar el vacío con un beso o con más. Pero yo jamás fui buena para eso. Solo podía imaginarme lo que ya conocía, que no era más que un besito casto en los labios, hasta que Suad Marzouq nos informó, al grupo de impactadas chiquillas de 14, que los adultos se besaban con la lengua. Pensábamos que estaba mintiendo, pero de todas maneras empezamos a practicar entre nosotras. Para cuando cumplí los 16, pensé que sabía todo lo que había que saber acerca del amor. Mis amigas y yo habíamos logrado hacernos de una o dos revistas obscenas y, en una ocasión, logramos obtener un VHS porno. Yo era coqueta por naturaleza y atraía una gran cantidad de atención de parte de los chicos, pero jamás tuve un novio en serio, como algunas de mis amigas. Se veían con sus novios en secreto, solo para tomarse de las manos en el parque. Pensábamos que éramos atrevidas y rebeldes, pero lo máximo que hizo cualquiera de nosotras fue besar a un chico. Yo creía lo que mi mundo enseñaba: que Dios me tenía reservado a un solo hombre y que mi vida empezaría en el momento en que lo conociera. Mi cuerpo parecía quemarse cuando pensaba en estar casada y en tener bebés, justo como los actores en el video porno.

Tenía 17 cuando conocí a Mhammad. Él tenía 25 y vivía en la madre patria, pero estaba en Kuwait, visitando a su tía, Um Naseem, nuestra vecina del piso de arriba. Todos lo habíamos visto en las noticias cuando lo liberaron de una prisión israelí un mes antes y mis amigas me tenían envidia porque ahora vivía en nuestro edificio.

—¿Es tan guapo como se ve en la tele? —me preguntó una de ellas. Yo todavía no lo había visto en persona, pero pensé que se veía viejo y de lo más común y corriente en la televisión.

—Oí que estaba en busca de una esposa después de sus siete años en prisión —afirmó otra.

—Nahr, ¿podemos pasar un rato en tu casa? —inquirió una tercera.

—¿Qué les pasa a todas? ¿Qué se acabaron los chicos de nuestra edad en todo el mundo? —las increpé al tiempo que las ahuyentaba.

Todas me miraron como si estuviera loca.

Mhammad Jalal AbuJabal era un héroe genuino, un guerrillero responsable de las operaciones de la resistencia. Mis amigas me dijeron que lo habían capturado después de que él solo matara a los dos soldados sionistas responsables del asesinato de un par de sus amigos, mártires, descansen en paz.

—Mató a uno de ellos con un cuchillo y después sacó su arma y le disparó al otro —me explicaron.

—¿Y?

—Que no es ningún niño; es todo un hombre. Un famoso revolucionario —indicó Sabah al tiempo que aspiraba aire entre sus dientes, haciendo burla de mi ignorancia. Odiaba que hiciera eso, en especial frente a las demás chicas.

Sabah vivía en el edificio de junto y nos conocíamos desde siempre. Nuestra amistad se basaba tanto en nuestra rivalidad y celos, como en nuestro amor y familiaridad. Conocíamos todos nuestros secretos, teníamos una historia y nos defendíamos contra las personas ajenas, pero de manera consistente tratábamos de superarnos la una a la otra, y competíamos por la atención de los mismos chicos.

—Hizo cosas de lo más fabulosas, pero como te importa poco lo que pasa en Palestina, supongo que no te interesa. De todos modos, la mayoría de nosotras apreciamos lo que sacrificó en nombre de la lucha —siguió Sabah.

Sabah no sabía un carajo acerca de Palestina. Ninguna de nosotras lo sabía, excepto por algunos fragmentos de audio de las noticias y por las conversaciones de los adultos que alguna vez vivieron allí. A decir verdad, tampoco nos importaba gran cosa. Éramos hijas de Kuwait, aun cuando jamás pudiéramos ser ciudadanas.

—Come caca, Sabah. Tal vez se quiera casar contigo. ¡Anda, inténtalo!

Una vez que me di cuenta de que a Sabah le interesaba este nuevo hombre, yo lo quise también. Yo era más bonita y bailaba mejor, aunque ella no era nada fea y era más inteligente que yo. Además, tocaba la guitarra, cosa que me molestaba porque podía cautivar a cualquiera en el instante en que empezaba a hacerlo. Por suerte, era insegura y tímida y, por lo general, tocaba en privado o solo frente a sus amistades cercanas.

Al paso de los siguientes días, logré atar los cabos de la historia de Mhammad a partir de las conversaciones entre Sitti Wasfiyeh, Mamá y las vecinas. Mhammad provenía de una familia conocida que poseía enormes terrenos, aunque la mayoría de los mismos estaban confiscados por la entidad sionista; así era como la gente se refería a Israel, como si fuera algo que pudiera desaparecer si no pronunciábamos su nombre. Lo habían capturado y torturado por ocho días antes de que terminara por firmar una confesión, escrita en hebreo y que no podía leer, donde afirmaba que era uno de los tres hombres que atacaron a tres soldados, matando a dos de ellos. El soldado sobreviviente no lo vio durante el ataque, pero había otros testigos que, también bajo tortura, confesaron verlo cerca del lugar del ataque. Lo juzgaron en un tribunal militar y lo sentenciaron a cadena perpetua. Le dijeron que podía obtener una sentencia reducida si delataba a su hermano menor, Bilal, que había escapado a Jordania. Pero él sostuvo que su hermano no tenía nada que ver con las muertes y que la partida de Bilal no era más que una coincidencia. Al final, confesó que mató a los dos soldados israelíes, que voló una bodega militar un mes antes y que conspiró para llevar a cabo ataques contra blancos civiles. Siete años después, lo liberaron a causa de un extraño intercambio de prisioneros negociado por el reciente favorito de Israel, Hosni Mubarak, de Egipto, que fue la razón por la que terminó en Kuwait.

Nadie creía que Bilal no tuviera nada que ver con ese día fatídico. Ya lo habían encerrado a los 15 por protestar contra un asentamiento exclusivo de judíos y estaba haciéndose de una reputación como líder natural. En el exilio, mientras asistía a la universidad, Bilal agitaba a favor de la resistencia. Israel quería capturarlo a como diera lugar. Intentaron, y fracasaron, atraparlo o asesinarlo. A la larga, fue Bilal mismo quien ofreció el trato para entregarse; la libertad de Mhammad a cambio de la suya. Para sorpresa de todos, Israel accedió. Se volvió más que evidente que Bilal era más importante para ellos de lo que la mayoría supuso. Imagino que Israel sabía lo que yo terminaría por averiguar años después: que ninguna parte de la confesión de Mhammad era cierta.

Para garantizar que Israel no volviera a arrestar a su hermano, Bilal demandó que liberaran a Mhammad a la Cruz Roja y que lo llevaran a Líbano, Kuwait, Jordania, Túnez o cualquier otra nación árabe que estuviera dispuesta a recibirlo, excepto Egipto, porque ellos podrían entregarlo de regreso a Israel.

Mhammad peregrinó por varios países hasta terminar en la casa de su tía en Kuwait. No supimos la razón. Algunos dijeron que era el mejor lugar para que no lo volvieran a arrestar después de que Israel le echara mano a Bilal porque Kuwait era un verdadero refugio para los palestinos. Otros afirmaron que el trato implicaba que jamás regresara a Palestina y que ningún otro sitio estaba dispuesto a recibirlo. Otros más dijeron que estaba en Kuwait a causa de una oferta de trabajo. Sabah estaba convencida de que había venido para encontrar esposa.

—Oí que su mamá, que está en Palestina, está ansiosa por verlo casado —aseguró.

Pero ahora sé que ir de lugar en lugar es solo lo que los exiliados tienen que hacer. Por la razón que sea, la tierra jamás permanece fija bajo nuestros pies.

* * *

Durante esa primavera de 1985, coqueteé con Mhammad de manera desvergonzada. Al principio, no era más que un juego, una competencia no declarada entre Sabah y yo. Cuando no me mostró el más mínimo interés, me obsesioné y lo acosé el tiempo suficiente como para crear encuentros «casuales» repetidos en las escaleras del edificio. Era de veras apuesto y me encontré pensando en él de manera constante a pesar de nuestra diferencia de edades.

—Felicidades, Nahr —ironizó Sabah mientras levantaba los ojos al cielo—. Le dijiste *hola* en las escaleras. Es un avance trascendental.

Disfruté lo que pensé era envidia de parte de Sabah.

—Más que *hola* —respondí, y añadí que estaba planeando asistir a una recepción de bodas que se aproximaba en el vecindario—. Dijo que quiere verme bailar —mentí.

Nuestras amigas lanzaron chillidos de emoción, pero Sabah no dijo nada.

Mi plan funcionó. Aunque mi mamá me obligó a que dejara de bailar después de algunas canciones –«¡Ya es demasiado, Nahr!», exclamó–, supe que había atraído su atención. Esa noche, no pudo quitarme los ojos de encima. No recuerdo gran cosa más de ese verano, excepto que les dije a todas mis amigas que había encontrado al hombre que Dios tenía destinado para mí.

Mhammad y yo nos reuníamos a menudo en la playa, en parques y en centros comerciales. Mis amigas, incluyendo a Sabah, me cubrían con Mamá. Mhammad me contó historias de Palestina que eran muy diferentes de las de mi abuela y mis padres. En su versión, había una vida nocturna para los jóvenes, quienes bailaban e iban a fiestas, cafés, parques y clubes nocturnos. En ese entonces, los palestinos todavía tenían permitido el acceso a las playas del Mediterráneo y hablamos mucho de nuestro amor compartido por el mar. Quería saber acerca de mi vida. No le gustaba el calor del desierto y le estaba costando trabajo adaptarse a Kuwait. Dijo que se hubiera marchado semanas antes de no ser por haberme conocido.

—Tu amistad significa todo para mí —señaló. Parecía vulnerable y su necesidad por mí me hizo creer que lo amaba, cosa que le dije. Meses después, él y la familia de su tía estaban en mi casa, pidiendo mi mano.

Fantaseé acerca del amor de cuento de hadas y del sexo, y de tener mi propia casa, hijos y trabajo, como las mujeres modernas; quizá como secretaria elegantemente vestida, igual que las que aparecían en las portadas de las revistas para mujeres. Me obsesioné con encontrar los enseres domésticos más recientes que se ajustaran a la vida que imaginaba. El tipo de lavadora semiautomática que teníamos en casa, donde teníamos que meter cada prenda de ropa por separado para que la exprimieran unos rodillos, no bastaba en absoluto. Incluso había personas que tenían lavaplatos que limpiaban, enjuagaban y secaban sus trastes. Yo quería una de esas y Mhammad me prometió que me la conseguiría. Imaginé que sería la envidia de todas mis amigas.

Sitti Wasfiyeh estaba encantada, pero sospechaba de los enseres.

—No le confío a ninguna máquina que lave los platos. No los tallará para que queden bien limpios. Tu casa se llenará de bichos y jamás iré a visitarte —me advirtió.

Mamá me aconsejó que no me apresurara a tomar una decisión de ese calibre. Pensaba que Mhammad era demasiado viejo para mí y, años después, me admitió que estuvo a punto de prohibir nuestra unión, pero la fuerza de mi entusiasmo y mi dicha la hicieron dudar de sus instintos.

—Tenías la personalidad más fuerte de la familia y, sin darnos cuenta, todos cedíamos a lo que tú querías —me explicó. Pensé que las reservas de Mamá eran las preocupaciones erradas de una mujer cuyo matrimonio no había funcionado, y racionalicé que mi historia estaba iniciando de manera diferente a la suya.

Mi hermano Jehad se sentía incómodo en su papel de hombre de la casa, que la tradición lo obligó a aceptar aunque apenas tenía once años.

—Lo que sea; no me importa, Nanu. Solo decídete en un sentido u otro. ¡No creo que aguante otra más de estas formalidades del cortejo! —insistió en un inicio. Más tarde, cuando se percató de que me iría del departamento, trató de imponerse.

—Como el hombre de la familia, insisto en que Nanu siga viviendo aquí. Puede visitar a su marido, pero no puede irse a vivir con él —declaró la noche de nuestro compromiso. Nuestros invitados se mostraron divertidos. —Qué dulce —comentó alguien. Esa noche, tuvo un ataque de asma y dormí en su cama, dejándolo llorar sobre mi pecho y le prometí que jamás me alejaría y que siempre estaría allí cuando me necesitara.

En realidad, Jehad no era el único hombre de la familia. Los hermanos de Mamá se presentaron para cumplir con sus obligaciones sociales y para representarme en las conversaciones formales relacionadas con mi dote y otros asuntos prácticos del matrimonio. Mi familia no creía en los excesos que exigían otras familias, pero no era posible que me regalaran así, por una nada. No querían llevar a mi joven prometido a la bancarrota, pero no consideraban que yo fuera alguien que no mereciera una dote decente. Mamá insistió en que teníamos que tomar en cuenta lo que el joven pudiera pagar.

—Pero necesitamos asegurarnos que cuiden de ti. De manera que su familia tiene que demostrarnos que están hablando en serio.

Antes de finalizar las negociaciones, la tía de Mhammad dejó caer una verdadera bomba que casi acaba con todo.

—Esperamos que la boda cueste al menos ocho mil dinares y estamos dispuestos a pagar diez mil; pero tendremos que esperar un rato.

—¿Un rato?

—Acaban de encarcelar a su hermano Bilal y su madre no puede viajar a Kuwait para asistir a la boda porque Israel podría confiscar su casa si se marcha. Sería incorrecto e irrespetuoso que el hermano mayor celebrara sus nupcias bajo estas circunstancias —declaró la tía de Mhammad.

Era difícil discutir con su lógica, pero también comprendían la humillación a la que podrían someterme si me casaba de manera legal, pero sin una recepción de bodas. Mamá sugirió que pospusiéramos la ceremonia, pero la decisión definitiva era mía. Al final, me conformé con mil dinares, un *shabka* de oro con valor de dos mil dinares y un *mo'akhar* de dos mil dinares. La familia de Mhammad también rentó y amuebló el departamento conyugal y establecieron una cuenta mancomunada de diez mil dinares, que habría de gastarse en nuestra fiesta de bodas en unos cuantos meses, cuando Hajjeh Um Mhammad pudiera viajar a Kuwait, *enshallah.*

Me sentí satisfecha. Mhammad me amaba, y sacrificar una recepción de bodas era el precio que había que pagar para que pudiera casarme con un héroe nacional. Nuestro deber como mujeres era sacrificarnos y yo ya era una mujer. Imaginaba una bella vida para los dos en Kuwait. Forjaríamos bellos recuerdos en las playas y en el desierto, en nuestras vacaciones al Cairo, Amán, Beirut, Damasco y Bagdad. Yo llevaría a nuestros niños a Palestina a visitar a nuestras familias.

—Es un sacrificio que estoy dispuesta a hacer por el hombre que amo —declaré y me rehusé a dejar que Mamá me convenciera de no casarme. Después, la escuché impaciente mientras me indicaba que le hablara si Mhammad se mostraba demasiado tosco en nuestra primera noche juntos.

—Es normal que duela la primera vez —me insistió mientras yo hurgaba entre la ropa nueva de mi ajuar de bodas. No me atreví a decirle que ya sabía todo lo relacionado con el sexo gracias al video porno.

—¿Crees que deba usar el blanco o el negro? —le pregunté mientras sostenía dos negligés en alto.

Su cara enrojeció.

—El que más te guste —contestó antes de abandonar la habitación.

Nos casó un imam y uno de mis tíos y Jamil, el mejor amigo de Mhammad en Kuwait, firmaron de testigos en el acta de matrimonio. Mhammad me sonrió y apretó mi mano.

Es difícil recordar la decepción reprimida, en especial cuando no la reconocí en el momento, incluso ante mí misma. Siempre había soñado con una boda, con cientos de ojos que expresaban amor, envidia, o incluso lujuria, posados sobre mí. Pero no sucedió nada de eso. Solo hubo una apagada celebración, una pequeña reunión, un pastel y un lindo vestido: el suceso no era más que un sustituto momentáneo para la enorme boda que todavía creía que estaba por venir; o quizá solo fingí que lo creía.

* * *

En retrospectiva, puedo ver que el fantasma de Tamara estuvo allí todo el tiempo. La primera vez que escuché el nombre fue durante nuestra noche de bodas. Nuestras familias nos acompañaron hasta el umbral de nuestro departamento, sus rostros congelados con el tipo de felicidad nerviosa que acompaña anticipar alguna profunda transformación en la vida de un hijo o hija. Su tía y familia, junto con la mía, nos colmaron de abrazos y felicitaciones. Antes de marcharse, Mamá me abrazó una última vez y susurró en mi oído.

—Mil felicitaciones, amor mío. Que Dios te proteja y te guíe siempre. Y recuerda lo que te dije.

A solas en nuestro bellamente amueblado departamento, anticipé –esperé–, que me empujara contra una pared mientras me comía a besos y sus manos subían ansiosas por mis piernas, como lo vi en la película prohibida. En lugar de ello, volteamos a vernos, sonriendo incómodos. Le pregunté si deseaba que preparara una bebida y asintió. Mientras sorbíamos té en nuestro nuevo sofá, me acercó a él.

—No tenemos que hacer nada si no quieres —me dijo.

Me asombró que dijera algo así. De inmediato, me culpé por comportarme de manera demasiado recatada. Ahora veo hacia atrás a los muchos momentos de mi vida en los que de manera instintiva asumí la responsabilidad de las acciones y sentimientos de quienes me rodeaban.

—Ah, no, sí quiero —respondí—. Espera un momento. —Me levanté y fui a la habitación, donde ya había desempacado mi ropa días antes, abrí el cajón especial de «prendas matrimoniales» y elegí el negligé blanco, porque en una revista leí que los hombres preferían a las mujeres que eran tanto puras, como sexis. Retoqué mi maquillaje, admiré la gloria absoluta de mi femineidad en el espejo y estuve lista. El fuego se apoderó de mi cuerpo cuando paseé mis manos por las curvas que iban desde mis senos hasta mis caderas. Una sonrisa pecaminosa iluminó mi rostro cuando salí para pararme frente a él, lista para ser devorada por mi marido que, sin duda, se sentiría abrumado por la enorme fortuna de tener a una esposa así de bella.

Sonrió y alejó la vista, como si sintiera pena por mí. Mi sonrisa, curvas, fuego, belleza y sensualidad se disolvieron para convertirse en una expuesta masa de vergüenza. Mis ojos se llenaron de lágrimas. Las contuve de la mejor manera que pude, pero debe haberlas notado. Cuando al fin se acercó a mí, fue con lástima.

De modo que la primera vez en que me tocaron de forma sexual fue con manos de compasión. Limpió mis lágrimas y besó mis mejillas. Me dijo que era bella. Lo besé también, pero no fui capaz de recapturar la pasión del momento que acababa de pasar. Me llevó a la habitación, apagó la luz y me acostó con gentileza sobre la cama mientras iba al baño. Lo esperé, como confundida espectadora de mi propia vida, hasta que regresó y se acostó junto a mí en la oscuridad. Su erección y desnudez despertaron mi cuerpo para que se moviera de forma complementaria a la suya. Se detuvo para reacomodarse un par de veces, de manera torpe, como si estuviera desempeñando alguna tarea. Lo que se despertó en mí desapareció, y determiné que haría mi mejor esfuerzo por hacer que la noche fuera llevadera, segura de que había hecho algo mal. Al fin, se deslizó en mi interior y yo inicié una representación teatral, determinada a que se sobrepusiera a su decepción para hacer que me amara y deseara.

Gemí como vi que lo hicieron los actores de esa vieja cinta porno y fingí placer a pesar de la incomodidad de ser penetrada por primera vez. Esperaba que se sintiera placentero y que no hubiera nada mal conmigo; quería que se terminara y me pregunté si así sería siempre. Pensé en tener bebés. Me pregunté si tenía un cuerpo bello y si lo estaba haciendo de la manera correcta. Mamá me dijo que podría doler, y tuvo razón. Pero también pensé que se sentiría especial y dulce. Apreté los dientes y cerré los puños. En general, él guardó silencio, aunque me indicó que me relajara una que otra vez. Se esforzó, incapaz de mantener su erección, hasta que me volteó y me penetró por atrás. Como también había visto eso en la cinta porno, traté de imitar lo que hizo la actriz. Sentí dolor cuando al fin empezó a respirar con mayor fuerza y a moverse más rápido dentro de mí. Al fin, susurró, «¡Tamara!», colapsó y se alejó de mí.

Desperté algunas horas después para encontrarlo desnudo en el balcón, llorando en silencio bajo una luna indiferente, un cigarro consumiéndose entre sus dedos. Regresé a la cama en silencio y supe que sus lágrimas tenían que ver con el nombre que había murmurado con ternura al aire por encima de mi espalda. A solas en nuestra cama, con la cabeza bajo las sábanas, susurré el nombre para mí: «Tamara». Pero el sonido se atoró en mi garganta y me lo tragué completo, de modo que ahora Tamara vivía dentro de mí también.

* * *

Tanto Mhammed como yo trabajábamos. Él administraba un restaurante local y yo hacía algo de quehacer para un salón de belleza donde también depilaba cejas con hilo y hacía *manicures*. Siempre he sido buena para ese tipo de cosas, y tener un empleo me hacía sentir como mujer moderna. Pero, a decir verdad, el matrimonio no era lo que imaginaba. Estoy segura de que Mhammad y yo compartimos momentos de ternura, pero solo puedo recordar uno de ellos. Fuimos a la playa juntos, nos acostamos al sol y, después, fuimos a casa de algunas amistades para probar una bebida alcohólica que fabricaron. Garrafas y garrafas de un líquido oscuro de sabor terrible. Pensaron que mi aversión era simpática y me alentaron a darle una oportunidad. No podía acostumbrarme al sabor, pero les seguí la corriente porque quería sentirme igual de sofisticada de lo que parecían las demás esposas y, a la larga, me agradó la forma en que me hacía sentir sexi y experimentada. Mhammad dijo que se sentía feliz de que no fuera melindrosa en cuanto a beber se refería. Insistió en que las mujeres modernas fumaban y bebían. Pero seguí negándome a fumar y repetí lo que había leído hacía años en un cómic acerca de la conspiración occidental para matarnos por medio de cigarros. Se rieron de la manera en que lo hacen los adultos cuando un niño pequeño dice algo tonto. El matrimonio me había empequeñecido.

Comimos y bailamos y nos reímos, primero en la playa y después con sus amigos. Mis hombros estaban un poco quemados por el sol y Mhammad los frotó con algo de aloe. Estábamos agotados y apenas podíamos mantenernos de pie cuando al fin llegamos al departamento. Pensé que nos iríamos directo a la cama, pero Mhammad insistió en que termináramos la velada con lo poco que quedaba de su propia reserva de licor de contrabando. Sacó su *oud* y empezó rasguear las cuerdas, primero para afinarlo y, después, tocando música que me incitó a bailar. Mis caderas se aferraron a la música y empezaron a hacerle el amor a las notas. Sentía que estaba nadando en el gozo de la misma y me quité la blusa y el brasier hasta quedar desnuda, con solo una mascada alrededor de mis caderas. Él siguió tocando y yo bailando, y ninguno de los dos deseaba detenerse. Al final, cedimos al agotamiento y al alcohol y, más tarde, hicimos el amor. Esa noche averigüé que podíamos amarnos mejor cuando estábamos borrachos. Pero incluso entonces, en ese día tan maravilloso, no quiso mirarme y me volteó sobre mi estómago, de modo que supe que le estaba haciendo el amor a Tamara y no a mí.

Traté de repetir la cercanía de esa noche en otras ocasiones y lo alentaba a beber en casa conmigo y a tocar su música. Pero no hacíamos más que quedar a la deriva en un mar de torpeza hasta quedar dormidos, borrachos y decepcionados.

Los siguientes meses no son más que un borrón de imágenes y sonidos, casi siempre de peleas seguidas de lágrimas y portazos. Al igual que mi padre, regresaba a casa a mitad de la noche, diciéndome que había estado en el café con su amigo Jamil. Pero, a diferencia de mi padre, Mhammad no amaba a su mujer. No quería estar conmigo y no disfrutaba de tocarme. Al paso del tiempo, yo tampoco lo deseé, pero no antes de que se endureciera algo tierno en mi interior.

Tenía 19 años cuando mi esposo me abandonó. No fue una pelea ni fue la primera vez en que lo acusé de largarse en busca de su amada Tamara. Pero en esta ocasión se fue y ya no regresó, ni siquiera para recoger sus cosas. No se presentó en el trabajo y pasé la primera semana de su ausencia buscándolo en hospitales y estaciones de policía. Jamil, el mejor amigo de Mhammad en Kuwait, tampoco sabía a dónde se había ido.

El rostro de Jamil no se parecía en nada a lo que alguna vez vi en la cara de ningún hombre. Parecía devastado, como si él hubiera sido quien perdiera a un cónyuge.

—Pienso que regresó a Palestina; quizá para buscar a… —Jamil vaciló. Sus ojos se llenaron de lágrimas—. Tamara. Fue a encontrarse con Tamara, pienso.

Mi corazón se hundió. Ese nombre otra vez; un nombre sin rostro, sin voz, sin historia.

—¿Te contó acerca de Tamara? —le pregunté—. ¿Tú la conoces? ¿Quién es? ¿Dónde está?

Jamil alejó la mirada.

—Lo siento, Nahr. Espero que al menos te otorgue un divorcio para que, *enshallah*, puedas volver a casarte y no vivas en un limbo.

¿Divorcio? Jamás había considerado la posibilidad hasta que la palabra salió de la boca de Jamil.

He revivido ese momento con Jamil en varias ocasiones. Al saber lo que sé ahora, veo en su rostro lo que no me era evidente en ese entonces. Ahora sé el significado de las lágrimas de Jamil, el secreto que yacía en las arrugas de su frente. Tamara significaba algo para él también.

* * *

Conocí a Um Baraq después del desastre de mi matrimonio. Me encontraba en la boda de una anterior compañera de clases que era familiar distante de ella. No conocía bien a la excompañera y solo fui porque Sabah me lo rogó.

—Si no quieres salir de la casa por tu propio bien, entonces hazlo por mí. Tengo muchísimas ganas de ir, pero soy demasiado tímida como para ir a solas —me insistió.

—Mentirosa. Van a ir muchas de nuestras amigas.

—Pero tú eres la más popular y todo el mundo querrá verte bailar. Me darás mayor estatus si vamos juntas.

—Y sigues mintiendo. —Me le quedé viendo con una media sonrisa. Me conocía lo bastante bien como para saber que ya había cedido, y yo la conocía lo bastante bien como para saber que estaba siendo sincera. Sabah se sentía de veras apenada de que mi matrimonio se hubiera terminado.

—¡Excelente! Así quedamos. Te recojo por la mañana. Iremos por un buen baño *hammam*, después vamos a comer, a que nos hagan un peinado y…

—¡No! Iré a la boda, pero no me voy a someter a un larguísimo día de salón también. No es como si fuera parte de la familia —protesté.

—¡No es para la boda, Nahr! Te ves fatal. ¡Y apestas!

Era mitad de la tarde y yo seguía en camisón. Mi cabello era un desastre enmarañado sin lavar. No me había bañado en días.

—Está bien. Al fin que tú pagas.

Por años me he preguntado cómo sería mi vida si no hubiera ido a esa boda. Era la primera vez que salía de la casa en semanas. Me había tomado demasiado tiempo del trabajo y esperaba que me corrieran pronto.

Sabah y yo pasamos el día acicalándonos y consintiéndonos. El vapor y energético tallado del *hammam* marroquí reavivaron mi piel. Me sentí renovada y reinventada por el agua. Nos acostamos una junto a la otra a lo largo de los lavados, masajes y aplicaciones de aceites. Nos hicieron faciales, *manicures* y *pedicures*. Nos secaron y estilizaron el cabello, y después de la comida, nos tomamos una siesta y regresamos a que nos maquillaran para después vestirnos y dirigirnos a la boda.

No recuerdo gran cosa de esa noche, excepto que mientras más bailaba, menos me dolía el corazón. La música era principalmente *pop* khaleeji, egipcio y libanés. Pero tocaron algunos clásicos con un conjunto *takht* y algunas *taqseem* instrumentales. Había suficientes de nosotras del Levante como para que incluso tocaran una *jafra*, e iluminamos la pista de baile con un agitado *dabke*. Arrastré a la novia hasta el centro de la pista e hicimos el *dabke* a su alrededor, cosa que le encantó. Solo dejé de bailar cuando el *DJ* pausó para que las mujeres de las dos familias intercambiaran elogios y declararan el honor que era dar y recibir a la novia.

Una mujer kuwaití mayor se sentó a nuestra mesa y se apretujó en una silla junto a mí para presentarse tan solo como familiar de la novia.

—Es bueno que las bodas khaleeji sean segregadas. Todas estas mujeres te hubieran hecho trizas si hubieras bailado así frente a sus maridos. Las bodas palestinas son mixtas, ¿verdad? —me preguntó.

—Por lo general, pero depende de la familia. Algunas son más tradicionales y mantienen las cosas separadas; pero por lo general son mixtas. A excepción de la noche de la henna y, a veces, durante la *zaffa*.

—¿Y tu marido te permite bailar en las bodas palestinas mixtas?

Dudé, insegura de si podía seguir diciendo que tenía marido.

—No le molesta.

—Oí que tu esposo es un héroe palestino —afirmó la mujer.

Fue la manera en que lo dijo, como si algo supiera. Asentí y le di la espalda.

—Discúlpame si me pasé de metiche —agregó—. Tiendo a hablar demasiado, pero no lo hago con malas intenciones. Disculpa si te ofendí.

—¿Cómo dijiste que te llamabas?

—Um Buraq. Es un gusto conocerte, Yaqoot.

Al parecer, esta perra sabía algunas cosas de mí. Mi nombre legal no era ningún secreto, pero no muchas personas lo conocían.

La miré directo a los ojos.

—¡Qué barbaridad! Otra vez hablando demasiado. Sé lo que estás pensando. Te estás preguntando cómo es que sé tu nombre. Lo siento. Me sentí intrigada al verte bailar. Pregunté y la novia me lo dijo.

No respondí, insegura de qué pensar de ella.

Sonrió.

—Sé que soy mayor que tú, pero solo estoy tratando de ser amistosa. Algunos de nosotros vamos a terminar la noche en otra fiesta cuando esta se acabe y quise saber si te gustaría acompañarnos.

A mis ojos de veintitantos, parecía antiquísima, pero ahora sé que apenas y tenía cuarenta.

—La fiesta va a durar hasta pasada la medianoche. ¿Quién seguirá despierto a esa hora?

Jamás olvidaré su reacción. Sus labios se abrieron más de lo que parecía posible, expandiéndose sobre grandes dientes que tenían un espacio evidente fuera del centro de donde se encontraba su nariz, y empezó a reírse; un cacareo agudo y atemorizante.

—¡Mi vida! ¡Toda una parte de Kuwait cobra vida solo después de la medianoche! —exclamó. Debo haber evidenciado mi desagrado porque cerró su enorme boca y dejó de reírse.

—Toma, ten mi número de bíper en caso de que cambies de opinión. —Me entregó una tarjeta. Me sorprendió que tuviera un bíper. Solo los médicos y los empresarios los tenían. Pensé que quizá fuera alguien importante y cambié de actitud. Acepté la tarjeta con gratitud y le di mi número de teléfono.

—¿Qué hace una vieja dándote su número de bíper? Es de lo más extraño —opinó Sabah cuando vio que Um Buraq se alejaba.

Ir a esa boda me sacó de la casa y, al fin, ayudó a crear un nuevo ritmo en mi vida. O, más bien, regresé a como eran las cosas antes de mi breve matrimonio, como si jamás hubiera sucedido. Me quedé en nuestro departamento el tiempo que pude, y fingí que Mhammad estaba fuera en un viaje de negocios cada que pasaba el casero para cobrar la renta, en un intento por aguantar lo más que pudiera en caso de que decidiera regresar o, al menos, mandar algo de dinero. Después de dos meses, la esposa del casero me informó que el edificio completo sabía que mi esposo me había abandonado y me señaló que a menos de que pagara, le hablarían a la policía para que me arrastrara del lugar.

Mamá y yo fuimos con Um Naseem, la tía de Mhammad, para retirar dinero de la cuenta mancomunada que habían establecido para la boda, y nos enteramos de que Mhammad la había vaciado meses antes. No me dejó un quinto. Um Naseem se disculpó de manera profusa y me dio algunos cientos de dinares, que yo sabía que no podía costear. Después, Hajjeh Um Mhammad, mi suegra, me habló desde Palestina. Lloró al teléfono y me prometio que me ayudaría siempre que pudiera. Sé que ella también tenía el corazón roto. No quise aceptar su dinero porque sabía que ya había vendido gran parte de su herencia para pagar los costos legales y las multas israelíes para poder quedarse con su casa. Era una viuda que vivía sola y no quise añadir a su carga. De todas maneras, mandó mil dinares y Um Naseem insistió en que los tomara. Al principio, no se lo dije a Mamá porque me hubiera hecho pagar las rentas atrasadas, pero me estaban echando del departamento y ya no quería vivir allí de todas maneras. No compartía las sensibilidades morales de Mamá y estuve más que feliz de estafar al casero. Incluso, rompí la manija del baño a propósito.

Jehad y Mamá me ayudaron a mudarme en medio de la noche. Mamá me hizo dejar los muebles a cambio de la renta. No quiso aceptar que solo me fuera sin pagar porque «robar es *haram*». Dijo que Dios me castigaría por ello a la larga, como si ser una esposa abandonada a los 20 años de edad no fuera castigo suficiente. Resultó que mis preciosos enseres domésticos ni siquiera eran míos. Mhammad se los estaba rentando al casero. Tendría que regresar a lavar platos a mano y a usar la lavadora semiautomática. Pero me sentí consolada al imaginar la cara del casero cuando viera lo que había hecho en el baño.

Antes de que pasara mucho tiempo, conseguí un nuevo trabajo como oficinista en una escuela privada, y mi vida continuó como antes de que me casara. Seguí depilando cejas con hilo aparte. De vez en cuando, me ocupaba del maquillaje y uñas para alguna boda o fiesta. La familiaridad de todo esto me hacía preguntarme de vez en vez si mi matrimonio no había sido un sueño. Poco a poco, Mhammad empezó a desaparecer de mis pensamientos. Podría haberlo hecho por completo si Sitti Wasfiyeh no me hubiera recordado de manera ocasional que no había logrado conservar a mi marido siquiera por un año; o si no hubiera surgido la pregunta inevitable de por qué no me había embarazado todavía cuando me topaba con alguien a quien no había visto en un tiempo. Por lo general, Sabah estaba conmigo cuando esto sucedía, por lo que intercedía.

—Ya son los ochentas. Una mujer no tiene por qué tener hijos de inmediato —respondía, o bien—: Nahr es una mujer moderna. Todavía no quiere tener hijos.

Sabah me cuidaba, en especial cuando se trataba de personas desconocidas. De modo que confié en ella cuando confirmó mi incomodidad relacionada con Um Buraq, por lo que no respondí a la llamada de la vieja cuando dejó un recado en la contestadora del departamento poco antes de que me sacaran de allí. Pensé que Um Buraq no era más que insistente (aunque interesante), pero Sabah detectaba algo escandaloso.

—Qué bueno que ya no puede localizarte con ese número —explicó Sabah—. Sabes que no me gusta repetir este tipo de cosas, pero su marido se volvió a casar con una nueva esposa porque ella no puede tener hijos. Se hace llamar Um Buraq para tener cierta respetabilidad a su edad. Pero como su marido ya casi nunca la visita, no hay nadie que la mantenga a raya. Oí que se acuesta con otros hombres. *¡Istaghfar Allah!*

—¡Pues claro que lo hace! ¿De qué otra manera puede enfriar sus pasiones? —bromeé. Es algo que yo también había escuchado, pero eso era lo que hacía que Um Buraq fuese interesante. Sabah me dio un empujón amistoso.

—¿Qué? —protesté antes de asumir la sabiduría reservada para las mujeres que de verdad habían cogido antes—. Algún día conocerás la dicha —afirmé, fingiendo que mi experiencia con el sexo había sido cualquier otra cosa más que traumática.

Seguí sintiendo curiosidad por Um Buraq. La impenitente confianza que irradiaba, a pesar de su estatus comprometido como primera esposa abandonada, me hacía respetarla. De alguna manera, se hizo del teléfono de mi familia y dejó un mensaje con mi mamá. Sabah se portó inusualmente furiosa porque planeaba regresarle la llamada.

—La gente ya está hablando de ti a causa de tu infame marido. ¿Por qué querrías llevarte con alguien como Um Buraq? Ni siquiera es de aquí. Es iraquí, pero finge ser kuwaití porque también lo es su marido.

—¿Y cómo sabes de lo que están hablando a menos que participes en las habladurías? ¿Y qué tiene que ver con nada que sea iraquí? —la increpé.

—Vamos, Nahr. Sabes que solo estoy tratando de cuidarte —me respondió y, en efecto, lo sabía, pero de todos modos le colgué. Por lo general, Sabah y yo nos reconciliábamos uno o dos días después de cualquier pelea, pero eso no pasó en esta ocasión. Pasaría mucho tiempo antes de que volviéramos a retomar nuestra amistad porque ese día decidí hablarle a Um Buraq. No sabía si los rumores acerca de ella eran verídicos, pero pensé que me entendería; que sabría cómo se sentía ser una mujer desechada.

Um Buraq

Aquí en el Cubo contemplo cada una de las decisiones en mi vida y haber recurrido a Um Buraq se destaca como un momento esencial en alterar el curso de mi existencia.

—Bueno, bueno. Qué bonita sorpresa, y tan oportuna —exclamó Um Buraq. Esa noche tenía una fiesta con amigos y le encantaría que la acompañara. Le dije que me gustaría, pero que no podía.

—Mi familia no creerá que una boda pueda ser tan tarde —le respondí.

—No te preocupes. Te quedarás conmigo. Todas mis chicas lo hacen —me explicó. De haber sido más sofisticada y menos ingenua, más lista y prudente, más parecida a Sabah, me habría preguntado a qué se refería con eso de «todas mis chicas».

Le pregunté qué me debería poner.

—Algo sexi —respondió.

—¿Es una fiesta mixta?

Ella rio.

—Sí, es mixta.

Supuse que se trataría más de parejas, ya que era el único tipo de fiesta mixta a la que había asistido a altas horas de la noche.

—No me siento cómoda en fiestas con parejas —dije—. ¿Habrá otros solteros?

Entonces soltó una gran carcajada. Aún por teléfono, me desconcertó. Me imaginé los grandes dientes, la boca muy abierta y los labios gruesos. Se dio cuenta de que estaba a punto de echarme para atrás y de inmediato me dijo:

—No tienes nada de qué preocuparte. Yo voy a ir sin un marido, ¿no es cierto?

* * *

—Me alegra que hagas nuevos amigos y que sigas con tu vida —dijo Mamá, pero Sitti Wasfiyeh me advirtió.

—La gente va a hablar. Alguien en tu posición no debería quedarse fuera de su casa.

—Déjala en paz —la regañó mi madre—. Lo único que hace es trabajar. En el salón, en la escuela. Sabah es su única amiga y necesita vivir su vida. —Aún puedo escuchar las palabras de Mamá en mi cabeza.

Jehad iba saliendo a jugar futbol cuando el chofer de Um Buraq sonó el claxon bajo nuestro balcón. Mi hermano y yo bajamos juntos y él miró por un instante a Um Buraq, que iba vestida con su *abaya* negra tradicional en el asiento del pasajero.

—¿Ahora te llevas con viejas kuwaitíes? —dijo para provocarme y siguió con su camino mientras yo me dirigía al coche. Al subir, me sorprendió encontrar a otras dos mujeres en el asiento trasero. Intercambiamos saludos y Um Buraq nos presentó. Se llamaban «Susu» y «Fifi», y, por sus acentos, me di cuenta de que Susu era libanesa y Fifi, egipcia. Tenían mi edad y eran muy hermosas.

—Tenemos que encontrarte también un buen nombre —indicó Um Buraq.

—¿A qué te refieres?

Cuando llegamos al semáforo, volteó hacia mí.

—Elige un nombre que no sea Yaqoot —dijo.

—Almas —exclamé de manera espontánea. Diamante.

He pensado mucho en esa decisión de elegir otro nombre. ¿Me estaba comprometiendo a algo? Quizá era un acto de rebeldía. ¿Un rechazo del guion que decía que buscara una vida respetable, modesta, con un marido, hijos, estatus social y dinero? ¿Quería intentar una vida en los márgenes de todo lo que era antinaturalmente correcto?

En ese caso, ¿por qué? ¿Fue por entusiasmo? ¿Por un deseo de tener relevancia? ¿Por atención? ¿Por una sexualidad sin restricciones? O tal vez haya sido algo menos interesante. Mi esposo ya me había rechazado y abandonado antes de cumplir los veinte, además de que ni siquiera tuve una boda como Dios manda, lo cual tan solo me desacreditó ante los demás e intensificó su desprecio. Tal vez busqué a Um Buraq porque pensé que ella entendería la conmoción y la pena de haber caído en desgracia.

Um Buraq me sonrió y levantó las cejas con aprobación.

—¡Entonces ese será! Almas. Es un nombre adecuado para una gema como tú.

Ahora tenía tres nombres; bueno, cuatro si contamos Nanu, que es como mi hermano me decía a veces.

La casa de Um Buraq era modesta, pero elegante, y estaba en el distrito de Rumaithiya. Una mujer surasiática de unos cincuenta y tantos años nos abrió la puerta. Deepa era una de los dos sirvientes de la casa. El otro era Ajay, el marido de Deepa, que era el chofer que nos llevó. Con frecuencia la gente de Kuwait era dura y antipática con su servidumbre, pero, aunque Um Buraq era demandante, parecía relacionarse con su criada como si fuera de su familia. Me sorprendió que le dijera unas cuantas palabras en su idioma.

—¿Hablas hindi?

—¡No! Malabar —me contestó de mal modo, alterada porque yo no supiera la diferencia.

Hacía unos veinte años, antes de que Um Buraq se casara por primera vez, Deepa había llegado a Kuwait para encontrar trabajo y había acompañado a su patrona en todo su sufrimiento por los abortos espontáneos y, luego, el abandono de su marido. Deepa tampoco tenía hijos y escapó de esa vergüenza yéndose a trabajar a Kuwait. Después, cuando su marido intentó concebir con otra esposa, quedó en evidencia que el infértil era él y no ella. Ajay le rogó a Deepa que lo aceptara de nuevo y, a su vez, ella le rogó a Um Buraq que lo trajera a Kuwait. Sin embargo, como Um Buraq no podía pagar otro sirviente, lo aceptó con la condición de que podría contratarlo si tomaba una parte de las ganancias que él obtuviera. Ajay aceptó y abandonó a su segunda esposa para escapar de su impotencia, y los tres terminaron viviendo juntos en esa situación innombrada y vergonzosa de no poder tener hijos. Todos tenían más o menos la misma edad, pero tanto Deepa como Ajay le decían «Mamá» a Um Buraq.

—Ese vestido que trajiste no servirá —dijo Um Buraq y me dio unas cuantas ropas muy reveladoras para que me las probara. Un vestidito rojo que me escogió se ajustaba muy bien a mi cuerpo y acentuaba mis curvas. Recorrí mi cuerpo con las manos y observé en el espejo cómo se deslizaba por mis pechos hasta la cintura y luego resbalaba sobre los bordes de mis caderas. Es probable que haya sido la ropa más costosa que me haya puesto alguna vez. Con ese vestido podía ser alguien más que no fuera la fracasada de veinte años que apenas aprendió a leer lo suficiente cuando llegó a la adolescencia, se enamoró del primer hombre que conoció y se casó con él, y luego terminó simplemente como alimento para los chismes. Con ese vestido podía ser Almas, un diamante.

»También quédate esta. —Um Buraq me pasó una bolsita de lentejuelas que hacía juego con mi vestido.

Me apliqué mucho maquillaje para mi personalidad como Almas y creé una versión de mí que era atractiva y sofisticada. Me gustaba esa mujer que llevaba una capa gruesa de kohl, rímel y lápiz labial rojo, y que me miraba desde el espejo.

—¿Qué prefieres: Red Label o Black Label? —preguntó Susu.

Pensé que hablaba de mi vestido y me pregunté por qué decía las palabras en inglés.

—No sé. Nadie puede ver la etiqueta —respondí mientras me retorcía para ver en el espejo la etiqueta del vestido. Todas rieron y Susu casi escupió su refresco.

—¿Qué es tan gracioso?

—Mira. —Susu levantó su vaso—. Este es Red Label.

Reconocí el olor.

—¡Es alcohol! Pensé que estabas bebiendo cola.

Aún entre risas, Fifi dijo:

—Solo bébelo. Aquí no tienes que fingir. Sabemos que todas las palestinas toman alcohol.

Recordé a Mhammad. Y a mi padre. Casi podía escuchar cuando Mamá le gritaba que apestaba a *khamr* y pecado, y luego él se regresaba a cualquier burdel donde hubiera estado. Tomé el vaso de Susu, olí los vapores del alcohol y le di un gran trago. No se parecía al tipo de cosas a las que Mhammad me había introducido. Ni siquiera era del mismo color. Sentí que el fuego me recorría y pensé que iba a vomitar. Lo tosí, los ojos se me llenaron de lágrimas y arrojé mocos por la nariz. Todas se rieron.

Corrí al baño. El maquillaje que momentos antes admiraba estaba embarrado, y el kohl y el rímel me corrían por la cara.

—Pareces una gata que se acaba de comer a sus gatitos —me dijo Um Buraq, que estaba parada en la puerta del baño. Deepa sonreía a su lado—. Yo te arreglaré, querida. —Parecía casi maternal.

—¿Tú bebes esa cosa tan horrible? —le pregunté.

—Yo no, pero no puedo juzgar. Te enseñaré cómo tomarlo —afirmó y Deepa agregó en un árabe chapurreado.

—No beber como agua, Almas. Beber lento.

Deepa tomó una toalla húmeda y se la dio a Um Buraq, que la pasó con todo cuidado por mi rostro. La cabeza me daba vueltas.

—Déjate ir. Confía en mí. Te darás la divertida de tu vida. Las mujeres merecemos divertirnos en este mundo —agregó en voz suave, incluso tierna, al mismo tiempo que me maquillaba de nuevo—. Dios no nos hizo solo para tener bebés y satisfacer las necesidades de los hombres, mientras ellos andan por todas partes y hacen lo que se les venga en gana. —De nuevo pensé en Mhammad y me atravesó la puñalada del abandono. Um Buraq prosiguió—. Son vampiros que se van cuando te chuparon hasta la última gota de sangre.

—Mamá, Ajay me necesita —la interrumpió Deepa.

Um Buraq agitó una mano.

—Déjalo que espere. Tenemos que arreglar a esta niña.

Con el tiempo aprendería que Um Buraq toleraba a Ajay solo por Deepa, aunque le quitaba la mitad de sus ganancias todos los meses. Si no hubiera sido por Deepa, le hubiera quitado todo su dinero y Ajay no podía hacer nada al respecto. Estaba deshonrado en India y no le quedaba dónde ir más que a Kuwait con Deepa. Su permiso de trabajo estaba a nombre de Um Buraq. Era su dueña y lo estaba haciendo pagar por haber abandonado a Deepa, en una especie de castigo por poder contra su propio marido, que había tomado una segunda esposa y la había abandonado. El esposo de Um Buraq le había dicho que estuviera agradecida con él por ahorrarle la vergüenza del divorcio, pero ella sabía que era tan solo porque le resultó más barato conservarla como primera esposa que pagar su *mo'akhar*, la dote del divorcio, que con toda intención es exorbitante en algunos matrimonios justo para impedir esa eventualidad.

Hasta que conocí a Um Buraq, nunca se me había ocurrido que el patriarcado no fuera más que el orden natural de la vida. Ella fue la primera mujer que conocí que en verdad odiaba a los hombres. Lo decía de manera abierta y sin disculparse. Me resultó persuasiva.

Deepa me trajo una botella de agua mineral. Me la tomé de un trago y solté un eructo de satisfacción que hizo que todas rieran. Luego Deepa me pasó una copa.

—Escocés con agua de burbujas —dijo y meció la cabeza como lo hacen las surasiáticas al mismo tiempo que sonreía—. Sorbito, solo sorbito. No beber.

Le di un sorbo y estaba horrible. Luego ya no me pareció tan mal. Me reuní con Fifi y Susu en la sala, tomamos nuestras bolsas y salimos juntas.

—Espera. —Um Buraq me quitó de la mano la bolsita roja, miró el interior y luego me la devolvió—. Buena chica. No quieres llevar ninguna identificación contigo —afirmó.

Ese momento también se destaca en mi memoria. Poner una cartera y mi identificación en la nueva bolsa habría sido lo más natural. ¿Alguna parte de mí sabía que no debería hacer nada que pudiera revelar mi identidad? ¿En algún sitio recóndito de mi mente había imaginado que la policía podía detenerme? ¿O simplemente estaba borracha?

En el coche me sentí relajada, con el corazón abierto al mundo, cálido y lleno de amor. Sentí afecto por Um Buraq y Deepa. Incluso tal vez por Fifi y Susu, o como fuera que se llamaran en realidad. Las tres íbamos en el asiento trasero del Lincoln Continental de Um Buraq, envueltas en los *abayas* negros sobre nuestros vestiditos. Ella se sentó adelante, junto a Ajay, que mantenía las manos sobre el volante y en ocasiones nos miraba por el retrovisor.

Me gustaba que el vestido abrazara mi cintura, que apretara mis tetas juntas como si estuvieran a punto de explotar. No era yo en realidad. Ahora era Almas. Bajé la ventanilla para dejar que el viento frío del invierno desértico golpeara mi rostro.

—¡Niña! ¡Ciérrala! ¡Está encendida la calefacción! —gritó Um Buraq y las chicas soltaron una risita—. Deepa te dio demasiado a beber —dijo con una advertencia—. No olvides que te llamas Almas. Intenta bajarte la borrachera. ¿Me entiendes?

—¿Cómo? —le pregunté.

—¿Cómo qué?

—¿Cómo me la bajo?

Lo pensó un momento y luego dijo:

—Haz aritmética en tu cabeza. Cuenta cosas. Cuenta todo lo que te rodea. Eso te ayudará a enfocarte.

Casi eran las once cuando llegamos a la cabaña en la orilla del mar. Estaba un poco mareada y me tambaleé en los zapatos de tacón que me dio Um Buraq, y que no me ajustaban bien, mientras nos acercábamos a una enorme puerta con decoraciones de madera labrada. Se abrió antes de que llegáramos y salió un kuwaití de mediana edad, que nos recibió con un placer exagerado. Llevaba un *dishdasha* tradicional, pero sin *gutra-o-egal* en la cabeza. Dentro, nos recibieron las ovaciones de un pequeño grupo de hombres en un gran salón *diwaniya*.

—¡*Ahlan ahlan ahlan!* Bienvenidas, bellezas. ¡Ahora puede comenzar la fiesta!

Éramos las únicas mujeres.

—¡Nos tuvieron esperando, señoras! Pero bien valió la pena. Vengan, tomen asiento. ¿Qué les podemos traer de beber?

«Cuenta cosas para que se te baje la borrachera», me recordé.

Conté diez hombres, luego cuatro botellas de escocés Black Label y seis botellas de escocés Red Label, tres de ellas vacías, dos consumidas en parte y cinco cerradas. Diez cajetillas de cigarrillos, tres *argilehs*. Una pieza de espejo con dos líneas de polvo blanco. Diez ceniceros llenos de colillas, seis tazones con nueces, dos elegantes cubetas de hielo, tres botellas de Pepsi, dos botellas de ginger ale.

—Bienvenida, hermosa. Toma asiento —dijo alguien y después me di cuenta de que era la única que seguía de pie. Los hombres se presentaron como Abu esto y Abu lo otro, y al poco tiempo ya nos estaban enseñando fotos de sus hijos.

A medida que la música empezó a sonar más fuerte, Fifi y Susu se levantaron a bailar con los hombres y luego me jalaron para que bailara con ellos. Levanté los brazos y mis caderas se retorcieron y giraron en el aire. La música me cubrió como una ola, aunque la eclipsaba una creciente intranquilidad.

«Cuenta, Nahr», me dije. Dos cuadros en la pared, uno del emir y el otro de su sucesor. Una espada con inscripciones debajo de las fotos. Seis tapetes persas que cubrían el largo *diwaniya*; tres candiles, uno grande y dos pequeños, todos con luz mortecina. Cerré los ojos y mi cuerpo bailaba. Tres hombres empezaron a arrojarme muchos billetes. «Cuando mi padre no estaba todas aquellas noches, ¿este es el tipo de lugar al que iba y hacía lo mismo que estos hombres? ¿Qué están haciendo? ¿Qué estoy haciendo yo? En tres días cumpliré veintiuno. Solo baila, Nahr. Baila, Yaqoot. Baila, Almas. Almas, Almas. Me llamo Almas. Uno. Dos. Tres nombres. Cuatro: Nanu, Jehad. Bebe un poco más de Red Label. Sorbito, sorbito. No, bebe. Cuenta».

No sé por cuánto tiempo estuve bailando, pero en algún momento apagaron el candil de en medio y la luz de los otros se amortiguó todavía más. Fifi se había ido con uno de los hombres. Susu estaba acurrucada en el sofá entre dos hombres. Um Buraq jugaba *backgammon* en una mesa grande en la esquina con el hombre de mayor edad en la fiesta, mientras que el resto miraba o apostaba sobre quién ganaría. La habitación estaba nebulosa por el humo y de pronto me dieron náuseas. Uno de los hombres que bailaba me enseñó donde estaba el baño. Allí fue donde me topé frente a frente con Almas en un espejo grande. Estaba descalza y con la piel brillante por el sudor, el pelo lacio y el maquillaje ligeramente borrado, pero no corrido. El retrete, el bidé, las llaves de oro, las losetas de mármol, la tina de jacuzzi y la regadera de vidrio flotaban alrededor mientras corría hacia el excusado, donde vomité el ácido del escocés y las nueces surtidas. Vomité hasta que no quedó nada más que la bilis. El mismo hombre estaba en cuclillas a mi lado y me detenía el pelo. «Creí haber cerrado la puerta». Me dio una toalla húmeda y caliente, y luego un vaso de agua fría. Después me guio al lavabo y me dio un cepillo de dientes y pasta, mientras me acariciaba el pelo.

—*Salamtik, alf salamah* —decía una y otra vez para calmarme.

Me limpié y le pedí que me dejara sola un momento. Volteó para alejarse y, al escuchar que se cerró la puerta, me senté a orinar. Mientras me lavaba y secaba en el bidé, me di cuenta, para gran horror de mi parte, que él seguía en el baño de espaldas a mí, pero mirándome por el espejo. Me sonrió cuando lo vi. A mi confusión se le sumó un miedo súbito y en ese momento apenas podía caminar.

—Déjame ayudarte —insistió—. Tal vez un poco de aire fresco te haga bien. —Me condujo por una entrada independiente que daba a la playa. Pude oír el mar, pero estaba demasiado oscuro como para ver cualquier otra cosa que no fuera una rebanada de luna y la gloria de las estrellas infinitas. Me jaló para que me sentara a su lado. No había visto que ya tenía dispuesta una manta sobre la arena junto a una chimenea de gas para exteriores—. Eres hermosa —dijo mientras acariciaba mis senos y me empujaba para acostarme de espaldas—. Todos los demás quisieron tenerte en cuanto empezaste a bailar. No puedo creer lo afortunado que soy.

El cielo estaba colmado de estrellas en una red de eternidad. Solo había visto alguna vez un cielo como este cuando Jehad y yo éramos pequeños y nuestro padre llevaba a la familia a acampar varias semanas en el desierto. Todo el país montaba tiendas de campaña para el invierno. «¿Cómo olvidé aquellos días? ¿Cuántas veces lo hicimos como familia? Esos recuerdos tan maravillosos de mi padre que son incluso mejores que el arcoíris de Windex sobre el vidrio y la canción de Fattooma. No. Este no es el tipo de lugar al que iba mi padre en esas largas noches de ausencia. No es posible».

El aire del Golfo Pérsico que entraba y salía de mis pulmones era salado, seco y frío. Era el mismo aire que entraba y salía de los pulmones de ese hombre mientras él entraba y salía de mí. Algo afilado, tal vez una piedra o una concha, se me enterraba en la espalda por debajo de la manta con cada embate de su parte. De nuevo sentí ganas de orinar. Las estrellas me observaban, retándome a moverme, pero no lo hice. Resistí y esperé, porque eso es lo que hacen las chicas. Incluso las chicas malas como yo. Toleramos y esperamos, y satisfacemos los caprichos de los hombres, porque a veces nuestra vida está en juego... hasta que nos vengamos.

Me oriné justo donde estaba acostada sobre la manta y sentí la humedad caliente entre mis muslos.

—Vales cada centavo —me dijo—. ¿Te puedo traer algo? —Me dio un empujoncito—. ¿Estás bien? —El agotamiento me oprimía el pecho y me detenía contra el suelo. Volvió a darme un empujón y yo cerré los ojos a las estrellas.

Cuando los abrí de nuevo, estaba acostada de estómago sobre una superficie dura y las voces de hombres y mujeres me rodeaban. Vi las piernas desnudas de una mujer cuyas uñas pintadas de azul reconocí como las de Fifi. La habitación estaba muy iluminada y traté de darme vuelta, pero alguien me detuvo. Fifi se agachó para verme a la cara.

—Está bien, un gran trozo de vidrio de la playa se te encajó en la espalda. Un doctor te está curando —afirmó y luego susurró—: ¿No lo sentiste? En cualquier caso, no podíamos llevarte al hospital porque... ya sabes.

Dormí en casa de Um Buraq. Un dolor agudo me atravesaba cuando trataba de mover el brazo del lado donde el vidrio había cortado los músculos de mi espalda. Por la mañana, me bañé en la tina lo mejor que pude con un solo brazo. Deepa me ayudó a lavarme el pelo sin mojar el vendaje. Las otras chicas se habían ido y solo quedábamos Um Buraq y yo.

—Causaste todo un lío anoche. A la próxima deberías ser más cuidadosa —dijo y me puso enfrente una bandeja con huevos fritos y *labneh,* mientras ella comía con las manos los sobrantes de *matchboos*. El platillo tradicional kuwaití de arroz con azafrán, pasas y nueces, sobre el cual se coloca pollo dorado y una salsa picante de tomate, es una comida que por lo común se toma en la tarde o en la noche, pero ella la comía a cualquier hora del día o de la noche.

—No gracias. No tengo hambre.

—Toma, Deepa te exprimió jugo fresco de naranja con jengibre. Bébelo, y tómate estos dos analgésicos para el dolor de cabeza.

Le di unos sorbos al jugo y todavía tenía mojado el pelo.

—Todo salió mejor de lo que esperaba —afirmó Um Buraq mientras tomaba un puñado de arroz dorado—. Pásame eso de allí. —Apuntó a un grueso sobre azul atado con una liga.

—No trabajo para ti. Ve tú misma por tu sobre —respondí.

—Bueno, es para ti, pero me encantaría quedármelo si quieres —dijo sin levantar la vista de su comida.

Estiré un poco el brazo que me funcionaba, pero incluso ese movimiento fue doloroso.

—Ábrelo —me indicó.

Hice un gesto de dolor, ya que apenas era capaz de moverme.

—Yo lo haré. —Tomó el sobre, se lamió el arroz de los dedos, sacó un montón de billetes y contó dos mil dinares con sus dedos grasientos, para luego devolverlos al interior y pasármelos.

»Se sintieron mal y nos dieron un poco de dinero por las molestias que causó el chico —explicó. Esos hombres le habían pagado quinientos dinares por mí y luego le dieron cinco mil por el daño que causó el sobrino. Quería devolverle el dinero y nunca volverla a ver, pero yo ganaba trescientos dinares mensuales por trabajar de tiempo completo y ella me estaba ofreciendo dos mil.

—¿Dónde está el resto? —pregunté.

Casi se atragantó con la comida.

—¿Por qué te quedas con tres mil quinientos dinares? —insistí, fingiendo valor.

—Ese es el trato —aseveró y dio otro bocado sin siquiera mirarme.

—No hay trato —exclamé, al mismo tiempo que trataba de endurecer la voz y sofocar el dolor.

Me sonrió y sus gruesos labios se estiraron casi hasta el extremo de su rostro. La hoja de perejil adherida a sus dientes y la brecha vulgar entre ellos se burlaban de mí.

—Me simpatizas —admitió y metió sus grasientas manos entre sus senos para sacar una bolsita de tela llena de billetes. Contó mil dinares y los empujó hacia mí. No los tomé y seguí viéndola a ella y a la brecha entre sus dientes. La sonrisa desapareció. Contó otros quinientos y eso fue todo—. Lo justo es justo. Yo también tengo que comer. Ahora vístete. Ajay te llevará a casa.

Tomé el dinero y me fui, con la esperanza de no volverla a ver nunca más.

Inventé el cuento de que me torcí el brazo, hasta que una mañana tuve que pedirle ayuda a Mamá para vestirme para el trabajo y ella vio el vendaje. Insistió que le mostrara y que le dijera qué había pasado en realidad.

—No es la gran cosa, mamá. —Traté de disuadirla, pero ella insistió—. Me caí por las escaleras de la casa de Um Buraq y aterricé sobre un pedazo de vidrio que tenía en la mano. No te conté porque no quería que te preocuparas.

—Deberías tener mayor cuidado. Por suerte no te rompiste el cuello —suspiró.

Sitti Wasfiyeh añadió:

—Eso es lo que pasa cuando no miras por dónde vas. Todo el tiempo te estoy diciendo que te fijes por dónde vas. Pero nadie me hace caso. Eres torpe y no les haces caso a tus mayores.

Mi brazo se recuperó lentamente a medida que sanaba la herida en mi espalda. No sabía qué hacer con los tres mil quinientos dinares que escondí en mi caja fuerte, donde guardaba la *shabka* de oro de mi boda. Todavía quedaban allí diez lingotes de oro de los veinte que Mamá trajo en secreto cuando vivía Baba y mil dinares del fondo para pagarle la universidad a Jehad con el dinero que me dio la familia de Mhammad después de que me dejó, y al que le seguíamos metiendo mano para pagar las cuentas. No sería suficiente para lograr que mi hermano siquiera pasara por la puerta de la mayoría de las universidades, pero, con este nuevo montón de billetes, empecé a imaginar que algún día podría pagarle una buena educación universitaria para que se volviera un médico rico que a su vez pudiera mantenernos. Faltaba todavía año y medio para conseguir el resto.

Um Buraq me dejó varios mensajes en la casa durante los siguientes dos meses, pero no le devolví las llamadas. Sabah pensó que seguía enojada por cualquier discusión estúpida que hubiéramos tenido y que yo ni siquiera recordaba. Tampoco le respondí ni le devolví las llamadas a ella. Por pura suerte, mi abuela fue a tomar café con una vecina que vivía en el piso de arriba cuando Um Buraq se apareció por nuestro departamento. La vi a través de la mirilla de la puerta y fingí que no había nadie en casa, así que se quedó tocando hasta que se dio por vencida y se fue, pero me preocupó que pudiera regresar y causar un escándalo.

Obtuve un segundo empleo como vendedora de una tienda de ropa. Mi rutina era ir a mi trabajo de asistente en la escuela, el trabajo de la tienda por las tardes, la casa, y hacerlo todo de nuevo al día siguiente. En los fines de semana y horas libres que pudiera tener, atendía clientes para depilarles las cejas con hilo. Me comportaba como un robot, indiferente al recuerdo de esa terrible fiesta. Me gustaba mantenerme ocupada, agotada e insensible. No quería pensar o sentir hasta que consiguiera algo digno de mostrar: tal vez una cuenta de ahorros que ayudara a mandar a mi hermano a la universidad o un buen trabajo que me proporcionara respeto y una posición social. En las partes silenciosas y ocultas de mi alma, incluso me atreví a imaginar que yo misma podría conseguir un título o recitar poesía en público. Sin embargo, mi agotadora determinación alarmó a mi madre.

—Tan solo mírate. ¿Cómo me dices que estás bien? Pareciera que has bajado cuando menos diez kilos —exclamó.

No volví a saber de Um Buraq hasta que se presentó en mi trabajo e insistió en que le aceptara una invitación a platicar antes de irme a mi segundo empleo. En el Juice King de Salmiya pedimos dos vasos grandes de coctel de jugo recién exprimido que llevaron hasta su coche, donde me senté con la mirada al frente.

—Debí haberte dicho más sobre la fiesta. Lamento no haberlo hecho, pero solo trataba de ayudarte —dijo.

—No te pedí ayuda. ¿Por qué me estás acosando en mi trabajo?

—Quiero hacerte una propuesta.

—No quiero nada de ti.

Suspiró.

—Mira, tan solo escúchame. No soy una persona mala. Las mujeres como nosotras...

—No soy como tú.

Se tomó un momento antes de responder.

—Si estás casada solo de nombre y tu marido te abandonó y humilló cuando estás en la flor de la vida, y si no tienes un medio legítimo de mantener a tu familia y a ti misma de cualquier manera significativa en esta cultura materialista que te escupe a la cara cuando no conduces el auto correcto, entonces eres *justo* igual que yo.

Se me quedó mirando hasta que volteé a verla. No sabía qué decirle. Pensé en el contenido de la caja fuerte en mi casa, el desconocido montado encima de mí en la playa, el vidrio que se me clavó en la espalda. El nudo que tenía en el estómago desde esa noche se apretó con más fuerza. Me dieron ganas de vomitar el jugo. ¿Tenía razón? ¿Ese era mi destino?

—¿Qué quieres de mí —pregunté, concentrando el fuego de mi interior en mis ojos, aunque en realidad me sentía derrotada.

—Quiero que seamos amigas. Podemos ayudarnos la una a la otra y creo que, con el tiempo, verás las cosas de modo diferente. Sé que tu hermano es uno de los mejores estudiantes en mi país y que ha mantenido ese sitio todos los años.

Me quedé helada y, de pronto, mi enojo se volvió real y poderoso.

—Escúchame bien. Te sacaré los ojos si vuelves a mencionar a mi familia. ¿Me entiendes?

Sin embargo, continuó como si no le hubiera dicho nada.

—Tu hermano merece una buena educación y sé que tu familia no tiene los recursos para enviarlo a la universidad, pero yo puedo ayudarles.

Es cierto que quería que Jehad se convirtiera en el cirujano que anhelaba ser, y yo quería ser la persona que lo volviera realidad. Quería ser la salvadora y protectora de mi familia, pero la certidumbre de lo que me ofrecía ella hizo que el estómago se me revolviera otra vez.

—Tengo que regresar al trabajo —respondí al tiempo que me tensaba y trataba de controlar la sensación de asco.

El mesero se acercó al auto y tomó el vaso vacío de Um Buraq y yo le hice la indicación de que se llevara el mío.

—¿El jugo tenía algo mal? —preguntó al ver que casi no lo había tocado.

—No se siente bien —respondió Um Buraq por mí y se estiró para darle una propina. Luego de que él se fue, me aclaró—: Te ofrezco la oportunidad de ganar un mes de salario en una hora.

—¿Y si respondo que no?

Se movió en el asiento y estiró el cuerpo para abrir la guantera. Estaba llena de basura y papeles.

—Abre eso —me ordenó y apuntó a otro sobre azul.

—No quiero tu dinero.

—No es dinero. Ábrelo.

Lo hice y adentro estaba yo, con ese vestidito rojo ajustado, un vaso de licor en la mano, bailando entre tres hombres que me veían con mirada lujuriosa y que me arrojaban dinero, y con más billetes tirados en el piso alrededor de mis pies descalzos.

—¿Tú tomaste estas fotos? ¿Lo planeaste?

Abrí la puerta del coche y empecé a vomitar. Si esas fotos salían a la luz alguna vez, nunca podría volver a mostrar la cara. También podrían mandarme a la cárcel por prostitución. *¡Prostitución!*

—Tómate un tiempo —me aconsejó con tono sombrío y encendió el motor.

Dos meses después fui a otra fiesta con ella, Susu y Fifi. Otra vez eran hombres casados, sin sus esposas, que nos mostraban fotos de sus hijos.

Después me enteré de que Um Buraq siempre les pedía ver fotos cuando estaban bastante borrachos, pero no porque quisiera ver a sus niños, sino para obtener las claves de cuatro dígitos de sus tarjetas bancarias.

—Los hombres así tienen varias cuentas. Son demasiado estúpidos para recordar las claves y por eso llevan trocitos de papel en sus carteras con los números —me explicó. Me enseñó cómo robar las tarjetas bancarias que acompañaban a esas claves y retirábamos lo más posible sin que despertara sospechas. Para los hombres con ese tipo de riqueza, mil dinares eran dinero de bolsillo y ella me enseñó que no lo echarían de menos en absoluto.

Um Buraq tenía un departamento en Hawalli para sus chicas. Íbamos allí cuando nos lo indicaba y lo manteníamos limpio y abastecido con suficiente comida y lencería. También íbamos allí para estar a solas. Fifi era estudiante y a menudo me la encontraba con sus libros desperdigados sobre la mesa. Se apresuraba a recoger sus cosas y marcharse. Era extraño, pero nunca llegué a saber mucho sobre ella o Susu, ni siquiera sus verdaderos nombres. Era fácil ocultárselo a mi familia porque tenía muchas razones legítimas para no estar en casa: con clientes a las que les depilaba las cejas, de paseo por el centro comercial, para ver a mis amigas, hacer encargos.

Susu me dio una pastilla para relajarme la primera vez que fui al departamento y también me aconsejó que mintiera acerca de mi edad.

—Dile que tienes dieciséis. Eso hará que termine más rápido. Entre más joven crean que eres, más rápido se vienen —me aconsejó. Hice lo que me sugirió y el tipo terminó en 173 segundos (lo conté), pagó cuatrocientos dinares (conté dos veces) y se fue. Unas cuantas semanas después regresó con un valioso collar de oro y pagó la misma cantidad por menos de media hora. Hubo otros. Cada uno compró un pequeño trozo de mí y se lo llevó para siempre. Los recuerdo a todos.

Abu Nasser fue el más patético. Estaba casado y tenía cinco hijos. Venía de una familia rica y en general lo consideraban devoto, un pilar de su comunidad y una figura pública respetable. Hablaba en plataformas públicas acerca de la virtud, los califatos y los tiempos mejores cuando la moral estaba entrelazada en la trama social y legal que envolvía con firmeza a las mujeres. De inicio me provocó asco, pero con el tiempo llegué a compadecerlo. Ahora, en el Cubo, estoy agradecida con él. Abu Nasser me mostró lo que yacía debajo de la religiosidad pública. Por él aprendí cómo eran en realidad aquellos que legislan sobre la moral y fingen ser más virtuosos que el resto de nosotros.

Fui una de las pocas, si no es que la única, que estaba al tanto de la cloaca estancada dentro de la mente de Abu Nasser. Creía que el diablo debilitaba su determinación. Siempre racionalizaba la violación de las reglas de Dios utilizando tecnicismos y decía que, en un sentido técnico, no era pecado si no me tocaba. Siempre venía conmigo cuando sabía que tenía la regla y lo único que tenía que hacer era darle mis pantaletas sucias, con la toalla sanitaria llena de sangre, y dejarlo hacer lo que quisiera. Pagaba más si había tenido puesta la toalla todo el día sin cambiarla e incluso más por dos días de mis desechos corporales. Entre más sucio, mejor. Lo sostenía como un regalo precioso y se lo llevaba poco a poco a la cara para inhalarlo mientras se masturbaba. Yo tenía que sentarme en la misma habitación, pero no podía mirarlo (otro tecnicismo de absolución para el Día del Juicio). Sin embargo, se aseguraba de que escuchara sus ruidos de hombrecito, que eran como chillidos de perro y que me hacían odiarme. En cuanto terminaba, empezaba a llorar con el rostro lleno de mi sangre. Luego me maldecía: «¡Tentadora! Que Dios te castigue por atraerme aquí». Suplicaba a Dios: «Señor, pido tu misericordia para alejar al demonio y a la tentadora del diablo». Luego arrojaba el dinero al suelo y salía corriendo, seguramente a la mezquita para purgar su alma, pero con toda puntualidad regresaba a los veintiocho días, en el máximo de mi flujo menstrual más copioso.

Una vez, cuando no tuve nada que darle a Abu Nasser, me acusó de llevar el hijo bastardo de alguien, me llamó puta y se fue. Tres días después regresó para disculparse por haber cometido el pecado de desprestigiar el honor de una mujer sin tener evidencia. En su disculpa se exoneró diciendo que «técnicamente», en principio yo no era una mujer honorable.

Su sentido de oportunidad fue impecable porque acababa de empezar a sangrar. Fui al baño y regresé con una toalla empapada que colgaba de la punta de mis dedos. Esa vez pagó extra. Por lo menos fue generoso.

Abu Moathe era gerente de una sucursal bancaria que alternaba entre la violencia y el sentimentalismo. Quería que me le opusiera y que actuara escenas de violación. Lo único es que yo nunca actuaba, porque a pesar de que me pagaban, lo sentía como una violación y él apagaba mis gritos con su mano. A veces llegó demasiado lejos y me dejó el cuerpo lleno de moretones.

Era uno de esos pocos *mitkawteen*, palestinos a los que se les concedió la ciudadanía kuwaití, porque su padre había sido un general de alto rango antes de que encontraran petróleo en Kuwait. La mayoría de los *mitkawteen* eran intelectuales y comerciantes de alta cuna que se enorgullecían de ser palestinos, pero Abu Moathe ocultaba sus orígenes y se esforzaba por negarlos. Una vez me golpeó con tanta fuerza que me dejó inconsciente porque le pregunté de qué pueblo de Palestina provenía su familia. El lado inflamado de mi cara resultó ser un pómulo fracturado.

A Um Buraq nunca le simpatizó y me advirtió que me mantuviera alejada de él.

—No me malinterpretes. Dinero es dinero, pero no a cualquier costo. Ese hombre está loco —afirmó.

Sin embargo, después de que me rompió el pómulo, Um Buraq le hizo una visita en el banco. También fue una visita oportuna, ya que se presentó justo cuando su padre, el general, estaba allí con varios hombres para felicitar a Abu Moathe por el nacimiento de su segundo hijo. Um Buraq fingió estar solicitando un préstamo, pero con su presencia le hacía saber que podía hacerle un escándalo y arruinarlo.

—Se puso blanco cuando me vio —me contó después Um Buraq.

Preocupada de cómo explicarle a mi madre mi rostro hinchado y amoratado a la mañana siguiente de que eso sucedió, salí a escondidas de la casa antes de que mi familia despertara y me fui a trabajar temprano a la escuela. Me caí a propósito frente al guardia, Abu Zhaq, que era un anciano palestino amable que usaba anteojos de fondo de botella y dentadura postiza, y que se entretenía leyendo el Corán y poesía sufí. Se apuró a ayudarme, pero no preguntó cómo era posible que mi rostro se hubiera amoratado con tanta rapidez. Sabía que mi caída era fingida y me siguió la corriente. Me di cuenta de que me compadecía y eso me hizo sentir todavía más avergonzada.

—Que Dios te conceda una larga vida, Ammi —le dije—. Estoy bien. Solo fue una caída sin importancia.

Abu Moathe se disculpó con lágrimas en los ojos. Siempre lo hacía. Me decía que me amaba y que yo era la primera mujer a la que había amado de verdad en toda su vida. Que su esposa kuwaití no lo entendía como yo, debido a que yo era palestina. Me besó los pies entre sollozos y yo sentí compasión por él, lo cual me hizo pensar que también lo amaba; que quizás era posible que el amor pudiera anidarse entre la repugnancia y el odio. No pasaría mucho tiempo para que volviera a lastimarme, pero después de que Um Buraq lo visitó, él cambió. Su remordimiento llevaba un plan y me pidió que me casara con él. Me confesó que tenía la fantasía de andar con dos esposas, una en cada brazo.

Ahora se me dificulta admitir que pensé que ese era un deseo razonable y que imaginé —e incluso fantaseé— con ser su segunda esposa, la preferida. Quería que me eligiera y, tal vez, que me amara. Quería salirme de mi vida, cambiar de piel, y su ofrecimiento pareció como lo mejor que alguien como yo podría esperar.

—Pero ya estoy casada —le recordé.

—Yo puedo ocuparme de eso —fue su respuesta. Por un deseo de parecer más pura ante sus ojos, le confesé cómo me había coaccionado Um Buraq para hacer ese trabajo. Le dije cómo me había chantajeado con las fotos y él me prometió terminar con todo eso y cuidar de mí para siempre. Le dije que también lo amaba y le confesé que mi verdadero nombre era Yaqoot, aunque me abstuve de decirle que también me llamaba Nahr.

Abu Moathe amenazó a Um Buraq del mismo modo que ella lo hizo con él. Visitó a su distanciado marido bajo el pretexto de algún negocio y con eso le hacía saber a ella que estaba enterado de quién era su esposo y que podía arruinarla con la misma facilidad. Como lo supuso él mismo, lo estaba esperando en el departamento la siguiente vez que me visitó. Tenía una sonrisita de triunfo cuando empezó a golpearle el hombro a Um Buraq con su gordo dedo.

—Yaqoot ya no trabaja para ti —exclamó, a la vez que le exigía que le entregara las fotos.

Um Buraq me miró burlona.

—¿Le dijiste tu nombre, muchacha estúpida? ¿Y quieres que *él* tenga las fotos? —me reprochó, incrédula. Volteó de nuevo hacia él y soltó una de esas risas terribles que parecían como si ya antes hubiera aplastado a un millón de insectos como él. Pensé que eso lo pondría furioso, pero más bien lo confundió y eso me enseñó una importante lección en la vida: cuando no reaccionas como los demás esperan, eso saca de balance a la gente, con suerte por el suficiente tiempo para que obtengas la ventaja.

Eso fue lo que consiguió Um Buraq ese día. Dijo que no me volvería a llamar jamás y cuando le insistí que me entregara las fotos, negó con la cabeza y repitió: «Estúpida, estúpida muchacha». Accedió a todo, siempre y cuando Abu Moathe le pagara. Le hizo creer que había ganado y él accedió tontamente a sus condiciones. Entonces podría nombrar su precio, cualquier precio, porque la palabra de un hombre es inflexible. Aún entre los degenerados hay códigos de honor y él le pagó con creces.

Así fue como Abu Moathe se convirtió en mi *sugar daddy*, por lo menos durante un tiempo. Ya no tenía que ver a Um Buraq y mis días se volvieron más predecibles, pero ahora tenía que dejar que me pegara. Accedió a nunca volver a golpearme en el rostro o en el cuello, donde las marcas serían visibles, siempre y cuando pudiera llenarme el cuerpo de magulladuras.

Su departamento secreto también estaba en Salmiya y allí iba cada vez que él me llamaba. Fingía ser un ama de casa o sirvienta incauta que se pasaba el día cocinando y limpiando, y el fingía ser un violador que se metía a escondidas cuando no había nadie más en casa. Tenía que resistirme al principio, para provocarlo a que me golpeara hasta someterme, y luego sucumbía y le rogaba que me violara. Este teatrito sucedía una o dos veces por semana y así fue como pagué todas nuestras deudas y empecé a construir los ahorros para la universidad de Jehad. Incluso me enseñó cómo invertir en la bolsa de valores. Por un tiempo hice la prueba con un poco de dinero y aunque no apostaba mi dinero en el mercado, las acciones me daban una excusa fácil para explicarle mis ingresos extra a la familia.

Abu Moathe me cubrió de joyas, ropa, zapatos y bolsas, pero tenía que dejarlos en el departamento secreto porque Mamá ya estaba turbada por el cambio en nuestras circunstancias económicas. No sabía sobre los ahorros para la universidad y yo conservé mis dos empleos anteriores para justificar mis ingresos y el tiempo que pasaba fuera de casa. Por primera vez no estábamos al borde de que nos echaran de la casa y Mamá podía gastarse en sí misma lo que ganaba con la costura.

—Qué Dios te bendiga, hija. Vales más que todo el oro del mundo —me decía. Creía mis cuentos, porque lo que yo estaba haciendo estaba lejos de lo que podía imaginarse.

Una vez empecé a bromear con Abu Moathe sobre su promesa de casarse conmigo y su respuesta fue:

—Si lo hiciera, es probable que Um Moathe me cortara los huevos mientras estoy dormido.

Nunca volví a mencionar el matrimonio y al poco tiempo dejó de enviarme mensajes y cambió la cerradura de su departamento. Se había conseguido otra mujer.

Eso fue lo que le conté a Bilal años después, pero no era toda la verdad. Abu Moathe no dejó de llamarme porque sí, sino que me embaracé con la idea de obligarlo a que se casara conmigo. Pensé que me podría ayudar a divorciarme, pero, en lugar de ello, me llevó a Egipto. Ese fue mi primer viaje en avión. Al llegar fuimos a una clínica. Dos mujeres mayores me ayudaron a subir a una mesa en un cuarto asqueroso. Una enfermera me metió una intravenosa en el brazo y al despertar, tenía gruesas toallas sanitarias llenas de sangre entre las piernas. Las mismas viejas me ayudaron a salir por mi propio pie de ese cuarto asqueroso y luego sangré durante dos semanas seguidas, me dio fiebre y unos cólicos tremendos. Tenía pánico de ir al médico, ya que lo que encontrarían podría mandarme a la cárcel, así que acudí a Um Buraq y ella se ocupó de todo. Me llevó a su casa y trajo un doctor, que dijo que podría morir de septicemia si no me llevaban a un hospital, pero accedió a esperar un día para ver si los antibióticos intravenosos funcionaban. Apenas tengo recuerdos de ello, pero así fue como sucedió. Después de eso, Um Buraq trajo a una curandera tradicional y ambas me cuidaron hasta que recuperé la salud. Justificó mi ausencia con mi madre diciéndole que estábamos acampando en el desierto en un lugar donde no había casetas telefónicas. Tardé una semana en recobrar la conciencia y un poco de fortaleza. El doctor indicó que mi vagina estaba dañada y que tenía cicatrices adentro; dijo que ya no servía para tener hijos.

El cruel rechazo de Abu Moathe sirvió para que tomara conciencia plena de la realidad de mi vida. Intenté llamarlo, pero no devolvía mis llamadas. Después de que le hablé varias veces a su oficina, él se comunicó con Um Buraq para advertirnos que nos destruiría a las dos si yo seguía acosándolo. Me enrosqué sobre mi vientre vacío y me quedé tirada allí, metida en una profunda soledad. Me sentí como algo muy pequeño en el mundo, incapaz de obtener amor y sin ninguna valía. En mi cuerpo llevaba manchas que nunca podrían lavarse y tenía el verdadero deseo de morir, hasta que un día llegó Um Buraq a sacudirme en la cama, acompañada de Deepa, que estaba parada a su lado con una bebida en la mano.

—¡Escúchame bien! —me exigió—. Lo primero que harás es beberte este té de hierbas y luego saldrás del hoyo en que estás metida. —Deepa colocó una almohada detrás de mi espalda mientras que Um Buraq me levantaba. Tomé el vaso de té y le di unos sorbos con lentitud. El sabor de la salvia y de la canela me llenó la cabeza, al mismo tiempo que el líquido se deslizaba por mi garganta hacía mi vientre excavado. Me quedé viendo a Um Buraq con la mirada vacía.

—Ahora, escúchame —comenzó—. Abu Moathe es una mierda. Todos los hombres son una mierda y en cuanto aceptes esa verdad, más fácil será tu vida. Pensé que ya lo sabrías para este momento. ¿En qué pensabas? ¿Que se casaría contigo y te convertiría en una mujer respetable? Obtienes de ellos lo que puedas sacarles. Tienen todo el poder en el mundo, pero es posible tener poder sobre ellos. Eso es lo que debes aprender.

Me incliné hacia ella y dejé caer mi cabeza sobre su hombro. Ella me rodeó con sus brazos y luego me empujó con cuidado sobre la almohada.

—Tienes un día más para compadecerte de ti misma, pero mañana en la mañana te levantas de la cama, despejas tu mente y decides cómo vivirás. Es así de simple. Tomas una decisión y luego otra y otra más. No existe nada que te obligue a seguir en este estado patético. Eres joven y hermosa, y estás sana. Tienes un hogar, una familia y amigos. Empieza con eso.

Deepa me insistió con afecto que tomara más té antes de que las dos salieran de la habitación. Me quedé allí acostada toda la noche, viendo cómo mis recuerdos y mi imaginación aparecían como imágenes sobre el techo, de manera muy parecida a lo que hago ahora en el Cubo.

Antes del amanecer, tomé la decisión de rodarme de la cama al escuchar el llamado a la oración de *fajr*. Mi vientre desfigurado y vacío se sentía como una piedra en mi abdomen cuando fui a la cocina a prepararme un café. Para mi sorpresa, Deepa ya estaba despierta y estaba hirviendo un *ibriq* de café. Sirvió dos tazas y empujó una de ellas hacia donde yo estaba sentada en la mesa; lo tomamos en silencio, porque no había sitio para las palabras en ese momento. Tomé otra decisión de orar y llevé a cabo el ritual de limpieza del *wudu*, luego me vestí con la túnica de oración que me dejó Um Buraq y después hice la *salat* de la *fajr*. Me sentí bien de rezar. Tomé otra decisión de lavarme el pelo y restregar cada centímetro de piel de mi cuerpo. Después tomé la decisión de secar y peinar mi cabello y la decisión de ponerme un poco de maquillaje. Cuando Um Buraq despertó al mediodía, me senté a comer con ella y con Deepa.

—Te ves bien —afirmó Um Buraq al mismo tiempo que le daba una buena mordida a los huevos y al pan—. ¿Qué decidiste hacer? —Los huevos masticados bailaban por toda su boca mientras hablaba.

—Quiero ser normal —anuncié.

—Siempre has sido normal, niña —respondió—. Normal no es lo que hacen los demás. Tú creas lo que es normal para ti.

Sabía a qué se refería. Um Buraq siempre estaba despotricando en contra de los cánones morales de la sociedad, las capas de hipocresía en todas partes y su odio contra los hombres.

—Ya no quiero hacer esto. Solo quiero ir al trabajo como asistente en la escuela y vendedora en el centro comercial, y mantener a mi familia —declaré.

Um Buraq me miró y le sostuve la mirada, negándome a ser la primera en desviar la vista. Ella movió los ojos primero, se recorrió los dientes con la lengua y aspiró para expulsar la comida de las grietas de su gran boca.

—Entonces eso es lo que harás, querida mía. Estoy aquí si alguna vez me necesitas.

De nuevo nos quedamos mirando fijamente.

—Gracias por cuidar de mí estos últimos días. Te pagaré las cuentas del doctor —afirmé.

No hay de qué dar las gracias y no tienes que preocuparte de pagar el doctor. Ya me ocupé de eso y así quedamos.

Las contradicciones de nuestra relación se solidificaron. Sentía afecto por esa mujer que me había chantajeado y prostituido. La fuerza de los innombrables secretos compartidos creó una cercanía con ella, al mismo tiempo que sentía la fuerte necesidad de alejarme y nunca volverla a ver. Más paradójico era el hecho de que Um Buraq me quisiera, al mismo tiempo que me había utilizado y explotado. No puedo explicarlo, pero sé que es verdad.

* * *

Continué con mi vida como lo hice cuando Mhammad me abandonó, como si el pasado no hubiera ocurrido, y simplemente seguí adelante sin interrupciones. Volví a mi trabajo como asistente en la escuela y acepté trabajar más tardes en la tienda y recibir más clientas para depilarlas con hilo. Reservé los viernes para mi familia y, poco a poco, una sensación de satisfacción fue llegando junto con el agotamiento físico de mi rutina. Mi salario era mucho menor que lo que le había hecho creer a mi familia en los meses anteriores y me vi obligada a hacer algunos ahorros para pagar las cuentas, pero todos los días tomé la misma serie de decisiones y la vida siguió su curso.

Era el último año de Jehad en la preparatoria y gran parte de nuestra vida familiar giraba alrededor de asegurarle la privacidad, la tranquilidad y la nutrición que él necesitaba para superar los exámenes trimestrales y, también, para llenar las solicitudes a varias universidades. En los resultados semestrales, una buena noticia siguió a otra. Jehad estaba a punto de colocarse entre los cinco mejores de su clase y luego vinieron las cartas de aceptación de Inglaterra, Italia y Rusia, lo cual me confrontó con el costo de la universidad. Un año de colegiatura era más de lo que pensé que costarían los cuatro años y los ahorros que tenía no serían suficientes.

Mamá y yo llevamos todas nuestras joyas a que las valuaran, pero su venta solo cubriría una fracción de lo que necesitábamos. Jehad también había ahorrado un poco de dinero, gracias a los trabajos ocasionales que hacía aquí y allá, y nos aseguró que se conseguiría un empleo en cuanto aterrizara para cubrir el resto. Sin embargo, ese era un plan poco realista que todos sabíamos que no iba a funcionar en vista de la cantidad que se necesitaba. Intenté obtener un préstamo bancario, pero me dijeron que no ganaba lo suficiente para conseguir más que un préstamo personal por la pequeña cantidad de mil dinares.

—Me dieron el préstamo —le mentí a Mamá y ella hizo una comida de celebración para Jehad, que era el primero en la familia en ir a la universidad—. El préstamo, junto con el dinero que gané invirtiendo en acciones, cubrirá casi todo —afirmé.

Así fue como regresé con Um Buraq, con la condición de que solo iría a las fiestas a bailar, y nada más. Nada de alcohol, ni drogas, ni sexo. Solo sería una bailarina. Solo una bailarina.

—No tienes que hacer nada que no quieras. Los hombres pagarían oro tan solo por verte bailar —me dijo—. Creo que lo que pasó fue para bien, porque ahora ya no puedes andar por allí diciéndole a la gente que te obligo a hacer lo que de todos modos quieres hacer. Solo te mostré las fotos en aquel entonces para aliviar tu conciencia en cuanto a elegir lo que querías hacer desde un principio. Nunca las hubiera revelado. No se lo haría a otra mujer, pero luego fuiste e hiciste un trato con el diablo, y ahora el diablo tiene las fotos. En cualquier caso, a lo hecho, pecho. Que eso te sirva de lección. Nunca confíes en un hombre, nena. Nunca confíes en un hombre.

Solo hice una excepción a mi nueva regla con Um Buraq porque necesitaba mostrar una gran suma de dinero para justificar la mentira que le había contado a mi familia sobre el préstamo del banco. Accedí a encontrarme con un hombre más. Llegó al departamento con su hijo de diecisiete años y me instruyó que «me ocupara del chico». Volteó hacia su hijo con mirada amenazadora de furia, puso el dinero sobre la mesa y se fue después de cerrar la puerta con un suave ruido sordo que volvió todavía más amenazante la intensidad de ese momento.

El chico parecía a punto de llorar.

—¿Fumas? —le pregunté y saqué una cajetilla que tenía a mano para ocasiones como esa. Él asintió—. En general no permito que la gente fume aquí, pero haré una excepción en tu caso —le dije y lo llevé al balcón.

Encendió un cigarro y, después de unas cuantas bocanadas, balbuceó:

—Terminemos con esto de una vez.

No era mucho más joven que yo, pero sentí que podría ser su madre. Me hizo darme cuenta de cuánto había envejecido en apenas un par de años. Tenía veintidós, pero me sentía del doble de edad.

—Yo te diré cuándo pasará algo, si acaso pasa —le aclaré—. ¿Cómo te llamas? —Entré a la cocina y empecé a llenar la tetera.

—Mohsin. —Apagó el cigarro y me siguió.

—¿Eres virgen?

—¡No!

—¿Te gustan los hombres? —Pude ver que mi pregunta lo tomó por sorpresa y me deleité con ello, pero no respondió.

»No te preocupes. No es como si yo fuera una santa. Está bien que te gusten los chicos, Mohsin. Todo el mundo tiene un poco de amor por su mismo sexo, pero algunas personas lo tienen más que otras. —No me había dado cuenta de mis propias ideas sobre el tema hasta que las expresé en voz alta.

—No dije que fuera maricón —respondió.

—No, no lo dijiste. —Nos serví un poco de té de menta—. Pero estoy diciendo que es probable que la heterosexualidad estricta represente a una pequeña minoría de la humanidad. Si sacas de la ecuación a la religión y a la sociedad, es probable que todos seamos un poco homosexuales. —Proseguí con mi teoría, creándola al mismo tiempo que la decía, y eso me sorprendió.

Mohsin sonrió ante mis comentarios. Nos quedamos en el balcón, donde él encendió otro cigarro y nos dedicamos a observar la vida en las calles desde diez pisos de distancia. Pasamos cerca de dos horas así mientras yo le daba lecciones sobre los peligros de fumar, diciéndole que era una conspiración occidental para envenenarnos a todos, aunque no estoy segura de que para ese momento haya seguido creyéndolo. Me contó que su padre lo había pescado teniendo relaciones con un hombre mayor y mi labor como experta en asuntos amorosos era asegurarle a su padre que su hijo no era un maricón, sino un amante insaciable y admirador de las formas femeninas. Mohsin encontró en mí un sitio para descargar sus angustias.

—¿Le puedes asegurar que haré muy feliz a mi futura esposa o algo por el estilo? Y, no sé, ¿a lo mejor darle un indicio de que tan solo tengo demasiadas hormonas y que siempre necesito tener sexo... pero, digamos... quizá de alguna manera vulgar que él te crea? —Su rostro moreno se fue poniendo cada vez más rojo al mismo tiempo que hablaba.

Puse mi mano sobre la suya.

—No te preocupes. Guardaré tu secreto y lo convenceré de que eres todo un mujeriego.

Sonrió aliviado y me agradeció. No existe terapeuta ni clérigo que pueda reemplazar la confianza de una puta, porque las putas no tenemos voz en este mundo, ninguna salida a la luz del día, y eso nos convierte en las guardianas más confiables de los secretos y la verdad.

—Conoces mi mayor secreto. Ahora cuéntame uno de los tuyos —me pidió.

Lo miré de soslayo con una sonrisa.

—Hijo, no somos amigos y esta no es una sesión para compartir secretos.

—Por favor.

—¿Por qué quieres conocer mis secretos?

—No todos ellos. Solo uno y nunca se lo contaré a nadie.

Lo pensé por un instante y le dije un secreto que no lo era tanto.

—Tengo tres nombres. Almas, por supuesto. Pero también me conocen como Nahr y como Yaqoot.

—¿Cuál es tu verdadero nombre?

—Un secreto. Eso es todo.

Sonrió.

—Nunca te olvidaré —declaró.

Según descubrí años después, fue fiel a su palabra y a su vez me haría un notable favor.

* * *

Jehad se graduó de la preparatoria en junio de 1990 y escogió la Universidad Estatal de Moscú entre la lista de las que lo aceptaron. Me dijo que Moscú solía llevar cientos de palestinos a estudiar en Rusia de manera gratuita, pero todo eso cambió cuando se disolvió la Unión Soviética. Pensaba que lo único correcto era ir allí, en lugar de a un país de Occidente. Su primer año lo ocuparía en aprender ruso y tomar clases básicas de la cultura, o que haría un curso intensivo del idioma en Amán por la mitad del costo y luego iría directo a la universidad en Moscú.

Además del supuesto préstamo de cinco mil dinares, revelé la existencia de una cuenta de ahorros con diez mil dinares. Nombré una compañía cualquiera de la que leí en el periódico como la primera en la bolsa de valores.

—Compré acciones de esa empresa hace dos años y tripliqué mi inversión —les conté.

Jehad me cargó en el aire y me dio vueltas. Sitti Wasfiyeh me jaló hacia ella y me dio un beso en el rostro, pero Mamá reaccionó de manera diferente.

—¿Quién te dio el dato de las acciones? —preguntó.

—Um Buraq. —Fue lo primero que me vino a la mente y Mamá pareció relajarse.

—No puedo decidir si esa mujer es un demonio o un ángel —dijo.

—¿A quién le importa? ¡Jehad irá a la universidad! —exclamé y la abracé.

Mamá me besó con los ojos llenos de lágrimas.

—Mi querida hija. Has hecho tanto por esta familia.

El último año de trabajar en dos empleos, bueno, en tres, si contamos mi trabajo independiente haciendo depilaciones y los bailes en fiestas clandestinas en los fines de semana, valió la pena por ver tan feliz a mi familia. Mamá también se sintió aliviada de no tener que sufrir la humillación de pedirles dinero a sus hermanos, como sí había tenido que hacerlo en los años antes de que yo pudiera echarle la mano.

Jehad decidió cumplir con sus prerrequisitos del idioma en Amán, en lugar de hacerlo en Moscú, para ahorrar dinero. Se fue a mediados de julio para un curso de verano que iniciaba en agosto. El dinero que yo tenía aún no bastaba para mantenernos, además de los cuatro años de la universidad de Jehad, así que seguí bailando en las fiestas, decidida a que mi hermano se convirtiera en cirujano, el primero en toda la historia de nuestra familia. Mientras cuento esto, sé que esa no era mi única motivación. Es cierto que a través de él podía vivir hasta cierto grado mis propios sueños, pero sí me gustaba bailar en esas fiestas ilícitas. Vivir en los márgenes de la sociedad, en una situación de deshonra secreta, tenía cierto atractivo. Me liberaba de la monotonía de la respetabilidad; es decir, de los empleos con baja paga, las pretensiones sociales, los hijos. Podía tener un poco de autonomía sin un marido. Podía ser quien mantuviera a mi familia, la mujer poderosa que se ocupaba de los demás, y lo único que tenía que hacer era lo que más me gustaba: bailar.

La noche del dos de agosto de 1990, Um Buraq nos mandó a tres chicas a una fiesta en un chalet de playa donde estaban de visita varios oficiales militares de alto rango de Arabia Saudita. Llegamos después de la medianoche y nos encontramos con una reunión de once hombres, la mayoría borrachos. De inmediato me dio mala espina. El chalet estaba en un sitio apartado y en la puerta nos recibieron guardias armados, lo cual supuse que tal vez sería algo normal en el caso de militares importantes. El anfitrión, un tipo intimidante, se enojó al ver que solo éramos tres chicas y se quejó de que él había pedido «cuando menos quince mujeres».

—Sí, lo sé. Escuché que le dijo que no reparara en ningún gasto. Usted es su cliente más generoso —le mentí en voz lo bastante alta como para que pudieran escucharlo todos sus invitados. Esto le complació y los invitados empezaron a ensalzar su hospitalidad.

Um Buraq siempre había dejado en claro que yo solo iría a bailar y los anfitriones respetaban sus condiciones. Era raro que ella no nos acompañara, pero en esa ocasión estaba enferma en casa y es posible que su ausencia haya animado a los hombres a ser más agresivos. Al parecer, nuestro anfitrión también le había mentido sobre cuántos hombres habría, porque ella no nos hubiera mandado si lo hubiera sabido. Las chicas y yo volteamos a vernos por un instante y luego buscamos con la mirada los baños, las ventanas y las puertas en la habitación, pero no tenía caso. Con los guardias sobrios en el exterior, no había modo de irnos.

La variedad de alcohol disponible era más que el escocés del mercado negro que era habitual. El bar estaba atestado de vinos, cerveza, vodka y muchos otros licores de los que nunca había oído. Las otras mujeres ya tenían sus copas, pero yo me abstuve y pedí un agua mineral. Los hombres rieron y uno de ellos me trajo un vaso de agua, que por cierto no bebí. Las otras dos y yo nos comunicábamos con la mirada. Les seguiríamos la corriente por algún tiempo y ellas pondrían Valium en las bebidas de los hombres sin que se dieran cuenta. Drogarlos para poder salir de allí era un plan estúpido porque seguía estando el asunto de los guardias de las puertas, pero era mejor quedarnos atrapadas allí toda la noche en lugar de que nos atacaran esos hombres borrachos y ofensivos. Yo participé y me levanté a bailar. Una de las mujeres dejó caer una pastilla en una de las bebidas y yo empecé a creer que la amenaza pasaría si podíamos refrenarlos durante la noche. Sin embargo, no pasó mucho tiempo para que cuatro de ellos me rodearan y empezaran a dar manotazos y a pegarse contra mí.

No podía quitármelos de encima y tampoco podían ayudarme las otras chicas. Siempre me pregunté si llegaría un día como ese, aunque no creía que sucedería. Empecé a rezar en silencio, rogándole a Dios, a los ángeles y a todos los cielos que me ayudaran. Los hombres me arrancaron la ropa y me tiraron. Eran cuatro o cinco. Uno de ellos levantó mi *dishdasha*, se bajó el *sirwal* y se metió por la fuerza entre mis piernas. Su *dishdasha* cayó sobre mi cintura y ocultó su flácido pene mientras fingía entrar y salir de mí, en tanto que los otros me frotaban los senos y ponían sus erecciones contra mi rostro. Escuché que las otras chicas lloraban, suplicaban a Dios y les pedían que se detuvieran. Por mi mente pasaron los recuerdos de todas las decisiones y circunstancias que me habían llevado hasta ese momento.

Pensé que esa noche moriría y empecé a sacudirme y a dar de golpes con todas mis fuerzas. Enterré mis largas y arregladas uñas en la piel de alguien hasta sacarle sangre.

—¡Puta, hija de puta! —chilló uno de ellos y me dio una bofetada tan fuerte que todo dio vueltas. No tenía caso, así que dejé de luchar al pensar que tenía mejores posibilidades si no me resistía. Me quedé tirada allí y las lágrimas corrían por los lados de mi cara. Observé que la segunda manecilla del reloj en la pared saltaba de manera intermitente de un segundo al otro, vuelta tras vuelta, y el reloj me miraba de regreso. Empecé a contar.

Ciento treinta y dos segundos pasaron en el reloj hasta que llegaron los cuatro minutos después de las dos de la mañana, cuando nuevas voces, puertas que se cerraban, teléfonos que sonaban y rostros de alarma empezaron a llenar la habitación. Los hombres salieron en desbandada por las puertas para huir. Pensé que se trataba de una redada de la policía y entré en pánico, pero no me moví. Sin embargo, la policía no iría contra hombres tan poderosos. Me quedé allí, congelada, y con los ojos y las piernas bien abiertos. Al final, una de las chicas se acercó y me levantó del sofá.

—Almas, los hombres se fueron. Tenemos que salir de aquí —insistió—. ¡Saddam Hussein está invadiendo Kuwait! ¡El ejército iraquí está en las calles!

II. Irak

El cubo, oeste

Los visitantes y guardias me han dicho que el Cubo es una maravilla tecnológica, el primero en su tipo. Como una celda en solitario casi totalmente automatizada me ha vuelto famosa en los «circuitos de seguridad»: corporaciones de cárceles privadas, empresas de tecnología de vigilancia y varios proveedores secundarios de sitios de sadomasoquismo.

Los pilares de la cama son de concreto, pero la plataforma está hecha con gruesas tiras de plástico fijadas a los postes. No tiene resortes. De hecho, no hay ningún metal expuesto, excepto por la puerta. Dicen que ni siquiera hay un tornillo metálico. Las sábanas grises y la cobija del mismo color cubren un delgado colchón de espuma envuelto en plástico, con una almohada color crema que está manchada de amarillo por los aceites que desprende mi cuerpo.

Un lavabo de concreto está metido de manera parcial en el muro occidental (del lado contrario a la pared por donde entra la luz a través de una ventana de bloques de vidrio, que decidí que está al este), debajo de un hoyo que lanza agua cuando presiono un pequeño botón al lado. El agua corre durante tres segundos y el botón puede presionarse hasta diez veces en el día antes de que deje de funcionar. A veces meto el dedo dentro del hoyo y desearía poder meter la cabeza debajo para beber directamente, pero la abertura del lavabo no tiene el tamaño suficiente.

La regadera colinda con el lavabo. Esta es una parte verdaderamente revolucionaria de la tecnología de la prisión. No tiene una cabeza visible, solo una losa horizontal que sobresale de la pared, como una repisa con pequeños orificios por los que sale el agua, muy semejante al concepto del lavabo. La regadera gobierna mi vida. Es mi amigo, mi amante. Le nombre Attar. No tengo forma de prenderlo o apagarlo. Antes de que el agua salga por los pequeños hoyos de concreto, se oye el zumbido de una luz roja y su resplandor tiñe todo el Cubo. Ya no la considero como una luz. Son los ojos de Attar que anuncian su calor, su llegada y su presencia. A veces lo miro, a la espera de que llegue, y cuando sus ojos encienden de rojo mi cuerpo y la habitación, me quito la ropa a toda velocidad y me paro para recibirlo. Nunca sé si el agua estará fría o tibia, caliente o hirviendo. Antes de que se convirtiera en Attar, solo era *eso,* la extraña regadera, y me paraba lejos con la mano estirada para sentir la temperatura del agua. Ahora ya no me importa. Lo amo, ya sea que el agua esté caliente o fría. Cuando es perfecta, imagino que Attar me ama, pero no dura. Attar solo se queda siete minutos. Varias veces conté el tiempo. Nunca sé cuándo regresará, ya que en ocasiones se ausenta por días. A veces llega cuando estoy dormida y me apresuro a desvestirme.

Tengo una barra de jabón. A veces las guardias me pasan botellitas de champú a través de la rendija en la puerta de metal. No le he puesto nombre al Hoyo de Metal.

Traté de seguir un régimen de sueño y vigilia para estructurar y llevar la cuenta de los días, pero esa no es la naturaleza del tiempo en este lugar. No hay día o noche. Luz u oscuridad. Al igual que Attar, van y vienen de manera aleatoria.

Bailo. Attar acaba de venir y se fue, por lo que sigo húmeda y bailando. La música suena en mi cabeza como si estuviera en una boda con mi familia, o con los hombres que me pagaban para verme bailar, y que luego me tocaban y se volvían mis dueños. Odiaba a todos esos hombres, aunque también es posible que los amara. Los compadecía. Quizá los depredadores en particular merezcan compasión, si tan solo por su podredumbre espiritual.

La última vez que vino Attar llegó a visitarme un periodista y yo tenía el pelo limpio. Me preguntó sobre las líneas que pinté en la pared, pero no las que señalaban los días, ya que esas habían desaparecido para ese momento.

—Son los caminos de las hormigas —le expliqué—. Deambulan en fila india.

Volteó a consultar sus preguntas y cambió de tema a la ocupación de Irak. Yo me puse a pensar si en alguna parte habría algún ser que trazara la ruta de mi pequeña vida como yo lo hago con las hormigas.

—¿Sigue conmigo? —preguntó el reportero y estiró el cuello para colocarse en mi línea de visión.

La gente piensa que la ocupación de Kuwait por parte de Irak fue una especie de matanza, pero no es cierto. Los verdaderos horrores llegaron después de la salida de Irak y supongo que eso no ha dejado de ocurrir. Intenté explicárselo al entrevistador, pero no estaba interesado. Incluso me argumentó:

—¿Pero seguramente entiende que los kuwaitíes estén molestos con los palestinos? Yasser Arafat se puso básicamente del lado de Saddam Hussein en su contra.

Me parece que, en realidad, los reporteros y escritores que vienen a verme no quieren escucharme o saber qué pienso, excepto cuando podría validar lo que ellos ya creen.

Seis meses

Kuwait nació como aldea en la provincia de Basora del Imperio Otomano, cuyo señorío se prolongó por más de 600 años. Al darse cuenta del potencial petrolero de Kuwait, los franceses y británicos lo desprendieron para convertirlo en un pequeño país independiente que pudieran explotar con facilidad. Eso es lo que me contó Jehad. Trató de explicarme la ilegalidad y los temas de derechos humanos relacionados con la ocupación iraquí de Kuwait, pero yo no quise escucharlo. No me importaba si Irak tenía derecho de invadir, si Kuwait había estado llevando a cabo perforaciones direccionales por debajo de la frontera, o si Yasser Arafat era un hijo de puta por darle la razón a Saddam. Lo único que yo sabía era que Saddam Hussein me había salvado la vida esa noche y que, mientras duró la presencia de Irak en Kuwait, yo fui una mujer liberada y feliz.

Los nativos de Kuwait solían despreciarnos a los extranjeros. Mientras que había ocasiones en que los policías kuwaitíes se tomaban libertades con las conductoras femeninas a quienes identificaban como no kuwaitíes, los soldados iraquíes me transmitían una sensación de camaradería y empatía. No se le quedaban viendo a mis senos, ni inclinaban la cabeza para echar un vistazo a mi trasero después de ver mi identificación. No era porque los soldados iraquíes fueran mejores hombres; más bien, era porque no querían estar en Kuwait. Eran un ejército cansado que acababa de salir de los campos de batalla en contra de Irán, y los soldados a los que conocí solo sentían nostalgia por su hogar.

De todas maneras, no había comprendido el grado de nuestra subordinación hasta que me enteré de lo que era que me respetaran, no a pesar de ser Palestina, sino precisamente por esa misma razón. Todos lo percibimos y era difícil no celebrarlo. Amábamos y resentíamos a Kuwait de manera simultánea, al igual que esa nación nos amaba y nos resentía a nosotros.

Los ricos huyeron del país y dejaron sus posesiones desprotegidas en mansiones. Yo estuve allí, junto con los demás saqueadores que allanamos las casas y nos llevamos todo lo que pudiéramos cargar. Y no solo fuimos los extranjeros; también lo hicieron los kuwaitíes más pobres, así como los soldados iraquíes. Um Buraq me llevó con ella para hurgar entre las posesiones de una mansión que solía pertenecer a una de las familias al-Ghanim. Sabía la forma en que vivían, pero no dejó de azorarme lo ostentoso de su riqueza. Um Buraq y yo abrimos el clóset de un baño atestado de cosméticos con un valor mínimo de diez mil dinares. Incluso había bolsas de maquillaje provenientes de Londres sin abrir. Una bolsa con veinte labiales de Dolce & Gabbana todavía tenía el recibo dentro. Mil doscientas libras esterlinas gastadas en bilé, en un solo día. Estas personas merecían que se les robara. Una casa contaba con grifos de oro en el baño principal. Parecía que alguien había tratado de arrancarlos. Hicimos el intento, pero no pudimos moverlos. Habían quitado el asiento del escusado y supusimos que también era de oro. ¿Por qué otra razón se robaría alguien el asiento de un escusado? La vulgaridad de sus excesos estaba a la vista de todos. Pensamos que la invasión iraquí de Kuwait era el castigo que Dios les estaba imponiendo y estuvimos más que felices de convertirnos en agentes del Señor.

Las cosas de veras valiosas, los diamantes, el efectivo y los lingotes de oro, habían desaparecido desde hacía mucho, pero de todas maneras logramos hacernos de un buen botín. Lo que es más, Um Buraq se llevó un espléndido juego de sofás, y otros muebles. Fue una época maravillosa. Seis meses de sentirnos poderosas y seguras. Durante el tiempo en que los soldados iraquíes rondaron las calles, me sentí en control de mi destino. Eso fue lo que Saddam me dio y lo amaba por ello. No me importa lo que nadie más diga acerca de él. Saddam fue mi héroe y muchos años después, cuando los estadounidenses lograron que lo colgaran, lloré amargas lágrimas de infelicidad.

A diferencia de Jehad, nunca me gustó ver las noticias. Cuando estás indefenso, seguir los sucesos noticiosos del mundo solo destaca tu impotencia. Pero durante esos seis meses en los que Kuwait volvió a ser provincia de Irak, pensé que tenía el poder para afectar el curso de nuestras vidas; que mi opinión podía ser pertinente. Por primera vez en mi vida, me convertí en consumidora de noticias y análisis políticos, y Jehad y yo platicábamos acerca de los sucesos de actualidad por teléfono varias veces a la semana.

Las alianzas de la cumbre de la Liga Árabe se dividían entre aquellos que estaban de acuerdo con Saddam Hussein y aquellos que apoyaban la propuesta de Arabia Saudita de permitir que las tropas de Estados Unidos se amasaran en sus fronteras.

—No es que Libia, Yemen, Marruecos y otros estén de parte de Saddam —dijo Jehad—; es solo que no quieren tener bases militares estadounidenses a lo largo y ancho del mundo árabe.

—Exacto —coincidí—, y en el instante en que se establezcan, nunca se irán hasta que logren matar a Saddam y destruir a Irak. Eliminarán a Gadafi y después a el Assad, y lo más seguro es que terminen por invadir Irán.

—Pienso justo lo mismo, hermana. —Jehad estaba sorprendido, pero también orgulloso de que hubiera adquirido una capacidad de análisis crítico. Su aprobación significó algo para mí.

—En concierto con Israel, hundirán a la región completa en caos y muerte. Los saudíes están más que felices de aplacarlos. Son igual de malos que Israel. No me sorprendería si en algunos años nos despertamos para averiguar que estaban trabajando de la mano con los sionistas, casi con toda seguridad en contra de Irán —dije.

También hablaba de manera regular con Sabah. Ella y su familia se encontraban entre las masas que habían huido con lo que pudieron cuando Saddam invadió. La fui a ver antes de que se marcharan. Su madre me dejó entrar, pero Sabah estaba encerrada con llave en su recámara. Mucho era lo que me separaba de ella y de la persona que fui antes de que perdiéramos contacto, pero me importaba y no quería que nuestra amistad se perdiera para siempre en el caos de la turbulencia política.

Me senté contra la pared y le hablé a través de la puerta.

—No te culpo por estar enojada conmigo. No he sido una buena amiga —admití. Y eso fue todo lo que se necesitó para que la puerta se abriera. Me abrazó y entramos en su habitación, donde estaba empacando una pequeña maleta.

—Mamá dice que lleve solo lo indispensable. Dijo que regresaremos cuando todo esto pase, pero mi papá nos recordó lo que sucedió en Palestina, de modo que nos estamos llevando aquello sin lo que no podríamos vivir.

—¿Y no puedes vivir sin eso? —pregunté mientras señalaba al juguete de peluche que estaba en su maleta.

Sabah se sonrojó:

—Fue un regalo.

—¿De un chico? —Era mucho lo que había sucedido en su vida también.

Me dio los detalles de la manera en que se conocieron, de sus llamadas nocturnas cuando sus padres estaban dormidos y de sus cartas de amor. Envidiaba su inocencia, pero también compartí su felicidad. Hablamos por un tiempo y nos pusimos al corriente mientras la ayudaba a empacar. Después me preguntó si seguía siendo amiga de Um Buraq.

—Ajá, ¿por qué?

Alejó la mirada, pero la presioné para que se explicara.

—Te defendí mucho en los últimos meses —admitió.

—¿Me defendiste de qué?

Me pidió que me sentara.

—La gente habla. Mira, dicen muchas cosas acerca de Um Buraq. Que sale a fiestas toda la noche y cosas por el estilo —dudó un instante—. Algunos dicen que te llevaba con ella.

Recuerdo bien ese momento. No me sentí enojada con Sabah por confrontarme acerca de mi reputación. No creo que hubiera participado en chismes así de dañinos. Pero el dolor y la amargura que se estaban arraigando en mi interior hicieron que la garganta se me cerrara y que mi estómago se retorciera. Al mirar hacia atrás desde el Cubo, esa expresión física de mi humillación fue una especie de articulación entre la ternura de la chica que todavía ansiaba que la aceptaran, y la mujer endurecida que era mucho mayor que Sabah, cínica y, quizá, más sabia; más parecida a Um Buraq.

—Como si me importara un carajo lo que la gente dice —respondí.

Sabah y yo prometimos que estaríamos en contacto sin importar dónde termináramos.

Mantuve mi promesa e hice llamadas regulares a Jordania, aun cuando mamá se preocupaba del costo de las llamadas de larga distancia. La ocupación iraquí nos colocó dentro de una burbuja económica. Las empresas de servicios apenas y funcionaban, y el dinero carecía de valor. No era más que papel. En este extraño nuevo orden, pensaba que podíamos darnos el lujo de «desperdiciar llamadas», en especial porque traía puesto el carísimo bilé de Dolce & Gabbana. Guardé el recibo que mostraba que poseía mil doscientas libras esterlinas de labiales; quizá como prueba de mi valía.

Mi trabajo minorista se desvaneció en el momento en que las tiendas cerraron durante la ocupación, pero las faltas de alimentos, electricidad y agua potable no disminuyeron el número de mujeres con cejas pobladas. De hecho, gracias a que cerraron los salones, tenía más clientes de los que podía manejar, y usaba uno de los cuartos de la casa de Um Buraq como salón hechizo. En parte, eso le daba un pequeño ingreso a ella. Le agradaba mi compañía tanto como a mí me agradaba la suya, y nuestra amistad creció en el terreno común al margen del honor. También estaba el detalle de que había salvado mi vida después del aborto. Jamás volvió a mencionarlo, lo que me hizo apreciarla todavía más.

La casa de Um Buraq llegó a conocerse como «el salón de Yaqoot». Abandoné a Almas; Nahr era para la parte más pura de mí y Yaqoot era todo lo que estaba en medio.

Hacía peinados, maquillaje, tratamientos con cera y depilación de cejas, mientras que Um Buraq y Deepa les servían café y té a las clientas. Las mujeres pasábamos el rato entre chismes, plática insustancial y chistes colorados. Nadie quería hablar de la ocupación, del ejército o de la guerra; de todos modos, pocas de ellas sabían algo de política.

Pero, por supuesto, era inevitable. Por lo general, yo era la que mencionaba algo que había leído en el periódico. Solía decir:

—Oí que los estadounidenses están enfilando sus tanques a lo largo de la frontera saudí. —Alguien respondía: «Dios nos libre» y entonces pasábamos a las historias de los ricos kuwaitíes y de cómo andaban de fiesta en fiesta en los clubes nocturnos de Londres.

O bien:

—El límite para la retirada de los iraquíes es en tres semanas.

—Dios nos libre.

—Los iraquíes acaban de ejecutar a dos kuwaitíes que estaban en la resistencia.

—Dios nos libre.

—Saddam dijo que va a enfrentar a los estadounidenses con la madre de todas las batallas.

—Dios nos libre.

En alguna ocasión, una mujer afirmó:

—Los palestinos pagarán caro haber traicionado a Kuwait aunque la mayoría de nosotros no tengamos nada que ver en el asunto.

Y entonces yo fui la que respondió, «Dios nos libre».

Um Buraq y yo empezamos a elaborar cremas corporales y humectantes faciales a base de aceite de oliva, mantequilla de cabra, hierbas, aceite de mirra e incienso. Era una tarea artesanal que aprendió de niña de su abuela en Basora. Vendimos todo lo que elaboramos.

Saddam impuso la monedea iraquí y Um Baraq y yo nos dividíamos todo lo que entraba. No lo sabíamos en el momento, pero el dinero que generamos de depilar todo ese vello corporal y de elaborar cosméticos perdería todo su valor de la noche a la mañana. Me quedé con todos esos billetes verdes que tenían plasmado el retrato de Saddam como recordatorio de que el mundo puede darse la vuelta en cualquier instante. No fue mucho, solo unos pocos cientos de dinares, porque a menudo aceptaba pagos que no eran en efectivo, como pan, verduras o enseres saqueados. Y cuando tuvimos más de lo que necesitamos para vivir, Um Buraq y yo lo compartimos con quienes nos rodeaban. Me aseguré de que hubiera la comida y el agua limpia necesarias para la casa. A su vez, Mamá los compartía con los vecinos. Um Buraq también cuidaba de sus propios vecinos y se cercioraba de que tuvieran pan y agua cuando empezó la carestía. En aquellos días, no necesitábamos mucho dinero. Nuestras vidas se volvieron maravillosamente sencillas; de alguna manera más claras dentro de la niebla de la ocupación. La gente que tenía dinero, los cobradores y los caseros, abandonaron el país, dejándonos al resto con una nueva libertad para existir. No tuvimos que pagar renta por seis meses; no había nadie que la cobrara.

Casi a diario, Mamá y Sitti Wasfiyeh se reunían con las mujeres del edificio que se habían quedado en Kuwait. Horneaban pan en lugar de esperar en las filas para comprarlo. A pesar de la falta de certeza, la gente socializaba sin el peso de las responsabilidades financieras. La ocupación de Irak tuvo el efecto de algún desastre natural; nos permitió darnos un descanso de las necesidades artificiales del dinero. Había una profunda dignidad en la sensación de que el refugio y el sustento propio no estaban hipotecados. Íbamos adonde no podíamos darnos el lujo de pagar por ir antes de la invasión, entrábamos en casas a las que no nos hubieran invitado, y a tiendas que no nos hubieran dado la bienvenida en tiempos normales. Nadie era pobre y nadie era rico. Solo éramos. Y compartíamos. Comíamos, bebíamos, reíamos, bailábamos, llorábamos, soñábamos y nos imaginábamos un mundo mejor. Y, después, esperamos que el destino cayera sobre nuestras cabezas desde los aviones de guerra de los estadounidenses.

Los expertos de los periódicos y de la televisión hablaban de la concentración militar de los Estados Unidos en Arabia Saudita, pero no podía imaginarme la guerra. Pensaba que solo sucedía lejos, en las «zonas de guerra» perdidas en los desiertos, o más allá de los conos anaranjados que flotaban en el mar y a los que los nadadores no tenían permitido ir. Era la hija de refugiados que habían huido de Palestina, no una, sino dos veces, pero no podía concebir que las balas y las bombas se acercaran tanto. Pero, a medida que pasaba el tiempo, más y más insistentes se volvieron los expertos. La gente que antes solo hablaba en susurros, ahora empezó a hablar de manera abierta de la destrucción de Irak a manos de Estados Unidos. Por otro lado, los que se envalentonaron con Saddam Hussein empezaron a acobardarse y, después, empezaron a huir.

La mayoría de los trabajadores extranjeros se largaron durante los primeros días de la ocupación iraquí, pero Deepa se quedó casi hasta el final. Tenía poco a lo que regresar. No tenía padres, ni hijos. Pero Um Buraq le dijo que se fuera. Resultó que todos esos años en los que Um Buraq tomó la mitad del dinero de Ajay, lo estuvo guardando en una cuenta de ahorros para Deepa. Se lo entregó con la condición de que lo usara para construirse una casa en India, en su estado natal de Kerala, e hizo que Deepa le prometiera que la pondría en su propio nombre, no a nombre de Ajay o de ningún otro hombre. Dado que todo el dinero había cambiado a moneda iraquí, el valor de la cuenta era de la mitad de lo que había sido, pero de todos modos era más dinero del que Deepa, ni Ajay, jamás habían tenido, me dijo ella llorando.

El día en que se marcharon Deepa y Ajay, acompañé a Um Buraq al aeropuerto. Fue el 20 de octubre de 1990. Esperamos cinco horas hasta que hubo asientos disponibles en Indian Airlines, que estableció un récord mundial por el mayor número de personas evacuadas por una aerolínea civil. Um Buraq se despidió de su leal amiga y compañera; fue la única vez en que la vi llorar.

Alrededor de seis semanas después de que se fueran Deepa y Ajay, mi hermano regresó de Amán. La universidad había cerrado para las vacaciones de invierno y los Estados Unidos le había dado a Saddam un mes para que se retirara de Kuwait. Jehad nos advirtió que Estados Unidos atacaría y que lo más probable era que acabaría con todos nosotros si Saddam se quedaba. No estuve de acuerdo; pensaba que Saddam era invencible. Creí que sería el líder árabe que al fin derrotaría a los imperialistas occidentales y a los colonizadores sionistas. Mi reciente interés en la política me hacía sentir inteligente cuando le hablaba a mi hermano con ese vocabulario.

Cuando se volvió evidente que la invasión estadounidense era inminente, dejé de leer las noticias y de verlas. Me mantuve ocupada y alejada de la casa, porque no toleraba escuchar a Mamá, que no podía esperar la llegada de los estadounidenses.

—La gente no puede simplemente andar por allí, robándose los países de otras personas —afirmaba—. Es incorrecto. Para bien o para mal, Kuwait es nuestro hogar. Es nuestro deber defenderlo. ¿Cuándo dejaste de amar a este país? ¿Qué no sabes que los únicos impuestos que se cobran aquí son para la resistencia palestina? ¡Eso es algo que no se puede negar!

Me alejé sin responderle y empecé a quedarme más y más con Um Buraq, regresando a casa lo menos posible, hasta que nuestro hogar empezó a hervir y se evaporó para después desvanecerse junto con los trozos desaparecidos de la historia. Pero eso todavía no habría de suceder.

Había algo más. Durante esos meses, llevé una vida secreta. Nadie, ni siquiera Um Buraq, supo de ella. Me involucré con un soldado iraquí. Todavía no estaba lista para darme por vencida en cuanto a los hombres se refería. Una parte de mí quería saber si los hombres podían ser buenos; si era posible que la intimidad física con un hombre pudiera ser algo honesto, amoroso, nutricio, poderoso y apasionado. Además, me preguntaba si era merecedora de amor; necesitaba saberlo, porque pensé que todos podríamos morir muy pronto.

Se llamaba Mubshir y estaba a cargo de un retén por el que pasaba con frecuencia. Después de algunas miradas y coqueteos, me dio un número y la hora en que podía hablar al teléfono público donde estaría esperando. Al principio, nos veíamos junto al mar, pero a medida que las cosas avanzaron, empezamos a vernos en un departamento abandonado del distrito de Salmiya. Encontramos una especie de refugio el uno en el otro, en especial cuando se volvió evidente que pronto se vería obligado a luchar contra los estadounidenses. Pensaba que iba a morir y se preocupaba de la manera en que sucedería su muerte, pero casi no hablábamos de eso. Cogíamos casi sin tregua para evitar pensar en ello.

Mubshir era bellísimo. Fue el primer hombre que alguna vez me llevó al orgasmo. Le dije que lo amaba y él me dijo lo mismo, pero estábamos fingiendo y los dos lo sabíamos. Queríamos una historia de amor. Hacía que nuestro inminente fin fuera romántico. Tenía una novia en casa, en Bagdad, y creo que lo único que alguna vez deseó fue convertirse en su esposo, proveedor y protector; en el padre de sus bebés. Jamás me mintió, ni trató de engañarme, y la manera en que hablaba de ella me hizo amarla también. No me molestaba cuando me llamaba por su nombre, ni que fingiera que el cuerpo entre sus brazos era el suyo. En ocasiones, yo imaginaba que de veras era ella. Creo que es el momento en que más cerca estuve de que un hombre me amara.

Y después, entraron los estadounidenses con sus monstruosos tanques, sonriendo desde sus alturas mientras la gente les arrojaba flores de todas partes. No sé qué fue de Mubshir. Me gustaría imaginarlo con su chica, pero he visto bastante de nuestro mundo como para saber que eso es poco probable. Los cuerpos calcinados de los iraquíes que huyeron, quemados y tiesos en toda configuración concebible, cubrían las arenas del desierto por kilómetros y kilómetros en lo que se llegó a conocer como la Carretera de la Muerte.

Jehad había regresado de Amán menos de un mes antes de que los soldados estadounidenses ocuparan las calles. Estaba un par de centímetros más alto y su ralo vello facial se había transformado en un bigote y barba en forma. Quería oír acerca de su universidad, pero durante ese mes estuvo obsesionado con nuestra situación y casi no hablaba de más.

—Creo que los estadounidenses orquestaron todo esto y que nuestros estúpidos líderes, Saddam en especial, cayeron en su juego —especificó, dándose un disparo del inhalador. Noté que ahora lo estaba haciendo con mayor frecuencia. Quería ayudar a la resistencia para defender a Kuwait, pero sentía la misma afinidad por los iraquíes que por los kuwaitíes. No podía tolerar la idea de hacerles daño a los iraquíes y maldecía a Saddam por generar tal división entre hermanos. Citó los ejemplos históricos de la traición estadounidense, habló del *shah* de Irán y de los diversos golpes de estado de la CIA contra los líderes árabes. La malicia de todo esto lo atormentaba.

Me sentía impresionada y molesta con él por igual. No quería que mi hermano se hundiera en la política de la misma manera en que tantos otros hombres. Estaba tan emocionalmente comprometida con su futuro que no tomé en cuenta mis propias ambiciones. Yo también quería aprender; quería irme y amar y vivir algo diferente. Todavía no sabía qué, en esencia porque primero necesitaba garantizar que Jehad pudiera encontrar su camino.

—Enséñame algo en ruso —le rogaba—. ¿Por favor?

—¿*Kak pozhivaesh*?

—¿Y eso qué quiere decir?

—Significa ¿cómo estás?

—No. Yo quiero aprender los insultos.

Ese día, aprendí varias palabras increíbles, pero las olvidé todas excepto por un enunciado fabuloso: «¡*Otva`li, mu`dak, b`lyad!*». Significa, «¡Vete al carajo, ojete, con un carajo!».

El segundo semestre de Jehad empezaba a finales de enero y trató de convencernos de que nos fuéramos con él a Amán. Pero ninguna de nosotras quería marcharse. Por mi parte, quizá fue una falsa sensación de seguridad y una incapacidad para darme cuenta por completo que la guerra había llegado hasta nuestra puerta. Tampoco tenía muchas ganas de estar en Jordania. Sabah había dado una imagen sombría de Amán como un lugar corrupto y deprimido en términos económicos. Sin embargo, fue Sitti Wasfiyeh quien convenció a mi hermano de que no tenía caso que nos tratara de obligar a huir. Nos había estado escuchando, inusualmente silenciosa, cuando aseveró:

—Yo no me voy a ninguna parte. Estoy cansada de que me corran de donde quiera que me encuentre en el mundo. Me corrieron de Haifa, después de Ein el Sultan, después de Jordania y ¿ahora de Kuwait? No. Prefiero morirme aquí que enfrentarme a un éxodo más. Estoy demasiado vieja para toda la mierda que estos mierderos no dejan de hacer. Mierda. Todo esto: ¡mierda!

Mi hermano rogó, pero no tenía ningún caso tratar de convencer a mi abuela. Jehad detestaba la ocupación iraquí de Kuwait, pero temía la intervención estadounidense y decidió quedarse con nosotras en lugar de irse. Yo estaba furiosa.

—Mamá y yo trabajamos día y noche para que sea posible que estudies ¿y tú crees que puedes tomarte la libertad de decidir que no te vas a ir? ¿Como si tu vida te perteneciera para hacer lo que se te venga en gana sin tomar en cuenta a tu familia? —grité.

Jehad se puso rígido.

—No voy a abandonar a mi familia en esta situación, de modo que ¡detente, Nahr!

A la larga, la insistencia de Jehad hizo que Sitti Wasfiyeh y yo nos convenciéramos de irnos, pero para ese entonces era demasiado tarde. La invasión estadounidense ya estaba sucediendo. Nos quedamos donde estábamos, en espera de que nuestro futuro emergiera de las explosiones, reportajes noticiosos e insinuaciones. Podía sentir cómo el sol se estaba ocultando sobre nuestras vidas en Kuwait y, cuando llegaron los estadounidenses, el sol desapareció por completo de verdad. Por meses, se vio ennegrecido por nubes de tizne. Desde la Carretera de la Muerte, los iraquíes lograron llevar a cabo un último acto de rebeldía. Le prendieron fuego a los pozos petroleros, que empezaron a vomitar espirales indetenibles de humo que ni siquiera el sol podía penetrar. Parecía y olía como el fin de los tiempos, un apocalipsis que nos arrastraría al infierno.

Con Irak fuera de Kuwait, Estados Unidos paseó su aparato militar por las calles. Para entonces, ya habíamos escuchado lo suficiente acerca de la rabia kuwaití en contra de los palestinos como para saber que no éramos bienvenidos en las celebraciones callejeras; no que yo quisiera darles la bienvenida a los estadounidenses, pero Mamá sí.

De una manera u otra, los palestinos tendrían que pagar; no solo porque algunos habían colaborado con Irak, sino también porque éramos un sustituto conveniente para la venganza en contra de Saddam. A pesar de las advertencias del mundo entero, Jehad se negó a irse o a esconderse.

—No hice nada —insistió—. ¿Por qué habría de ocultarme? Ni siquiera estuve en el país durante la ocupación. No llevo más que algunas semanas de regreso.

Sin importar cuáles fueran las razones o evidencias que le presentáramos, y a pesar de las historias de palestinos desaparecidos, la creencia de mi hermano en la bondad y justicia esencial de los seres humanos lo cegó al peligro.

—Los kuwaitíes no son monstruos. No me van a hacer nada. Puedo probar que no estuve aquí —recalcaba—. ¡Vamos! Irak arrestó a cinco mil palestinos por unirse a la resistencia kuwaití. Tienen que saber la diferencia.

—¿Cómo puedes ser tan inteligente y tan idiota al mismo tiempo? —exclamé. Yo sabía más acerca de la naturaleza de los seres humanos; y de los hombres en particular.

Un día después, desde mi ventana, vi a la policía y a un *jeep* militar transitar por nuestra calle. Corrí hacia abajo para alcanzar a mi hermano, pero para cuando llegué al fondo de las escaleras, ya lo tenían esposado sobre el piso mientras lo golpeaban y pateaban. Traté de intervenir. Un brazo se abalanzó hacia mí contra un cielo negro en mitad del día. Mi corazón latió con fuerza. Mis mejillas quedaron presionadas contra vidrio. ¿La ventana de un coche? Me mordí la lengua. Después, quedé tendida de dolor sobre una silla de plástico en la estación de policía. Sabía que había pasado algún tiempo, pero solo comprendí hasta después que habían pasado diez horas. No tenía recuerdo alguno de que me hubieran golpeado, pero mi cuerpo revelaba la evidencia. Me dieron una inyección y demandaron saber dónde se encontraba mi hermana, Nahr. Pero yo, Yaqoot, juré que solo tenía un hermano. Eso es todo lo que recuerdo, excepto por los rostros ocasionales que aparecen en mis sueños, donde vuelven a representarse versiones inconexas de ese día. Cuando todo terminó, las autoridades kuwaitíes colocaron mis huellas digitales, en sustitución de mi firma, sobre un documento que afirmaba que mi hermano había colaborado con las autoridades iraquíes durante la ocupación.

En algún punto del tiempo en que estuve en la estación de policía, desperté al sonido de hombres que gritaban en otras habitaciones y, más tarde, al llanto de Mamá, que le imploraba a la policía. Los sonidos son los que ocupan a esos días dentro de mi memoria. Resuenan como ecos a través de los hechos y las imágenes, del dolor de una costilla fracturada, del deseo de tomar el lugar de mi hermano en las cámaras de tortura y de la angustia de los finales certeros; a través del fin de la inocencia, de un hogar, de la salud y de los días de ensoñaciones fantasiosas y noches sin pesadillas.

Me liberaron a mí, pero no a mi hermano, y ese mismo día regresé a la estación de policía con Mamá en la esperanza de convencerlos de que soltaran a Jehad. Las paredes de la estación estaban pintadas de verde. Había personal militar estadounidense vagando por allí y la policía kuwaití parecía querer impresionar a sus invitados. Nos quisieron ahuyentar de allí. Yo empecé a gritar las palabras rusas que recordaba: «¡*Otva`li, mu`dak, b`lyad!*», «¡Vete al carajo, ojete, con un carajo!», en la esperanza de que mi hermano pudiera oírme para saber que estábamos allí.

Los policías nos sacaron a empujones y nos advirtieron que no regresáramos más.

—Por favor, hijos míos, que la piedad de Dios y Sus bendiciones llenen sus vidas de éxito y dicha —imploró mi mamá—. Les ruego que le den estos. —Mamá colocó varios inhaladores en las manos de uno de los oficiales.

Al alejarnos de la estación de policía, vi, de reojo, que una mano los tiraba a un bote de basura.

Cuando regresamos, nos estaba esperando el casero. Teníamos tres días para pagarle seis meses de rentas atrasadas o regresaría con la policía para echarnos.

—Han condonado la deuda de rentas a la mayoría de las personas del país por lo de la ocupación —protesté.

—No a los palestinos. Sus amigos iraquíes les dieron trabajo. Tienen el dinero para pagar.

Mamá trató de explicarle que no habíamos tenido trabajo, pero la detuve. Pude ver que no tenía el menor caso; esto no tenía nada que ver con la renta.

Al día siguiente, la policía allanó nuestro departamento. El casero usó su llave maestra para abrir nuestra puerta sin tocar. Yo estaba al teléfono, hablando con un abogado acerca de cómo sacar a mi hermano de la cárcel. Mamá estaba fumando un cigarro con nerviosismo y Sitti Wasfiyeh estaba rezando la *salat* del mediodía. Dejé caer la bocina de teléfono y la dejé sobre el piso, temerosa de inclinarme a recogerla. Mamá empezó a gritar.

—¡Todavía nos restan dos días para pagar la renta! —le recordé al casero, confusa de por qué se encontraban allí.

El oficial pasó un dedo por mis labios.

—No nos importa nada su renta. Estamos aquí en busca de traidores.

—Aquí no hay nadie más que nosotras —respondí.

—Bueno, pues entonces quizás ustedes sean las traidoras.

Cuando pienso en ese día, lo que más recuerdo es la cara de Sitti Wasfiyeh. Levantó la vista de su tapete de rezos ante la estampida de policías y soldados que estaban registrando la casa, volteando muebles, vaciando cajones, destripando cojines y rompiendo cosas.

El rostro de mi abuela estaba cenizo y tenía la boca abierta, aunque parecía incapaz de decir nada. Corrí hacia ella, temerosa de que pudiera estar teniendo un infarto y, cuando sintió mis brazos a su alrededor, empezó a sollozar. Mamá gritó:

—No somos colaboradoras. Están cometiendo un error. Hemos estado en este país por 25 años. Amamos a Kuwait.

Me dolió ver rogar a mi madre. Detestaba a estos hombres y, ahora, también detestaba a Kuwait. Odiaba a sus emires y a su pueblo. Odiaba que hubiera jurado lealtad a ellos en la escuela y que hubiera bailado durante su festival de Independencia.

—¡Miren esto! —gritó uno de ellos mientras sostenía la bolsa de labiales de Dolce & Gabbana y leía el recibo—. Fueron hasta Londres para comprar este carísimo maquillaje. —Los demás corrieron a ver la bolsa.

—¡Abran esto! —gruñó otro de ellos, mientras señalaba la caja fuerte. Mamá y yo nos miramos. Besé a Sitti Wasfiyeh y me levanté para abrirla.

La mayor parte de lo que había ahorrado a lo largo del año anterior ya se había depositado en la cuenta bancaria para pagar los estudios de Jehad, y justo el día anterior había usado la mayor parte de lo que quedaba en la caja para pagarle al abogado. La policía se llevó lo poco que quedaba, junto con mi *shabka* de oro.

—Es obvio que tienen más que suficiente como para irse a comprar bilé a Londres, de modo que probablemente no necesiten esto —dijo sonriendo mientras tomaba la bolsa de labiales de Dolce & Gabbana y metía el dinero y mi oro en su interior. Tomó los pocos billetes en moneda iraquí y los arrugó entre sus dedos—. Puedes quedarte con esto —exclamó mientras me los arrojaba.

Mi abuela lloró como jamás la vi hacerlo antes. Parecía increíblemente pequeña, vulnerable e indefensa, las arrugas de su rostro llenas de lágrimas, como si fueran pequeños ríos. Cuando los hombres estuvieron a punto de irse, les dijo en una voz temblorosa y cansada:

—¿Por qué, hijos míos? ¿Por qué hicieron esto? Esto es *haram*, hijos míos. Es *haram*. ¿Por qué nos tratan así?

Uno de ellos, un joven que había parecido incómodo dentro de su propia piel, volteó a ella, sus ojos mirando al piso.

—Lo siento, *khala* —dijo. «Lo siento, tiita», pero el hombre que confiscó nuestros ahorros lo empujó a un lado con velocidad—. ¡Vaya a preguntarle el porqué a Yasser Arafat! —Escupió sobre el piso y se fue.

El casero se quedó atrás para advertirnos.

—Dos días más. Seis meses de rentas atrasadas. Todo, o las echaré fuera. Nada de pagos parciales.

* * *

A medida que los bancos desbloquearon las cuentas de manera gradual, hordas de personas se amontonaron y arrastraron hasta las diferentes sucursales, pero la mayoría de los cajeros automáticos no servía o no tenía dinero. De manera increíble, el gobierno kuwaití restaurado anunció que todas las cuentas bancarias se repondrían a los niveles que habían tenido el dos de agosto, día en que el tiempo se detuvo, como si los seis meses anteriores no hubieran sucedido. Algunos bancos lograron que las personas hicieran fila, pero en términos generales, no hubo más que caos. Esperé cinco horas, sin éxito, para acceder a mi cuenta. Al día siguiente, acampé fuera del banco y logré obtener un turno cuando abrió, pero solo me permitieron sacar una pequeña cantidad, no lo suficiente para pagarle al casero.

Al salir del banco fui a casa de Um Buraq para pedirle un préstamo.

—Nahr —empezó. Um Buraq solo me llamaba por ese nombre cuando quería comunicarme asuntos serios—. Me encantaría poder ayudarte, pero no sé si me encuentro segura en este momento, y necesito guardar cada quinto. Mi marido vino esta mañana y me obligó a que le diera todas mis joyas de oro. ¡Ese hijo de puta quiere casarse con una tercera esposa para «celebrar la liberación»! Me dijo que si no lo hacía, me denunciaría a la policía como colaboradora. Como están las cosas en este momento, le creerán, porque además estoy segura de que algunos de mis primos en Irak tienen hijos que están en la milicia. El gobierno dijo que repondrían todas las cuentas a como estaban el día antes de la invasión, lo que significa que me van a depositar el dinero que le di a Deepa, pero eso se va a llevar algún tiempo. Te daré lo que pueda en ese momento, pero por ahora, simplemente no me es posible. Claro que si yo fuera tú… y detesto decirlo…, pero deberías pedirle ayuda a Abu Moathe. Como mínimo, podría asegurarse de que puedas sacar todo tu dinero de tu cuenta bancaria.

Me enfermaba tener que recurrir a Abu Moathe, pero no tenía más opciones.

Primero, le hablé para determinar el estado de ánimo en que estaba. Si no me daba buena espina, planeaba hablarle a Abu Nasser, el olfateador de pantaletas. Pero Abu Moathe pareció feliz de oír de mí y me dijo que me apresurara a verlo. Les diría a los guardias que me dejaran entrar al banco.

Dos guardias armados estaban controlando a la muchedumbre que trataba de meterse a empujones desde afuera, y solo permitían la entrada a unos cuántos por vez. Me abrí paso hasta ellos y les mostré mi identificación.

—Abu Moathe me está esperando.

Adentro, me dirigieron a la oficina del gerente, donde Abu Moathe salió de detrás de un enorme escritorio de madera para saludarme.

—*Salaam*, querida amiga. Tu visita me honra —empezó con su estilo habitual antes de pedirle a alguien que nos trajera algo de beber—. ¿Qué te puedo ofrecer? —preguntó—. Recuerdo que prefieres el té al café.

—Un té estaría de maravilla. No sabes cuánto te lo agradezco, Abu Moathe —respondí y le ordenó a la anciana parada junto a la puerta que trajera dos vasos de té.

Me dio la vuelta para cerrar la puerta, sus dedos rozando mis hombros.

—¿Y a qué debo este honor? —me preguntó.

La mujer regresó con la charola de té caliente y la colocó sobre el escritorio mientras yo le explicaba que necesitaba sacar mi dinero para pagar la renta y para sacar a mi hermano de la cárcel. Le dije que mi hermano era inocente y que lo habían arrestado a pesar de estar en Jordania, estudiando, durante la ocupación.

—Entonces, ¿cómo es que lo arrestaron si no estaba en el país?

Trastabillé un poco.

—Es que, él, él regresó al final de su primer semestre de estudios, unas pocas semanas antes de la guerra de liberación.

—Mentiste —dijo con una sonrisa de sorna al tiempo que me ofrecía un cigarro. Decliné su oferta, sintiéndome como presa que había caído en una trampa.

—No mentí, Abu Moathe. Que Dios te perdone por decirlo.

Se prendió un cigarro al tiempo que mascullaba para sí:

—Se atreve a mencionar a Dios.

—Lo siento, Abu Moathe. Me iré. —Me levanté para marcharme.

—¡Siéntate! —Ladró—. Pareces haber olvidado quién soy. Yo te diré cuando puedas largarte.

Hice lo que me ordenó y, al mismo tiempo, con el máximo sigilo, mis ojos buscaron algo con lo que pudiera defenderme. Sobre el escritorio no había más que un montón de papeles y archivos, algunas plumas, una *demitasse* vacía y un pisapapeles; una gota de petróleo suspendida en un cubo de vidrio, nada que pudiera lastimarlo gran cosa. Se recargó en su silla de cuero con otra mueca de desprecio, y dejó salir una nube de humo de su boca. Su enorme vientre se proyectaba frente a él.

—Siempre me ha parecido extraño que las mujeres como tú no fumen.

—¿Qué quieres decir con mujeres como yo? —Estaba tratando de armarme de valor para irme, cuando noté que había una tarjeta bancaria pegada a un papel encima de su escritorio.

—Sabes lo que quiero decir —respondió—. En todo caso, busqué tu cuenta después de que hablaste. Jamás se me ocurrió buscarte con el nombre de Yaqoot; nunca creí que fuera tu verdadero nombre —pausó—, pero supongo que hasta las putas dicen la verdad de vez en cuando.

Moví los dedos de mis pies dentro de mis zapatos de tacón, todavía tratando de reunir el valor para levantarme. Cuando los bancos mandaban tarjetas nuevas, venían con números de identificación personal preseleccionados que podían cambiarse en cualquier cajero automático. Lo más seguro es que esa fuera su tarjeta y que viniera con el PIN. El cubo con la gota de petróleo estaba junto a la misma.

—Te hiciste de una buena cantidad de dinero en este país, ¿verdad? —Continuó mientras le daba un sorbo al vaso de té que tenía en la mano. Lo colocó sobre el escritorio y caminó hasta mí.

—Por favor, Abu Moathe...

—Te daré el dinero de tu cuenta, ¿pero yo que voy a sacar de ello? ¿O acaso quieres tomar y tomar y no dar nada a cambio? Eso es lo que hacen los palestinos. Comen y, después, muerden la mano de quien les da de comer. —Pensé que no sería lo más conveniente recordarle sus orígenes palestinos.

Al fin me levanté de la silla, pero él me jaló del pelo. Recordé lo mucho que le daba placer maltratarme así.

—Inclínate hacia adelante y levántate el vestido, puta. —Me empujó, amenazándome con lo que me sucedería si no me quedaba callada.

—Te aventaré por la puerta y, para que todo el mundo lo oiga, gritaré que te ofreciste a mamarme la verga por dinero, y entonces terminarás en la cárcel junto con tu hermano, perro infame hijo de puta.

Me puse de pie, me levanté el vestido y bajé mis pantaletas. Eran blancas con un borde de encaje azul. Me incliné sobre el escritorio lentamente, encima del pisapapeles de vidrio y de la tarjeta, que ahora podía ver que estaba en su nombre. Empujó mis piernas para abrirlas y enrosqué los dedos de mis pies dentro de mis zapatos; rodeé el pisapapeles de vidrio con los dedos de una mano y enterré las uñas de la otra en la palma. Me penetró con fuerza. Apreté los dedos, enterré las uñas con más fuerza en la palma de mi mano y me puse a contemplar las imperfecciones del vidrio del vaso de té mientras él jadeaba sobre mí.

—Palestinos ingratos de mierda. ¿Creíste que eso era todo? ¿Que Saddam iba a gobernar Kuwait? ¿Pensaste que podrían traicionarnos de esa manera? Pues aquí está tu recordatorio, perra. Esto es lo único para lo que sirven los palestinos; para hacer trabajos de tercera y para servir como putas baratas. En este país, compramos y vendemos a la gente como tú.

Abrí las manos, dejé una de ellas sobre el pisapapeles, tomé la tarjeta con la otra y memoricé el PIN impreso en números pequeños antes de esconder la tarjeta dentro de mi brasier.

—Y eso es lo que te toca ahora, puta.

Repetí el número en mi cabeza una y otra vez hasta que él se vino dentro de mí. Me subí las pantaletas blancas con encaje azul, me bajé el vestido, me compuse y esperé, ya planeando mi venganza.

Pulsó un botón para llamar a su asistente.

—Traiga el expediente de la Sra. Yaqoot.

»Siéntate —me ordenó. Lo hice al tiempo que sentía el semen que se escapaba de mi interior—. Bebe algo de té —añadió. Tomé el vaso y di un sorbo al té mientras repetía el PIN de manera incesante: 3254, 3254, 3254.

Después de tocar a la puerta, entró una joven con un archivo. Evité verla. Esperó mientras Abu Moathe lo abría para después regresárselo. La chica me entregó algunos formularios del fólder para que los firmara. Le entregué mi identificación y regresó con el saldo de mi cuenta. No era el valor restaurado, como lo prometió el gobierno, pero no insistí; en especial porque traía la tarjeta de Abu Moathe oculta entre mis tetas.

Le di las gracias como si no hubiera acabado de violarme y él me respondió que no tenía nada que agradecer, como si no hubiera acabado de violarme.

Mientras pasé por la muchedumbre que todavía esperaba afuera, sentí que más semen escurría por el interior de mis piernas e imaginé cómo sacaría todo su puto dinero de su puta cuenta con la puta tarjeta que estaba entre mis senos. *3254, 3254.*

Llegué a casa, pero ya no era casa; el departamento en el que había vivido toda mi vida ahora me era ajeno. No habíamos podido arreglarlo desde que la policía lo puso patas arriba. Mamá estaba ocupada cuidando de Sitti Wasfiyeh, a quien tuvimos que llevar al hospital porque «la cabeza le estaba explotando», como nos dijo ella. Su presión arterial estaba fuera de control. Le hubiera dado una embolia si Mamá no la hubiera llevado al médico a tiempo. Pero ya teníamos el dinero de mi cuenta, y eso ayudó a Mamá y a Sitti Wasfiyeh a dormir esa noche, tranquilas al saber que no nos correrían del departamento y que nuestras posesiones terminarían en la calle.

Vaciar mi cuenta nos dio lo suficiente para pagarles al casero y al abogado, y para sobornar a quien él nos sugiriera.

—Saben que no estaba en el país —nos informó—, pero en este momento no hay estado de derecho. Necesitaremos convencerlos de que lo suelten.

Me pregunté qué cantidad de dinero habría en la cuenta de Abu Moathe y empecé a aterrarme de lo que podría suceder si se daba cuenta de que la tarjeta ya no estaba. Sin embargo, recordé lo descuidado y desorganizado que era. Lo más seguro es que ni siquiera recordara que la tarjeta estaba sobre su escritorio y que culparía a la secretaria por perderla.

Al día siguiente, y durante las dos semanas que siguieron, Um Buraq y yo condujimos por todo el país con la tarjeta de Abu Moathe, en busca de cajeros automáticos disponibles, de donde empezamos a sacar lo más que pudiéramos de cada sitio a diario.

Nuestro abogado reclutó la ayuda de una organización internacional de derechos humanos, que consiguió que transfirieran a Jehad a un hospital. La combinación entre la presión de los medios, los sobornos y los canales legales terminaron de convencer a las autoridades de que lo soltaran.

Mamá y yo nos pusimos a limpiar y a reorganizar el departamento en anticipación al retorno de Jehad. Pegamos y clavamos los cajones y muebles rotos lo mejor que pudimos, redoblamos toda la ropa, colocamos nuestras pertenencias sobre los estantes y llenamos bolsas y bolsas de basura. Lavamos las ventanas, limpiamos los muebles, restregamos el baño y la cocina, barrimos y trapeamos; azotamos y aireamos los tapetes, y lavamos las sábanas y cobijas, y toda la demás ropa sucia. Sitti Wasfiyeh quería ayudar. Pusimos todos los adornos y cubiertos frente a ella para que los limpiara y puliera. Tenía el colchón más cómodo y juró por Dios que su nieto dormiría sobre él hasta que se recuperara.

—Te cedo mi cama con gusto —le ofrecí.

—No voy a dormir con ninguna de ustedes —respondió, haciendo un gesto de desdén con la mano—. Dispónganme un sitio para dormir sobre el piso, junto a mi nieto.

Mamá y yo nos miramos.

—No; eso no va a funcionar. Tus ronquidos lo mantendrían despierto —acerté a decir.

Dudó un instante, revolviendo sus dentaduras postizas dentro de la boda con su lengua.

—Muy bien; eso no se me había ocurrido. Dormiré en tu cama —declaró y se puso a pulir una cuchara.

Ya exhaustas, nos fuimos a la cama temprano. Sitti Wasfiyeh quería que las sábanas de su cama se mantuvieran limpias para Jehad, de modo que se adelantó a la nueva disposición y empezó a dormir en la cama que compartíamos Mamá y yo. De todas maneras, se quejó de que no habíamos lavado las sábanas de la manera correcta, que la cama no estaba arreglada para que estuviera cómoda, que la cena que comimos estaba demasiado grasosa y que, sin duda, no podría conciliar el sueño, que se enfermaría y que no podría sacar a su nieto del hospital; todo por culpa mía, o por culpa de Mamá, o de las dos. Era una conspiración en su contra y estaba segura de ello, hasta que se quedó dormida.

Todas nos despertamos antes del amanecer y esperamos en la recepción del hospital para que nos dieran permiso de ver a Jehad y, esperábamos, llevarlo a casa. Sitti Wasfiyeh se veía pequeña y frágil sentada allí pacientemente, manoseando las cuentas de su rosario mientras esperábamos.

Al fin, llegó el abogado con un fajo de papeles entre sus manos y nos hizo señas de que lo siguiéramos. Había asegurado la liberación de Jehad.

— *Alhamdullilah,* suspiramos todas. ¡Gracias al Señor!

Ayudé a Sitti Wasfiyeh a ponerse de pie y seguimos al abogado hasta un cuarto de hospital, donde estaba Jehad, sentado en una silla de ruedas. Corrimos hasta él mientras el abogado negociaba con los guardias y les enseñaba la pila de papeles que llevaba. La mitad de la cara de Jehad estaba cubierta con abundantes vendajes. Los médicos no pudieron salvarle el ojo. Tenía un brazo enyesado, con catorce tornillos en los huesos de su mano y antebrazo derechos. El registro oficial afirmaba que se había caído y que había golpeado diversos objetos estacionarios de manera que le había ocasionado un grave traumatismo al nervio óptico, secundario a las profundas laceraciones oculares y la fragmentación de la órbita y canal ópticos. Había más jerga médica que no pude entender: múltiples metacarpos y falanges dilacerados al nivel de la articulación carpometacarpiana; pero Jehad se puso de pie cuando nos vio y besó las manos de Sitti Wasfiyeh y las de Mamá, y después a mí. Ese día, comprendí un nuevo tipo de dicha. La felicidad que se experimenta cuando la vida te lo quita todo y te deja solo con la gente que más importa. Ese día, estar con mi familia en el alivio de la seguridad de Jehad nos volvió a la vida.

Cuando regresamos al departamento, Jehad quería descansar. Hicimos una pequeña comida juntos. Comió muy poco y dijo todavía menos. Verlo tan derrotado fue difícil de tolerar. Se había salvado, pero no podíamos estar seguros de que ninguno de nosotros pudiera sobrevivir en Kuwait por mucho tiempo. El cansancio emocional del día nos agotó a todos y nos acostamos temprano. Mamá arropó a Jehad en la cama y le llevó todas las almohadas que teníamos para asegurar que quedara levantado y apoyado, como lo había ordenado el doctor, a fin de reducir la presión sobre el ojo que le quedaba.

Lo miré dormir desde la puerta, sabiendo que jamás podría perdonarme a mí misma. Jehad se había quedado en Kuwait porque me había aliado con Sitti Wasfiyeh y me había negado a marcharme. Cargaré sus sueños rotos conmigo el resto de mi vida.

Me gustaría contar lo que le sucedió a mi hermano. Lo que le hicieron; las maneras en que lo vulneraron y quebrantaron. La forma en que la policía y el ejército de Kuwait se coludieron con los estadounidenses para vaciarlo de sí mismo. Me gustaría decirlo porque quiero que el mundo sepa con lo que se salieron, con lo que siempre se salen los poderosos; pero no es mi historia para contar y Jehad encontró consuelo en el silencio.

Éramos una de las pocas familias palestinas del vecindario que todavía quedaban en Kuwait. Calle tras calle de edificios de departamentos yacían vacíos. Las tiendas de la esquina que alguna vez se iluminaron de luces y coloridos letreros de EN VENTA habían quedado apagadas y tapiadas. Desaparecieron los niños que jugaban a la pelota en la calle. Ya no existían los jóvenes que solían reunirse en las esquinas para ver y acosar a las mujeres. Los tendederos de balcón, que alguna vez adornaron a todos los edificios con ropa recién lavada, estaban vacíos.

Nos quedamos porque no podíamos dejar a Jehad atrás, pero ahora que estaba de vuelta, empacamos lo que pudiéramos llevar de nuestras vidas: ropa, algunos trastos de cocina, la foto enmarcada de Baba que solía colgar de la pared de la sala y la máquina de coser Singer de Mamá. Todavía quedaban dos familias más en la cuadra;

una en nuestro edificio y otra en el de junto. Vinieron a darle la bienvenida a Jehad y decidimos que todos nos marcharíamos juntos temprano por la mañana al creer que estaríamos algo más seguros en un grupo de mayor tamaño para pasar por los retenes de camino al aeropuerto.

Queríamos conducir nuestros autos las catorce horas de viaje hasta Amán, pero contaban con placas iraquíes; nos habían obligado a cambiarlas durante la ocupación y, ahora, Kuwait no permitía que los palestinos consiguiéramos placas nuevas. Um Buraq nos prometió que vendería los autos y que nos mandaría el dinero. Y, para mi enorme sorpresa, se apareció a las cuatro de la mañana el día de nuestra partida programada para llevarnos al aeropuerto.

—Quise asegurarme que los papeles de los coches estuvieran en orden —afirmó.

—Mentirosa. Eso ya lo hicimos —dije mientras la abrazaba—. Viniste porque me quieres; admítelo, vieja bruja.

Hubo veces en que Mamá trató de prohibirme que viera a Um Buraq al creer que era una mala influencia, pero ahora la abrazó y le agradeció que nos ayudara a salir del país.

Mientras Mamá cocinaba el desayuno en preparación del viaje, Um Buraq y yo hicimos un último recorrido a un cajero automático con la tarjeta de Abu Moathe.

—Me da un poco de miedo que este sea el día que nos atrapen.

—¿Y cómo nos van a atrapar? Son las cuatro de la mañana —respondió Um Buraq. Era cierto—. Además, es una cuenta de ahorros, y es más que evidente que no la revisa con frecuencia. Estoy segura de que tiene otra tarjeta para su cuenta corriente. —Para ese momento, habíamos retirado casi 12,000 dinares, que nos repartimos a mitades entre las dos. La cuenta todavía tenía un saldo de poco más de 9,860 dinares.

Al fin, fue tiempo de irnos. Nuestros vecinos nos esperaron en tres taxis mientras nosotros cinco nos apretujábamos en el Lincoln Continental de Um Buraq. Mamá le preguntó cómo era que el coche tenía tantos golpes y rayones—. Es que la gente de este país no sabe manejar —explicó Um Buraq al momento de irnos.

En general, Ajay había sido quien manejaba el coche. En el corto tiempo desde que se había marchado, ella había logrado chocar contra varias aceras, un poste de luz y el costado de un edificio. Era tan diminuta que tenía que estirar el cuello para poder ver sobre el volante, y serpenteaba por todos los carriles.

Jehad no estaba diciendo mucho, pero Um Buraq no podía dejar de disculparse por lo que la policía le había hecho. Dijo que Kuwait sufriría una gran pérdida por no abrirle los brazos a un joven tan inteligente y apasionado como él. Para rescatarlo, cambié de tema y le pregunté acerca de Deepa y Ajay.

—¡No puedo creer que se me haya olvidado contártelo! —Exclamó, golpeando una llanta contra la acera y sacudiéndonos a todos—. ¡Deepa compró una casa!

—¡Alto! —gritó Sitti Wasfiyeh—. ¡Detengan el auto!

Un Buraq frenó en seco a mitad de la calle.

—¡*Bismillah*! —exclamó en respuesta—. ¿Qué sucede, *Hajjeh*?

Nuestros vecinos, que venían en uno de los taxis detrás de nosotros, también frenaron de golpe y estuvieron a punto de chocar contra nosotros.

—¡Me quiero pasar al asiento de atrás! —exigió—. No sobreviví cuatro guerras solo para morir en un accidente de tránsito. ¡Ayúdenme a salir de aquí! —ordenó al tiempo que abría la puerta.

Yo me había acostumbrado en los meses pasados a la manera enloquecida en que conducía Um Buraq, pero Mamá y Sitti Wasfiyeh estaban aferrándose a lo que pudieran. Um Buraq pareció confundida. Jehad sonrió, a punto de reír, y eso me hizo sentir tan feliz que me empecé a reír. No podía detenerme, lo que hizo que Mamá se riera también. Sitti Wasfiyeh estaba encantada de haber provocado todo esto.

—Siempre fui graciosa, incluso de pequeña. Podía hacer que la gente se riera así —declaró. Y eso hizo que la sonrisa de Jehad pasara a las risas. Incluso Um Buraq empezó a reírse, todos dentro de su destartalado Lincoln Continental a la cabeza de esta caravana de cuatro vehículos en la extrañamente silenciosa calle, mientras nos alejábamos de esta desierta ciudad palestina en medio de Kuwait.

—Este país jamás será igual sin los palestinos. Miren todos estos edificios vacíos —observó Um Buraq cuando todos nos tranquilizamos.

Mamá empezó a sollozar en el asiento de atrás. Sitti Wasfiyeh se le unió y empezó a maldecir a los israelíes y a Yasser Arafat. Levantó las manos en oración.

—Oh, Dios, mi Señor, destruye a los judíos por convertirnos en eternos refugiados y condena a Yasser Arafat por provocar un éxodo palestino más. Oh, Señor mío, que ardan los estadounidenses y que ardan los judíos. Son ellos quienes están detrás de todas estas guerras.

—Amén —respondió Mamá.

Jehad permaneció en silencio mientras contemplaba al mundo que pasaba veloz por su ventana.

Nos detuvieron en dos retenes en el camino pero, gracias a Um Buraq, pasamos sin incidente. Mostró su identificación, que la establecía como kuwaití de manera contundente, y mintió al decir que nosotros, junto con la caravana que la seguía, éramos palestinos que la habíamos escondido y salvado, junto con toda su familia, durante la ocupación. Les habló con toda la autoridad de una tiita pública y ellos respondieron con la deferencia que se le debía a una persona mayor, y nos hicieron ademanes para que siguiéramos adelante después de revisar nuestras identificaciones.

—Um Buraq, no creo que hubiéramos podido pasar por estos retener sin mayor humillación de no haber sido por ti. Que Dios te bendiga, te libre de todo mal y te traiga luz y felicidad hasta el fin de tus días —afirmó Mamá.

Sitti Wasfiyeh se unió a las plegarias y a las expresiones de agradecimiento hacia Um Buraq. Yo escuché el silencio de Jehad; estaba en algún otro lugar.

Antes de que nos fuéramos, Um Buraq me abrazó con cariño en el aeropuerto. Besó mis mejillas en varias ocasiones, me deseó buen viaje y me susurró al oído:

—Te mandaré clientes si necesitas dinero. Solo déjame saber. Y lo más seguro es que puedas usar esa tarjeta en Amán; inténtalo. Que Dios esté contigo, hermana.

Yo volví a besarla y, cuando nos separamos, tomó mi rostro entre sus manos y me dijo:

—Pase lo que pase en este mundo mezquino, volveremos a vernos, hermana mía.

III. Jordania

El cubo, norte

El lado norte de mi universo es una pared gris con tres elementos que sobresalen de ella. El primero es un pequeño escusado hecho de plástico grueso, que se descarga cuando quiere. Trato de coordinar mis funciones corporales con sus tiempos, pero son aleatorios, de modo que apesta aquí dentro, cosa que prefiero al desinfectante que atomizan desde los pequeños agujeros que hay en todas las paredes.

También hay dos receptáculos electrónicos a los que se fijan mis brazaletes. Dos pequeños puntos de color amarillo parpadean cuando debo insertar los brazaletes para esposarme. Las entrañas robóticas dentro de la pared emiten un fuerte chirrido y afianzan los brazaletes de manera mecánica, con lo que quedo sujetada a la pared. Una de las «mejorías» que hizo Israel fue reducir el volumen de la alarma. Cuando llegan visitantes a observar el Cubo, se les muestra este detalle para comprobar la forma en que ajustan las condiciones para mi comodidad y conveniencia.

Pero incluso las mejores invenciones de confinamiento y subyugación no pueden luchar contra la voluntad de la vida por ir en busca de la libertad. Se supondría que estas esposas de alta tecnología tienen por intención inmovilizarme con los brazos detrás de la espalda, pero siempre me sujeto mirando hacia la pared, para la enorme molestia de mis carceleros. Permanezco así hasta que los visitantes se marchan. Mientras tanto, hay veces en que canto y, siempre que me es posible, me tiro pedos. Su incomodidad me da enorme placer. Es de esta manera en que la pared norte es tanto el dominio de mi encierro, como la dirección para mi desafío.

Libré mi lucha por utensilios de escritura sobre la pared norte. Los guardias ignoraron todas mis peticiones de papel y pluma hasta que utilicé mis fluidos corporales para escribir sobre esa pared. Con mi sangre menstrual escribí: «Que viva Saddam Hussein» y, con mis heces, escribí: «Israel es una mierda».

Me hicieron limpiarlo, pero me dieron un lápiz propio. Gané.

A excepción de los invitados de la industria carcelaria, la ley israelí solo permite que la familia inmediata visite a los prisioneros palestinos. Mi marido ya no está y no tengo hijos, de modo que eso significa que solo mi madre y, quizá, mi hermano, podrían venir, pero Israel revocó la *hawiyya* de Jehad y puso su nombre, y el de Mamá, en una lista negra para visas. Ni siquiera pueden entrar al país y, mucho menos, visitarme en el Cubo.

Tengo un sueño recurrente en el que estoy tomando café con Saddam Hussein. Estoy desesperada por hablar con él, pero nos sentamos en silencio, mirándonos fijamente. Volteamos nuestras tazas para permitir que los pozos de café pinten nuestros destinos. Llega Um Buraq para leer nuestra fortuna, pero yo insisto en que esperemos a que llegue Jehad. Entonces, Saddam Hussein y Um Buraq me señalan un árbol de olivo que está allí y me siento satisfecha de que Jehad está con nosotros. Sin embargo, el árbol también es Bilal. Um Buraq contempla la taza de Saddam y, después de un instante, se lamenta y dice que Jehad debió marcharse de Kuwait antes de la llegada de los estadounidenses. Saddam se encoge de hombros y hace ademanes hacia mi taza. La volteo y, para mi horror, veo que hombres sin rostro están dándole una golpiza a mi hermano. Busco a Bilal para que me ayude, pero el árbol ya no está. Me despierto presa del pánico, del sudor y del arrepentimiento. Después, me esfuerzo por regresar al sueño para rescatar a mi hermano, para irnos de Kuwait antes de la llegada de los soldados estadounidenses.

Tierra inestable

Una de las familias de nuestra caravana tenía casa en Amán y nos quedamos con ellos un par de semanas antes de encontrar un lugar propio. A la larga rentamos un departamento amueblado de una recámara, que era lo mejor que podíamos pagar entonces. Sitti Wasfiyeh se quedó con la recámara y el resto desenrollamos nuestra ropa de cama en la sala. Para ser justos, Sitti Wasfiyeh rogó que Mamá o Jehad tomaran la habitación, pero insistimos que se la quedara. Después de todo, era la de mayor edad en la familia.

—Que Dios los bendiga, hijos míos. Um Jehad, eres la única hija verdadera que he tenido en la vida —dijo mientras se iba a dormir esa primera noche, lo cual nos dejó asombrados por la sinceridad de su gratitud. Creo que le rompió el corazón que sus hijas, que vivían en Jordania, no hubieran insistido en que viviera con ellas. Los tres vimos el pequeño cuerpo encorvado de Sitti Wasfiyeh que arrastraba los pies hacia su nuevo dormitorio. Jehad se levantó de un salto para ayudarle a caminar y durante el resto de la noche, aun en sueños, pensé en mi abuela y en su angustiosa vida en un mundo que no podía concederle ningún espacio.

Amán me pareció el peor lugar del mundo, aunque en raras ocasiones había viajado fuera de Kuwait y nunca lejos de nuestra región. Los pequeños edificios con tiendas, que hacían las veces de centros comerciales, eran sosos y demasiado caros. La calidad de todo, desde la comida hasta la ropa y los salones de belleza, era inferior a lo que estaba acostumbrada en Kuwait, pero a un costo de casi dos veces más. Intenté encontrar un trabajo, pero el desempleo en Jordania ya era elevado antes de que medio millón de palestinos desplazados de Kuwait llegaran al país.

A donde quiera que volteara en Amán, había un recordatorio de la pérdida. Ver mi serie favorita de la televisión kuwaití —de Um E'leiwi y Bu E'leiwi, Suad Abdullah y Hayat elFahd y Maryam Saleh— me resultaba doloroso. Extrañaba el mar de Kuwait, la cálida inmensidad azul que nos acompañaba a donde quiera que fuéramos, incluso cuando acampábamos en el desierto durante el invierno. El Golfo Árabe acariciaba todos mis recuerdos: su aire salado que rozaba nuestra piel, trenzaba nuestro pelo y llenaba nuestros pulmones cuando nos sentábamos en los cafés de playa o los conciertos vespertinos; la marea que revelaba y ocultaba las decenas de miles de cangrejos que corrían a toda velocidad; la ardiente arena que nos ampollaba los pies; los chicos que veíamos que nos miraban en la playa, mientras que las cálidas aguas se llevaban nuestras preocupaciones; el helado de Ala'a Eddin en Salmiya, el *booza dhahab* que nos refrescaba en el calor. Estaba tan lejos de esas costas que conservaban todo lo que conocía en el mundo. Todavía no había llegado a imaginar mi futuro, pero de alguna manera sabía que se había arruinado. Pienso que siempre supuse que, sin importar los sueños que pensara seguir, se desarrollarían en el paisaje conocido de Kuwait. Ahora se había movido la tierra bajo mis pies y me tambaleaba en el territorio inestable de los refugiados, esforzándome por seguir adelante.

No era igual para Mamá o, incluso, para Sitti Wasfiyeh, que juraron que nunca se recuperarían de volver a ser refugiadas. Me sorprendió lo rápido que se adaptaron al nuevo departamento y entraron en una rutina, como si tan solo hubieran arrancado sus vidas y las hubieran vuelto a plantar en otra parte, intactas, con apenas un poco del polvo del dolor que se sacudieron de encima y luego volvieron a los asuntos de la vida diaria. Tal vez les resultó más fácil porque el trauma de la migración forzada ya les era conocido, y porque entendían que la ociosidad y la falta de propósito pueden entorpecer la mente, hacer que los párpados caigan, y que demasiado sueño y desesperación se filtren en el día. Eran refugiadas experimentadas que estaban mejor equipadas para manejar el trauma generacional recurrente.

Al poco tiempo, Mamá hizo un trato con un sastre local para recibir el trabajo adicional y llenó nuestro departamento con el zumbido familiar de su máquina Singer. Empezó con trabajos sencillos, haciendo dobladillos y arreglos, y luego consiguió un pedido de bordado tradicional *tatreez*, a lo que le siguieron unas cuantas comisiones parecidas. A lo largo de los años, de vez en cuando había visto que mi madre hacía bordados, pero nunca le presté mucha atención. Para mis ojos jóvenes, los caftanes bordados pertenecían a otra generación y tontamente pensé que eran poco sofisticados, en comparación con la ropa europea moderna. Sin embargo, en Amán, en la confusión del exilio y del ocio y a través de la lente de la pérdida, la complejidad espectacular del *tatreez* se cristalizó al observar que mi madre creaba preciosos caftanes, hasta que finalmente me di cuenta de que su trabajo era un testamento virtuoso de nuestra herencia y de su propia destreza. Pasaba hora tras hora en una labor meticulosa, agachada sobre su regazo con aguja y dedal, metiendo y sacando hilo de la tela, y creando patrones que narran las historias de nuestro pueblo en un lenguaje pictórico que concibieron las mujeres palestinas a lo largo de los siglos. Mamá lo hablaba con fluidez. Sabía qué patrones venían de cuál aldea, lo que significaban y cómo podría cambiar ese significado si estaba al lado de otro patrón. Intentó enseñarme cuando era niña, pero yo no quería formar parte de eso.

Ahora que estoy en el Cubo, recuerdo el día que se dio por vencida al tratar de enseñarme. Me dijo:

—No te culpo. Si hubiera tenido la oportunidad de ir a la escuela como tú, eso es lo que habría hecho. Eres una niña inteligente. Algún día tendrás un trabajo en una oficina, no como yo que solo sé bordar un pasado que no puedo recobrar.

Mamá era más hábil que la mayoría y después de poco tiempo, se había labrado un nicho en Amán dentro del círculo de los *thobes* bordados de novia, que eran las comisiones de *tatreez* más delicadas y costosas. La creación de uno de esos vestidos requería por lo común de seis a nueve meses, pero nuestra situación económica condujo a Mamá a trabajar incluso más horas y a producir uno cada dos a tres meses. Cada uno de ellos era una obra de arte, bordado en forma meticulosa para narrar una historia, y me dolía ver que los vendiera.

Su primera clienta fue una novia que quería diseños tradicionales de *tatreez* sobre seda, que es un material imposiblemente difícil para el bordado. Su deseo era que el diseño hablara del sitio de su herencia en Palestina y del de su novio, y quería que mi madre copiara los diseños de las partes del *qabbah, shinyar* y *radah* de un caftán deshilachado que le había pertenecido a la bisabuela de su madre. Sin embargo, Mamá le sugirió que combinara lo viejo y lo nuevo, y que incorporara trozos del antiguo *tatreez* del caftán en su vestido de boda. La mujer accedió cuando vio los dibujos de Mamá y el producto final fue impresionante.

La futura novia giró frente al espejo con su nuevo y espectacular vestido, y exclamó:

—¡Eres un genio, Um Jehad! Mejor que todos esos diseñadores elegantes. Sus vestidos no tienen comparación con este y mis amigas se morirán de envidia cuando me vean en la boda. Sé que mi novio también estará encantado.

La habitación de costura y pruebas era también nuestra sala, que en la noche hacía las veces de dormitorio, por lo que no tenía sitio a donde escapar de la felicidad de esa mujer. El corazón me dolió cuando miré a esa novia que se admiraba en el espejo. Mamá quiso diseñar mi vestido de boda, pero yo buscaba comprar «modernidad». Estoy segura que le dije algo insensible sobre que estaba atada al pasado y que los *thobes* eran cosa de otros tiempos. No dudo que la haya herido, aunque nunca me lo dijo. Ese momento en el que una desconocida daba vueltas con el precioso vestido que mi madre había creado, debería haber sido mío para compartirlo con Mamá. Tuve que convertirme en otra persona, alguien en el otro extremo de la deshonra, la violación y el exilio, para apreciar por completo que mi madre, una viuda sencilla que tenía apenas una educación primaria, era una artista extraordinaria. Mi madre era hacedora de belleza, una guardiana sorprendente de la cultura y la historia, y yo era la hija desagradecida que no lo entendió hasta ese momento.

—Apostaría que mis amigas te pedirán que también les hagas sus vestidos —indicó la mujer—, pero no importa qué pase, por favor no les digas lo que te pagué. Si quieren que les hagas un vestido, te sugiero que les cobres cuando menos cuatro veces más de lo que me cobraste a mí.

—Si crees que lo vale, ¿por qué no le pagas la misma cantidad por tu propio vestido? —le pregunté, pero Mamá me dijo con los ojos que me metiera en mis propios asuntos. Le sonrió a la mujer, que hizo como si no me hubiera oído, y yo me fui a contestar el teléfono en el pasillo.

—¡Um Buraq! *Yis'ed soutik.* Hola, amiga mía —exclamé en cuanto escuché la voz.

—Querida, escucha. Es probable que mis teléfonos estén intervenidos, así que te llamo de un teléfono público y no tengo mucho tiempo —me explicó con voz entrecortada.

—*¿Kheir…?*

—Hace unos días me llamó ya sabes quién. Cree que le robaste su tarjeta bancaria y que retiraste dinero de su cuenta. Le dije que tú nunca harías una cosa así —afirmó e hizo una pausa para tomar aire—. Trató de que le diera tu dirección en Amán, pero le dije que no tenía idea de dónde estabas. No quiero saber, pero tienes que cuidarte las espaldas. Dijo que te destruirá aunque sea lo último que haga en la vida.

—Puede intentarlo, el puto hijo de puta. Que chingue a su madre —exclamé. Um Buraq provocaba que surgiera la vulgaridad en mí, además de que me agradaba cómo sonaba en mi lengua.

—Te llamo después, porque hay gente esperando el teléfono. Me recordó que sigue teniendo esas fotografías y estoy preocupada de que haga alguna cosa estúpida. Veré qué puedo hacer. Que Dios te acompañe —concluyó y después colgó.

No me preocupaban las fotos porque no había nadie a quién mostrárselas, en vista de que toda mi familia había salido del país. Lo que me preocupaba más era el dinero. Todavía no había podido encontrar un trabajo y lo que saqué de la cuenta de Abu Moathe se gastó en el anticipo de un auto. Traté de usar su tarjeta en Amán, pero no funcionó y ahora ya sabía el porqué.

Una semana después, Mamá estaba haciendo los ajustes finales a un vestido de novia.

—Mamá, siento haber sido grosera con esa novia. No quería interferir en tu trabajo, pero ella tiene todo el dinero del mundo y de todos modos está feliz de embaucarte. Ese vestido es digno de la realeza. —Mis palabras no bastaban para expresar el amor y aflicción que sentía.

—Tienes que dejarme hacer esto a mi modo. Lo único que trato de hacer es pagar la renta y la luz —exclamó y me apretó la mano con amor. Sabía que no lo decía para recordarme que tenía que conseguirme un trabajo, sin embargo lo sentí. Yo fui la que mantuvo a la familia y se ocupó de ella. Esa era mi identidad, pero no había nada para mí en Amán. Mamá tenía una destreza única, en tanto que las administradoras y cultoras de belleza abundaban.

La vi a la cara y volví a sentir esa cosa que me apretaba el pecho. Entonces se me ocurrió que seguramente tenía más o menos mi edad cuando se vio obligada a abandonar su hogar en Palestina. También había ido a Amán, antes de viajar a Kuwait con mi padre. Me parecía que el destino se heredaba, igual que el color de los ojos, y me pregunté si ella había sentido la misma desorientación que ahora gobernaba mis días. ¿Eso había sido lo único en lo que podía pensar, la naturaleza incomprensible de alguien que le había movido la tierra bajo los pies?

La rodeé con mis brazos y enterré la cara en su cuello.

—Antes fui estúpida al no valorar tu *tatreez,* Mamá. Te prometo que encontraré trabajo. Quiero que descanses.

—Mi amor, no me importa el *tatreez*. Me da algo que hacer. Me hace sentir útil y quizá también me recuerda cuando era una niña —dijo y acarició mi pelo—. No te preocupes. Sé que pronto encontrarás un trabajo y, mientras tanto, mereces un descanso. Eres la que ha cargado con esta familia por años. Si no hubiera sido por tu duro esfuerzo y esas inversiones inteligentes, nunca hubiéramos podido salir. Eres la que logró ganar lo suficiente para enviar a tu hermano a la universidad y él seguiría allí si no hubiera sido por el hijo de perra de Saddam. *Alhamdullilah,* hija mía, todo estará bien. Aceptamos lo que Dios nos da, lo bueno y lo malo, y confiamos en su sabiduría.

Sollocé todavía más fuerte en su pecho. Le había contado tantas mentiras y le había ocultado secretos que se interponían entre las dos, una oscuridad donde las imágenes acechaban mostrando quién era yo en realidad. Me sentí sucia en los brazos de mi madre y deseé haber podido ser la mujer fuerte e ingeniosa que ella pensaba que era. Me sostuvo de los brazos y acarició mi pelo con una mano, mientras que me secaba las lágrimas con la otra.

—Cuando te cases, te voy a hacer el vestido de novia más hermoso que jamás haya bordado, porque encontrarás al hombre correcto con quien casarte y al que ames —afirmó.

Besó mi frente y secó mis lágrimas, y luego tomó un carrete de bordado.

—En este momento debo regresar a esto. Tengo otro trabajito antes de terminar el vestido de novia.

—Te puedo ayudar si quieres —le ofrecí.

Mamá me sentó a su lado con un poco de hilo y una pechera que se cosería al *thobe* después de que estuviera bordada. Seguí sus instrucciones para bordar los motivos del ciprés y de la tienda del pachá, y logré hacer como cuatro centímetros de puntadas antes de darme cuenta de que todo estaba mal. Deshice el desastre y volví a empezar, y aunque ya estaba aburrida y frustrada, seguí insistiendo porque quería demostrar algo, no sé qué. Mamá me volteaba a ver en ocasiones y sonreía, haciéndome plática sobre las cosas que quería comprar para el departamento, la gente a la que necesitaba visitar pronto para presentarle sus condolencias por alguna muerte o para felicitarlos por un nacimiento, futuras invitaciones de boda.

—Y el Ramadán está a la vuelta de la esquina —añadió.

—¿Esto está bien, Mamá? —Le mostré mi segundo intento. Se inclinó sobre mi trabajo y luego volteó a verme. Ambas sabíamos que era una inútil en cualquier cosa que requiriera paciencia, pero de todos modos fingimos y ahora nos enfrentábamos a lo inevitable. Nos miramos a los ojos y ella sonrió. Yo respondí de igual manera y de pronto nos dominó la risa.

—De hecho, duraste más de lo que esperaba —dijo finalmente—. ¿Por qué no vas a prepararnos un poco de té mientras yo me ocupo de esto?

—Sale un té. Además, tengo una idea todavía mejor. Espera. —Fui a la cocina para prender la tetera y luego puse agua caliente y unos puñados de sal negra en un pequeño recipiente de plástico. Reuní unas cuantas toallas, un botella de barniz para uñas, dos pequeñas piedras pómez que tenía en el baño y un frasco de manteca corporal que había hecho el día anterior con aceite de oliva, manteca de coco, agua de rosas, hojas de eucalipto y tomillo.

Regresé con la bandeja de vasos para el té y tomé la palangana y la crema.

—Cierra los ojos y no los abras hasta que te diga —le indiqué—. Solo levanta tu *dishdasha* hasta las rodillas.

Hizo como le ordené y expuso la parte inferior de sus piernas. Levante sus pies uno por uno y los metí en el agua tibia con sal negra. Soltó un suspiro de satisfacción cuando abrió los ojos.

—Hija, esto se siente maravilloso. Dios te bendiga y te conceda amor y felicidad.

—Sigue rezando porque hay más. ¡Prepárate para mi pedicure especial! —anuncié.

Le froté los pies con el agua salada y luego le quité la piel muerta con la piedra pómez. Hizo a un lado su bordado para disfrutar del tratamiento de belleza y yo envolví sus pies con toallas calientes, le corté la cutícula de los dedos, le limpie las uñas, se las pulí y pinté de rojo, y luego le di un masaje con mi manteca especial en los pies y las pantorrillas. Me complacía verla relajarse, y que la tensión y los dolores se disolvieran en mis manos.

—No sé por qué no abres tu propio salón. Siempre has sido tan buena para estas cosas. No conozco a nadie que sepa más de belleza y salud. Lo haces todo: cejas, cera, cortes, secado, uñas, pies, maquillaje, cuidado de la piel. ¡Todo! Y eres la única que conozco que hace sus propios cosméticos naturales. La gente te pagaría mucho dinero para sentirse tan bien como me estás haciendo sentir en este momento.

—¿De verdad crees que eso podría funcionar? —Me atrevía a muchas cosas, pero no con el poco dinero que teníamos.

—¡Por supuesto! ¿Cuándo has sabido que yo te diga mentiras?

Sitti Wasfiyeh, que acababa de regresar de una visita con sus hijas, entró cojeando con su bastón mientras mi mamá hablaba.

—Mientes todo el tiempo —dijo con desinterés—. ¿Qué comieron ustedes dos? Espero que esté sabroso.

Mamá y yo nos reímos en voz baja y ella gritó:

—¡Bienvenida Hajjeh! Te extrañamos todo el día. Hice *mlookhiya*, con caldo como te gusta.

Entonces yo añadí:

—¿Qué mis tías no te dieron de comer?

Esperamos para escuchar las mentiras y quejas que sabíamos que vendrían después.

—Ah. Qué bonito. Pero esperaba que hoy hubiera *msakhan* y saben que mis hijas cocinan puras porquerías desde que se mudaron con sus suegros. No les permiten cocinar como yo les enseñé —declaró, lo cual hizo que se reencendieran nuestras risas y eso enojó todavía más a Sitti Wasfiyeh.

—Y ahora me va a obligar a hacerle también los pies, ¿verdad? —le susurré a Mamá.

—Más vale que lo vayas alistando porque, en caso contrario, no me acabaré sus quejas de lo mal que se ven y sienten sus pies —respondió Mamá.

Al levantarme para sacar el agua sucia, Mamá se acordó de preguntarme.

—Ah, por cierto, ¿no has sabido de Um Buraq?

—No, me llamó la semana pasada, pero no he podido lograr que me conteste el teléfono. ¿Por qué?

—Entonces debe ser cierto —señaló—. Me dijeron que está en la cárcel.

—¡¿Qué?! —Casi tiré la palangana de agua sucia.

—No sé los detalles, pero escuché que alguien, quizá su chofer, la entregó a las autoridades por colaborar con los iraquíes. —Entonces Mamá susurró—. De hecho, aparentemente dijeron que tenía un romance con un oficial iraquí. Es difícil de creer de una mujer de su edad...

—¿Estás hablando de Ajay? Él regresó a India junto con su esposa Deepa cuando todavía seguíamos en Kuwait. Eso no tiene sentido.

—Nada en el mundo tiene sentido. Solo te cuento lo que oí. Está en el periódico, pero todavía no lo he leído. Nunca pude descifrar a esa mujer. Era demasiado vulgar para mi gusto, pero siempre fue tan amable y generosa. En todo caso, no merece ir a la cárcel —exclamó Mamá y añadió—: Nunca sabes en quién puedes confiar realmente en este mundo. Mira lo que le hizo su chofer después de que ella los tuvo en su casa durante todos esos años.

Enterrado en la sección de Mundo Árabe del diario, debajo de un artículo sobre los nuevos procesadores de texto con escritura arábiga, encontré un artículo sobre una red electrónica llamada «la internet» que pronto conectaría al mundo a través de máquinas y monitores como los de las televisiones. Sonaba como ciencia ficción, así que pensé que el artículo siguiente sobre una mujer kuwaití que fue colaboradora también podría ser algún tipo de ficción, en particular porque no mencionaba su nombre.

Llamé a la gente de nuestro viejo grupo, unas amigas mutuas en Kuwait y algunas de las señoras que iban a nuestro salón improvisado durante la ocupación iraquí. La historia que me contaron fue que era cierto que habían arrestado a Um Buraq y que la habían metido a la cárcel, junto con otra mujer, por acusaciones de traición.

En algún momento después de que Deepa y Ajay se fueron a India, la vecina de Um Buraq le exigió un pago porque, según afirmaba, Ajay había embarazado a su sirvienta. La vecina insistió en que, en vista de que Ajay era su empleado, Um Buraq era responsable de las pérdidas económicas derivadas de tener que regresar a la sirvienta a Sri Lanka. Como es obvio, Um Buraq no pagó y le hizo saber que Ajay era impotente. Como consecuencia se dio una discusión y Um Buraq no se aguantó:

—Hazle una prueba de sangre y quizá descubras que tu marido es el padre del niño —le dijo a la vecina.

Unos cuantos meses después, la policía destrozó la puerta de Um Buraq y la arrestaron en medio de la noche. En su juicio, la fiscalía presentó declaraciones juradas de testigos que afirmaban que ella había colaborado con la ocupación iraquí y que había violado diversas leyes sobre la virtud y la decencia. La vecina y su marido atestiguaron que habían visto que los oficiales iraquíes entraban y salían de su casa a altas horas de la noche. Luego afirmaron que ella y una amiga palestina habían sido colaboradoras. Supuse que se trataba de mí, por lo que me aseguré de esconderle el periódico a Mamá.

La fiscalía también pudo obtener una declaración de Ajay que corroboraba la acusación. Él testificó en la embajada kuwaití en India que personalmente la había llevado y traído del centro militar iraquí, donde ella delató a un miembro kuwaití de la resistencia. Ajay encontró la forma de vengarse de Um Buraq por quitarle la mitad de su salario durante años y, al final, darle el dinero a Deepa.

Todo lo que dijo Ajay era cierto. Um Buraq sí había delatado a un kuwaití, pero fue para salvar a la esposa del tipo, a la que él golpeó con tal saña que la dejó irreconocible. La mujer era cliente regular de nuestro salón y cuando no apareció por allí durante una semana, Um Buraq la encontró en el hospital, donde se recuperaba de tres costillas rotas, un pulmón perforado, la mandíbula destrozada, la nariz rota, los ojos morados, y diversas heridas y contusiones. No mucho después de que la mujer fuera dada de alta del hospital, las fuerzas iraquíes arrestaron a su marido, el cual murió a causa de las torturas, y ahora tanto su esposa como Um Buraq enfrentaban sentencias de por vida por la muerte de ese hombre.

* * *

Las noticias geopolíticas eran básicas en las conversaciones locales, en especial entre los doscientos cincuenta mil palestinos que fueron expulsados de Kuwait. Incluso los menos informados conocían los encabezados y yo no era diferente: «El Secretario de Estado de Estados Unidos, James Baker, afirmó que existe un "Nuevo Orden Mundial"»; «Conferencia de Madrid: ¿Este es el inicio de la paz?».

Con los auspicios del nuevo presidente estadounidense, Bill Clinton, Yasser Arafat firmó un tratado con Israel al que se llamó Los Acuerdos de Oslo. Eso produjo una euforia general, pero Jehad dijo que «era un desastre», aunque también pensaba que era una oportunidad.

—Eso podría ayudarnos a recuperar nuestras *hawiyyas*» —afirmó—. Cuando éramos chicos, teníamos nuestras tarjetas de residencia por Baba, pero Israel las revocó porque no pudimos pagar el viaje de regreso para renovarlas después de que él murió. Tengo un contacto en la Organización para la Liberación de Palestina que me dijo que puede conseguir que las renueven por nosotros.

—Primero que nada, ¿qué vamos a hacer en Palestina? ¡Ya no conocemos a nadie! Y en segunda, ¿cómo es que tienes un contacto en la OLP? —le pregunté.

—Seguimos teniendo mucha familia allí —respondió e ignoró la segunda parte de mi pregunta.

—¡Que apenas conocemos!

—Confía en mí, Nahr. De verdad deberíamos tratar de conseguir las tarjetas de residencia. Nadie nos quiere en el mundo y no nos haría daño tener otra opción, aunque no la usemos. ¿Cuánto tiempo crees que tenemos antes de que algo suceda aquí y Jordania nos expulse a solo Dios sabe dónde? En cualquier caso, no tienes que hacer nada porque yo me ocuparé de las solicitudes. Tiene que hacerse ahora, porque solo están permitiendo que regresen unas cuantas personas, y nada más aquellos que tuvieron tarjetas de residencia en el pasado, o los ricos que pueden ayudar a la economía.

—Está bien. Dime cómo puedo ayudar —accedí, aunque seguía sin encontrarle ningún sentido.

Sin embargo, luego añadió.

—Aparte, Mamá quiere que te divorcies y la única forma de hacerlo es en Palestina porque Mhammad no vendrá aquí. —Toda la gente que conocía mi situación me había insistido en que consiguiera el divorcio, ya que la suposición era que la única vida decente que podría tener sería a través de un segundo matrimonio, y la única manera de lograrlo era terminando de manera oficial con el primero.

—¿Tú también? ¿Por qué todo el mundo se mete en mis asuntos? —Exclamé.

—Nanu, Mamá tiene razón. Uno de estos días podrías querer casarte.

—Escúchame, hermanito. Agradezco tu preocupación, pero deberías concentrarte en ti mismo. ¿Qué ya no te gustan las chicas?

—No estamos hablando de mí y sí, me gustan, pero no quiero casarme en este momento.

—Yo tampoco.

Jehad rio.

—Ya debería saber que no debo discutir contigo.

Yo también reí, le di un beso y nos preparé algo de comer. Ese fue uno de los pocos momentos alegres que Jehad y yo compartimos desde que llegamos a Amán. El tiempo que estuvo en la cárcel kuwaití lo cambió para siempre. Se había convertido en un hombre rodeado de un silencio compacto y denso que se negaba a hablar de lo que le sucedió y dejó su historia enterrada en las cicatrices de su cuerpo, en el ojo izquierdo ciego y la mano derecha lisiada. Respetaba su decisión, en especial la vida tranquila que había creado. Jehad no fue el cirujano que soñaba, pero se convirtió en un artista, un jardinero talentoso y muy cotizado en Jordania que se dedicaba a hacer paisajismo para las casas más hermosas de Amán.

Aunque hice algunos intentos por encontrar un trabajo estable, la mayor parte del tiempo saboreaba la dulzura de la pena y de la autocompasión. La seducción del sueño era potente, pero todos los días lograba arrastrarme por la vida, ocupándome lo más posible. Gané un poco de dinero aquí y allá haciendo depilaciones con hilo y diseños de henna, pero ese trabajo era esporádico, y estar ociosa en una ciudad miserable abrió el espacio en mi mente para el teatro de mi memoria, que se proyectaba como pequeños fragmentos de película que aparecían una y otra vez en mi cabeza. Los había empezado a sentir menos como recuerdos que como garras que me destrozaban las entrañas. El trabajo interminable con el que había llenado mi tiempo en Kuwait para mantener a raya mis pensamientos se había ido y ahora estaba el recuerdo de Abu Moathe en su oficina en el banco, junto con los hombres que jadeaban y se reían como hienas alrededor de mí la noche en que Saddam hizo entrar a su ejército en Kuwait. Abu Nasser, el olfateador de pantaletas, la asquerosa clínica de abortos en el Cairo y las gruesas toallas ensangrentadas entre mis piernas clavaban sus garras en mí, ya fuera despierta o dormida.

Los bordados de Mamá y el trabajo de paisajismo de Jehad mantenían un techo sobre nuestras cabezas y comida en la mesa. Como es natural, las tareas domésticas quedaron bajo mi responsabilidad. Yo cocinaba, limpiaba y hacía las compras, además de ocuparme de cuidar a Sitti Wasfiyeh. No me di cuenta de cuánto había hecho Mamá por ella a lo largo de los años. No podía, o más bien no quería, bañarse porque, cuando era niña, había bañado a su propia abuela y esperaba lo mismo de nosotros. Creció en una época en la que el agua tenía que calentarse sobre el fuego y no concebía hacerlo de otro modo, a pesar de tener agua caliente en las llaves. «No confío en ellas», solía decir.

Al igual que Mamá, yo tenía que calentar grandes tinas sobre la estufa y llevar el agua hasta el baño, mezclarla con agua fría y luego sacarla con un cucharón para verterla sobre mi abuela, mientras que ella se frotaba con jabón de aceite de oliva, que era el único en el que confiaba.

En algún momento de finales de diciembre de 1993, Jehad llegó temprano del trabajo.

—¡Las conseguí! —exclamó con gran emoción mientras sacudía un fólder. Había tenido éxito en lograr que restablecieran nuestras *hawiyyas*, lo cual nos permitiría regresar a Palestina. Solo Jehad y yo podíamos conseguirlas, ya que las teníamos cuando niños. Mamá y Sitti Wasfiyeh tendrían que conseguir visas de visitantes si querían regresar. Nada de eso me parecía lógico y yo no tenía ningún deseo específico de ir a Palestina, pero Jehad sí.

Mamá y Sitti Wasfiyeh también estaban felices. De hecho, todo el mundo lo estaba. Yasser Arafat obtuvo el Premio Nobel, se estaba construyendo un aeropuerto real en Gaza y se estaban emitiendo pasaportes palestinos.

—Nunca pensé que vería el día —dijo Sitti Wasfiyeh y estalló en llanto. Sin embargo, seguía negándose a solicitar una visa de visitante con la nueva embajada israelí en Amán—. Si esperé tanto tiempo, esperaré un poco más hasta que pueda ir como ciudadana de nuestro propio país. No voy a pedirles permiso a esos hijos de perra para ir a mi casa. Tengo calzones más viejos que ese estado sionista. El diario dice que esta cosa de Oslo significa que seremos un país en cinco años. *Enshallah*, seguiré viva en cinco años. *Alhamdulillah*.

A Mamá no le importó conseguir visa de visitante.

—Que piensen que son dueños de nuestra tierra. Yo sé que no es así y que esa tierra nos pertenece a sus hijos originarios.

Yo me quedé callada con la esperanza de que no lo notaran.

Mamá volteó hacia mí y dijo:

—Bendito sea Dios que mis nietos nacerán en Palestina.

—Vaya. Te fuiste directo a los nietos y yo aquí, preocupada de que me sermonearías con que consiguiera el divorcio y me vuelva a casar —comenté.

—¿Por qué siempre eres sarcástica? —me gritó—. Todo es un problema para ti. ¿Qué tiene de malo volverse a casar? ¿Ser normal? Es como si fueras dos personas diferentes. Un momento eres amable y al siguiente eres agresiva.

—No creí que pensaras que fuera anormal o agresiva.

Mamá entrecerró los ojos, que era un hábito que antecedía a un arrebato de rabia. Mientras crecía, lo observé cuando peleaba con mi padre o en los días en que le llevaba mis calificaciones, o cuando discutía con los comerciantes que pensaba que la estaban esquilmando.

—¡Sí, lo pienso! —empezó con una mano en la cadera mientras que, con la otra, apuntaba un dedo a mi cara—. Porque no es normal elegir estar sola de esta manera. No es normal la forma en que te expresas de los hombres como si todos fueran demonios. Sigues siendo joven y hermosa. Si no encuentras pronto a algún hombre, te quedarás sola por el resto de tu vida.

—¡Cállense las dos! —gritó Sitti Wasfiyeh—. Me están provocando un dolor de cabeza y mi programa está a punto de empezar. Salgan a pelear afuera.

—Si crees que los hombres son esenciales en la vida, ¿por qué no te encuentras un marido y me dejas en paz? —le grité y de inmediato me arrepentí.

—¡Cállate, Nahr! —me regañó Jehad y Mamá se alejó, diciendo maldiciones entre dientes.

* * *

Me quedé en Amán para cuidar de Sitti Wasfiyeh mientras que Mamá y Jehad iban a Palestina. Parte de mí quería ir, conseguir el divorcio y empezar de nuevo. También quería visitar Palestina como adulta; ver a la madre de mi marido, Hajjeh Um Mhammad, y conocer al fin a su famoso hermano Bilal, de quien había escuchado tantas cosas a lo largo de los años, pero me dije que no estaba lista. Ahora me doy cuenta, en el silencio que rebota de los muros del Cubo, que no quería enfrentar los rumores sobre mí que probablemente habían llegado hasta allá. En las largas horas de ocio desde que llegamos a Amán, empecé a idealizar Palestina como lo hacían los demás y en secreto imaginé que podría comenzar de nuevo y que tal vez abriría mi propio salón como me lo sugirió Mamá en Amán.

—¡Mis hijas estarán felices de cuidar de mí! —dijo Sitti Wasfiyeh y añadió—, pero deberías quedarte para mantener limpia la casa.

Sabía que en poco tiempo inventaría alguna excusa para regresar. Por mucho que intentara formar parte de las familias de sus hijas, rara vez era algo más que una carga para ellas. Le tomó solo un día llamarme para que fuera por ella, afirmando que había olvidado su medicina para la hipertensión.

—Te puedo llevar tus pastillas, Sitti —le respondí.

—Solo haz lo que te digo y ven por mí —refunfuñó y colgó.

Cuando llegué, platiqué un poco con mi insufrible tía Latifa y ella me contó que Sitti Wasfiyeh se había quejado de que tenía que regresar al departamento «para cuidarte porque estás sola». No la contradije porque no hablaría mal de Sitti Wasfiyeh con ella. Solo lo hacía con mi madre y Jehad. También me di cuenta de que mi tía empezó a apresurarme para que me fuera cuando su esposo le habló para decirle que regresaría temprano.

Antes de irnos, le dije a Sitti Wasfiyeh delante de la tía Latifa:

—Soy afortunada de tener una abuela como tú que no me deja sola en el departamento.

Sitti sonrió con sus dentaduras flojas y sus ojos bailarines. Toda mi vida escuché que Sitti Wasfiyeh afirmaba lo mucho que sus hijas querían que viviera con ellas, la suerte que teníamos de que nos eligiera a nosotros y lo mal que nos comparábamos con ellas en términos económicos, de belleza, y de habilidades para cuidar de la casa y cocinar, lo cual se relacionaba directamente con nuestra incapacidad para complacer a nuestros esposos. Siempre le echó la culpa a la geografía, pero ahora estábamos en la misma ciudad y sus hijas seguían sin hacer gran cosa por ella. Eso le rompió el corazón, aunque no lo admitiría ni siquiera ante sí misma. Mamá le mentía al decir que mis tías habían llamado para ver cómo estaba y después de eso empezaba alguna discusión en la que mi abuela acusaba a Mamá de no contestarles las llamadas a propósito hasta que ella no estaba, o se había ido a darse un baño o tomarse una siesta, para no dejar que hablara con sus hijas. No nos importaban sus insultos y acusaciones porque preferíamos que la abuela estuviera de mal humor en lugar de triste.

Mamá y Jehad estuvieron dos semanas a Palestina. Esa fue la primera y única vez en que Sitti Wasfiyeh y yo nos quedamos solas por más de unas cuantas horas y, aunque de inicio me dio pavor, resultaron ser unos días encantadores y memorables. Sitti Wasfiyeh se portó de modo diferente cuando mi mamá y Jehad no estuvieron. O tal vez yo fui diferente. A ella siempre le encantó fumar narguile en las cafeterías al aire libre y acostumbrábamos llevarla a las cafeterías de playa en Kuwait, donde, como si fuera una niña en una juguetería, teníamos que persuadirla e insistirle para que se fuera. Desde que nos mudamos a Amán, había adquirido la costumbre de fumar en nuestro balcón, que daba hacia una calle atestada de basura, pero era «mejor que nada», según decía.

Una tarde en que estábamos sentadas en el balcón de nuestro pequeño departamento y mirábamos a los niños en la calle con su ropa sucia por jugar todo el día, mi abuela me contó de la vez en que su padre la descubrió fumando.

—Tenía como trece o catorce, y fue poco antes de que me casara. Mi abuelo, que sería tu tatarabuelo, solía dejar encendido su narguile para que lo limpiáramos y, antes de lavarlo, yo fumaba un poco si no había nadie cerca. Un día en que se fue a la mezquita, mis primos y yo nos turnamos para terminarnos el tabaco. Fumamos hasta que el carbón se volvió ceniza, pero justo cuando estábamos a punto de vaciarlo, entró mi padre. —Sitti le dio otra fumada a la pipa del narguile—. En realidad no nos encontró fumando, pero el cuarto estaba lleno de humo y lo supo. Le mentimos, pero eso solo lo enojó más. Todos recibimos una paliza.

—¿Qué me dices de Sidi? —pregunté—. ¿Le importaba que fumaras?

—A tu abuelo le encantaba porque pensaba que eso me hacía una chica mala. En aquel entonces, las niñas buenas no fumaban. Los dos fumábamos juntos, claro que en privado. Nos la pasábamos muy bien —respondió con los ojos húmedos por el recuerdo de un tiempo y lugar que seguían viviendo dentro de ella—. Nunca pensé que llegaría el día en que las mujeres podrían sentarse en las cafeterías al aire libre y fumar como los hombres —añadió y volteó a verme con una sonrisa—. Esa es la mejor parte de mí, pero yo soy una vieja y está bien. Para las mujeres de tu generación, eso solo sirve para que sean unas casquivanas y hagan cosas malas.

—Ay, Sitti, no empieces —le recriminé.

—No hablo de ti. Sé que eres una chica buena y tú ni siquiera fumas en casa —afirmó.

Lo dejé así y me quedé mirando su perfil, las arrugas en sus mejillas que se movían y cambiaban con cada fumada del narguile, e intenté imaginarla en la cúspide de su matrimonio, cuando apenas era una niña que se escondía para fumar con sus primos en Palestina.

—¿Sabes qué? Siempre me dio mala espina ese perro bueno para nada con el que te casaste —declaró. Mi abuela tenía la maña del revisionismo histórico. En aquella época decía que Mhammad era demasiado bueno para mí y me instó a aceptar su propuesta de hacerme una mujer honrada. Le dijo a mi madre que sería mejor que me casara antes de que dejara que alguien me rompiera el himen y destruyera mi reputación. Dijo que ya era demasiado vieja y que pronto se me cerrarían las oportunidades de casarme, pero eso no era lo que decía ahora—. Me alegro que te hayas librado de él —insistió.

Nuestros parientes lejanos de Palestina se habían enterado de que habían metido a la cárcel a Jehad en Kuwait y lo recibieron como un héroe, dándole la bienvenida con banquetes en su honor en las casas de primos de los que solo habíamos oído hablar, o a los que conocimos una o dos veces cuando niños. Mamá estaba agradecida, pero ni ella ni Jehad se sintieron a gusto.

—Todo es diferente —me contó Mamá cuando regresó a Amán—. Todos esos retenes y la construcción de asentamientos judíos, con judíos extranjeros por todas partes. Apenas reconocí el lugar y me sentí como una extraña en mi propia tierra.

Mamá se había negado a hablar por teléfono acerca de su viaje a Haifa, pero ahora le insistí.

—Qué puedo decirte, hija mía —respondió con una nueva pena desconocida que teñía ahora su expresión—. Los judíos extranjeros viven allí como si fueran los verdaderos dueños. —Agitó una mano como lo hacía tan a menudo para alejar su dolor.

—¿Cómo fue? ¿Entraste? Esto es importante, mamá. ¿Por qué lo descartas? —La presioné.

Mamá lanzó al suelo una naranja que había estado pelando.

—¿Por qué no sabes cuándo callarte? —Le temblaba la barbilla.

Nos quedamos en silencio un momento hasta que Jehad empezó a hablar de política, que era la panacea cuando conversábamos para ocultar lo que fuera que necesitaba ocultarse. Oslo era el tema del día. Por todo el escándalo en las noticias acerca de la paz y el tratado de Oslo, pensé que la vida sería diferente en Palestina.

—Es cierto que la gente se siente esperanzada —dijo Jehad—, pero Oslo es pura apariencia; algo terrible está pasando detrás de eso.

—¿A qué te refieres? —le pregunté, pero él agitó también la mano para descartar mi pregunta y cambió de tema.

La principal noticia se refería en su mayoría a Bilal, mi cuñado al que nunca conocí porque estaba en la cárcel a cambio de mi marido. Apenas hacía poco lo habían soltado gracias a una liberación de presos como parte de los Acuerdos de Oslo.

—Ahora se dedica a pastorear ovejas en las montañas. Es raro. Es un hombre muy callado —contó Mamá, que estaba feliz de pasar al tema de los chismes. Justo en ese momento escuchamos los golpes acompasados del bastón de Sitti Wasfiyeh que hacían eco por el pasillo al ritmo de sus pasos inestables.

—De ser un combatiente con una Kalashnikov a convertirse en pastor con un báculo —exclamó con tristeza Sitti Wasfiyeh—. Están quebrando a nuestros combatientes. Si alguna vez hubo un símbolo de lo que nos están haciendo esos perros sionistas, hijos de sesenta perras…

—Sitti, ¿cómo sabes de qué estamos hablando? —le pregunté.

—¡Estaba oyendo junto a la puerta! —Contestó como si nada—. Quería ver si estaban hablando de mí.

Jehad se levantó para ayudarla a sentarse en el tapete del piso.

—Dios te bendiga, hijo —le agradeció y levantó la mano para tomar el tazón de cerezas y semillas de granada que estábamos comiendo como botana.

—No creo que sea así, Sitti. —Jehad siguió hablando de Bilal—. Es decente y listo. No se parece en nada a su hermano; además, no ha abandonado la resistencia.

Eso despertó mi interés, pero no por Bilal ni por la resistencia, sino por cómo lo dijo Jehad. Conocía lo bastante bien a mi hermano como para saber cuándo se ocultaba una historia más importante entre los pliegues de unas cuantas palabras no expresadas, pero no tenía caso sondearlo frente a Mamá y Sitti Wasfiyeh.

—Tu abuela tiene razón, Jehad. El químico inteligente y gran combatiente que Israel estaba cazando hace tantos años no fue en absoluto lo que esperaba. Bilal es un hombre pequeño y sumiso que no tenía gran cosa que decir. No me impresionó para nada. —Mamá aspiró aire entre los dientes.

Jehad jugueteó con unas semillas de granada que tenía en la mano y luego levantó la vista.

—Pequeño, sumiso y callado me describe muy bien —respondió. Mamá protestó, pero él la detuvo—. Y aunque sea poca la impresión que pueda causarte por haber pasado de estudiante de medicina a simple jardinero, te aseguro que no tienes idea de lo que hay en mi interior.

Mi hermano se levantó y salió de la casa, sin prestarle atención a los ruegos de Mamá. En ese momento supe que sin importar qué fuera lo que se agitaba dentro de él, tenía que ver con Palestina. Sospeché que sabía más sobre Bilal y las actividades de la resistencia de lo que estaba revelando.

—Déjalo que se vaya —dijo Sitti Wasfiyeh y luego se puso a murmurar oraciones por su seguridad, paz mental y un futuro bendito con una esposa y familia propias. Amén.

—Mamá, tienes que dejar de fastidiar a Jehad. No está interesado en volver a la escuela. Está a gusto con su trabajo y gana un sueldo decente. Tienes que dejar de insistirle sobre los estudios, el trabajo, y con que se case y tenga hijos, y todo lo demás. Lo único que escucha en tu voz es decepción.

—¿Cómo sabes qué escucha en mi voz? ¿Te lo dijo?

—No, Mamá. No me lo dijo. Lo sé porque eso es lo único que escucho cuando me atosigas todos los días con mi vida y el fracaso que crees que soy.

—¡Nunca dije eso! —protestó y luego empezó a llorar cuando me fui hacia la cocina. Me siguió hasta allí—. ¿Por qué todo el mundo me deja con la palabra en la boca cuando digo que algo está mal con esta familia? ¿Qué tiene de malo que quiera algo más para mis hijos?

Mamá me tomó del brazo.

—No te ocupes de tu hermano en este momento porque hay algo que necesito preguntarte. —Pausó—. La gente ha oído cosas de ti.

Levanté una ceja,

—No mencionaron a Um Buraq por nombre, pero sí dijeron que hubo comentarios de que pasabas mucho tiempo con una mujer kuwaití mayor que tiene mala reputación —concluyó.

—¿Quién te dijo eso?

—Tus tías —contestó.

—Por supuesto que vendría de esas desgraciadas —afirmé—. Cuando no estabas, Latifa me sacó de su casa antes de que llegara su marido, como si temiera que él me pudiera encontrar allí.

Mamá hizo una expresión como si se estuviera guardando una pregunta.

—¿Qué? —Le exigí.

—Bueno, es que siempre me resultó extraña esa amistad.

—¡Um Buraq ha sido buena con todos nosotros! —Fingí estar escandalizada—. Sabes mejor que nadie que a la gente le encanta hablar de cualquier mujer que termina sin un marido.

Mamá retrocedió, probablemente al recordar esos días humillantes después de que Baba murió en brazos de otra mujer.

—Mamá, Um Buraq es una buena persona y no se merece lo que están diciendo de ella. Ha sido una buena amiga para mí.

—Lo sé, *habibti.* Lo siento —respondió.

Sin consultarme, Jehad hizo los arreglos para mi divorcio mientras estuvo en Palestina.

—Hablé con Bilal al respecto. Su hermano accedió a darle un poder notarial para ejecutar el divorcio en su nombre —me contó mi hermano—, pero tú tienes que hacerlo, Nahr. Mamá tiene razón en esto, ya no puedes seguir atada a ese hombre.

Jehad apenas era capaz de pronunciar el nombre de Mhammad. No solo se trataba de que me hubiera abandonado y que hubiera desaparecido sin mediar palabra, sino que había rumores de que se había convertido en informante para los israelíes (y que podría haberlo sido desde hacía tiempo). Pocos lo creían con base en su historia y, por supuesto, por el respeto que les imponía su hermano Bilal, pero lo habían visto las suficientes veces en Tel Aviv como para refutar la historia de que estaba viviendo en el exilio en algún sitio de Occidente.

—¿En serio? ¿Cómo lo sabes? Me ocultas algo, lo sé —lo cuestioné.

—Nanu, no es cierto. Eso es todo lo que sé —contestó.

—¿Estás trabajando con Bilal de algún modo? —Me acerqué para mirarlo con gran atención en busca de algún indicio.

Bajó la vista hacia mí con su mirada tierna.

—Nanu, acabo de conocer al tipo. Solo trato de cuidar de ti y tienes que cortar este último vínculo con Mhammad, o nunca serás libre.

«Libre», pensé. Como si alguno de nosotros pudiera llegar a ser libre.

—Está bien. Iré y conseguiré el maldito divorcio, pero primero tengo que ahorrar un poco de dinero.

Antes de irme a Palestina, Jehad nos invitó a todas a su nueva casa para *ghada*. No mucho después de que volvió de Palestina, se mudó a un lugar donde no le cobraban renta a cambio de cuidar de la propiedad del dueño. Todavía estaba cocinando cuando llegamos, pero no nos permitió ayudarle.

—No voy a dejar que me roben el crédito de este festín. —Nos guiñó con el ojo bueno y nos sacó de la cocina—. Nanu, tú puedes preparar el lugar.

Tenía un equipo de cómputo bastante sofisticado, como el que uno vería en una empresa grande. Hasta entonces, yo solo había visto computadoras en los cafés internet que empezaban a brotar por todo el país y había oído que solo los ricos tenían sus propias computadoras.

—¿Qué es todo esto, Jehad?

Se asomó de detrás de la pared de la cocina.

—No es nada. Estoy armando un sistema usado para tener mi propio servidor.

—¿Qué es un servidor?

—Olvídalo. ¿Puedes poner las cosas para la comida? Ya casi termino.

Mamá y yo extendimos un mantel de plástico sobre el suelo y pusimos cojines alrededor. Después de media hora de traquetear con los trastos de cocina, Jehad salió con una bandeja de *maqlooba*, que son capas de berenjena sobre arroz y pollo con condimentos especiales, además de tazones con pepinos y salsa de yogur, y diversas ensaladas y encurtidos.

—¿Cómo es que nunca supe que podías cocinar? —exclamé, sorprendida por lo delicioso que estaba todo.

—Me imaginé que necesitaba aprender antes de que nos salieran úlceras a todos por los condimentos picantes que pones en la comida —respondió en broma, con su cálida sonrisa que me recordaba lo cercanos que solíamos ser.

—No le hables mal a tu hermana —lo regañó Sitti Wasfiyeh.

—Por lo común tú serías la que criticaría mi terrible forma de cocinar —bromeé.

—Solo come, querida nieta —contestó y puso más pollo en mi plato, mientras que sus dentaduras mal ajustadas amenazaban con salirse cada vez que masticaba. Sitti Wasfiyeh se había vuelto más amable desde que nos quedamos solas un tiempo. Jehad me sonrió.

La nueva casa de mi hermano era un pequeño estudio en la planta baja de un edificio de cinco pisos en un vecindario rico de Amán. A diferencia de Kuwait, donde los vecindarios estaban segregados por clase social y nacionalidad, en Jordania ricos y pobres vivían puerta con puerta, pero no debido a algún tipo de ideales igualitarios, sino para conveniencia de los ricos.

—¿De este modo pueden tenerte a su entera disposición? —pregunté, preocupada de que esos jordanos pudientes estuvieran aprovechándose de mi hermano.

—Son gente decente, Nahr.

—Bueno, en mi experiencia, los ricos compran a los pobres y luego los echan cuando ya no les sirven.

—No todos son como los kuwaitíes, ni tampoco todos los kuwaitíes son iguales. Tú amabas a Um Buraq, ¿no es cierto? —afirmó Jehad.

—Ya basta. Disfrutemos juntos de esta comida sin mencionar Kuwait —nos regañó Mamá—. Estoy emocionada de que vayas a Palestina, Nahr. —Me acarició la mejilla—. Pero también estoy ansiosa de que regreses pronto.

Palestina había empezado a parecerme más real desde que Mamá y Jehad viajaron allí. Tal vez fue la experiencia de la guerra y el exilio, o solo el transcurso del tiempo; quizá fue mi contemplación del *tatreez* de Mamá o tan solo el hecho de que no quería estar en Amán lo que hizo que Palestina floreciera en mi imaginación. Ya no era el hogar perdido y la herencia guardada en la caja de latón de Mamá, con las viejas fotos de su infancia en Haifa, la boda de mis padres y su vida en Ein el-Sultan. A medida que planeaba mi viaje, Mamá y yo le dimos una ojeada a esas fotos. En una, la versión de diez años de mi madre posaba bajo una higuera.

—Ese árbol lo plantó mi abuelo el día que nació mi padre. Mis abuelos plantaron un tipo diferente de árbol para cada uno de mis hermanos, mis primos y yo —me contó Mamá—. Acostumbrábamos pelear por cuál árbol era mejor. Mis hermanos labraron sus nombres en el tronco de sus árboles, pero yo lo labré en una rama alta. —Mamá se quedó mirando las fotografías, transportada al pasado, y temí preguntarle si esos árboles seguirían allí o cómo se había sentido al ver su hogar en Haifa. En lugar de ello, me quedé escuchándola.

»Cuando era muy pequeña, mi padre solía montarme sobre sus hombros para que pudiera cosechar los higos. —En otra foto, ella y una de sus hermanas eran unas adolescentes paradas en el recinto de la mezquita de Al Aqsa, frente a la Cúpula de la Roca—. En aquellos tiempos, podíamos tomar el autobús directo a Jerusalén o podíamos ir en tren hasta Beirut, o Damasco, o incluso al Cairo. El mundo estaba abierto. —Se quedó mirando un instante más—. Si tan solo hubiéramos sabido entonces.

—¿Por qué estás tan depresiva? —intervino Sitti Wasfiyeh desde su habitación—. ¡Por Dios, puro pesimismo! Vas a echarle la sal a esta niña y causarás que no quiera ir a Palestina.

Mamá asomó la cabeza por la puerta.

—Hajjeh, pensábamos que estabas tomando una siesta. Ven a sentarte con nosotras.

—Parece que tendré que hacerlo. Soy mejor narradora porque soy más vieja y me acuerdo de más cosas porque viví más tiempo en Palestina —respondió y caminó hasta la sala con ayuda de su bastón—. Prepáranos un té mientras platico con mi nieta.

* * *

Seguía habiendo muchas esperanzas y euforia por los Acuerdos de Oslo. Un famoso palestino en Estados Unidos, llamado Edward Said, advirtió que el tratado no era causa de emoción, sino que era una trampa que le daba más tiempo a Israel para seguir colonizando Palestina. Mi hermano coincidía con él, y también Bilal.

—Nahr, creo que te vas a llevar bien con Bilal —me comentó Jehad—. En sus tiempos fue dirigente del Partido Comunista en Palestina y es probable que también odie a los kuwaitíes ricos.

No supe qué responder. Lo único que sabía del comunismo era que su color era el rojo y que los rusos eran comunistas, así que tomé nota mental de averiguar todo lo que pudiera sobre el Partido Comunista. La gente hablaba de lo fácil que era investigar cualquier cosa en internet y pensé que también podría aprender a hacer eso del internet.

Fue más o menos en esa época cuando me topé con un viejo amigo en un centro comercial de Amán. Literalmente choqué con él y casi no lo reconocí, hasta que se inclinó a recoger sus bolsas, que al parecer había tirado a propósito.

—Lo siento mucho, hermana —me dijo.

Para los observadores casuales se trataba del descuido de compradores distraídos, pero, al levantar la vista, vi que era Mohsin, el joven con el que estuve en aquel balcón en Kuwait, donde fumamos cigarros, me confesó que prefería a los hombres y me pidió que le contara uno de mis secretos.

—No hay problema, hermano —respondí.

Levantó mis bolsas y me las entregó. Por el rabillo del ojo vi una mujer con niños que se detenía a mirarnos desde una tienda. Era su esposa.

—Gracias —le dije y me alejé a la privacidad de un baño cercano. Como lo sospechaba, había dejado caer su tarjeta de presentación dentro de mi bolsa. Era banquero y una nota manuscrita en la parte posterior de la tarjeta decía: «Por favor, llámame».

Esperé un día para llamarle y, cuando al fin lo hice, le confesé que me preocupó que su esposa pudiera contestar. Se rio, porque me había dado el número de su celular personal. Estaba de vacaciones con su familia en el Mar Muerto e hizo una parada en Amán durante unos cuantos días antes de regresar. La mujer que vi de reojo en el centro comercial sí era su esposa.

Charlamos un rato sobre naderías y le conté que planeaba ir a Palestina.

—Me da mucho gusto por ti —afirmó—. Algún día, *enshallah*, cuando se libere a Jerusalén, de nuevo podremos visitar nuestra ciudad santa.

Luego hablamos del asombroso avance de la tecnología que parecía haberme pasado de largo. Internet estaba en todas partes y la gente podía mandarse cartas por medios electrónicos a través de algo llamado correo electrónico. Jehad ya me había contado de eso, pero lo único que sabía era que no se parecía al fax.

—Es sorprendente y cualquiera puede tener una cuenta gratuita —dijo Mohsin, pero de todos modos tenían que pagarse cuotas de conexión en los cafés internet.

—Tengo algunos amigos que pueden mostrarme —le mentí solo por seguir la conversación.

—¡Deja que yo lo haga! —insistió—. Puedo abrirte un correo electrónico mañana mismo, si quieres.

Accedí, pero no porque quisiera tener una cuenta, sino para verlo, y acordamos una hora.

Mamá acostumbraba ponerse feliz cuando alguien de Palestina nos visitaba en Kuwait, en especial si venía de Haifa. Decía que «portaban la esencia y el espíritu de mi hogar y de mi juventud en Palestina». Esa es la razón por la que tenía tantos deseos de ver a Mohsin, porque portaba la esencia y el espíritu de Kuwait.

Al día siguiente esperé entre los jóvenes que se sentaban en diversas terminales de computadora. No tenía idea de qué hacer. Me sentía intimidada y fuera de lugar, y Mohsin no aparecía. «Qué decepción», pensé y estaba a punto de levantarme cuando un joven entró corriendo, casi sin poder respirar. Miró a todas partes y luego caminó hacia mí.

—¿Es usted la señora Yaqoot? —preguntó.

Dudé un momento.

—¿Quién lo pregunta?

—Tengo un paquete para usted y se supone que le abra una cuenta de correo —respondió, aún tratando de recuperar el aliento.

—Sí —dije.

—Bien. Antes de que le entregue el paquete, se supone que debe responder a una pregunta para verificar quién es.

—No voy a responder nada. —Me di vuelta para irme.

—Está bien. Es la única mujer aquí, así que creo que es a quien debo entregar esto, pero solo para que pueda informarlo en mi trabajo... podría decirme... —Abrió un trozo de papel y leyó textual:— ¿Cuál es el otro nombre de la chica con dos nombres reales? —Levantó la vista del papel con una mirada de ruego.

—La respuesta es Nahr. —Le sonreí al mismo tiempo que le quitaba el paquete de las manos, y me alejé para abrirlo en secreto en el baño de la cafetería. Había un sobre con efectivo y un teléfono celular nuevo. No había ninguna nota y el dinero era más de lo que necesitaba para llegar a Palestina.

Al salir, encontré que el joven me esperaba.

—Señora, lamento mucho molestarla, pero me dijeron que le abra su correo electrónico antes de que se vaya —insistió y me explicó que necesitaba terminar todo el encargo para que le pagaran. La cuenta ya estaba establecida y me enseñó como abrirla—. Esta es la información del usuario. Escríbala —me indicó y luego me enseñó cómo cambiar la contraseña.

»Como puede ver, ya tiene un mensaje —dijo mientras apuntaba a una línea en la pantalla. Me instruyó cómo abrirlo y se inclinó hacia delante cuando lo hice, así que lo empujé para que no lo viera.

—Puedo leerlo yo sola —le dije.

Querida Nahr.

Espero que esté bien que te llame por ese nombre. Lamento no poder ir hoy. Hubo un asunto con la familia, pero hice mi máximo esfuerzo por no decepcionarte. Si estás leyendo esto, eso quiere decir que el mensajero te entregó un paquete sellado. Tengo una deuda y me complace mucho pensar que podría ser de alguna ayuda para ti en este momento. Creo que fue el destino el que hizo que nos encontráramos.

Tu amigo,
Mohsin

P.D.: El teléfono ya está pagado por un año en Jordania. Cuando vayas a Palestina, tendrás que comprar una tarjeta SIM local.

Hice clic en la casilla que decía Responder y escribí con dos dedos: «Nunca me quedaste a deber nada, pero sin importar la deuda que puedas haber sentido que tenías, considérala pagada y con creces. P. D.: El paquete venía sellado y el joven hizo más de lo que estaba obligado». Entonces presioné el botón de Enviar.

—Dígame cuando esté lista para responder y le diré cómo hacerlo —me instruyó el joven.

—Niño, ya lo hice. Soy buena para el internet —declaré y él se me quedó viendo con mirada vacía—, pero sí tengo algunas preguntas. Siéntate. Te invito una taza de té. Le dije a Mohsin que «hiciste más de lo que estabas obligado».

El chico cedió y se sentó conmigo a tomar un té. Respondió mis preguntas con la limitada paciencia que se tiene para un niño pequeño y yo aprendí que no tendría que regresar toda la vida a la misma computadora para entrar a mi buzón. Podía hacerlo desde cualquier computadora en el mundo. Pensé que el correo que envié tomaría días en llegar, pero él me aseguró que ya estaba en la bandeja de entrada del destinatario. Así como si nada. No le creí, de modo que me lo demostró con un mensaje de prueba que envió de su propio correo al mío. Al final me explicó qué era una tarjeta SIM.

—Señora, gracias por el té, pero de verdad tengo que irme —me rogó—. Que tenga la mejor de las suertes.

—¡Gracias! —le dije al mismo tiempo que contemplaba la diferencia entre nosotros dos. No era mucho más joven que yo, pero en aquellos días yo me sentía mucho más vieja, a pesar de que todavía no cumplía los treinta años.

IV. Palestina

El cubo, sur

La puerta acorazada del lado sur es la única manera para entrar y salir. La comida entra a través de una abertura rectangular a la altura de mi cintura. A veces, meten libros por esa misma abertura.

Los primeros libros que recibí llegaron tres defecaciones antes de que vinieran mis primeros visitantes. Uno de los libros era acerca de las ballenas azules, uno acerca del cosmos y el último era una mala traducción de una pésima novela romántica occidental. Me los devoré antes de la llegada de los visitantes y acababa de volver a empezar el de las ballenas. Qué criaturas tan extraordinarias. Verdaderos gigantes gentiles, llenos de misterio y romance, como el océano mismo.

Una guardia sin expresión alguna acompañó a los visitantes al interior del Cubo; eran una mujer a mitad de sus veintes y un hombre del doble de su edad. Él hablaba árabe y ella no, pero me dijo que estaba aprendiéndolo. Me hicieron preguntas simples y breves. ¿Qué comía? ¿Con qué frecuencia? ¿Qué tan a menudo salía al aire libre? ¿Me comunicaba con mi familia? ¿Me daban libros para leer? ¿Papel y pluma?

Se me dificultaba ver a los visitantes a los ojos. Mi mirada se veía atraída al velludo y oscuro antebrazo que salía de la manga doblada del hombre.

Solo podía pensar en tocar ese antebrazo oscuro y velludo.

—¿Te interesan las ballenas azules? —Preguntó la mujer después de hacer un ademán hacia mis libros—. ¿Y el espacio exterior? —Sonrio, como si estuviéramos teniendo una conversación normal.

Comprendía su inglés, pero esperé a que el hombre tradujera. La información daba vueltas en mi cabeza. Las ballenas azules son las criaturas de mayor tamaño que jamás hayan habitado el planeta y son de hasta 30 metros de largo con un peso de 173,000 kilogramos. Tienen intrincadas vidas sociales y lenguajes complejos. Se les cazó casi al borde de la extinción. Quedaban menos de unos miles de ejemplares cuando se introdujeron las restricciones de cacería, pero los balleneros siguen abasteciendo al mercado negro y es posible que estas majestuosas criaturas desaparezcan de nuestro planeta. Las ballenas azules se alimentan de kril, que es una palabra noruega. Me pregunto lo que será ser noruego. ¿Y cómo será ser ballena? Vivir en el agua y ser la criatura más grande de la tierra, pero seguir siendo vulnerable a la avaricia del pequeñísimo hombre.

Antebrazo velludo de piel oscura. Camisa blanca arremangada.

—Sí —respondí, de manera casi inaudible—. Me interesan las ballenas. —Su mirada me hizo estar más consciente de mi ropa carcelaria. Hice mi mejor intento por arreglarme el cabello. Aunque el hombre estaba vestido de manera casual, la mujer traía puesto un traje conservador de color oscuro, zapatos de tacón bajo y una blusa gris. Las piedras azules que adornaban sus orejas acentuaban el azul de sus ojos, y cuando me centré en las mismas, pareció que tenía cuatro ojos azules. Me hubiera gustado que usara lentes para así poder ver un reflejo de mí misma.

—Pareces sana y bien arreglada. Entiendo que tu regadera se prende de manera automática. ¿Puedes bañarte a diario?

El hombre no tradujo la pregunta, ni se percató de que me daba cuenta de que la mujer me estaba hablando como si fuera una niña. Pero yo quería que tradujera para así poder preguntarle acerca de sus propios hábitos de higiene.

—Yaqoot, ¿hay algo más acerca de lo que te gustaría hablar o que quieras traer a nuestra atención? Nos quedan diez minutos —afirmó el hombre.

—¿Hablaron con mi familia? —De ser el caso, me lo hubieran informado de inmediato. Si tuvieran algún tipo de decencia.

El hombre bajó los ojos. Ella lo miró a él y después a mí.

—No. No lo hicimos —contestó—, pero lo haremos y le haré saber a tu madre que estás muy bien.

«¿Muy bien?», pensé.

Levanté mis pies sobre la cama y les di la espalda.

Poco después de que se fueran, la misma guardia de expresión sombría entró para llevarse los libros. Esta vez, me coloqué viendo hacia la habitación porque quería dar un último vistazo a las ballenas azules, a las estrellas y los planetas, y a la novela barata antes de que los alejaran de mí para siempre.

—*¡Otva`li, mu`dak, b`lyad!* —grité, sujetada a la pared por los brazaletes.

Las dos quedamos pasmadas: yo porque vi que me había entendido.

Volteó a verme y su duro rostro se vio reemplazado por una sonrisa. Yo también sonreí y volví a repetir el insulto. ¡Vete al carajo, ojete, con un carajo!

Ella se rio y yo hice lo mismo. Colocó una mano sobre su pecho y dijo: «Klara», asintiendo mientras se marchaba. La puerta de metal se cerró con un automatizado sonido metálico.

Al día siguiente, mi libro de ballenas apareció a través de la abertura en la puerta.

Y así fue como Klara se convirtió en mi amiga, o en lo que podría pasar por una amiga dentro del Cubo. A veces me habla a través del altavoz porque la cámara no graba sonidos, aunque no entiendo del todo lo que me dice. Si se enteraran, la regañarían. Me lo dijo. Mantengo la boca cerrada porque me cae bien. Hay veces en que me recuerdo a mí misma que no debería caerme bien, pero siempre me emociono cuando está de servicio. No se considera israelí. Ella es rusa. Su familia la obligó a marcharse con ellos y desea regresar a su aldea con desesperación. Ni siquiera es judía. Dijo que su padre lo inventó todo para obtener los subsidios estatales para judíos dispuestos a emigrar a Israel. Era dinero gratis y, además, estaban a punto de pescarlo por fraude. Detestaba a su padre y extrañaba a su novio. Se disculpó por no conseguirme más libros. Debería añadir que las cosas que me dice son mi propia interpretación del defectuoso inglés, árabe y hebreo que usamos para comunicarnos. Le pregunté si podría conseguirme libros acerca del comunismo. «*Da, naverna*», me respondió. Sí, probablemente.

Me quedé dormida pensando acerca del velludo antebrazo de piel oscura que sobresalía de la camisa blanca. Me recordó cuando conocí a Bilal, después de regresar a Palestina en busca de un divorcio.

Los estratos de la ausencia

Me dijeron que esperara dificultades de parte de las autoridades fronterizas de Israel cuando cruzara el río Jordán hacia Palestina, pero no fue tan malo como lo anticipé. Me interrogaron, me registraron y me volvieron a registrar. No querían aceptar la identificación palestina que Jehad se había esforzado tanto en recuperar porque no aparecía en su sistema. Me dijeron que eso no era inusual porque se llevaba cierto tiempo para que se actualizaran las *hawiyyas* nuevas posteriores a los Acuerdos de Oslo en su sistema. Horas después, sellaron mi documento de viaje jordano con una visa de turista de tres meses de duración. Una de mis interrogadoras, cuyo sentido de poder era irrefrenable y algo exhibicionista por la manera en que me daba órdenes, señaló a mi vientre algo inflamado y me preguntó, «¿Tienes bebé?».

Perra.

En total, me hicieron esperar seis horas. Quizá fue que al fin logré pasar o algún llamado espiritual de mis ancestros, pero me vi abrumada por el alivio, y por algo semejante a una sensación de pertenencia, cuando salí del otro lado de la terminal de cruce. El paisaje, la topografía, el clima y los aromas no eran diferentes de los del lado este del río Jordán, pero Palestina no se le parecía en nada a Jordania. Había un enorme silencio que se levantaba justo después del caos de personas arremolinadas, de los que esperaban en medio de los carros estacionados, de los taxis, los soldados y los carretones jalados a mano. Miré el panorama que se extendía hacia la distancia, donde las onduladas colinas tocaban el cielo. Diversas imágenes empezaron a aglomerarse en mi pecho, haciendo que respirara con mayor profundidad. Recuerdos de los dos viajes que hicimos con Baba; las historias de Ein el-Sultan que contaba Sitti Wasfiyeh; las anécdotas de Haifa de Mamá, Baba, los vecinos y todos nuestros amigos. Los que pensé que había desechado, ignorado y desestimado. Todos estaban allí para darme la bienvenida, envolviéndome en el abrazo de nuestra dislocación colectiva de este sitio, donde todas nuestras historias van y regresan. Aquí es donde empezamos, donde nacieron nuestras canciones, donde están enterrados nuestros ancestros. El *adan* se escuchó desde minaretes ocultos; flotó a través de mí, hizo que se erizaran los vellos de mi piel y me hizo cerrar los ojos para inhalar el llamado a la oración.

Vi a un hombre parado frente a mí.

—*Salaam,* Yaqoot.

Supe quién era, por supuesto. Por teléfono, me dijo que me estaría esperando. Su oscuro rostro estaba arrugado; se veía mucho mayor y más cansado que en las fotografía juveniles que había visto hacía tantos años. Supongo que él también me reconoció por mis fotografías y tal vez haya pensado lo mismo de mí. Nos quedamos así, en una incómoda pausa, reconociendo algo compartido.

—Hola, Bilal —le dije—. Puedes llamarme Nahr.

— *Alhamdulillah assalameh,* Nahr —respondió con una sonrisa mientras tomaba mi maleta con el brazo oscuro y velludo que emergía de la manga doblada de una camisa de lino blanco. Se parecía a Mhammad, con una quijada definida y rasgos fuertes, pero era más alto y más delgado—. Nuestra madre está ansiosa por verte y, por supuesto, insiste en que te quedes con nosotros.

Conocía a mi suegra solo por teléfono y la conocería de manera personal por primera vez ahora que venía en busca de un divorcio. Estaba casi ciega y poseía la ilimitada generosidad y amabilidad que a menudo acompañan a la falta de vista, como si el amor por el mundo aumentara a medida que disminuyera la propia capacidad para verlo. Recordé la inmediata afinidad que sentí cuando hablamos algunos años atrás y ahora deseaba que hubiera venido a verla antes.

Traía puesto un *thobe* bordado de color oscuro y un *hijab* negro en duelo permanente por su esposo y, algunos dirían, por su hijo mayor,

Mhammad, aunque siguiera con vida. Había preparado *maskhan* para mi llegada. No sabía si ella lo sabía o si era una coincidencia que hubiera preparado mi platillo favorito. Pude olerlo cuando Bilal y yo entramos en su casa, una modesta estructura de piedra acurrucada contra la ladera de una colina en el estilo no planeado y orgánico de las aldeas palestinas, sus pisos cubiertos con losetas del bello granito de las canteras cercanas de el-Khalil. Podía llegarse a la casa solo por medio de un camino estrecho y serpenteante por el que Bilal cargó mi enorme maleta mientras yo me esforzaba por mantenerme de pie en mis tacones.

—Bilal, que Dios lo llene de Su gracia, mató un par de nuestros pollos y preparó la comida con sus propias manos. Yo solo la cuidé mientras estaba en el horno —me dijo.

Oculté mi sorpresa. Era la segunda vez en una semana en que hombres habían cocinado para mí.

—Que Dios bendiga las manos de los dos que prepararon esta deliciosa comida. Su generosidad me abruma —afirmé.

—Eres una de nosotros, aunque estés aquí para separarte de nosotros —respondió Bilal con amabilidad.

Bajé la mirada, insegura de cómo responder.

Bilal continuó:

—No podemos saber la realidad de todo lo que Mhammad te hizo pasar, pero sabemos lo suficiente como para sentirnos avergonzados y afligidos por la forma en que te trató.

Era evidente que la mera mención del nombre de Mhammad lastimaba a Hajjeh Um Mhammad.

—Que Dios lo ayude a encontrar el camino de la luz dondequiera que se encuentre.

El teléfono empezó a sonar.

—De seguro que son los vecinos que quieren enterarse de todo —indicó Hajjeh Um Mhammad.

—No contestes, Yumma —le rogó Bilal—. Tengamos un tiempo con Yaqoot antes de que los metiches lleguen en tropel.

—Debes contestar; y no te refieras a nuestra familia y amistades como metiches.

Bilal sonrió con afabilidad.

— *Ha'ek alay, Yumma* —respondió, besando la mano de su madre.

Esperé a reunir el valor para corregir a Bilal y al fin hablé después de unos cuantos bocados.

—Puedes llamarme Nahr —le recordé—. Yaqoot solo aparece en mis documentos oficiales. —No mencioné el detalle de que tenía el nombre de la amante de mi padre.

—Sí, lo siento —dijo, avergonzado—. Es solo que Yaqoot es un nombre precioso también... Pero no volveré a cometer el mismo error.

—No hay problema. —Sonreí—. Alguna vez te contaré la historia detrás de mis dos nombres. Tres si cuentas Nanu, que está reservado para Jehad. —Para ese entonces, Almas había desaparecido desde hacía mucho.

Uno o dos días después de mi llegada, Bilal me invitó a tomar el té de principios de la tarde sobre la cima de una pequeña colina que miraba hacia un tramo de tierra cultivada y un pastizal donde paseaban algunas ovejas. Pensé que conduciríamos hasta el sitio, pero de todos modos me puse mis zapatos más cómodos para la ocasión: unas sandalias con un tacón de media altura. En lugar de ello, caminamos por lo que me pareció que fueron kilómetros después de estacionar el carro, y mis tacones moderados resultaron absurdos. Me tropecé por el terreno de la mejor manera que pude, tratando de ocultar mi incomodidad, hasta que Bilal me atrapó por la cintura cuando estuve a punto de caer. Me sugirió que caminara descalza.

—¿Para que me pique un escorpión? No, muchas gracias.

Rio un poco.

—No hay escorpiones por estas partes.

—Serpientes, entonces —objeté—. Debe haber serpientes.

—Bueno, sí. A veces. —Sonrió y se dio una palmadita en el brazo—. Ten. Al menos recárgate en mí, si te sirve de algo.

—Estás disfrutando todo esto, ¿verdad?

Sonrió de nuevo y levantó una de sus cejas; ¡también podía hacer eso!

—Así es.

—Debiste decirme que mis zapatos eran inapropiados.

—¿Y perderme de todo esto? —Rio.

Me resultaba natural estar en compañía de Bilal y lejos del resto de la humanidad. Me detuve, colocando una mano sobre su hombro; tenía los brazos listos para volverme a atrapar, hasta que llegamos a un claro cercano a la cima, en uno de los costados de la colina. Se sentó sobre la tierra bajo un gran olivo cuyas ramas inferiores se extendían del nudoso tronco. Una brisa fresca agitó las hojas del olivo y despeinó mi cabello hasta dejarlo hecho un desastre. Bilal empezó a sacar objetos de su morral: una destartalada tetera de metal, un pequeño *babbour* de gas, vasos para el té, una gran botella de agua y bolsas de plástico con hojas sueltas de té, salvia, azúcar y *bizir*; pero sin una cobija donde sentarse.

Debe haberme leído la mente porque estiró el morral de lona sobre el piso.

—Ten, puedes sentarte aquí —dijo. Me recargué con torpeza contra el tronco del árbol, me senté sobre el piso, me quité los zapatos de tacón y dejé escapar un suspiro de alivio.

Bilal sonrió pero no dijo más. Prendió el *babbour*, llenó la tetera con agua e hizo un té caliente y dulce con el toque justo de salvia.

Más allá, podíamos ver la actividad de construcción de un nuevo asentamiento solo para judíos que, me explicó, había iniciado el año anterior, cuando los colonos habían traído tráileres que acamparon sobre las tierras de la familia de Bilal y que no se marcharon jamás. Sin embargo, estos camiones estaban a cierta distancia.

—Están colocando tubería para el agua —detalló.

—¿Y por qué tienen los tubos sobre la tierra?

—Es más barato. Invierten justo lo suficiente como para mantener a los colonos aquí y para atraer a más personas que estén dispuestas a vivir de manera un poco rústica hasta que tengan el número suficiente de personas para justificar un gasto mayor en infraestructura. Otra de las razones es para engañar a las agencias internacionales y de derechos humanos al dar la impresión de que el arreglo es solo temporal.

Nos quedamos sentados comiendo *bizir*, abriendo las saladas semillas tostadas de sandía de manera experta para consumir su carnoso interior. A mí me gustaba acumular las semillas peladas en un montoncito para comérmelas de una sola vez en lugar de hacerlo una por una. Al ver la pequeña montaña de semillas peladas en mi regazo, Bilal exclamó:

—¡Eso sí que se ve tentador!

—Ni se te ocurra. Cuando éramos niños, golpeé a uno de mis vecinos por robarse un montón de *bizir* que llevaba una hora pelando.

Rio.

—Gracias por aclararme dónde está la línea de peligro. Jamás la cruzaré. Tu montón de *bizir* está seguro conmigo.

Bilal habló de las Áreas A, B y C mientras el sol empezaba a abrirse camino hacia el mar, pintando el cielo, la tierra y la vida de una infinidad de colores. Yo sabía que esas eran las designaciones creadas por los Acuerdos de Oslo, pero no podía recordar sus diferencias. Me explicó que nos encontrábamos en el Área C, que Israel estaba colonizando de manera agresiva, y que la casa de mi familia política era un blanco importante. Era la única casa que quedaba a cierta distancia de la aldea. Las casas más cercanas ya se habían demolido.

—Israel tiene miles de excusas —explicó Bilal—. Falta de permisos, pozos ilegales, familiares de combatientes o cualquier cosa que se les ocurra.

—¿Cómo han logrado quedarse con su propiedad? —Pregunté, mirando el terreno silvestre que se extendía frente a nosotros hasta el valle.

Volteó a verme, sus gentiles ojos cafés observando mi cara. Después, volteó su mirada hacia la tierra, inhaló el humo de su cigarro, lo exhaló y volvió a darle vida a un nombre que no había escuchado en años.

—Tamara —respondió.

* * *

Le prometí a Mamá que no dejaría de visitar a nuestra familia extendida tan pronto como llegara a Palestina, pero me encontré haciéndolo a un lado para pasar mi tiempo con Bilal y con Hajjeh Um Mhammad, y para examinar las contradicciones de este sitio, parte integral de mi herencia. El paisaje que vivía en los corazones de Mamá, Baba y Sitti Wasfiyeh no se sentía como mi hogar, aunque de todas maneras se arraigó en mi interior. No había centros comerciales por todas partes, ni kilómetros de playas, como aquellas a las que me acostumbré en Kuwait (o, por lo menos, ninguna que le fuera accesible a los palestinos). No había salones en cada esquina para que me depilaran el bigote y las cejas con hilo y usaran cera para el resto de mi cuerpo, ni podía ir a darme una buena friega en algún baño turco. Incluso en el deprimente Amán podía escaparme a alguna buena zapatería o tienda de lencería. Me tropecé sin gracia por el desconocido entorno de Palestina y Bilal estuvo allí para ayudar a ponerme de pie, a veces en sentido literal.

Bilal había quedado en libertad bajo los Acuerdos de Oslo, pero estaba condicionado a que jamás practicara su profesión como químico en ningún sentido, ni siquiera como maestro. Le estaba prohibido viajar fuera de un radio especificado sin permiso de las autoridades militares locales, no podía escribir ni publicar cualquier material político, no podía entrar a Jerusalén por ningún motivo y, si en alguna ocasión abandonaba el país, no podía volver a él jamás.

Bilal se atuvo a todo ello, hasta donde pude ver. Había heredado algunos animales de granja y compró otros más después de su liberación. Aunque ayudaba a cuidarlos, Jandal era su pastor de tiempo completo. Juntos, Bilal y Jandal trasquilaban a las ovejas año con año para obtener su lana, misma que vendían a las fábricas de ropa locales. Durante el Eid y para otras ocasiones especiales, la gente compraba corderos para sacrificarlos, pero Bilal insistía en contratar a su propio carnicero para llevar a cabo los rituales *halal* tradicionales para sus ovejas.

—Porque la gente aterra a los pobres animales antes de matarlos. Hay pocos carniceros que de verdad sigan los requisitos *halal* —subrayó—. A decir verdad, detesto que siquiera comamos tanto la carne que ingerimos. Ovejas, vacas, peces, ballenas, cabras… son naciones por derecho propio. Ellos también merecen su libertad. —La primacía de los seres humanos era la única suposición que jamás había cuestionado hasta que lo conocí.

Bilal pasaba la mayor parte de su tiempo en una pastelería; un negocio pequeño que había iniciado años atrás con Ghassan, el hermano mayor de Jandal y amigo más cercano de Bilal, además de compañero de celda en prisión. Ghassan era un diabético que se dedicaba a hacer postres. Las personas se formaban todas las mañanas en busca de pan fresco y, por las tardes, venían por *knafe* y té dulce de menta o café árabe. Bilal y Ghassan parecían conocer a todo el mundo y la gente los trataba con el respeto y afecto reservado para los presos políticos.

Me impactó el número de retenes que había tan solo para ir de una aldea a la siguiente. Parecía que los palestinos no podían manejar más de cinco minutos sin que tuvieran que esperar en otro retén más. De camino a la tienda, teníamos que pasar por dos de ellos. El primero se cruzaba en coche. Por lo general, el tiempo de espera era de cerca de media hora, pero podía ser de apenas 10 minutos o de hasta dos horas, dependiendo del estado de ánimo de los soldados de guardia. Después, dejábamos el coche en un estacionamiento cercano al segundo retén, que solo podía pasarse a pie. Había veces en que podíamos cruzar el segundo retén en el auto, pero lo más común es que tomáramos nuestras cosas del coche y camináramos el resto del camino; casi un kilómetro, sin que importara el clima. Bilal no quería que los soldados supieran que estábamos juntos, de modo que yo tenía que esperar en la fila para cruzar muy adelante de él.

—Fíjate, solo las parejas de ancianos cruzan juntas —puntualizó. Descubrí la razón por ello yo misma. Uno de los soldados empezó a manosear a una chica adolescente que estaba parada en la fila junto a su padre y, cuando este protestó, lo tiraron al piso y los hicieron sentarse a un lado del camino por varias horas. Bilal conocía al padre y le ofreció refrigerar sus compras de alimentos hasta que los liberaran, pero los soldados alejaron a Bilal a empujones y le dijeron que siguiera su camino.

Antes de ir a la pastelería, Bilal y yo hacíamos excursiones diarias por el campo durante las primeras horas de la mañana. Al principio, me resultó agotador, pero mi tiempo con Bilal era tan positivo que no me quería perder un solo momento del mismo. Ponía el despertador para las 5:00 a. m. y me levantaba a diario antes del primer *adan*. Lo encontraba ya levantado y haciendo café. Después, él y Hajjeh Um Mhammad llevaban a cabo el *fjsar salat*, alimentaban a los pollos y comían un desayuno ligero junto al sol naciente.

No le tenía gran cariño a la agreste naturaleza, pero empecé a ver a las colinas rocosas con otros ojos a través de la poderosa fuerza de la pasión de Bilal por todo lo que contenían. Lo más impactante era el silencio. Había una absoluta ausencia de la cacofonía del tráfico, vendedores callejeros, transeúntes, construcciones y el zumbido de los semáforos que llenaba todas las esquinas de nuestras apretujadas viviendas, tanto en Kuwait como en Amán. En lugar de ello, me despertaba con el canto de las aves y de las campanas de viento y, por las noches, me arrullaban las orquestas de grillos y el llamado de los chacales y los lobos.

Al principio, me había desorientado, porque no sabía cómo estar en ese tipo de anchura. Me encontré respirando de manera profunda y deliberada por las mañanas, como para inhalar la inmensidad de ese silencio. El hecho de que no hubiera imaginado que necesitara empacar más que zapatillas para la casa, además de diversos zapatos de tacón, a pesar de que estaría allí al menos un par de meses para que se concretara el divorcio, me hizo darme cuenta de lo limitado que había sido mi mundo.

Mi primera compra en Palestina fue un par de tenis de color verde y blanco, que usé en mi siguiente caminata con Bilal. Los miró con una sonrisa.

—Ya no tendrás que recargarte sobre mí —dijo.

—Así es.

—Lástima.

Bilal me enseñó a identificar las diferentes plantas con las que nos topábamos, que por lo común tenían asociados usos folclóricos y culinarios, así como valor medicinal. Juntos, recogimos *za'atar* silvestre, además de las ocasionales granadas siempre que las halláramos. La vida no crecía de esta manera ni en Kuwait, ni en Amán.

Empecé a acompañar a Hajjeh Um Mhammad y a Bilal durante la *salat* de la mañana y, de nuevo, para la *salat dhuhr*. Pronto, estaba orando cinco veces al día. No lo había hecho por años, no desde la preparatoria, pero quería formar parte de sus vidas, y sentí que ellos también lo deseaban.

Después del desayuno, Hajjeh Um Mhammad nos besaba a los dos en ambas mejillas y nosotros le besábamos la mano uno a la vez antes de salir. Caminábamos al coche de Bilal, que por lo normal estacionaba a 800 metros colina abajo. No había una entrada para autos ya que Bilal jamás había abierto más que un pequeño camino hacia la casa, apenas lo bastante ancho para el carrito motorizado de Hajjeh Um Mhammad.

—Hace que sea más difícil que los *jeeps* militares y los buldóceres lleguen hasta nosotros —me explicó.

No obstante, a pesar de las dificultades para alcanzar su casa, Hajjeh Um Mhammad tenía visitas casi a diario, testamento del amor y respeto que atraía. Asistía a cada boda, celebración de nacimiento y funeral a kilómetros a la redonda.

—Así es como era en mis tiempos. Es *osool*; siempre te presentas con tu gente —insistió. Su vida era como de una era perdida; en cierto sentido, demasiado idílica como para ser real.

Una vez por semana, acompañaba a Bilal a que revisara a las ovejas y chivos.

—Me fascina ver cómo el rebaño se reúne alrededor de Jandal cuando toca el *ney* —me platicó. Después, me miró de lado—. Noto que ya no estás usando labial.

—No te engañes. Sigo siendo una chica citadina —respondí y, al día siguiente, me puse bilé para comprobárselo.

Dos semanas después de mi llegada, por petición propia, Bilal hizo arreglos para que visitara la casa infantil de mi madre en Haifa. Quería ver aquello de lo que Mamá no quería hablar.

—Lo más que puede hacer el conductor es llevarte al exterior de la casa y se quedará allí a esperarte si quieres tocar a la puerta. Me gustaría poder ir contigo —insistió Bilal.

A mí me hubiera gustado besarlo.

Viajé con Bakir, el conductor, por cuatro horas; dos de ellas en espera de pasar por un retén. Al fin, llegamos a Haifa. La gente dice que es una «ciudad mixta», pero eso no es verdad. Era evidente dónde vivían los judíos en comparación con los palestinos: no había mezcla alguna. Manejamos por allí un rato, en busca de la dirección, hasta que entramos en un área de casas modernas que miraban al mar. Pensé que Bakir había cometido algún error, hasta que vimos un grupo de preciosas casas de piedra. Se orilló a un lado del camino. Las casas eran diferentes, pero iguales. Los antiguos arcos, mampostería, jardines amurallados y elegantes entradas contrastaban con las planas y angulares construcciones nuevas hechas de vigas de acero, paredes de vidrio y pulida opulencia europea.

—Creo que es esa —afirmó Bakir al tiempo que señalaba una casa de tres pisos con diferentes balcones que daban a la calle. Junto a ella había lo que parecía ser un pequeño huerto de árboles rodeado por una baja pared de piedra con una vieja reja de madera que estaba algo abierta, apenas colgando de sus goznes. En las fotos de Mamá, los árboles no eran tan maduros y la casa era más visible desde la calle. Sabía que la entrada principal estaba en uno de los costados, pero podía entrarse al huerto por la reja de madera, que solía tener una ornamentada placa de cerámica que decía CASA DE EL HAJ ABU IBRAHIM, NASER JAMAL NASRALLAH.

Me acerqué a la reja. Todavía podía verse el espacio en el que había estado la placa si sabías qué buscar. Pensé en dar la vuelta hasta la entrada para tocar a la puerta, pero la decrépita reja me estaba llamando. Entré en el exuberante espacio de nuestra ausencia. Estos eran los árboles que mi bisabuelo había plantado para sus hijos y nietos. Mi abuelo hubiera plantado algunos para mí y para Jehad si no nos hubieran robado nuestro destino. Empecé a caminar entre esos árboles, buscando las palabras talladas de las que me había contado mi madre, pero no encontré ninguna. Al extremo más alejado del jardín había un sicomoro. Tenía frutos rojos cercanos a su corteza, muy diferentes de los higos verdes y cafés que había imaginado. Miré a mi alrededor antes de treparme al tronco para tomar uno de ellos. Era fragante y mucho más dulce que los higos normales. Trepé lo mejor que pude, tomando puñados de fruta y metiéndolos dentro de mi bolsa mientras buscaba evidencia de que este fuera el árbol de mi mamá.

Un escándalo en la calle me distrajo y tomé un último puñado de higos. Sobre la rama donde se encontraban, vi una serie de líneas irregulares. Alejé algunas hojas y más frutas para revelar lo demás. El ruido de la calle estaba aumentando cuando pude descifrar las palabras: *Rashida, habibit Baba*. Rashida, la Niña de Papito; así es como mi abuelo llamaba a mi madre. Esta era su higuera. Este árbol era miembro de mi familia. Yo pertenecía a él. Todos los árboles de este huerto eran parte de mi familia.

El ruido de la calle terminó por alcanzarme; era una mujer de mediana edad que estaba gritándome en hebreo. Empecé a bajar del árbol con la fruta todavía en mis manos. Bakir estaba tratando de razonar con ella en hebreo, al tiempo que me imploraba que me apurara.

—Ya le habló a la policía. ¡Apresúrate! —Me advirtió en árabe. Justo en el momento en que mis pies tocaron el suelo, la mujer me dio un manotazo, tiró toda la fruta que tenía entre mis dedos, y me jaló del pelo. Sin pensarlo, la golpeé una y otra... y otra vez. Era lo que en mis días escolares llamábamos «una princesa», alguien que no tenía idea de cómo pelear. Quería golpearla hasta hacerla puré. Por robarnos nuestros árboles y por arrancarnos la tierra de debajo de nuestros pies, pero Bakir me tomó del brazo y me arrastró fuera, donde corrimos juntos hasta su coche. Los vecinos estaban empezando a reunirse y podrían superarnos si esperábamos un momento más. La adrenalina corrió por nuestras venas mientras nos alejamos, lentamente, como si fuéramos una pareja normal de judíos haciendo cosas cotidianas, en caso de cruzarnos con la policía. Cuando estuvimos a buena distancia, convencidos de haber escapado, saqué algunos de los higos de mi bolsa y nos reímos con algo de locura y euforia.

—Le diste una golpiza de miedo a esa mujer. Lo bueno es que el coche tiene placas robadas, de modo que no pueden rastrearlo hasta mí —dijo Bakir.

Volteé a verlo con una combinación de pasmo, admiración y más adrenalina al darme cuenta de qué tanto peor pudo haber sido el problema del que huimos.

—¿Cómo? ¿No te lo dijo Bilal? Nos robamos los coches de estos cabrones todo el tiempo y mezclamos las placas —presumió Bakir con una risa, orgulloso de su parte en hacer que la vida de los colonos fuera un poco menos conveniente. Seguimos celebrando la emoción del regreso, el escape y los higos. Pensé acerca de la mujer y del escándalo anterior a nuestra confrontación.

—Y a todo esto, ¿qué tanto te decía? —Le pregunté a Bakir.

—Empezó amable, porque pensó que yo era judío, pero quería saber qué estaba haciendo estacionado a un lado de la calle. Le dije que estaba admirando las casas porque estaba considerando mudarme al área. Hice mi mejor intento por parecer judío, pero nos descubren por la manera en que hablamos o en que nos paramos o lo que sea. De modo que empezó a subir el tono de voz y a decirme que me marchara antes de que le hablara a la policía. Me acusó de estar planeando robar su casa. Me preguntó si me había enviado la «mujer árabe». No sabía a qué se refería, pero al parecer, hace algunos meses, se apareció una mujer árabe que afirmó que esa había sido su casa durante su infancia. Después...

—¿Qué más te dijo de la mujer árabe? —Interrumpí.

—Que era una terrorista. Al parecer, la mujer árabe vio la reja abierta y entró directamente al jardín. La judía la encontró justo allí, llorando y, bueno, ya te imaginarás la escena. No me queda la menor duda de que la mujer árabe se haya ido hecha un mar de lágrimas.

Bakir se quedó pensando un instante.

—¡Pero qué idiota soy! ¿Estaba hablando de tu madre? ¿No estuvo aquí hace un par de meses?

Sin duda fue Mamá. Ahora supe por qué se negó a hablar de ello cuando se lo pregunté en Amán; era demasiado doloroso. Deseaba haber golpeado más a la mujer. Deseaba que hubiera podido pasearme por el costado de la casa para ver la entrada principal y asomarme sobre la montaña para ver el mar, como alguna vez lo hizo mi madre a diario durante su infancia. Me pregunté lo que había hecho Mamá al venir a ver su hogar, o si ella tampoco había logrado pasar del jardín.

A la mañana siguiente, Bilal empujó hacia mí uno de los periódicos que leía a diario mientras nos bebíamos el café.

—¿Y esto qué es? ¿Para qué quisiste enseñarme el periódico hebreo?

—Sé que no puedes leerlo, pero quizá quieras guardarlo de recuerdo.

—¿En serio? ¿Apareció en sus periódicos? —Dije, dándole vuelta a las hojas.

—Así es —dijo Bilal con una risa—. El artículo trata acerca de una mujer árabe que atacó a una judía en su propio jardín. Cita a los vecinos y a la policía, quienes dicen que debería hacerse más por proteger a los judíos, que ni siquiera pueden sentirse a salvo de los árabes en sus propias casas.

—Ufff. Y ni siquiera tiene fotografías. Me gustaría saber cómo se ve ahora. —Bajé el periódico.

—No tenía idea de que fueras así de peleonera. —Bilal me sonrió—. Bakir ya se deshizo del coche. No deja de contarme la manera tan enloquecidamente rápida y poderosa con la que acabaste con esa mujer.

—Con que te lo esté contando solo a ti.

—No te preocupes. Bakir no es ningún tonto.

* * *

Pasábamos la mayoría de los días en la pastelería. Bilal y yo llegábamos temprano por la mañana para encontrar a Ghassan y a su hermana, que ya llevaban tiempo horneando el pan para la fila de clientes. Yo ayudaba; limpiaba, organizaba, servía y platicaba con los clientes, pero Ghassan y su hermana siguieron siendo distantes y demasiado amables conmigo. Les devolví su misma frialdad y añadía algo de sarcasmo cuando me sentía inspirada a hacerlo.

En alguna ocasión, noté que dos clientes desaparecían hacia la trastienda, como si fueran al baño, pero que no regresaban. Había pasado una vez anterior y, en ambas ocasiones, los clientes habían intercambiado movimientos o miradas imperceptibles con Bilal o Ghassan. De manera instintiva, supe que no debía seguirlos ni investigar. Esa noche, Bilal y yo cerramos la pastelería y entregamos una tanda de pan a la mezquita. El cielo todavía estaba pintado del ocaso mientras manejamos a casa. Luces eléctricas salpicaban la colonia ilegal en la colina adyacente.

—Al parecer, los colonos ya tienen electricidad —comentó.

Se podía ver una pequeña fogata al exterior de la casa de Bilal.

—Seguro que mi madre está rostizando castañas con mis tiitas. Ven, vamos. —Cerró el coche y caminamos hacia la casa.

A la mañana siguiente, desperté para encontrar a Bilal mirando por la ventana con unos binoculares. Hajjeh Um Mhammad estaba cuidando de las hortalizas.

—Mañana de bondades —susurré.

—Mañana de rosas y jazmín —respondió.

—¿Qué miras?

—Ven a ver. Esos hijos de puta están extendiendo la tubería de agua —explicó mientras me entregaba los binoculares.

El trabajo se estaba llevando a cabo cerca de la parte más baja del valle, pero me era posible ver la tubería, apuntalada con bases de cemento cada cuantos metros.

—Está muy cerca —exclamé.

—Sí; de hecho, ya está sobre nuestra propiedad.

—¿Qué vamos a hacer?

—No hay nada que podamos hacer.

—¿Es esta la razón por la que organizan reuniones subversivas en la trastienda?

Dudó un poco.

—Me di cuenta que lo habías notado. Te lo explicaré después.

Me pregunté si Bilal seguía siendo parte de la resistencia, pero ignoró mi pregunta acerca de las reuniones misteriosas. No se lo volví a preguntar y me sentí decepcionada de que no confiara en mí, por lo que me enfurruñé durante el resto de la tarde y me fui a la cama temprano en lugar de cenar con ellos. Hajjeh Um Mhammad pensó que no me sentía bien y me hizo un té de manzanilla.

—Esto tranquilizará tu cuerpo, hija mía —me dijo.

Cuando no me levanté con ellos por la mañana, Hajjeh Um Mhammad entró en mi habitación, pero fingí que dormía. Sintió mi frente y se alejó en silencio. Escuché la voz de Bilal afuera, pero no pude entender lo que estaba diciendo. Un rato después, tocó a mi puerta.

—¿Estás enojada conmigo? preguntó. Abrí la puerta.

—Sí, lo estoy —Coloqué una mano sobre mi cadera—. Llevo aquí más de un mes, compartiendo, ayudando y viviendo como en familia. Me has hecho sentir más cómoda y bienvenida que incluso mi propia familia en Ein el-Sultan. ¿Por qué no confías en mí?

—Vayámonos ya. Te lo explicaré todo. Quiero estar lejos de los oídos de mi madre porque temo que te enojes todavía más conmigo cuando escuches lo que tengo que decirte.

Acordamos hablar por la noche después de cerrar la panadería.

Resultó que durante todo el mes, Bilal me había estado espiando. Había arreglado que me siguieran y supo dónde me encontraba en todo momento. Si me tomaba un día para ir al pueblo, hacía que un espía le informara de cada uno de mis movimientos mientras me arreglaba el cabello, me depilaba las cejas con hilo y el resto del cuerpo con cera. Las reuniones subrepticias en la trastienda eran falsas; eran para ponerme a prueba. La realidad es que jugaban *backgammon* noche tras noche en la espera de ver si vendrían soldados a registrar la pastelería después de que yo sirviera de informante. Me puso trampas y dejó pistas, ninguna de las cuales reconocí. Fingió hablar en clave en llamadas con sus amigos para después ver si podía atraparme haciendo una llamada o enviando un mensaje de texto por el celular.

—¿Una llamada o un mensaje de texto a quién? —trastabillé. Ya estaba cayendo la oscuridad después de estacionar el coche, mientras pequeñas luces iluminaban el nuevo asentamiento en la cima de la colina.

—Tu controlador —respondió.

—¿Qué carajos es un controlador? —Estaba incrédula—. ¿Crees que trabajaría con *ellos*? —Señalé hacia las luces.

—Tienes que entender, Nahr, no te conocíamos. Apareciste con un teléfono celular —respondió Bilal, su mano derecha temblorosa—. De repente, habla el *khaneeth* y me da un poder para procesar tu divorcio después de que casi no oímos de ustedes en todo este tiempo. Ninguno de los dos habló con mi mamá primero. Alguien que está en mi posición no puede tomarse riesgos.

En ese momento, no noté que había dicho *khaneeth*. Maricón. Me sentí demasiado consumida por la rabia y la humillación. Había estado en contacto con una de las chicas de Kuwait y me había enviado un texto en el que me preguntaba si todavía estaba trabajando porque uno de mis antiguos clientes iba a viajar a Amán. ¿Bilal había visto eso? ¿Cómo le respondí? ¿Bilal sabía de lo que estaba hablando? Sin duda que sí. Mi rostro enrojeció de vergüenza y de pánico. Había revisado todas mis comunicaciones. No había nada privado.

—¿Cómo pudiste? —Me arrojé contra él—. ¡Tú y tus amigos se deben haber reído como locos! ¡Pedazo de mierda! ¡Cabrón!

Se acercó más a mí y trató de abrazarme.

—No fue así para nada. Nadie habló de ti. No permitiría que nadie hablara mal de ti.

—¡Al carajo contigo! —Lo alejé de un empujón—. Al carajo con tu hermano y al carajo con el divorcio. —Me adelanté a él y me alejé con rapidez hacia la casa, pero me detuve en seco y me di la vuelta.

—¿Y qué de Hajjeh Um Mhammad? ¿Ella sabe algo?

—No; no tiene idea y debo pedirte que por favor no hables acerca de nada de esto dentro de la casa. La destruiría; su salud es demasiado frágil. Por favor, Nahr. ¿Podemos hablar aquí afuera un momento más? Tienes todo el derecho a estar furiosa, pero te ruego que me dejes hablar.

Se escuchó un fuerte ruido sordo en el valle. Me hizo brincar y ahora estaba temblando. Me sentí debilitada por el engaño, pero aliviada de saber que al menos el amor que se había formado entre mi suegra y yo era real.

—Sé que te lastimé y sé que una disculpa no basta, pero de verdad lo siento, Nahr. —Volvió a tratar de rodearme con sus brazos, pero lo empujé e intenté recomponerme. Me limpié la cara con manos temblorosas y pasé mis dedos por el pelo, echándolo hacia atrás.

—Piensas demasiado de ti mismo si crees que me lastimaste. Tendrías que importarme un carajo para que eso sucediera —le contesté, mis venas llenas de hielo.

Me quedé viendo hacia el valle. Pensó que estaba en colusión con esos monstruos y todo nuestro tiempo juntos fue una mentira. La mera idea me abrumó y tuve que sentarme sobre una piedra. Se sentó junto a mí.

—Toma, ponte esto. —Colocó su saco sobre mis hombros—. Me merezco todo lo que me quieras decir, Nahr. El que hayas venido aquí es lo mejor que me ha pasado en la vida por años. Y en la de mi madre también, pero tenía que estar seguro porque hay vidas en riesgo y ninguno de nosotros puede darse el lujo de ser descuidado.

Nos quedamos en silencio un tiempo mientras mirábamos las luces que se movían en el valle. A pesar del trauma emocional de su revelación, comprendía la razón por la que lo había hecho, y le creí cuando dijo que no le había dado placer alguno espiarme.

—Todo lo que llegó a mis oídos me hizo admirarte todavía más —continuó—, en especial cuando escuché lo que le hiciste a esa mujer que ocupó el hogar de tu familia y cuando hiciste que una botella de refresco explotara «por accidente» en la cara del soldado en un retén.

A la larga, regresamos a la casa y caí rendida. Solo fue hasta la mañana siguiente, acostada en la cama al tiempo que reproducía en mi cabeza la conversación que tuvimos la noche anterior, que recordé la palabra que usó: *khaneeth*.

Esa mañana, Bilal hizo un enorme desayuno con *shakshouka*, *mhammara*, *labneh*, pepinos y otros *mezze*.

—Que Dios te bendiga todos tus días, hijo mío, y que te mande una novia amable y bella —exclamó Hajjeh Um Mhammad. Frente a ella, tuve que fingir que todo era normal, pero casi no hablé con Bilal.

Empaqué. Después desempaqué. Volví a empacar y guardé algunas cosas dentro de la maleta, pero al final me quedé y seguí con la rutina que teníamos juntos. Ir a la tienda, trabajar, cocinar, limpiar, manejar, caminar en el campo. Por la noche, leí mis textos. De hecho, había poco allí. Le había respondido a la chica que no me encontraba en Amán y nada más. Si Bilal sabía algo de mi pasado, jamás me lo dio a entender. Al contrario, se mostró especialmente atento y arrepentido.

Llegó el miércoles, que era el día que Bilal casi siempre pasaba con Jandal y su rebaño.

—¿Qué planes tienes para hoy? —Me preguntó cuando salimos de la casa.

—Voy a que me laven y sequen el pelo en el salón y después voy a regresar para enrollar hojas de parra *dawali* con tu madre y algunas de tus primas. También tengo esa absurda cita con el consejero matrimonial en el tribunal. —Sin mirarlo, me quejé con rabia—. No he visto a mi marido en años, no sé dónde está y quiero divorciarme del pedazo de mierda. Accede y le da un poder a su hermano, pero de todas maneras tengo que ir a una sesión ¡para *salvar mi matrimonio*! ¡Yo sola!

—Claro que es absurdo, pero me da gusto que se lleve tanto tiempo porque significa que podemos tenerte más tiempo aquí —afirmó Bilal.

Bilal el Encantador.

—Por cierto, Mhammad mandó preguntar acerca del divorcio. Fue hace algunos días y volvió a llamar ayer, pero se me olvidó decírtelo.

—¿Te habló?

—No; como sabes, no nos hablamos. Fue a través de un amigo mutuo.

—¿Mi hermano? —Pregunté.

Volteó hacia mí lentamente y se me quedó viendo a los ojos, pero después desvió la mirada.

—Sí —respondió—. ¿Qué quieres que le diga?

—Pues el divorcio es la razón por la que vine.

Se detuvo y, con cierta dificultad, continuó.

—Por favor, espera un poco más... Me gustaría que te quedaras.

Quería irme y quería quedarme.

—Hablemos después. Ya voy tarde para mi cita en el salón —dije mientras me alejaba.

Bilal me había descrito a la mujer que me espiaba y estaba en el salón cuando llegué. De inmediato, me di la vuelta para salir cuando se acercó a mí.

—¡Un momento! Por favor. ¿Podemos hablar? Lo siento.

Se llamaba Jumana. La podía recordar; me pareció inteligente y habló acerca de las feministas árabes y de temas de los que yo no podía conversar cosa que, por supuesto, hizo que me cayera mal. Pensé que era una clienta más, pero resultó que era dueña del salón. Además, me dijo que estaba «con Bilal».

No respondí, pero debe haber visto algo en mi cara que la hizo añadir algo más.

—No, es decir... No estoy *con* él. No de esa manera.

Solo había una clienta más que estaba leyendo una revista mientras su cabello se marinaba en envoltorios de aluminio. Jumana volteó hacia ella.

—Tienes que estar así veinte minutos más. Voy a lavarle el pelo a esta señorita.

Puso una mano sobre mi brazo y trató de dirigirme con cuidado hacia la parte posterior del salón, pero no me moví.

—Mira, Bilal confía en ti y yo confío en Bilal. Me pidió que te mostrara algo.

Jumana era delgada y angulosa, con un rostro llamativo, ojos generosos, carnosos labios morenos y una prominente nariz semítica. La primera vez que la vi, semanas antes, pensé que era bonita. Provenía de una de las acaudaladas familias palestinas venidas a menos por la ocupación, aunque todavía desprendía un aroma a dinero.

—La verdad es que, en este momento, no me interesa nada lo que piense Bilal —afirmé mientras dirigía mis ojos de manera dramática hacia mi brazo—. Y *tú* necesitas quitar tu mano de allí.

—Perdón —dijo al tiempo que la retiraba—. Pero, por favor, ¿me dejas enseñarte algo?

Conquistada por la curiosidad, la seguí hasta el baño. Cerró la puerta, sacó una llave y retiró una unidad de estantes junto al escusado para revelar un espacio hueco detrás; después, hizo un ademán hacia el vacío. Estiré el cuello y vi una cuerda con nudos que colgaba desde el piso hacia la oscuridad. Comprendí y empecé a marcharme.

—¡Espera!

Volvió a tomarme del brazo.

—¿Qué te dije de no tocarme? —Mis ojos eran salvajes y cerré los puños.

Tomó un paso atrás mientras se disculpaba.

—Bilal quiere que nos acompañes el sábado.

—¿*Nos*?

—Un grupo pequeño —explicó; pausó un instante y después añadió—, allá abajo.

Estudié su rostro mientras me recordaba a mí misma que esta mujer me había espiado y que era mucho más inteligente que yo. Me di la vuelta y me marché.

Esa noche, confronté a Bilal.

—¿Qué no puedes invitarme tú mismo? —Todavía me estaba regodeando en la superioridad moral de aquel al que han espiado.

—¡Ya basta, Nahr! Esto no es un juego. —Bilal me miró con ojos duros. Había más de un Bilal. Estaba el Bilal de las colinas, que se sentaba a solas o se acostaba sobre el pasto por horas a leer, con Dios, con un árbol, con el silencio. Después, estaba Bilal el Panadero, que se afanaba junto a un ardiente horno de piedra. Bilal el Repostero. Bilal el Químico y Silencioso Intelectual. Bilal el Prisionero y Héroe Nacional, hijo de su madre y de su patria. Bilal el Encantador. Este era Bilal, el Duro Combatiente. Un comandante que hablaba con una determinación profunda y meditada.

En su presencia, me sentí mezquina y pequeña. Como siempre lo he hecho en momentos de dolor o inseguridad, me refugié en mi instinto a ser fría, hostil o sarcástica. Me acerqué al rostro de Bilal y hablé con la mayor cantidad de indignación deliberada que pude reunir.

—No tienes derecho alguno de gritarme o de decirme cómo debo sentirme.

Di un paso atrás al tiempo que seguí sosteniéndole la mirada.

—Pero iré a tu escondite el sábado con tus demás amigos, si es que Jumana solo es tu amiga.

Un mundo debajo y «nuestro lugar» arriba

Había una ciudad debajo de una ciudad, y tal vez otra debajo de esa. Quizá incluso más capas. Había estado allí por siglos y posiblemente por milenios. Cuando bajé por la cuerda detrás del armario del baño en el salón, pensé que entraría a un pasadizo excavado, como los túneles de los traficantes de drogas en Estados Unidos que había visto por televisión. Sin embargo, esto era otra cosa.

Yo descendí primero, con la luz de la linterna de Jumana que iluminaba desde arriba mi camino, y aterricé unos cuantos metros abajo, temblorosa en un oscuro vacío frío y húmedo. Era un corredor tan ancho como el largo de un brazo donde una pequeña luz parpadeaba al final.

Adquirí conciencia del aire, como uno lo hace cuando escasea.

—¿Qué es esto? —Le susurré a Jumana, que ahora estaba bajando por la cuerda.

Jumana llegó al fondo y se adelantó para conducirme.

—Ya lo verás —respondió.

Bilal apareció de las sombras.

—Salaam, señoras —dijo mientras pasaba atrás de las dos. Jumana sostuvo la linterna para iluminarlo cuando empezó a subir la cuerda por la que acabábamos de bajar y en poco tiempo regresó—. Ya cerré el piso detrás del escusado —explicó.

—El salón está cerrado —le recordé-. No hay nadie.

—Nunca sabes —afirmó Jumana.

Seguí a Jumana y a Bilal por cerca de seis metros hacia la luz parpadeante, donde el pasillo se abría hacia un cuarto con tres arcos y dos columnas sólidas que sostenían muros de piedra alrededor de una pequeña alberca de agua negra estancada. Todo el espacio medía alrededor de seis por cinco metros. Dos linternas de baterías lanzaban una débil luz sobre las antiguas escaleras en una esquina que conducía hacia algún sitio dentro de la tierra y que todavía no se había excavado. Alguna vez hubo aquí el ajetreo de la vida y apenas podía creer lo que estaba viendo. Estas habían sido casas, puestos de mercado y espacios públicos. Esta habitación era otro mundo, un lugar formado de lodo y tiempo.

—Salaam. Soy Samer —dijo una voz desencarnada desde una esquina oscura. Volteé y vi salir a un estudiante de veintitantos años que llevaba una camiseta de la Universidad Birzeit y que me tendió la mano.

Se la estreché, pero no le dije mi nombre. Seguí mirando alrededor, observando tanto con mis manos como con mis ojos. Las superficies se sentían húmedas, pero sólidas. Me acuclillé junto a la alberca.

—¿Es petróleo? —Pregunté.

Jumana soltó una risita, pero Samer tuvo la amabilidad de ofrecerme una respuesta, como si no hubiera hecho una pregunta estúpida.

—No. Solo es agua muy vieja que no ha visto la luz del día en más de mil años, pero ¿quién sabe? Podría ser petróleo y los perdedores seríamos nosotros —contestó.

Ya estaba pensando en cómo vengarme de Jumana por reírse de mí cuando aparecieron otros dos hombres, que se presentaron como Wadee y Faisal, los hermanos de ella. Salieron con bolsas de comida desde lo que supuse que era una fisura en la pared. De hecho era un pasadizo que venía de otro edificio. Samer adoptó el tono de guía de turistas y empezó a mostrarme la habitación, que no medía más de unos cuantos pasos en cada dirección. En ese momento me pareció un tanto ridículo, pero ahora que estoy en el Cubo, entiendo cuánto espacio e historia puede uno acomodar dentro de las huellas más pequeñas.

—Solo cavamos lo que necesitábamos —aclaró Samer— y algún día se lo entregaremos a los arqueólogos... *enshallah.* —Movió el brazo por todo el espacio sin aire—. Estoy seguro de que esta habitación conduce a más y más cámaras, o podría ser simplemente una cisterna compleja. No estoy seguro, pero debemos cuidarnos de no cavar más para que no alteremos, sin saberlo, una escena de la historia o desestabilicemos las estructuras de arriba.

Samer siguió hablando, pero mi atención se dirigió a los hermanos de Jumana. Aun en la penumbra era fácil darse cuenta de que Wadee y Faisal eran gemelos, no solo por su apariencia sino también por cómo se movían, como dos olas del mismo océano. Estaban disponiendo los alimentos y cada uno tomó dos de las esquinas de una sábana de plástico, que pusieron sobre el suelo acuclillándose con los brazos extendidos, como si fuera una imagen de espejo. Uno de ellos sacó platos de *mezze* de las bolsas y el otro acomodó sobre el plástico la hilera de *hummus, fuul, labneh, fattoush* y *mhammara* en dos filas separadas por tazones de plástico con varios tipos de verduras en escabeche y montones de pan.

—*Tfadaloo* —dijeron al unísono los dos hermanos. Bienvenidos.

No tenía hambre y no podía reunir el apetito para un día de campo en ese espacio sofocante, pero los acompañé sobre el suelo alrededor de la comida porque entendía que habían llevado esos platillos para mí, como una especie de bienvenida, disculpa y señal de amistad o de compartir un secreto.

Samer seguía hablando en voz baja y me contaba sobre cómo había descubierto ese espacio subterráneo. Su actitud me recordaba la de un colegial entusiasta que presenta un proyecto de ciencias. Según lo que pude deducir, Samer había empezado a cavar en el departamento del sótano en la casa de su familia luego de que mataron a su hermano y su universidad cerró.

—Mi hermano leyó sobre una antigua aldea y estaba seguro de que se ubicaba justo debajo de donde vivíamos. Excepto que no había ruinas aparentes en nuestro pueblo, aunque nuestra casa se construyó en algún momento del siglo xv —contó Samer. Los dos habían platicado de ello e imaginaron la ciudad enterrada con base en fotografías de las antiguas ciudades subterráneas que se descubrieron en Estambul—. Pero en esa época no creía que pudiera ser real —dijo.

La mayoría del grupo estaba en silencio y comía mientras escuchaba la narración de Samer sobre una historia que ya habían oído antes.

—A mi hermano le encantaba leer y estudiar. —Samer sacudió la cabeza y tomó un trozo de pan—. El día en que lo enterramos, simplemente tomé un mazo, abrí un hoyo en el suelo y empecé a cavar. Era algo para bloquear mi mente. O quizá pensé que podría encontrar a mi hermano si descubría esa ciudad antigua.

La novedad del espacio subterráneo estaba empezando a desaparecer. Me sentía fascinada al mismo tiempo que intranquila, con el deseo de saber más, pero ansiosa de regresar a la superficie. Me agradaba sentir que me incluían, aunque seguía sintiéndome una forastera.

—Empecé con pequeñas herramientas de mano, excavando en línea recta, y luego usé cosas con mangos cada vez más largos. Improvisé. Se convirtió en una obsesión y no le conté a nadie cuando menos por ocho meses, hasta que tuve que averiguar qué podía hacer con todas las cajas de tierra que estaban por todo el departamento.

Me obligué a comer mientras Samer proseguía con su historia. Bilal había llevado su tetera abollada de lámina y la calentó sobre un quemador de baterías; nos sirvió té en pequeños vasos y me dio el primero, lo cual estaba segura que significaba un gesto de gratitud. Sin embargo, me hizo sentir como invitada en su mundo secreto. Le acepté el vaso y sentí que la distancia entre nosotros crecía en ese espacio confinado.

—Tenía que hacer algo —continuó Samer y abrió mucho los ojos.

Tomé el té y saboreé la salvia. La mayoría de la gente añadía menta al té, pero Bilal prefería la salvia al igual que yo. Sonreí al pensarlo y Samer lo tomó como reacción a lo que contaba.

—Había cajas de tierra por todas partes —repitió mientras contemplaba su té—. El hoyo que había empezado a cavar se convirtió en un cráter tan ancho como soy de alto. Era una locura. No estoy seguro de que mi mente estuviera del todo bien. Tenía que contarle a alguien o rellenar el hoyo.

Sin embargo, siguió cavando y bajaba con una cuerda hacia el pozo que ahora medía varios metros de profundidad, hasta la noche en que escuchó que la tierra caía. Entonces cedió el fondo y cayó.

—Fue un absoluto terror. Pensé que la casa se venía abajo y que todos quedaríamos enterrados vivos —afirmó y al final le dio un sorbo a su té.

—¿Qué me dices de tu familia? ¿No escuchaban los golpes? —Pregunté.

—Estaban acostumbrados a que yo construyera cosas. El mayor problema era el polvo, pero compré un purificador de aire y lo tenía encendido todo el tiempo —aclaró Samer—. No tengo duda de que esta habitación conduce a más cuartos debajo de otras casas. ¿Quién sabe qué tan grande es? Nuestros ancestros lo construyeron y creo que están aquí ahora, para ayudarnos.

Seguía existiendo el asunto de la tierra excavada y guardada en cajas. Samer podía evitar a su familia al salir por una puerta independiente en el departamento del sótano, pero no podía hacerlo con la gente en la calle. Cargar solo una caja atraería la curiosidad y los ofrecimientos de ayuda; múltiples cajas habrían causado que los soldados israelíes vinieran a tocar a su puerta.

Durante los siguientes meses, Samer exploró la pequeña caverna. Fue por mera suerte que hubiera cavado sobre el espacio abierto que contenía la cisterna, pero estaba seguro de que existían habitaciones contiguas y la manera más fácil de escarbar era librarse de la tierra suelta hacia el salón de Jumana. Durante los siguientes meses movió la tierra por toda la caverna y descubrió que tenía razón: un pequeño corredor conducía a otro espacio debajo del salón.

Samer conocía a Jumana desde que era un niño que jugaba con sus hermanos Wadee y Faisal. Aunque los chicos se habían distanciado después de que Samer fue a la universidad, reanudaron su cercanía cuando el hermano de Samer fue martirizado y los gemelos fueron a darle el pésame. El propio padre de los gemelos también murió a manos de los soldados de Israel y, en diversos momentos, cada uno pasó un tiempo en cárceles israelíes. Su amistad revivió y echó raíces en el terreno de la aflicción particular que representa el martirio, donde la angustia de la pena se combina con el orgullo, la determinación, el deseo de venganza y la camaradería.

La confianza no fue la única base para que Samer decidiera confiar en Wadee y Faisal: los gemelos trabajaban en el ramo de la construcción y tenían una gran camioneta de carga. Su familia era dueña de una colina cercana que estaba arbolada de un lado, mientras el otro era de tierra de cultivo, y el salón de su hermana les daba otro acceso al secreto subterráneo.

Wadee y Faisal retomaron la historia:

—Estábamos emocionados y atemorizados al mismo tiempo. Pensamos que Jumana sabría qué hacer —contaron los hermanos, que se turnaban de manera fluida para hablar, como si fueran relevos verbales.

—No se nos ocurría ninguna idea buena —comentó Wadee.

—Pero acordamos que no haríamos nada sin Jumana —dijo Faisal.

Samer no había pensado en nada más que en excavar, así que Wadee y Faisal ejecutarían un plan, pero no se les ocurría ninguno. Ese sería el papel de Jumana. Era la hermana mayor que cuidaba de ellos, su única madre después de que murió su padre, y también era buena amiga de la infancia tanto de Bilal como de Ghassan.

—Dijeron que querían instalar un nuevo baño en el salón —agregó Jumana y le torció la boca a sus hermanos—. Desde hacía meses les había rogado que arreglaran unas cuantas cosas y de pronto estaban listos para hacerse cargo de un gran proyecto de renovación. —En teoría, Jumana me hablaba a mí, pero no volteaba a verme y pasaba la vista de sus hermanos a su vaso de té, a la comida y a Bilal—. Supe que estaba pasando algo, pero nunca me imaginé esto. —Recorrió las paredes con la mirada.

Me sacudí en mi asiento por la necesidad de moverme. El cuerpo tiene su propia lógica y una impulsividad que revelaba mis emociones lo recorría por completo, pero me mantuve quieta con una determinación agotadora con tal de ocultar mi incomodidad.

—Decidimos vaciar por completo el baño y ampliarlo —comentó Wadee, que describió la manera en que habían medido la localización precisa de la excavación, que sería en una esquina de la cámara subterránea, justo afuera de la cabina existente para el escusado.

Se las arreglaron para transportar doce cargas de tierra sin despertar sospechas.

—¿Qué hicieron los vecinos y los espías? —Les pregunté.

—La gente sí tenía curiosidad y sabíamos que de seguro algunos de ellos eran espías y colaboracionistas, así que lo primero que hicimos fue excavar y luego ocultar el acceso detrás de una pared. Después permitimos que la gente entrara a mirar la renovación del salón como si no tuviéramos nada que esconder.

Volteé hacia Jumana y la obligué a mirarme.

—¿Y tú no tenías la menor sospecha?

—Sí. La tenía. Al final les exigí que me dijeran por qué la renovación del escusado que les pedí se convirtió en un baño mucho más grande, con mobiliario y estanterías. ¿Por qué el trabajo se tenía que hacer a altas horas de la noche y por qué mi vecino Samer los estaba ayudando? ¿Por qué estaban renovando también otras partes del salón?

—Ensayamos formas de decirle, pero en ese momento ni siquiera sabíamos dónde comenzar —respondió Samer—. En lugar de ello, tan solo se lo mostramos.

Jumana tuvo la idea de incluir a Bilal. En ese momento, Ghassan estaba en la cárcel, encerrado un tiempo por una falta administrativa.

—Crecimos juntos —contó Jumana, que ahora volteó a mirarme—. Confiaba en él y era la única persona que conocía que podía ayudarnos a entender la situación y qué debíamos hacer con ello.

A pesar de todo el trabajo que hicieron para cavar y crear entradas secretas, no habían pensado mucho en su uso.

—Cuando menos sería un lugar para ocultarse si cualquiera de nosotros tenía que desaparecer —agregó Jumana—, pero Bilal tuvo la idea de guardar armas allí. Entre las constantes redadas del ejército en las casas y nuestros propios traidores, es difícil esconderles cualquier cosa. —Jumana volvió a mirar a Bilal.

Mi propia inseguridad, y probablemente mis celos, se tornó en impaciencia. Cada mirada que intercambiaban estaba llena de parentescos y amistades compartidos, historias familiares, conocimientos sobre la comunidad y la política, aspiraciones y secretos comunes. Mientras más hablaban, más molesta me sentía y más escuchaba en mi mente una pregunta: «¿Qué estoy haciendo aquí?».

Contaron historias sobre gente a la que habían atrapado con armas y yo empecé a sentir claustrofobia y una ansiedad por irme. Mi mente se desvió a Amán. Me pregunté qué estaría haciendo mi mamá y cómo estaría la salud de Sitti Wasfiyeh. Pensé en por qué Jehad me había dicho que estaba en contacto con Mhammad. Extrañaba a mi hermano. La sensación de ser ajena a esa gente provocó que la nostalgia me invadiera. ¿Por qué seguía allí, con esas personas que me habían espiado, que habían invadido mi vida privada, analizado e investigado minuciosamente mis pensamientos y movimientos? Bilal ya no me parecía alguien familiar y escuché en mi mente la voz de Um Buraq: «No confíes en ningún hombre».

—...y esa es la razón por la que necesitamos tu ayuda, Nahr —dijo Bilal.

—¿Q-q-qué —tartamudeé.

—Eres la única que puede cruzar a Jerusalén. Ninguno de nosotros tiene permiso de entrar y tampoco pueden encontrarnos en un coche con placas amarillas —explicó Bilal.

Una de las primeras cosas de las que me enteré cuando llegué a Palestina fue el código de colores de las placas de circulación. Las placas blancas indicaban a los palestinos, que debían conducir solo en unos cuantos caminos, la mayoría de los cuales estaban desconectados y sin pavimentar. Las placas amarillas eran para los ciudadanos israelíes, algunos palestinos con identificaciones de Jerusalén y los turistas. Las placas amarillas permitían viajar a cualquier parte y como yo tenía visa de turista, tenía permiso de entrar en Jerusalén. Bilal pensó que alguien cometió un error administrativo cuando puso un sello en la visa general de turista de mi documento de viaje jordano, porque incluso las visas que venían de manera específica de Jordania y Egipto podían restringir el acceso a esa ciudad.

—Tengo un contacto israelí. Es ruso y nos venderá armas, pero no se quiere arriesgar a cruzar los retenes de la frontera. Tenemos que transportarlas nosotros —indicó Bilal, que ahora hablaba con voz más suave.

—Estás loco. ¡No puedo ser una traficante de armas! —respondí.

—Por favor, Nahr, escúchanos —me rogó Samer—. Ahora eres una de nosotros y...

—No sé qué quiere decir eso —respondí.

—¡Deténganse! —Bilal levantó las manos—. Vamos a respirar profundamente y a bajar la voz.

Samer se disculpó.

—Solo trataba de decir que nosotros te protegeremos. Sin importar qué pase, no dejaremos que te conviertas en chivo expiatorio.

Juramos lealtad a cualquiera que traemos a este espacio y esperamos lo mismo de su parte. También conseguimos dinero para pagarte.

—No hay necesidad, porque no transportaré armas para terminar en algún gulag judío.

—Lo siento, Nahr. Cometimos un error. Te ayudaré a subir por la escalera de cuerda —dijo Bilal. Me sorprendió cuánto me dolió escuchar que había cometido un error al elegirme o confiar en mí.

Mientras me levantaba y giraba para irme, el susurro de Jumana hizo eco en la habitación.

—Cuando menos es una forma honorable de ganar dinero.

No sabía el grado al que habían llegado los rumores. Cuando llegué a Palestina me dije que no me importaba, pero allí estaba, confrontándome en este extraño lugar, y *sí* me importaba. A pesar de mí misma, me importaba lo que pensara Bilal.

Él volteó hacia Jumana antes de que yo lo hiciera. Sus hermanos también lo hicieron y todos parecían conmocionados.

—¿Qué dijiste?

La pregunta de Bilal llegó cargada de ira y furia. Pude ver que esa reacción la sorprendió porque rápidamente negó con la cabeza, como si tratara de borrar los últimos segundos.

Estaban enterados.

Pasé con lentitud y de manera deliberada junto a Bilal hacia Jumana, con la sensación de que mi cuerpo se estremecía por la ira controlada. Ella se irguió con actitud de disculpa, pero yo me puse un dedo en la boca.

—Shhh.

La sensación de ser una intrusa, la inseguridad y la soledad que había sentido, se concentraron en una frialdad de mi voz, que se volvió tranquila, grave y mesurada.

—No me importa un carajo qué pienses de mí, o si crees que sabes de mí o, en todo caso, del honor. Actúas como si fueras una especie de revolucionaria porque encontraste un puto hoyo en el suelo. ¿Crees que vas a liberar a Palestina, estúpida niña privilegiada? O tal vez solo quieres impresionar a Bilal. A lo mejor piensas que eres mucho mejor que yo y que tienes el derecho de pisotear a una mujer que crees que es inferior a ti.

Su rostro cambió. Parecía más vulnerable en nuestro entorno primitivo, pero no solo le hablaba a ella o acerca de ella. Algo dentro de mí se esclareció, y mis pensamientos y heridas se transformaron en palabras.

—La verdadera revolución en este mundo es abandonar la creencia de que tienes derecho a emitir una opinión sobre a quién elige cogerse una persona y por qué. De eso es de lo que estamos hablando ¿no lo crees? —Había pensado en eso desde la primera vez que conocí a Mohsin, el chico que amaba a los hombres, pero nunca lo consideré en verdad dentro del contexto de mi propia vida. Ahora hablaba a partir de mi vergüenza secreta, de la pequeñez que siempre había sentido y de la gran bravuconería que la ocultaba. Mi cara se retorció de manera involuntaria y me dio gusto la penumbra y las sombras que cubrían lo que mi cuerpo traicionaba. Más que nada, me deleité en la nueva libertad que florecía dentro de mí con cada palabra y no era capaz de detenerme.

»Esas refugiadas desposeídas de Irak y Etiopia de las que te gusta hablar con tal fervor feminista, ¿sabes qué hacen en Amán? Venden a sus hijas y a sus hijos. El honor es un lujo prescindible cuando no tienes medios ni refugio en este maldito mundo. —Las piernas empezaron a temblarme y tenía dificultad para mantenerme en pie, en tanto que ahora mi voz se quebraba con las lágrimas contenidas—. No todos contamos con la bendición de tener una buena educación y de heredar lo que se necesita para vivir con algún tipo de dignidad. Para existir en nuestra propia tierra, en el seno de tu familia y de tu historia. De saber que tienes un lugar en el mundo y de qué es por lo que luchas. De tener algún maldito valor. —Acerqué mi cara a la suya. Quería que saboreara mi aliento—. Algunos de nosotros, señora honorable, terminamos con pocas opciones aparte de Coger por dinero. —La cabeza me daba vueltas y pensé que me desmayaría.

Jumana empezó a llorar, lo cual me sorprendió al mismo tiempo que me produjo asco. Había esperado que se defendiera y que respondiera con esa palabra: «¡Prostituta!» Sin embargo, la agobiaban la culpa y la vergüenza. Me tragué las lágrimas que se acumulaban en mi garganta y volteé para dirigirme al corredor, inclinándome contra la pared para sujetarme. Bilal iluminó mi camino y abrió el piso del baño de arriba. Intentó hablar, tirar de mí y consolarme, pero me había transformado en piedra. También tenía roto el corazón y lo empujé. Nadie me juzgaba con mayor dureza que yo misma.

* * *

Empaqué mis maletas. La pertenencia y la aceptación que encontré me parecían una ilusión. Palestina era el mundo de mi madre y pertenecía a las historias de Sitti Wasfiyeh. Palestina ya no me quería, ni yo a ella. De nuevo carecía de ataduras y me sentía vulnerable, como una extranjera en un lugar que había considerado como mi hogar. Necesitada de un ancla y de sentir un terreno sólido bajo mis pies, no sabía qué hacer, excepto volver a Amán, pero tenía que esperar unos cuantos días más para conseguir los documentos finalizados del divorcio. Pasé ese tiempo con Hajjeh Um Mhammad, haciendo jardinería, cocinando, alimentando a las gallinas, viendo sus telenovelas favoritas, rezando y platicando. Bilal se mantuvo lejos y regresaba tarde por las noches.

Hajjeh Um Mhammad trató de convencerme de que no me fuera.

—Lograste que te amara y ahora te vas. No le hagas eso a una anciana. Esta es tu casa —me dijo. Me pregunté si estaba enterada y si todavía querría que me quedara en caso de saberlo.

Pasaron otras dos semanas para que estuvieran listos los papeles del divorcio hasta que una mañana estaban sobre la mesa, junto con una carta que Bilal dejó en el paquete.

Mi queridísima Nahr:
Sé que no hay nada que pueda decirte para convencerte de que te quedes, pero no hay ninguna otra cosa que quiera más. Palestina es tu hogar, aunque no decidas vivir con nosotros.
Me gustaría hablar contigo. Temo que hayas hecho algunas suposiciones falsas y me duele que te las lleves contigo. En nombre de nuestra amistad, ¿me harías el favor de concederme un momento antes de que te vayas? Hay algunos secretos que tienes derecho a saber y que yo he guardado por demasiado tiempo. Estaré en las colinas con el rebaño hasta el atardecer. Te espero en nuestro lugar, con la esperanza de que vengas.

Con amor, B.

Me quedé pensando en las palabras «*nuestro lugar*». Ahora, en este Cubo, esta habitación de eterna atemporalidad, medito en la razón por la que esas palabras me conmovieron. ¿Anhelaba tanto un lugar? ¿Un terreno físico y emocional que me incluyera? O tal vez lo que me conmovió más fue saber que había un claro en este planeta solo para Bilal y para mí, para el «amor». «Con amor, B.».

Caminé con mis tenis verdes con blanco, que ahora estaban sucios y desgastados por los meses de recorrer ese terreno, hacia el claro donde Bilal y yo compartimos por primera vez un té y *bizir* cuando hice una caminata en tacones. Desde entonces habíamos pasado juntos muchas horas, ya fuera caminando, recogiendo tomillo silvestre o tomando siestas. La tranquilidad de aquel primer día se había convertido en un recuerdo que poco a poco quedó reemplazado por el golpeteo de los martillos neumáticos y el chirrido de las revolvedoras de cemento y los taladros en el creciente asentamiento cercano. Sin embargo, los israelíes no trabajaban en el Sabbat judío y nada perturbaba a las colinas ese día. Divisé a Bilal, que leía bajo un antiguo árbol de olivo y descansaba la cabeza sobre la panza de una oveja dormida, hombre y animal fusionados por la pereza.

Las ovejas me oyeron primero y unas cuantas se levantaron. Bilal cerró su libro y se puso de pie. Jandal, el amable pastor, estaba del otro lado del árbol y me saludó:

—¡Salaam, Sitt Yaqoot! Es un honor. La tierra resplandece con tu presencia.

No le corregí el nombre, en especial mientras seguía con los elogios.

—Tu nombre, Yaqoot, es testimonio de tu preciosa singularidad.

—Qué Dios te conserve siempre bien, hermano Jandal. Eres elegante y amable —respondí y él se disculpó para alejarse más hacia la colina. Bilal extendió una manta sobre el suelo junto a él.

—Me alegra que vinieras. —Allí estaba Bilal: el torpe amante de la vida. El lector silencioso. El Bilal que yace con ovejas en la pereza.

—Gracias por los papeles —le dije.

—Todavía somos familia, haya divorcio o no. Por favor, siéntate conmigo. —Hizo un movimiento con la mano para indicarme la manta.

—¿De qué querías hablar? —Me incliné para sentarme a su lado.

—Ven. Primero un té. —Apuntó a su tetera abollada que se calentaba sobre las brasas. Por el aspecto del fuego, había estado prendido desde hacía algún tiempo. Sacó un segundo vaso de té de su mochila y nos dedicamos a una actividad que se había reproducido millones de veces a lo largo de los siglos en esta parte del mundo: manipular una tetera caliente colocada sobre una fogata en exteriores, añadirle té y hojas de salvia, ponerle cucharadas de miel o azúcar, servirlo, inhalar el cálido vapor que flota sobre el vaso, darle un sorbo y sentir el líquido caliente que se resbala por la garganta hasta el centro del propio cuerpo. La dulce infusión caliente de menta con salvia calentó mi vientre y me sentí contenta de simplemente quedarme sentada allí, en el espléndido silencio de las colinas donde el sosiego amplifica los pequeños sonidos: el viento que agita los árboles, las ovejas que mastican, deambulan, balan y respiran; el leve crepitar de las llamas; el ronroneo de la respiración de Bilal. Me di cuenta de cuánto había llegado a amar esas colinas y lo profundo de mi vínculo con esta tierra. La agitación de los últimos días se disipó. Una vez Bilal me trajo a este lugar especial donde podía respirar profundamente, acostarme sobre la tierra y dejar que se alejaran los pensamientos caóticos que se agolpaban y chocaban dentro de mi cabeza.

Empezó a hablar, pero se le dificultaba encontrar las palabras.

—Di lo que sea que tienes que decir —le pedí.

Carraspeó.

—Tenía una vaga idea de lo que Jumana mencionó. Desde mucho antes de que llegaras hubo rumores sobre ti, pero quiero que sepas que nunca hablamos de ti de ese modo.

Intenté responder algo, no sé qué, para despejar el incomodidad de la conversación.

—Solo déjame terminar —respondió y se frotó la ceja, que era un hábito que revelaba su incomodidad—. No he dejado de pensar en lo que le dijiste a Jumana. Lo reproduzco todo el tiempo en mi mente, y cada vez te admiro más. Hay tantas cosas que quiero decirte, pero ahora todo se confunde en mi boca. Hay cosas que quiero que sepas. —Desvió la vista, le dio un sorbo a su té y empezó de nuevo.

—La forma en que vives tu vida en nuestra cultura, sin disculparte ni sentir vergüenza, aunque sea con tristeza, te convierte en alguien extraordinario y especial, Nahr. Tú eres más revolucionaria que ninguno de nosotros y la ironía es que ni siquiera te das cuenta —afirmó. Creo que la verdadera ironía es que solo en ese momento con él, cuando en verdad percibí que alguien me veía y me valoraba, fue cuando no sentí vergüenza.

»Después de que Mhammad te abandonó, la gente empezó a hablar, pero nuestra madre le puso un alto. No sé qué se decía en su presencia, pero ella respondió con una furia poco común y dejó en claro que nunca volvería a entrar en una casa donde hubiera chismes sobre ti, ni tampoco los contarían quienes entraran en la suya. Eso fue lo último que escuché sobre ti hasta que Jumana…

Me enterneció la generosidad y el amor de Hajjeh Um Mhammad, pero no quería tener esa conversación con Bilal. Las dos cabritas recién nacidas que jugaban a empujarse casi tropezaron con la fogata y Bilal tiró la tetera en su intento por alejarlas.

Como si me leyera la mente, dijo:

—Lo siento. Ni siquiera es de lo que te quería hablar. Quiero contarte sobre Tamara.

—¿Qué me quieres decir de ella? —Me puse tensa al escuchar el nombre.

—De él. —Me sostuvo la mirada—. Tamara es un nombre falso. En realidad se llama Itamar y es el hombre de tu marido, mi hermano… Eran amantes. Lo son… creo. Se amaban y eso es lo que quería decirte. Esa es la verdadera razón por la que enviaron a mi hermano a prisión y luego a Kuwait, y lo que lo convirtió en un colaboracionista.

Mi cuerpo reaccionó con independencia de mis pensamientos. Se puso flácido por voluntad propia, aliviado de escuchar lo que ya sabía. Mi cuerpo había entendido el rechazo de Mhammad y sabía que era impotente para seducirlo. Al mismo tiempo, mi mente quedó dominada por los recuerdos dolorosos: la manera en que intenté ser deseable y fallé; la erosión sostenida de mi dignidad; mi sensación de fracaso y abandono desconcertante. Cómo me habían perturbado las lágrimas de Jamil, el hombre que solo consideraba que era el querido amigo de Mhammad en Kuwait. Sin embargo, mi cuerpo lo sabía. En aquel entonces mi estómago estaba hecho nudos y ahora entendía que Mhammad me había usado. Me había robado. *Él* fue mi primer violador, no el hombre aquel en la playa, y también era un colaboracionista, un tipo diferente de violador.

—Habibti, ¿estás bien? —Me preguntó Bilal.

«Bilal me dijo habibti», pensé.

—Claro, siempre estaré bien —respondí.

Bilal me contó:

—Se conocieron en un programa que reunía a adolescentes israelíes y palestinos que estudiaban preparatoria. Itamar era un judío iraquí. Incluso en los setenta, los bienhechores entrometidos de Occidente trataban de juntar a los chicos palestinos e israelíes, como si nuestra condición fuera solo cuestión de dos lados iguales que no se caen bien, en lugar de ser el último maldito proyecto de asentamientos colonizadores que queda en el mundo.

Se detuvo, exasperado consigo mismo.

—Dios mío, estoy tratando de contarte algo personal y todo se reduce a un sermón de política. A veces creo que ni siquiera sé cómo tener una conversación normal.

Deslicé mi mano hacia la suya y la apreté con cariño. Ya antes nos habíamos tomado de la mano, pero esto tenía una cualidad íntima en un sentido tanto físico como emocional. Las dos cabritas se detuvieron en seco y luego hicieron sus ruiditos extraños como si estuvieran hablando de nosotros. Bilal y yo nos reímos y nos recostamos contra el tronco del árbol con los dedos todavía entrelazados.

—Ese campamento cambió a Mhammad —me contó Bilal—. Yo solo tenía 12 años, pero reconocí que era diferente. Se volvió distante, siempre estaba fuera, y cuando llegaba a estar en casa, solo tocaba su *oud* o escribía en su diario.

Bilal había descubierto el diario y lo leyó como lo haría cualquier hermanito menor. En él hablaba de su amor y anhelo por Tamara.

—En su diario insistía en escribir que Tamara hablaba el árabe con fluidez, lo cual parecía extraño, pero no pensé mucho en ello entonces. Ambos tocaban el *oud* y formaron un vínculo por la música —apuntó Bilal.

Mhammad e Itamar era tímidos y socialmente torpes, y se alejaban del grupo en el campamento, lo cual dio inicio a rumores y su aislamiento los unió más. A la larga, perdieron la virginidad uno con el otro.

—Escribió sobre eso y entonces empecé a tener curiosidad por esa chica Tamara.

En algún momento, Bilal sospechó que su hermano era un colaboracionista.

—Observé una extraña interacción entre él y un soldado en uno de los retenes. Había cierta familiaridad en la forma en que se miraban... como si mi hermano estuviera enojado y el soldado se disculpara.

No obstante, pasarían otros dos años antes de ese fatídico día que puso en movimiento el curso de todas nuestras vidas.

—Mhammad y yo nos fuimos apartando —me dijo—. Yo estaba terminando la prepa y estaba en proceso de entrar a la universidad, además de que estaba muy involucrado con la resistencia. La mayoría queríamos unirnos a la OLP y era de lo único que hablábamos. Nos hacía sentir como verdaderos hombres. Pensábamos que liberaríamos a Palestina en unos cuantos años. Mi hermano ya estaba en la universidad y trabajaba en un restaurante en Jerusalén. En aquel entonces, la ciudad todavía no estaba cerrada para nosotros y supongo que también iba para ver a Itamar. Ya sabes, aun cuando estaban juntos, se seguían diciendo Tamara y Dalila, que era el apodo de mi hermano.

—¿Cómo lo sabes? Es decir, ¿cómo sabes que iba a ver a Itamar?

Bilal recordó las acciones de la resistencia desorganizada que antecedieron a la Intifada.

—Al principio, solo participábamos en las manifestaciones en las calles y después me dediqué más a la planificación en serio. Solo mis camaradas estaban enterados. Era frecuente que saboteáramos camiones de transporte y vehículos militares con clavos para reventarles las llantas. En algún momento, destruimos toda la red eléctrica de una cuadra de un asentamiento.

—¿Eso qué tiene que ver con Mhammad y Tamara, bueno, Itamar?

—Una vez decidí seguir a Mhammad. Necesitaba asegurarme de que no fuera colaboracionista. Fue difícil porque tomó dos taxis y luego entró a pie en el bosque. Sin embargo, lo logré y cuando llegué lo bastante cerca, lo vi en un apasionado abrazo con un soldado israelí que seguía vestido de uniforme. Yo todavía era joven y lo bastante inocente como para no poder comprender lo que sucedía. Estaba besando a un hombre como lo haría con una mujer, y no solo se trataba de un hombre, sino de un soldado enemigo. Los dos se habían quitado la camisa y se estaban acariciando. —El asco en la voz de Bilal era evidente, pero me pregunté si su repugnancia se debía a que su hermano tuviera intimidad con otro hombre o porque la tuviera con un soldado israelí.

Bilal exhaló una nube de humo de cigarro y la miró disiparse.

—Luego escuché risas y aplausos.

»Otros dos soldados los descubrieron en el momento en que se estaban quitando los pantalones, y aunque se detuvieron cerca de mí, no vieron que estaba oculto. El corazón me latía con fuerza en el pecho. Tenía mi daga *khanjar* y la saqué con sigilo para tenerla a mano. Uno de los soldados que reían les tomó una Polaroid a mi hermano y a su amante mientras se esforzaban por ponerse las camisas. En ese momento salté sin pensarlo y le di una puñalada al soldado. La curva del *khanjar* entró por el cuello y salió del otro lado. Se escucharon dos disparos y pensé que me habían matado, pero estaba de pie. La pistola de Itamar me apuntaba. Mi hermano lo derribó al suelo y se escuchó otro disparo. Luego todo se quedó en silencio. Los dos soldados risueños estaban junto a mis pies, uno muerto por un disparo y el otro agonizaba por la puñalada. Mi hermano e Itamar estaban tirados en el piso, aturdidos, hasta que mi hermano me gritó: «¡Corre! ¡Aléjate!». Eso fue lo que hice, sin mirar atrás, y no me di cuenta de que seguía con el *khanjar* en la mano o que tenía la ropa manchada de sangre, hasta que me encontré con tres mujeres que hacían pan en un *taboon*. Me vieron y, por un instante, todos nos quedamos tiesos por el pánico.

Bilal exhaló rápido y con fuerza la última bocanada del cigarro, y la mano derecha le temblaba.

No estaba seguro de si las mujeres lo habían reconocido. Formaban parte de un club de bordado que abarcaba seis aldeas y que su madre había fundado dos años antes. Se reunían una vez al mes, con frecuencia en su casa. Al final, una de ellas le preguntó: «Tú eres el chico de Zareefeh, ¿verdad?».

—Me sentí aliviado y horrorizado al mismo tiempo de que me reconocieran —confesó Bilal—. Me derrumbé a llorar, pero no pude contarles lo que había pasado. Ni siquiera yo estaba seguro.

Fue la primera vez que escuché que el nombre de Hajjeh Um Mhammad era Zareefeh. Quiere decir encantadora. «Qué bonito nombre», pensé.

Una mujer preguntó si había acuchillado a un animal o a una persona.

—Les dije la verdad y me preguntaron si la persona era palestina, si era hombre o mujer y si había muerto o estaba viva. Mascullé la palabra «soldados» y ya no me cuestionaron más —terminó Bilal. Más bien le ofrecieron una vieja camiseta negra que una de las mujeres llevó para reciclarla y hacer trapos, y él se la puso sobre su camiseta ensangrentada. Las mujeres empacaron su pan y su masa sin cocer, envolvieron a Bilal con un chal y lo acompañaron a la aldea, donde lo ayudaron a limpiarse, lavaron lo que llevaba puesto, le dieron ropa limpia y, cuando oscureció, lo pusieron en un taxi hacia su aldea. Después de cargarlo con frutas, verduras y pan fresco, lo despidieron frente al conductor, como si hubiera pasado todo el día allí para hacer un mandado para su madre. Sus ropas mojadas estaban metidas en el fondo de las bolsas.

»Ya era tarde cuando llegué a casa y nuestra madre estaba preocupada de que me hubieran levantado los militares. —Bilal sorbió aire entre los dientes—. *Immi* simplemente me besó y empezó a darle gracias y *dua'as* a Dios de manera más intensa de lo común, como si supiera que algo estaba mal.

Pude imaginar las *dua'as* de Hajjeh Um Mhammad: «Dios los bendiga, hijos míos. Que siempre los mantenga a salvo. Oh, Señor, cuida de mis hijos. Líbralos del mal en su camino...». A diario la escuchaba rogarle a los cielos por sus hijos y por mí. «Las *dua'as* de una madre son preciosas para los oídos de Dios», solía decir.

Mhammad ya estaba en casa y Bilal lo encontró en el valle al pie de la colina cerca de su casa, parado junto a un fuego que estaba encendido en un barril de metal.

—Caminé en la oscuridad hasta él y volteó a verme, con el rostro medio iluminado por las llamas. Nos quedamos mirando por un largo rato. No dijimos nada, pero nos comunicamos aquí. —Bilal colocó su mano sobre el corazón—. Luego tomó el hato de ropa que yo llevaba en la mano y me dijo que ya había quemado la suya.

Quería conocer el resto de ese secreto, pero el cielo había empezado a oscurecerse por el atardecer. Jandal llamó a las ovejas, que se levantaron a la voz de su pastor.

—Me sorprende cada vez que lo veo —dijo Bilal mientras observaba al rebaño—. Las ovejas son casi ciegas, pero pueden distinguir los sonidos. La voz de Jandal es su seguridad y siempre irán hacia él. Aunque yo las llamara igual no responderían.

Bilal empezó a empacar. Pude ver que era frecuente que realizara esa actividad y me dolió el corazón al pensar que esta sería la última vez. La forma en que contemplaba el paisaje mientras realizaba esas tareas banales era una especie de despedida ritual. Sus ojos recorrieron las colinas rocosas y la construcción a la distancia, y luego respiró profundamente al mismo tiempo que doblaba la manta, limpiaba la tetera y cubría los rescoldos con puñados de tierra mientras que las últimas bocanadas de humo se elevaban y se disipaban.

La sensación familiar de estar sola y perdida en el mundo, sin saber qué camino seguir, había regresado a mí desde aquel día en el subterráneo. Solo las bravatas y el orgullo ocultaban la soledad que crecía en mi interior, pero ahora me sentía abrumada por el dolor de Bilal, la culpa que debe haber cargado, la impotencia que sabía que sentía al ver esos asentamientos, la angustia por su hermano, su madre, los años en prisión, la tortura, la incapacidad para irse, enseñar o practicar su profesión. Quería cargarlo en mis brazos y resolverlo todo. Lo único que pude hacer fue ayudarle a llevar los vasos de té cuando nos despedimos de Jandal.

Ya no platicamos más sobre Mhammad mientras nos dirigíamos a casa. En lugar de ello, Bilal me dio sus clases de botánica usuales lo largo de la caminata.

—... y este es cabello de Venus silvestre, *kuzbarat el ajooz* —me indicó.

—Sí, lo sé. ¡Te ayudé a recolectarlo! Qué rápido niegas mi trabajo —bromeé.

Rio y volteó hacia mí.

—Por favor, no te vayas, Nahr.

No respondí más que con una sonrisa y seguí caminando.

—Por lo menos considera regresar. Este es tu país y siempre tendrás un hogar con nuestra familia.

Mi decisión de irme dependía de que tuviera la mente despejada y necesitaba marcar distancia para encontrarle el sentido a los hechos y revelaciones de los últimos días. Supongo que siempre sospeché que Mhammad era gay, pero ahora se volvió real. Lo que nunca se me ocurrió fue que de verdad no hubiera matado a esos soldados, sino que hubiera ido a prisión para proteger a su hermano menor. De nuevo, sentí que la tierra se movía bajo mis pies y necesitaba la estabilidad de algo real y conocido. Faltaban cosas en esa historia, pero necesitaba estar con mi familia y sentir el abrazo de mi madre.

—Sé que no quieres oírlo, pero Jumana está muy arrepentida. Me rogó que te convenciera de que le permitas disculparse en persona. —La petición de Bilal rompió el hilo de mis pensamientos.

—No.

—Está bien. No voy a presionarte, pero aquí te queremos, te amamos y te valoramos, y eso no va a cambiar. —Bilal me hizo regresar con esas palabras. Le había expuesto todo y, aun así, me aceptaba y tal vez me amaba, pero ese momento en el subterráneo y la verdad acerca de Mhammad perturbaron algo entre nosotros. Tenía que irme, aunque supiera que no había futuro para mí en Amán.

Al día siguiente me despedí de la familia de Mhammad y me dirigí al cruce fronterizo en el Puente Allenby que conduce a Jordania. En las tres horas que pasé en el «interrogatorio de salida» de Israel (¿Qué hice en «Israel»? ¿A dónde fui? ¿A quién vi? ¿Cómo se llama mi madre? ¿Mi padre? ¿Mi clan? ¿Dónde nací? ¿Qué leo? ¿Qué música escucho?), no pude pensar en nada más que en Bilal e imaginé que regresaba y que corría hacia sus brazos extendidos.

V. Jordania, otra vez

El cubo, arriba y abajo

Un ojo negro se asienta al centro de mi cielo. Media esfera, un grano oscuro en el techo que me observa y registra todo lo que hago. Horas y días y años de mí, dormida, bañándome, leyendo, masturbándome, cepillándome los dientes, trenzándome el pelo, bailando, hablando conmigo misma, cantando, tallando las paredes y mi piel con mis uñas, golpeándome la cabeza contra el muro, cagando, meando, vistiéndome.

Eso es todo lo que hay en mi cielo. Pintura gris con una cámara de domo. Me pregunto por qué las arañas nunca llegan allí, por qué no tejen sus telarañas sobre ella.

El piso de mi universo es igual a las paredes: concreto gris con una ligera inclinación hacia Attar, donde el drenaje está oculto bajo una cúpula perforada.

Klara, la guardia rusa, volvió después de una larga ausencia. La extrañaba. En realidad no hablamos mucho. A veces me dice unas cuantas cosas agradables y le respondo, en un intento por hacer conversación, pero en general no contesta o tan solo dice que no puede hablar. Sigue tratando de conseguirme algunos libros sobre comunismo. Una vez entró en mi celda cuando no estaba esposada a la pared, lo cual tomé como gesto de solidaridad. Si no cierro los brazaletes de seguridad cuando suena el timbre, el Cubo se llena de un sonido agudo que retumba en mi cerebro durante horas. Solo puedo controlar la dirección a la que veo cuando estoy esposada.

Supongo que el deseo de tener algún control sobre mi pequeño mundo también es la razón por la que solía tratar de tapar el escusado y provocar que se desbordara, solo para que pasara algo. Tomar una decisión, formular un plan, ponerlo en práctica y sufrir las consecuencias. Me quité la blusa y la metí en el escusado, pero no descargó el agua hasta que la saqué, como si fuera una burla de mis esfuerzos. Traté de nuevo y esta vez me cagué en ella, pero el escusado no se vació. Esperé hasta sentirme derrotada y recuperé mi blusa de entre mis propios excrementos. Tuve que esperar a Attar solo para lavarla. Me llevó un tiempo; varias comidas y múltiples ciclos de luz y oscuridad. El hedor era terrible. Al fin se jaló el escusado y todo regresó a la normalidad. Perdí.

Mi cuerpo también se rebelaba en este lugar. Mis músculos se encogieron al grado en que pude cerrar los dedos de ambas manos alrededor de uno de mis muslos. A la larga, se volvió muy difícil levantarme y entonces fue cuando las guardias empezaron a sacarme del Cubo, con los ojos vendados. Las primeras caminatas fueron breves y con ayuda, hasta que pude caminar sola. Ahora tomo con regularidad estas caminatas a ciegas, pero no sé con cuánta frecuencia ni por cuánto tiempo. Como ya dije, el tiempo es incalculable aquí. Sin embargo, sí puedo darme cuenta de que a veces me llevan al exterior y que en otras ocasiones voy a algún sitio en el interior. La luz y la oscuridad de esta tierra son diferentes a las de un edificio. La primera vez que sentí el sol sobre mi piel pensé que vendería mi alma con tal de sentirlo de nuevo, pero no tuve que hacerlo. Me dejaron visitar al sol otra vez. Aun con los ojos vendados, es glorioso. Sin embargo, la mayoría de los momentos de ejercicio son en interiores, aunque reconozco que a menudo me preocupa que Attar pueda llegar mientras no estoy.

El dinero ablanda el corazón

Jehad me estaba esperando cuando salí de la aduana de Jordania. Nos sostuvimos en un abrazo hecho de amor y de un anhelo inexpresado por algo perdido y acabado. Por nuestro hogar, quizás, o por nuestra inocencia. Por Baba. O por un sentido de seguridad o solo por tener la cercanía que tuvimos antes de que nuestros secretos y traumas se metieran entre los dos.

—Te extrañamos, hermana.

—Yo más a ti, burro.

—Ahhh... ¡aquí está de nuevo!

Mi hermano y yo platicamos en el camino desde el aeropuerto, pero mi mente no dejaba de regresar a Palestina mientras se abría paso por el horripilante tráfico de Amán en su destartalado Peugeot de 1980. No había dormido bien la noche anterior, acostada en la cama con la memoria fresca de mis últimas horas con Bilal y su historia inconclusa, y me había marchado temprano hacia el cruce de la frontera. Bilal me llevó, arriesgándose a que lo arrestaran por estar fuera de su perímetro designado, pero casi no hablamos y nuestro viaje a la frontera se vio oprimido por el peso de todo lo que faltaba por decir.

Mi hermano quería oír acerca del viaje, de Bilal y, sobre todo, de mi impresión de Palestina. A diferencia de mí, siempre había estado en contacto con sus raíces y añoraba el hogar que era suyo por derecho.

—Te tengo una noticia, pero te la contaré después. —Antes que nada, quería saber si me había fascinado el paisaje. ¿Había ido a

Jerusalén para rezar en Al Aqsa o entrado a la Cúpula de la Roca? ¿Me habían caído bien los amigos de Bilal? Me dijo que me veía bien. Dio vueltas por las estrechas calles de nuestro vecindario, que me pareció tanto conocido como ajeno. Todavía me disgustaba Jordania. Habíamos llegado allí como refugiados y pensé que era algo que siempre tendría en contra del país. Quizás así era como mi madre y mi abuela se habían sentido acerca de Kuwait.

—¡Dímela de una vez! Sabes que no puedo esperar —exclamé.

Nuestro carro interrumpió el juego de unos niños en la calle y uno de los chicos empezó a gritarnos insultos.

—Lo sentimos mucho —le gritó mi hermano en respuesta—. Tomaré otra ruta a la siguiente.

Por mi ventanilla, pude ver la sorpresa del chico. Mi hermano siempre tuvo la manera de cautivar a las personas.

—¡No hay problema! —nos respondió el muchacho a gritos, queriendo que escucháramos su perdón.

—Me impactas —le dije.

—Sí, bueno; tú eres quien me enseñó el poder de reaccionar de manera contraria a la esperada. —Inclinó la cabeza y me lanzó una sonrisa pícara. Era la lección que yo aprendí de Um Buraq.

—Dime la noticia —insistí, pero ya estábamos llegando a nuestro edificio. Sobre la calle, había montones de basura sin recoger, algo muy distinto de los árboles de granada, naranjos, almendros e higueras que me acostumbré a ver en Palestina. Incluso en los barrios palestinos más pobres y hacinados, la gente procuraba plantar árboles siempre que le fuera posible, aunque lo hiciera en macetas frente a sus puertas o en sus azoteas.

Algunos de los vecinos que iban pasando me abrazaron, sus niños adelantándose para alertar a mi madre. La mayoría habían sido nuestros vecinos en Kuwait y también los habían echado a patadas ante la llegada de los estadounidenses. Era esa continuidad la que hacía que la vida en Jordania fuera tolerable.

Me apresuré a besar las manos de Mamá mientras esperaba en el cubo de las escaleras junto con otros vecinos. Sabah estaba detrás de ella, con un bebé entre sus brazos, esperando a abrazarme. También la extrañaba. Sabah se había casado poco después de nuestro exilio de Kuwait y se había ido a vivir a Zarqa, como a una hora de Amán, pero ahora, su marido tenía un trabajo dentro de la ciudad y vivían cerca.

Sabah y mi madre me abrazaron con fuerza mientras subimos las escaleras a nuestro departamento, vecinos y niños siguiéndonos detrás. Sitti Wasfiyeh estaba esperando dentro. Me incliné para besarle la mano tres veces, y después le besé la frente y las mejillas mientras inhalaba su aroma; una combinación entre el olor a mujer anciana, su jabón de aceite de olivo hecho en casa y el cardamomo que le ponía a su café mañana, tarde y noche.

—Te extrañé tanto *habibti* —me dijo mientras las lágrimas corrían por su cara. Mi abuela jamás me había dicho algo con esa ternura.

—Yo te extrañé también, Sitti —respondí.

Mamá y Sabah sacaron platones de comida, pero Sabah no pudo quedarse a comer.

—Vendré mañana a primera hora después de alimentar al bebé. Vas a pasar el día conmigo, de modo que no te atrevas a hacer otros planes —dijo antes de besarme y marcharse.

Fue maravilloso volver a estar con mi familia. Mamá había bajado de peso, pero se veía radiante y más joven de alguna manera. Sitti Wasfiyeh también estaba floreciendo en términos físicos y estaba extrañamente feliz. La interacción entre ella y mi madre era diferente; más gentil y amable. Parecía que mucho había cambiado en las nueve semanas desde mi ausencia. Volteé hacia mi hermano y susurré:

—¡Ya cuéntame la noticia!

—Te la contaré, pero no enfrente de tantas personas. Comamos primero —insistió Jehad.

Acabábamos de recoger la mesa y estábamos tomando té cuando escuchamos un golpe a la puerta. Entraron mis dos tías paternas, que antes no querían tener que ver con nosotros y que utilizaron toda excusa posible para no llevarse a Sitti Wasfiyeh. Llegaron con canastas de fruta para darme la bienvenida a casa y me besaron las mejillas como si fuéramos una familia enorme y feliz. Quedé demasiado pasmada como para protestar y solo fue después que se me ocurrieron mejores maneras de reaccionar. Al menos, pude haberles preguntado qué estaban haciendo en nuestra casa. Mi madre levantó los ojos al cielo y torció la boca en mi dirección pero, en términos generales, les siguió el juego mientras les servía té y dulces.

Jehad se acercó a mi oído.

—Esa era la noticia —murmuró. Hasta los vecinos parecieron asqueados y de manera educada se levantaron para marcharse, pero no sin antes intercambiar miradas subrepticias con mi madre.

Por el contrario, Sitti Wasfiyeh estaba más que encantada y no dejaba de sonreír. Cuando se fueron, le dijo a nadie en particular:

—Querían que me quedara con ellas esta noche, pero yo les dije que prefería quedarme aquí porque no quería que se pelearan por saber con cuál de ellas me iría. Les dije que esta noche quería pasar un tiempo con mi nieta. —Mi madre, hermano y yo intercambiamos miradas y, tan pronto estuvimos fuera del alcance de los oídos de Sitti, terminaron por contarme la «noticia».

Como un mes antes, había llegado un hombre en busca de Sitti Wasfiyeh para hablarle acerca de su porción de la herencia de 30 *dunums* de terreno en Ein el-Sultan. El pueblo de mi abuela, el más viejo de todo el mundo, se estaba considerando como posible Sitio del Patrimonio de la Humanidad, y un equipo de arqueólogos palestinos e internacionales estaba buscando permiso para hacer excavaciones sobre la tierra que le había pertenecido a su padre. Años antes, había sido tierra cultivable, pero la extracción de agua por parte de Israel la había dejado casi estéril. Se encontraba en el área A, bajo jurisdicción de la Autoridad Palestina. Algunas familias palestinas habían dado sobornos para construir sus hogares sobre los terrenos y ahora tendrían que pagarles considerables cantidades de dinero a mi abuela y a los herederos de sus hermanos por concepto de rentas y restitución. Las universidades e instituciones que estaban financiando las excavaciones también estaban pagando mucho dinero por los derechos de excavación. Además, se decía que el Ministerio de Antigüedades de la Autoridad Palestina estaba pensando en adquirir la propiedad.

—¡*Subhan Allah!* —Mamá hizo una mueca para subrayar su sarcasmo—. ¡El dinero ablandó el corazón de tus tías como no te imaginas!

—¿Pero de cuánto estamos hablando? —pregunté.

—No estoy del todo segura, pero la restitución inmediata de las familias que construyeron sus casas sin pagar renta, ni comprar el terreno, ¡es de un cuarto de millón de dinares!

Al ver mi pasmo, siguió hablando.

—Ajá, es una locura. Esas perras vinieron por su mami tan pronto como se enteraron. —Era raro que Mamá fuera así de directa—. Negociaron algún tipo de «adelanto» y se lo llevaron casi todo. De la nada, quisieron que tu abuela se fuera a vivir con ellas, pero no dejaba de criticar a sus hijos y demás; ya sabes cómo es. Después de un par de semanas, la regresaron y se ofrecieron a pagarme por cuidarla. —Mamá volvió a hacer una mueca—. ¿Puedes creerlo? Lo único que les pregunté es que qué creían que había estado haciendo los últimos treinta y tantos años. ¡Perras!

—¡Pero Mamá! Ese es un montón de dinero. ¡No podemos dejar que lleguen así como así y que se lo lleven todo!

—No hay gran cosa que pueda hacer al respecto. Por fortuna, tu abuela escucha a tu hermano más que a nadie, y él la está convenciendo de lo que más le conviene —siguió. De todas maneras, mi mamá no parecía tan interesada en el dinero como pensé que debía estarlo. De repente, me di cuenta de que no la había visto fumar un solo cigarro desde mi llegada.

—Lo dejé —afirmó como si nada.

La miré más de cerca y empecé a ver nuevos detalles. Estaba maquillada y traía las uñas pintadas. Su *hijab* era diferente; más moderno y colorido.

—¿Estás enamorada o algo por el estilo?

—¡Claro que no, niña tonta! —Protestó. Había conseguido un «trabajo respetable».

—¿De qué hablas? ¡Siempre tuviste un trabajo respetable! —Exclamé.

Estaba trabajando en un centro de crisis para mujeres, donde contestaba teléfonos, organizaba reuniones de grupos de apoyo y administraba a un equipo de voluntarios.

—¡Es un trabajo DE OFICINA! Dirijo todo el lugar. ¿Puedes creerlo?

Hasta ese momento, no había terminado de entender lo humillada que mi madre se sentía por su vida. La simple dignidad de un «trabajo de oficina», como ella lo llamaba, la transformó. Debí decirle otra vez que sus bordados eran más especiales de lo que podría ser cualquier «trabajo de oficina»; que era una artista; que las imágenes occidentales de mujeres profesionales no necesitaban aplicarse a nosotras; que los conceptos de respetabilidad y modernidad eran inventados. En lugar de ello, me limité a felicitarla. Siguió contándome al respecto.

—También me están entrenando para que pueda usar una computadora muy pronto. ¿Puedes creerlo?

A la mañana siguiente, llegó Sabah con un obsequio de comida; dátiles, mangos, granadas y verduras que ella misma cultivaba en macetas en su balcón.

—Mira lo rojo que está. Espera a que lo pruebes. Conseguí las semillas de una familia que vive en Palestina —exclamó al tiempo que me mostraba un jitomate—. Hagamos de desayunar. Hay mucho de lo que tenemos que hablar. —En la cocina, se quitó su *hijab* y empezó a pelar pepinos. Puse la cafetera a calentar y saqué un sartén para freír huevos.

—Ay, niña, sigues sin usar el aceite suficiente —dijo Sabah mientras sacudía la cabeza—. Además, ya sabes que no deberías desperdiciar el aceite de oliva del bueno para freír cosas.

—¿Quieres que use esos meados estadounidenses de Mazola?

Sabah se carcajeó.

Unos cuantos meses en Palestina y ya pareces una campesina anciana.

Sacamos una charola para nosotras y para Sitti Wasfiyeh, que se había despertado horas antes para realizar el *salat* del amanecer y que había estado leyendo el Corán en su sitio habitual sobre un cojín para el piso. Detestaba los sofás y se negaba a sentarse sobre ellos.

—Estupidez *frangie* —decía acerca de la mayor parte de las cosas occidentales. En esencia, todos nuestros sofás servían de respaldos para nuestros cojines de piso.

Sabah y yo dispusimos los huevos, pan caliente, jitomates y pepinos frescos, *za'atar*, aceite de oliva, *labneh*, granada y té dulce hirviente con algo de salvia, que empezamos a sorber a todo volumen y con cuidado exagerado de pequeñas tacitas árabes.

—Me gusta el té con salvia en el invierno y de menta en el verano —pronunció Sitti—. Este está muy bueno.

—Que lo bebas con salud y alegría, Hajjeh —respondió Sabah, a lo que Sitti contestó:

—Que Dios les conceda dicha eterna a ti y a tu hijo, y que le traiga a mi nieta un marido tan bueno como el tuyo.

—¡Esa es mi abuela! —Exclamé, feliz por la familiaridad de sus insinuaciones.

—¿Qué? —Protestó—. Solo estoy rezando porque consigas un marido. No siquiera sé si sea posible a tu edad. Lástima que ni siquiera tuviste un hijo.

Ya había aprendido lo que Mamá sabía de sobra; era tonto mostrarse defensivo con Sitti Wasfiyeh porque, de hecho, su intención no era ser desagradable. Esa era su naturaleza.

—Toma este bocado de mi mano, amada abuela —dije extendiéndole un trozo de pan con *labneh* y *za'atar.*

—Que Dios jamás me niegue las dulces manos de mi nieta —dijo, comiendo de mi mano.

Sabah y yo dejamos a Sitti para que hiciera sus llamadas diarias a sus hijas, leyera su Corán y visitara a los vecinos. Platicamos en la cocina mientras guardamos la comida y lavamos los platos. No se había casado con el chico al que amaba, sino con un pretendiente que era mejor partido en términos prácticos. Su familia había quedado sin un quinto y sin trabajo, como quedamos todos cuando Kuwait nos corrió. Su matrimonio los salvó de hundirse en la quiebra.

—Es de lo más amable y generoso —me contó Sabah. Se habían enamorado después de casarse, pero admitió que no era tan gratificante como pensó que sería.

—Ningún hombre es tan gratificante como pensamos que será —bromeé y ella se rio, las dos paradas hombro a hombro frente al fregadero, donde ella lavaba y yo enjuagaba.

Sabah me preguntó acerca de Palestina. Nos habíamos comunicado un poco por teléfono mientras estuve allí y sabía lo bastante como para preguntarme de Bilal. Claro que no le mencioné la caverna subterránea, pero sí le hablé de la pastelería, de sus tierras, de las ovejas y cabras, de Jandal y Jumana –que después me mandó una larga carta disculpándose mientras todavía me encontraba en Amán– del salón y sus hermanos, de las tuberías de agua, los asentamientos, los retenes y las humillaciones e indignidades cotidianas.

—La ocupación de Israel es bastante parecida a lo que se ve en las noticias, pero no muestran las bodas, los cafés, la vida nocturna, las compras, los sitios de arte y música, las universidades, los paisajes, la agricultura y las cosechas. No es lo que imaginaba, pero, al mismo tiempo, es todo lo que jamás imaginé.

—La televisión la hace ver como una zona de guerra interminable —respondió mientras sacaba un cigarro.

—¡No me digas!, ¿tú también? —Me quejé mientras señalaba el cigarro.

—¿Por qué no te resignas y empiezas a fumar, Nahr? Probablemente seas la única persona adulta en el país que todavía no fuma.

—Les tengo mucho cariño a mis pulmones y no aprecio que todo el mundo ande por allí, contaminándolos. —Le arranqué el cigarro de la mano y le robé la cajetilla.

—Está bien. Regrésamelos; te prometo que no voy a fumar.

—Te los regreso cuando te vayas.

—¡Eres una mandona!

—Bilal es un fumador empedernido, pero es de lo más considerado cerca de mí.

—Eso me suena a amor —se burló.

—Sí nos amamos —le contesté mientras escuchaba mis propios pensamientos al tiempo que los expresaba—, pero no de la manera en que piensas. No existe palabra para describirlo. Es romántico, pero sin el ingrediente sexual, al menos sin uno abrumador. De alguna manera extraña, se siente de lo más conocido y cómodo, pero tampoco se limita a ser una simple amistad.

—Por lo que dices, parecería que se hubieran saltado los primeros veinte años de matrimonio y que hubieran pasado de manera directa al amor que se tiene una pareja de ancianos —dijo—. Seguro vas a regresar, ¿no?

* * *

Después de algunos días de ponerme al corriente con mis amigos, los encantos de regresar a casa se desvanecieron y empecé a aburrirme. En la casa, dominaban las conversaciones acerca de la herencia de Sitti Wasfiyeh y las historias de las mujeres del centro de crisis. Conseguí un trabajo como cajera en un supermercado de Amán, pero lo que me pagaban apenas me alcanzaba para cubrir el transporte al trabajo. La vida en Amán carecía de sustancia; todo el mundo y todas las cosas me parecían iguales. Cada día era copia fiel del anterior. Regresé a hacer depilaciones con hilo y peinados después del trabajo. La vaciedad de mis días se veía acentuada por la vida enfocada que estaba llevando mi madre. Traté de pasar más tiempo con mi hermano en su departamento, pero tenía una vida plena y ocupada. Cuando no estaba haciendo jardinería o administrando la reciente fortuna de Sitti Wasfiyeh, se la pasaba frente al teclado de su computadora con cantidades impactantes de código indescifrable corriendo por sus monitores. Era un espectáculo impactante y subrayaba lo mucho que nuestros caminos se habían apartado desde nuestro principio compartido, cuando jugábamos en las calles de Kuwait. La familia a la que conocía y amaba se había transformado casi de la noche a la mañana. Me encontré siendo fuente de infelicidad entre ellos, insatisfecha con todo lo que me rodeaba.

Me quejaba de las tiendas de abarrotes: «Hay cantidad de basura empacada y no suficiente comida fresca», le dije a mi madre mientras sostenía una caja de pasta extraña. «¿Qué son los macarrones con queso? ¿Cómo pones queso en una caja sin refrigerar?». Me quejaba del clima: «¿Cómo es posible que haga tanto frío aquí y tanto calor a solo unos kilómetros al este, en Kuwait?». Jehad pensaba que se trataba de una pregunta genuina y me empezaba a dar una clase de ciencias. Me quejaba del agua: «Le está matando el brillo a mi pelo»; de los taxis: «Todos son unos ladrones»; y, por supuesto, de mis tías: «¿Por qué necesitan pasar tanto tiempo en nuestra casa esas dos perras hipócritas?».

—No seas tan negativa, Nahr —me reprochó mi hermano al fin cuando le sugerí, por millonésima vez, que mis tías oportunistas estaban tratando de robarse el dinero de Sitti Wasfiyeh—. Mira lo feliz que está la abuela. ¿Qué diferencia hace la razón por la que la visiten?

No controlan su dinero. Nuestra abuela no es ninguna tonta. Les está dejando una buena cantidad a sus hijas y también a nuestros primos, pero no creas que no nos quiere.

Resultó que, en secreto, Sitti Wasfiyeh estaba construyendo una casa en el vecindario Sweifiyeh de Amán para mi madre.

—Y es para ti también, Nahr —me explicó Jehad. Nuestra madre no sabía nada al respecto. «Qué agradable va a ser la sorpresa», pensé.

Sentía que mi vida no tenía rumbo y culpaba a toda Jordania. Ahora, porque no era Palestina; porque Bilal no estaba allí; porque nadie me necesitaba aquí. Cómo me hubiera gustado ver a Um Buraq en esos momentos. Podía oírla dentro de mi cabeza: «Ve y cógetelo hasta que se harten. Hagan una revolución juntos. Témele a la muerte, pero jamás le temas a la vida. Enamórate si tienes que hacerlo, pero recuerda que la crueldad siempre tiene verga». Cómo me dolía pensar en ella enjaulada. Me parecía que los individuos más libres eran los que terminaban encerrados en las prisiones.

Lo más seguro es que Um Buraq me diría que yo era la que había cambiado, no mi familia. Había ido a Palestina para conseguir un divorcio, pero me había marchado con un sentido de valía como mujer que podía participar en el mundo a nivel intelectual, que podía amar y ser amada; como mujer que podía comprender que la naturaleza podía ser más bella que cualquier cosa que pudieran crear los humanos. Me atreví a imaginar que formaba parte de algo tan importante como una resistencia y una liberación nacional. La idea de transportar armas se había asentado en mi interior y se había transformado en un plan.

En los seis meses desde que me había marchado de Palestina no había recibido un solo correo, pero seguí visitando el café internet de vez en cuando para revisar mi bandeja de entrada. Componía y eliminaba mensajes para Bilal, hasta que un día mi hermano me alertó a que revisara mi correo.

—Bilal te mandó un correo. ¡Ni siquiera sabía que tuvieras uno! —Me dijo.

—¿Hablas con Bilal?

—Ajá.

—¿Por qué no me ha hablado a mí?

—Ni idea; solo te estoy pasando el mensaje.

Querida Nahr, todo el mundo aquí te extraña; yo en especial. Espero que estés bien y espero que regreses, aunque sea para visitarnos. Siempre tendrás un hogar aquí.

Leí ese correo muchas veces.

Querido Bilal, me dio mucho gusto recibir esta carta electrónica de tu parte. He estado pensando mucho y me encantaría regresar para ayudarte durante la cosecha y para transportar tu aceite de oliva.

Esperé que la carta fuera lo bastante discreta. Me contestó de inmediato.

No es necesario que hagas nada. Ya todo lo tenemos resuelto, pero te ruego que regreses. Se te extraña muchísimo.

No sabía dónde viviría o que haría si regresaba, pero no había manera de regresar a Kuwait, y no había sitio alguno para mí en Amán. No estaba segura de que lo hubiera en Palestina tampoco, pero añoraba regresar y me di un par de meses para ahorrar algo de dinero y resolver los asuntos de logística.

Al fin tuve una meta clara y se sintió maravilloso esforzarme por alcanzarla. Pedí más horas en el trabajo y reservé tantas citas de belleza como pude. Empecé a fabricar y a vender cremas corporales, limpiadoras y humectantes, al tiempo que imaginaba que Bilal me estaría esperando.

Una semana después, en la casa de una clienta, estaba tiñendo y estilizando el pelo de dos hermanas gemelas adolescentes en anticipación al cumpleaños 14 de una compañera de clases. Su mamá me estaba pagando para «hacerlas ver mejor que nadie». Quería que el cabello de sus hijas fuera «brillante, sedoso y rubiecito», pero no quería enviarlas a un salón donde «todo el mundo sabría cómo lo lograron». Le cobré más y la hice pagar por adelantado. Las niñas eran bastante agradables y estuve trabajando de manera eficiente mientras platicábamos acerca de la escuela, de los chicos y de las niñas que les tenían celos. La televisión estaba de ruido de fondo, sus hermanos menores estaban haciendo un escándalo y su madre entraba y salía con el teléfono pegado a la oreja al tiempo que les gritaba a los chiquitos que se portaran bien.

El presentador de la televisión dijo un nombre que se filtró a través de todo el barullo: «Jandal al-Ramli».

—¡Silencio! —Grité para correr a subirle al televisor con mis manos enguantadas, llenando los controles de tinte para pelo.

> «...un simple pastor. Las autoridades sionistas afirman que entró a una zona militar de tiro con su rebaño, pero los residentes indican que eso es mentira. El mukhtar de la aldea dice que no hay manera de que este haya sido un accidente, porque también mataron a 14 de sus animales y los encontraron a todos en el sitio donde solían pastar. Los médicos indican que, al parecer, le dispararon a quemarropa. Mientras tanto, en Hebrón...».

Mi corazón se hundió. El aire se sintió pesado. Hasta los guantes de hule me pesaban. Me los quité y los arrojé en un bote de basura. Quería llorar, hablar con Bilal, esconder mi cara en el pecho de Mamá.

—¿A dónde vas? —Exclamó la clienta.

—Ya acabé con una y solo le tiene que lavar el pelo a la otra en cinco minutos —respondí.

—Pero no les secaste el pelo y falta depilarles las cejas —protestó.

—Lo siento mucho. El que salió en las noticias es amigo mío. Israel lo mató.

—Que descanse en paz, pero yo ya te pagué y espero que hagas lo honorable.

—¿Qué carajo sabes tú del honor? —Debo agradecerle ese dulce momento de ira que impidió que me deshiciera en llanto allí mismo.

—¡¿Cómo te atreves a pronunciar esas porquerías en mi casa y enfrente de mis hijas?! —Me exigió que le regresara su dinero.

—¡*Otva`li, mu`dak, b`lyad!* Me quedo con mi dinero —afirmé y, después, volteé hacia sus hijas—. Niñas, las dos son bellas sin todo esto. Y, de todas maneras, la forma en que se ven no tiene mucho que ver con la belleza.

Mi celular empezó a sonar tan pronto como salí de allí.

—Ven a mi casa; tengo algo que contarte —me dijo Jehad.

—Ya voy de camino; acabo de ver las noticias.

Tratamos de hablarle a Bilal desde el departamento de Jehad, pero no sirvió de nada. Sin duda, la aldea entera estaba reunida en casa de Ghassan y la procesión fúnebre se llevaría a cabo temprano al día siguiente.

—Podemos volver a tratar mañana. —Jehad podía ver lo angustiada que estaba—. Si quieres regresar antes de lo que tenías planeado, yo puedo ayudarte con el dinero.

El dulce, gentil y amable Jandal se había ido. Recordé la última vez que lo vi, el día antes de marcharme de Palestina; su sonrisa tímida, la manera en que su rebaño respondía a su voz y a la música de su *ney*. Era casi seguro que también hubieran muerto las cabras que se perseguían como en juego. Jandal le había dado continuidad a una antigua tradición palestina; eso también estaba desapareciendo y quizás era la razón por la que habían matado al chico y a sus animales. Conocía esas colinas como conocía su propio cuerpo. Jamás habría entrado en una zona militar de tiro, incluso cuando Israel sigue invadiendo cada vez más espacios palestinos para sus entrenamientos militares. Fue deliberado. Asesinaron a Jandal, y como en el caso de miles de palestinos como él, no habría manera de enjuiciar a sus agresores. Estaba saturada de una rabia que no tenía dónde descargar. La acumulación incesante de injusticias me hacía querer luchar contra el mundo, vengarme de alguna manera, gritar; pero lo único que pude hacer fue sollozar en los brazos de mi hermano.

Dos semanas después, ya estaba lista para irme, pero Bilal me escribió diciendo que no podría entrar en la aldea. «Hay mucha tensión y todavía estamos bajo toque de queda».

El ejército atacó la procesión fúnebre de Jandal el día después de que lo mataran. «Los soldados siguen patrullando por todas partes», escribió Bilal. «Pero, *enshallah*, las cosas se calmarán dentro de poco. No puedo esperar a volverte a ver».

En cuatro semanas más, Bilal habló para decirme que habían retirado el toque de queda. Al día siguiente, estaba en el puente Allenby, tratando de entrar a Palestina de nuevo. En esta ocasión mi *hawiyya* de residencia apareció en el «sistema» de Israel, por lo que se me prohibió ingresar en Jerusalén.

VI. Palestina, siempre

El cubo, el espacio intermedio

Y entonces, está el espacio intermedio. Me acuesto sobre mi cama, mirando al techo, y trato de recordar el cielo y las estrellas, el sol y las nubes. En momentos como este, el tiempo se escurre desde el exterior y me pesa enormemente. Incluso cuando ya no hay planes o ambiciones, ni iniciativas, intenciones, tratos o esperanza, sigue existiendo el instinto irreprimible por dar cuenta de la vida.

Improviso calendarios, entro y salgo de ellos, los destruyo y los reinvento. Durante una época, le seguí el paso a mi existencia por medio de mis ciclos menstruales. Después de ciento diecisiete reglas, representadas con puntos de sangre en la pared, Lena, la intérprete, llega con algunos representantes de la Cruz Roja. Israel está bombardeando Gaza, de modo que se ha reanudado el interés por los prisioneros políticos.

—Aprovechamos la oportunidad para preguntar acerca de ti y... —Lena interpreta y, al mismo tiempo, golpetea un mensaje con el método 194: «Tu abuela murió».

Un nuevo tipo de tristeza hurga en mi interior, un dolor enclaustrado, inalcanzable, inmutable. No puedo verlo, olerlo o adoptarlo. Solo se arraiga en mí, ocupando espacio, una cosa dentro de una prisión dentro de la prisionera dentro del Cubo.

Añoro ver a Klara. Decirle «¡*Otva`li, mu`dak, b`lyad!*» –¡Vete al carajo, ojete, con un carajo!– Ver a alguien que me sonría en respuesta. Pero Klara tampoco está. Espero, por ella, que haya encontrado la forma de regresar a Rusia. Algunas otras guardias vienen y se van, pero rara vez veo sus rostros y ninguna de ellas me habla a través del altavoz, como solía hacerlo Klara.

Ya casi nadie me visita. Attar no se ha aparecido en un buen tiempo. Me gustaría bañarme, aunque renunciaría a los baños por el resto de mi vida si tan solo pudiera oír algo de música. El silencio del confinamiento solitario es por completo distinto del silencio reconfortante y prometedor del cielo. El silencio de aquí parece tener un borde afilado e irregular que rasga mi mente. Trato de refugiarme en los sonidos al otro lado de mi piel; conversaciones y películas, historias y gritos, lloriqueos, y los fuegos en mi mente. Conjuro las canciones que recuerdo, y bailo. Pero la memoria, por más competente y refinada, no es sustituto para la música real.

Empiezo a rezar, inclinándome y postrándome. No hay un *adan* en el Cubo. Rezo cuando me nace hacerlo, aunque no profundiza mi fe, ni me ofrece nada más que algo que hacer. Mis uñas, que solían ser sanas y fuertes, se han vuelto frágiles y quebradizas. Sitti Wasfiyeh solía regañarme por pintarlas. Decía que el rojo brillante me hacía ver vulgar y corriente, y que estaba pidiendo que me acosaran.

—Protege tu reputación —solía decirme. Dios la tenga en su seno.

Extraño a Mamá y extraño a Jehad. Extraño a Bilal. Por fin me dieron un libro acerca del comunismo que se titula *Cómo el comunismo destruirá a la humanidad*. Lo leí. Suena convincente, pero sé que es una estupidez porque Bilal, el ser humano más completo al que jamás conocí, es comunista.

Anatomía del hogar

Al llegar a casa de Hajjeh Um Mhammad, me recibió el aroma del *msakhan*, junto con al menos veinte personas que se reunieron allí para darme la bienvenida. Primero me apresuré a acercarme a Hajjeh Um Mhammad y le besé la mano, la coronilla y luego las mejillas.

—Que Dios te bendiga y te guarde, hija mía. Que llene tus días de alegría y bondad —me dijo.

Después fui a saludar a todos los demás, al mismo tiempo que exploraba la habitación para buscar a Bilal. Las hermanas de Hajjeh Um Mhammad y sus familias estaban presentes, al igual que Ghassan y su hermana, que trajeron panes recién hechos de su pastelería.

—Deseo que nuestro querido Jandal descanse en paz y que los años que le restaban se añadan a tu vida —le expresé a su hermana, que me respondió con sinceridad.

—Y a la tuya también.

También habría abrazado a Ghassan, pero ambos nos abstuvimos porque sabíamos que su hermana, que era muy tradicional, no lo aprobaría. Los gemelos estaban allí y como siempre terminaban las frases del otro para contarme que Wadee se había comprometido en matrimonio.

—Esta es Rula, mi prometida —contó Wadee, incapaz de refrenar su orgullo. La chica llevaba el cabello teñido de rubio y lentes de contacto verdes. Wadee flotaba, atendiendo con afecto todas las necesidades de su novia, aunque no percibí la misma devoción de parte de ella.

Samer y Jumana llegaron juntos.

—Tarde, como de costumbre —exclamaron los gemelos, mientras que Jumana iba a saludar a Hajjeh Um Mhammad.

La había estado observando desde un rincón cuando cruzamos miradas y caminó hacia mí con los brazos extendidos. Unos meses antes me había enviado una larga carta en la que se disculpaba otra vez y me prometía hacer lo que fuera para obtener mi perdón. Me aseguró también que estaba equivocada de que estuviera interesada en Bilal y me prometió contarme algo más, que no podía escribir en una carta, y yo creí que era sincera. Para ser franca, me alegro de que hayamos tenido esa confrontación en el subterráneo porque me permitió desnudar mi vida justo en la punta de mi dedo medio, pero eso ya no importaba. Supongo que la muerte de Jandal nos transformó a todos.

—Doy gracias por tu llegada a salvo, Nahr —indicó.

—Y que Dios te mantenga a salvo, Jumana —respondí al aceptar su abrazo.

Detrás de mí escuché la voz que había estado esperando.

—Doy gracias por tu llegada a salvo, Nahr —exclamó. El corazón me dio un salto al escuchar la voz de Bilal. Volteé hacia él, ansiosa de envolverlo con mis brazos y piernas, pero todas las miradas estaban sobre nosotros.

—Y que Dios te mantenga a salvo, Bilal —contesté y le estreché la mano, mientras que nos recorríamos completos con la mirada.

Samer tenía una naturaleza nerviosa y socialmente torpe. Por lo común estaba inquieto, pero ese día lo estaba más que de costumbre. Sacudía las rodillas de manera continua mientras estaba sentado y agitaba las manos, golpeteando las superficies cercanas.

—Tenemos muchas cosas que contarte —susurró—, pero será cuando la gente se vaya. —El modo en que se esforzaba por reservarse la noticia era encantadoramente infantil.

Lo primero que debía hacer al llegar a Palestina era presentar mis respetos a la familia de Jandal. De hecho, me sorprendió ver a Ghassan y a su hermana en mi fiesta de bienvenida, pero supuse que la vida debe continuar.

—Puedes ir con nosotros —dijo Ghassan—. De todos modos voy a regresar, así que también podemos llevarte a tu casa.

—Bilal, ¿por qué no nos acompañas? —Añadió la hermana de Ghassan. Nos miramos el uno al otro. Era obvio que la sugerencia era una forma de impedir que cometiera algún acto deshonesto. Quizá pensó que podría violar a su hermano de camino a casa, pero lo dejé pasar por compasión ante su pérdida.

Los cuarenta días formales de duelo ya habían pasado, pero la madre de Ghassan seguía hundida en la aflicción. Jandal era su bebé, el menor de siete hijos, y estaba completamente dedicado a su madre. Sin embargo, la vida tiene la costumbre de renovarse y, no mucho después de la muerte de Jandal, dentro de la familia nació un bebé varón, por lo que la madre de Ghassan se pasó toda mi visita conversando y cantando canciones de cuna para el recién nacido envuelto en pañales. No me quedé mucho tiempo. La familia de Ghassan reconoció el respeto que les mostré al visitarlos de inmediato luego de regresar a Palestina.

—*Aseeleh, ya Nahr* —exclamó su madre—. Eres hija de tu país y tiempos como este revelan la verdadera dignidad de la gente. —Ese comentario tenía múltiples capas de significado y en él sentí que me aceptaba de manera implícita.

Hajjeh Um Mhammad y sus hermanas ya no estaban para cuando regresamos a casa.

—Tiene su reunión semanal de la Asociación Femenina —me informó Bilal.

—¿Qué es eso?

—Algo que formaron en la Intifada, allá en los ochenta. La reiniciaron hace como un mes y le llaman el Ejército de Aisha. Hasta donde sé, ayudan a organizar y apoyar viajes para visitar las prisiones de mujeres en todo el país, pero si conozco a nuestra madre, podría ser que ella misma esté organizando una revolución —comentó Bilal con una sonrisa tan hermosa que sentí que me ruborizaba.

Faisal y Samer juntaron lo necesario para hacer un té en los carbones que estaban afuera, mientras que Ghassan y Bilal prepararon unos cuantos narguiles y Jumana y yo lavamos los platos. No le guardaba resentimientos a Jumana, lo cual era otra indicación de cuánto había cambiado; mi yo anterior hubiera cargado con la ofensa hasta obtener una dulce venganza.

—¿Por qué no están lavando los trastes? —Bromeó Jumana e inclinó la cabeza en dirección a los hombres.

—Porque no confiamos en que limpien los objetos en los que comemos —respondí.

—Chica lista.

Platicamos sobre su salón de belleza y algunas de las clientas regulares que yo conocía. El negocio estaba creciendo y me preguntó si estaría interesada en ayudarle.

—Te quedas ochenta por ciento de lo que ganes para el salón —ofreció. Era perfecto y, de hecho, ya había planeado preguntarle si necesitaba ayuda en el salón.

Cuando estábamos terminando con la última de las ollas, le pregunté:

—¿Qué era eso que solo podías decirme en persona?

Se detuvo un momento, volteó hacia mí y luego siguió frotando la olla.

—Cuando nos conocimos, te sorprendió que no estuviera casada a pesar de mi edad. La verdad es que… nunca me casé por la misma razón que Ghassan.

—¡Tú y Ghassan!

—Desde que éramos niños. De hecho, me propuso matrimonio en primer grado —sonrió—. Pero la vida se cruzó en nuestro camino y cuando llegó el momento, su familia se lo prohibió—. Pausó otra vez—. La gente culpa a mi padre por el asesinato del papá de Ghassan. Su padre estaba oculto —volteó a mirarme— … y mi padre llevó a los militares hacia él.

Le quité de las manos la olla demasiado pulida para enjuagarla. No tenía que decir más. Su padre era un traidor que ayudó a Israel a asesinar al padre de Ghassan. Su familia nunca les permitiría casarse.

—¿Por qué el amor siempre es tan trágico? —Bajé la olla y abracé a Jumana—. Entonces, ¿quién falta que se muera para que los dos puedan casarse? Supongo que no es imposible o ya no estarían esperando.

Jumana rio.

—¡Ay, Nahr! Tienes una franqueza maravillosa.

—¿Entonces?

Desvió la mirada y luego volvió hacia mí.

—Su tío.

—¿Solo un tío?

—Sí. El patriarca. Dijo que desheredaría a su sobrino si deshonraba a la familia casándose con la hija del traidor responsable por la muerte de su hermano.

—¡Vaya, eso es todo un trabalenguas! —Respondí.

Ella volvió a reír.

—Vamos con los demás —dijo y me llevó a la terraza.

Nos sentamos en medio círculo de frente al valle y Jumana le quitó la pipa del narguile a Ghassan y exhaló el humo con un suspiro. Ahora estaba sintonizada con ellos, con el ligero roce de sus manos, las dulces sonrisas y miradas cómplices entre los dos. ¿Cómo lo pasé por alto antes?

Descubrí que Bilal me miraba y que sonreía de un modo que me hizo sentir calor en el pecho. Me recliné en la silla y respiré el fresco aire hasta el fondo de mis pulmones. El paisaje estaba salpicado de amapolas silvestres que anunciaban la llegada de la primavera. En unas pocas semanas se multiplicarían hasta cubrir la tierra de terciopelo bermellón. Los manchones rojos y anaranjados que anunciaban el ocaso rasgaban el cielo. Asimilamos la belleza de esas tierras, junto con las metástasis de un asentamiento que se extendía cada vez más cerca y que amenazaba con devorarlo todo.

Samer se levantó de su asiento con gran emoción.

—Hay algo que tenemos que contarte —exclamó y los otros empezaron a reír y a checar sus relojes.

—Gané —declaró Ghassan. Habían cruzado apuestas sobre qué tanto aguantaría Samer antes de contar la noticia.

En mi ausencia habían tramado una enmarañada conspiración que no me incluía como contrabandista.

—La idea original no era buena porque todo podía venirse abajo si te atrapaban —comentó Bilal.

En lugar de eso, pusieron en movimiento un plan que sonaba bastante más peligroso, con muchas piezas en movimiento y planes de respaldo que implicaban a un contrabandista de armas ruso-israelí, narcotraficantes y turistas.

Una llamada a un teléfono por computadora —cosa que nunca había oído antes— de un guía de turistas en Nazaret iniciaría la operación de contrabando.

El hombre de Nazaret trabajaba para una empresa de autobuses que llevaba a los turistas a sitios bíblicos en Cisjordania. Acostumbraba trabajar por su cuenta con grupos pequeños e independientes porque era más lucrativo, no solo por las propinas, sino porque la camioneta de la compañía tenía compartimientos secretos que él usaba para transportar droga. El guía de turistas de Nazaret solo enviaría un texto en el que indicaría cuándo y dónde estaría estacionado el vehículo, y alguien que tuviera una copia extra de las llaves podría recuperar los contenidos ocultos mientras que él se paseaba por el lugar con sus turistas. Samer explicó que en el siguiente paseo que hiciera por su cuenta, transportaría las armas en los compartimientos secretos en lugar de drogas.

—¿Están confiando en un narco? —Les pregunté, incrédula.

—Técnicamente, es contrabandista —dijo Faisal—, pero no, los rusos confían en él.

Para ese momento, Wadee había regresado y terminó lo que su hermano estaba pensando.

—Es hombre de ellos.

—Si los rusos tienen una forma fácil de entrar, ¿por qué se tardaron tanto en decirnos? —Pregunté.

—No sé —admitió Bilal—. Supongo que querían asegurarse de que no estuviéramos trabajando con la policía Israelí o con la Autoridad Palestina, pero lo más probable es que no quisieran que supiéramos que trafican drogas a los barrios palestinos. No quieren que les arruinemos el negocio.

—¿Cómo sabes que no son unidades encubiertas?

—No lo sé. —Bilal me miró fijamente, recordándome que este no era un juego. Me tragué su mirada y dejé que también germinara como resolución dentro de mí.

Ghassan añadió:

—Tenemos vigías por todo el camino para alertarnos si es una trampa.

—¿Cuál es mi labor? —Pregunté.

—Si detienen la camioneta y la revisan en el retén, tú y Jumana tienen que crear una distracción —indicó Ghassan y Jumana añadió—: Pelearemos por un hombre.

—Prepárate para que te parta la madre porque soy peleonera —le dije, lo cual divirtió a los demás. Sentí su sinceridad. Esta vez, no era alguien ajeno, sino una camarada, una amiga, una hermana. Pensé en Um Buraq y en Sabah, las únicas otras amigas que logré conseguir en tres décadas de vida.

—¿Nahr? —Jumana me tocó la mano con cariño—. Te ves triste —susurró.

Le apreté la mano y le sonreí.

—Estoy contenta —dije. El sol era un medio círculo anaranjado que se hundía dentro de la tierra. Samer entró a poner la mesa para un juego de cartas.

Eran casi las diez de la noche de un viernes, tres semanas después, cuando sonó el teléfono de la computadora. La tiita Um Mhammad no se sentía bien y se había ido a dormir después de cenar. Bilal y yo estábamos lavando los trastes y se nos antojó algo dulce, así que discutíamos si valía la pena echarnos una carrera para comprar helado. El guía de turistas de Nazaret puso fin a esas deliberaciones. Bilal tomó el auricular con las manos mojadas mientras yo escuchaba su lado de la conversación.

—El *sabbat* está bien. Las cosas estarán tranquilas... No. En el barrio Barmal... Insisto. Tiene que ser en Barmal. Tengo gente allí... *Enshallah. Salaam.* Está en manos de Dios.

El hombre de Nazaret llevaría un tour privado ese sábado y Bilal insistió en que estacionara la camioneta en Barmal, un barrio de Belén con un próspero negocio de robo de autos. Estaba lo bastante cerca como para los recorridos a pie hasta la Iglesia de la Natividad, pero seguía siendo lo bastante apartado como para que si cualquiera viera que estaban desvalijando un vehículo de turismo, supiera que debía mirar hacia otro lado.

Colgó y yo deslicé mis brazos alrededor de su cintura y pegué la oreja contra su pecho. Su corazón latía con tanta fuerza como el mío. Se inclinó y me rodeó con sus brazos y hombros.

—Me alegro de que hayas regresado —afirmó y me dio un beso en la cabeza. Habíamos estado durmiendo bajo el mismo techo en habitaciones separadas, pero todas las noches me había ido a dormir imaginando que él estaba a mi lado.

Me separé de él.

—¿Tienes miedo? —Le pregunté.

Dudó un momento y se acercó un poco más.

—Sí —susurró mientras iba reduciendo el espacio entre los dos. Cerré los ojos y nuestros labios se encontraron. Me gustaría decirles que me sentí arrebatada por la pasión, pero no fue así. De lo profundo de mi ser brotó una intranquilidad, una inseguridad o temor tan constante que apenas me daba cuenta de su presencia. Al momento en que el beso se volvió más apasionado, expresivo, sediento, me abrumó el deseo de llorar. Nadie me había besado nunca con tanto amor y se me ocurrió que la felicidad puede alcanzar tales profundidades que se convierte en algo parecido al dolor.

* * *

A la mañana siguiente, todos estábamos levantados desde temprano y tomamos nuestras posiciones. Jumana y yo llegamos al retén a las nueve. Justo a tiempo, la camioneta de turismo se acercó en fila con los autos entrantes del otro lado. Ambas nos paramos en la cola sobre la banqueta, listas para iniciar el alboroto, cuando notamos que la camioneta se veía más sobrecargada de lo que se justificaría por la presencia de solo seis turistas, todos ellos occidentales blancos. Para alivio nuestro, los soldados les dieron la indicación de seguir sin inspeccionar más que sus pasaportes.

—Parece que nuestro trabajo terminó —señaló Jumana.

—Caray. Como que se me antojaba partirte la madre en público —le dije y reí.

—Amiga —respondió y tensó los músculos—, ¿qué nadie te ha dicho que te cuides de las flaquitas calladas?

—Te aplastaría con una de mis nalgas antes de que pudieras hacer cualquier cosa con esos músculos enclenques.

Las dos nos reímos, pero sin alegría, tensas por todo lo que podría salir mal en las siguientes horas. Wadee, Faisal y Samer tenían el trabajo más peligroso, porque eran los que tenían que recuperar las armas del compartimiento secreto de la camioneta, empacarlas dentro de un sofá en la parte trasera de un camión rentando, conducir hasta el salón de belleza y descargarlo. Meter el sofá al salón de Jumana era la parte más riesgosa, porque era seguro que los transeúntes quisieran ayudar, mucho por entrometidos, pero también por generosidad, y el peso del sofá podría despertar sospechas, lo cual seguramente haría que los militares llegaran hasta nosotros. De modo que los gemelos tendrían que rechazar cualquier ayuda y eso ofendería a los posibles ayudantes, lo cual de todos modos despertaría sospechas.

Allí es donde entraríamos de nuevo Jumana y yo. Debíamos esperarlos en el salón para ayudarles a cargar los cojines, que estarían llenos de armas y municiones. A nadie le parecería raro que las mujeres no pudieran cargar más de un cojín por vez. Habíamos resuelto cada detalle que se nos pudiera ocurrir e incluso nos aseguramos de que las clientas de Jumana no pudieran ayudar mediante llenarles el pelo con papel aluminio que se usa para teñir el pelo o meterlas bajo las secadoras, para obligarlas a quedarse sentadas.

Jumana y yo teníamos que cruzar un retén de regreso al salón y no esperábamos que nos detuvieran, pero uno de los soldados decidió que tenía que revisar con todo cuidado la identificación de Jumana. Temerosa de perder tiempo, coqueteé con el soldado. Aunque era cuando menos diez años menor que yo, siempre es posible contar con lo mucho que los hombres se distraen con sus penes. El chico judío con la enorme arma nos dejó pasar, entre sonrisas, y se quedó observando cómo se sacudían mis nalgas mientras nos alejarnos.

Tomé a Jumana de la mano como si fuera mi amante y le advertí:

—No voltees.

—Eres mi héroe. —Apretó mi mano—. Quiero ser como tú cuando sea grande.

—Óyeme, perra, eres más vieja que yo. —Tratábamos de aliviar la situación con bromas, pero eso no impidió que tuviéramos las tripas revueltas por la ansiedad. Seguimos con nerviosismo hacia el salón, que estaba a una distancia de veinte minutos a pie. Jumana se aflojó la pañoleta, que se fue deslizando con cada uno de sus pasos hasta quedar alrededor de su cuello. Cuando nos acercábamos al salón, vimos una multitud que obstruía la calle. Jumana me apretó otra vez la mano y caminamos deprisa hasta darnos cuenta de que la multitud estaba agrupada alrededor del salón y que intentaban romper la puerta. Entonces salimos corriendo mientras los niños del vecindario nos gritaban: «¡Apúrate, tía Jumana! ¡Tu tienda se quema!».

Nos metimos a empujones entre la muchedumbre y vimos que salía humo por la puerta y las ventanas. A la distancia escuchamos una sirena; el camión de bomberos se abrió paso entre la gente con el sonido estruendoso de su bocina. Nos echamos atrás hacia la masa de espectadores asombrados, aferradas la una a la otra, y desde allí observamos y escuchamos los gritos de los hombres que cargaban la manguera, el siseo y el bramido de las llamas, y el humo negro que salía del local.

La voz aguda de una chiquilla exclamó:

—Parece que tus hermanos tendrán que rehacer todo el trabajo.

Ambas volteamos hacia la niña y luego nos vimos la una a la otra, intercambiando miradas de preocupación. «¿Qué pasaría si descubrían el subterráneo? ¿Qué van a hacer ahora Samer y los gemelos? ¿Qué pasará con Bilal y Ghassan?»

Tuve una visión en la que nos torturaban a todos en las prisiones israelíes, arrasaban con todo el vecindario para que lo ocuparan los colonos, excavaban el lugar para crear otro sitio arqueológico judío tipo Disneylandia, le cambiaban el nombre a la ciudad y enviaban a los pobladores originarios a guetos en otra parte. Me dieron náuseas.

En ese momento sonó mi celular y lo abrí.

—¡Bilal!

—Habibti, ¿tú y Jumana están bien?

—Sí, estamos bien, pero el salón...

—Nos enteramos. Ghassan y yo estamos a cinco minutos. Mantengan la calma. Todo está bajo control.

Cuando el camión de bomberos se fue y nos quedamos paradas entre los rescoldos quemados e inundados del salón, Jumana tuvo una crisis nerviosa y empezó a gritarles a todos que se fueran. Sus secadoras, sus superficies de formica y las sillas de plástico se derritieron hasta crear figuras abstractas; las plantas de sus macetas estaban ennegrecidas y marchitas, y el ventilador del techo colgaba inestable de unos cuantos alambres, con agua que chorreaba de sus aspas.

—Vendí parte de la granja de mi padre para construir este negocio. Todo se acabó. Ahora nos van a matar y a llevárselo todo —le gritó a nadie en particular, caminando sobre el vidrio que crujía bajo sus pasos. Me asomé al baño. Los muros y los muebles, incluyendo el gabinete detrás del escusado, estaban chamuscados, pero no se habían quemado. Jumana se deslizó al piso con la espalda contra la pared, se abrazó las rodillas y empezó a sollozar. Me arrodillé cerca de ella, preocupada de por qué tardaban tanto Bilal y Ghassan.

—Habibti, tienes que recobrar la calma. Encontraremos una manera de arreglar el lugar, pero justo ahora...

—No lloro por el salón. No tengo forma de comunicarme con Faisal y Wadee, y no tengo idea de qué les pasó. No hay nadie a quien llamar, ni lugar donde buscarlos sin ponerlos en más riesgo. —Me miró a los ojos—. ¿Qué hemos hecho?

—¡Detente! —La tomé de los hombros para enderezarla y le dije con tanta autoridad como pude reunir, en voz baja, aunque ella se deshizo de toda la gente—. Bilal y Ghassan deberían haber llegado desde hace media hora. Hasta donde sabemos, todos los hombres fueron rodeados y los soldados vendrán pronto por nosotras.

Abrió los ojos todavía más, como si hubiera despertado de una pesadilla.

—¿Qué hacemos? ¿Deberíamos ir al subterráneo?

—No. La gente lo verá —respondí—. Debo llevar a la tiita Hajjeh Um Mhammad con su hermana, en caso de que los soldados vengan de camino a su casa. Luego tú y yo podemos...

Escuchamos que el motor de un vehículo se detenía. Bilal y Ghassan entraron corriendo hacia nosotras y Bilal casi se resbaló con la blanca espuma del extinguidor. Nos levantamos de un salto y Jumana aterrizó en los brazos de Ghassan, mientras que yo hice lo mismo con Bilal. Jumana se puso a sollozar otra vez, pero ahora sus gemidos se amortiguaban contra el pecho de Ghassan.

—¿Por qué tardaron tanto? —les pregunté cuando pude recuperar el aliento.

—Hay un nuevo retén en la calle Abu Hayyan. Dos hijos de puta en uniforme con un par de pedruscos en medio de la calle —contestó.

Tanto él como Ghassan sonrieron al ver el escusado y las paredes del baño ennegrecidas, pero todavía en pie, ocultando aún nuestro secreto.

—¿Qué les causa tanta gracia? —Jumana alejó un poco a Ghassan con un empujón.

Ghassan la abrazó de nuevo y se disculpó.

—Nada es gracioso, pero no tienen que preocuparse. Tus hermanos y Samer están bien y todos vamos a arreglar tu salón en un abrir y cerrar de ojos. Te lo prometo.

Me quedé con la boca abierta viendo a Bilal y los cuatro intercambiamos miradas. Lo que empezó con una risita de alivio se convirtió en carcajadas que hicieron que los transeúntes voltearan a asomarse.

Al final, Ghassan sugirió que nos fuéramos.

—Vamos por algo de comer. Bilal y yo sellaremos las ventanas y las puertas con algunas de estas maderas —apuntó a los tablones de los muebles quemados—. Cuando lleguemos a la casa les contaremos lo que pasó.

—No, cuéntennos ahora —insistió Jumana—. ¿Dónde están mis hermanos y Samer?

—Están a salvo y tienen la mercancía. El camión está estacionado en un garaje y se quedará allí toda la noche. Samer tuvo el buen sentido de rentarlo por una semana y nuestro contacto en Barmal les está dando asilo por esta noche —respondió Bilal. Jumana volteó hacia Ghassan para obtener confirmación.

—Es cierto —afirmó Ghassan—. Vendremos mañana temprano para reparar el exterior y reemplazar la puerta y las ventanas. Traeremos el sofá otro día.

Jumana frunció el ceño.

—¿Cómo van a reemplazar las ventanas antes que otra cosa? ¿Qué pasa si todo el lugar se derrumba?

Ghassan volvió a reír.

—No está tan mal como parece. Solo necesita un poco de limpieza y de carpintería. ¡El fuego no quema el metal y la piedra, *habibti*!

—Estoy segura de que eso ya lo sabe, Ghassan. —Le grité por instinto. Los hombres tienen una manera de dirigirse a las mujeres como si fuéramos niñas.

Él volteó hacia Bilal, como si se refrenara por consideración a su amistad, pero yo seguí:

—Igual que ya sabe, como estoy segura que tú también, que el fuego puede debilitar la argamasa y hacer que el metal se mueva o que incluso se derrumbe si no lo reparas. —Eso lo inventé, pero sonaba lógico, y supuse que era probable que Ghassan tampoco lo supiera. Me caía bien, pero tenía un machismo que me inducía a ser sarcástica y eso mismo lo provocaba a él.

—Los dos tienen razón —dijeron Bilal y Jumana a coro para aliviar la tensión, pero Ghassan tendría la última palabra.

—Solo deja que los hombres arreglen las cosas —exclamó, complacido consigo mismo al tiempo que se alejaba y Bilal me rogó con la mirada que no respondiera. Me mordí la lengua, pero no fue por Bilal, sino por lo que Ghassan dijo después.

—Solo fue un incendio eléctrico, no una explosión. Jumana no debería haber dejado prendida la hornilla —declaró.

De inmediato, Jumana me rodeó con un brazo y me susurró:

—Todo el tiempo dejo encendida esa estúpida cosa. —Entonces me di cuenta de que los bomberos se lo habían informado a Jumana y luego habían ido por todo pueblo contándolo. La única "hornilla" era el calentador de cera para depilar que yo usaba para las clientas. Yo fui la que la dejó encendida. El incendio fue mi culpa, pero Jumana no me lo había dicho a mí, ni a Ghassan. Volteé hacia ella, mortificada por mi error, pero en su mirada adiviné que no debía decir nada.

Esa noche me fui a dormir con la preocupación de cómo iba a disculparme y enmendar mi culpa. Creo que fue la primera vez que me sentí así.

Ghassan tuvo razón de que el incendio no dañó la construcción, pero sí destruyó lo suficiente como para tener a los hermanos trabajando todas las noches durante una semana, mientras que Jumana y yo limpiábamos, pintábamos y reparábamos lo que pudiera rescatarse. Si puede encontrársele un lado positivo al incendio fue la confianza que se formó entre Jumana y yo. Ahora era mi turno de disculparme, pero ni siquiera quería oírme.

—Si culpara a alguien, y no es así, sería a mis hermanos por el cableado defectuoso —me dijo.

Las horas que pasamos lavando el hollín de las paredes, techos, pisos, enseres y muebles transcurrieron en una hermandad redentora. Luego de limpiar tanto como pudimos, pintamos las paredes y los marcos de la ventana delantera recién instalada y de la puerta principal, que se quedaron bien abiertas para recibir el aire primaveral, mientras que en la radio sonaba la música pop de Nancy Ajram, Hayfa Wahbe, Amr Diab, Sherine y Ragheb Alama.

—Como te sientes culpable y tienes que expiar tus culpas, después puedes depilarme las cejas —me pidió.

—De todos modos te las depilaría.

—Sí, pero no después de todo un día de frotar, arrastrar cosas, barrer y pintar el salón.

—El modo en que lo dices me hace sentir como si necesitara un aumento.

—¡Tú fuiste la que dijiste que tenías que expiar!

—No dije nada de expiar. Tan solo me disculpé.

Una sonrisita de satisfacción apareció en su rostro al tiempo que agitaba su brocha y me lanzaba gotitas de pintura azul. Sorprendida, pero rápida en mis reflejos, usé mi rodillo para pintarle una raya azul desde el lado de su rostro hasta más allá de la cintura antes de que pudiera reaccionar y salir corriendo entre risas y gritos.

—¡No lo pensaste bien, amiga! —Le grité y la perseguí con mi rodillo de pintura. Ella agitó unas cuantas veces más su brocha hacia mí, pero las pequeñas gotas de pintura no estaban a la altura del largo alcance de mi rodillo.

Estábamos en eso cuando sus hermanos llegaron para instalar los mostradores y las estanterías que habían construido en su taller. La canción «*Ah We Nos*» de Nancy Ajram sonaba como fondo musical de nuestras locuras.

—¿Qué demonios están haciendo, par de locas? —Faisal parecía exasperado—. Hermana, no puedes hacer esto justo ahora. —Habían trabajado por tres días seguidos, tanto en sus empleos regulares como más tarde en el salón, y ninguno de ellos había descansado gran cosa, por lo que no estaban de ánimo para jugar. Wadee extrañaba a su prometida.

—Cree que la estoy engañando —nos contó. Faisal era un manojo de nervios y esperaba que alguien descubriera el camión en cualquier momento.

—Mis queridos hermanitos. Vayan a casa a descansar y mañana el lugar estará completamente pintado y listo para que instalen el mostrador y los anaqueles. Solo déjenlo todo aquí. —Jumana apuntó hacia el frente del local.

Jumana y yo nos tomamos un descanso para limpiarnos y disfrutar de una taza de té antes de regresar a nuestras labores. Bilal y Ghassan no podían ayudarnos mucho durante el día; tenían muchas cosas que hacer en la pastelería, en especial porque el Ramadán se acercaba con rapidez.

—¿Hay alguna otra razón por la que Ghassan solo nos puede ayudar aquí en las noches después de que me voy? —pregunté.

Jumana no levantó la vista de su té.

—Viene una vez que yo me habya ido. Ya sabes que a la gente le encanta hablar —respondió.

—Esa no es la razón, ¿verdad?

Suspiró.

—Sí.

—¡Mentirosa!

No respondió.

—No le gusta que seas mi amiga, ¿no es cierto? —Le pregunté.

—Nahr. —Suspiró de nuevo—. Es un palestino tradicional. Es un buen hombre con un gran corazón.

—¿Pero?

Dudó un instante.

—No está acostumbrado a que las mujeres lo cuestionen tanto, eso es todo.

Tomé aire entre los dientes.

—Volvamos al trabajo —dije y me levanté.

—Pero también te respeta de verdad. De hecho, te admira.

Eso me sorprendió, al mismo tiempo que me complació imaginar que lo que decía era cierto.

—¿En serio?

—Sí, lo dijo más de una vez.

Trabajamos hasta bien entrada la noche y solo nos detuvimos una vez más para comer unos sándwiches del carrito de *falafel* al otro lado de la calle. Limpiamos y pintamos al ritmo de la música que tocaban en la radio. Chismorreamos. Hablamos del amor, de la revolución, de consejos de belleza, de comida y soledad. De Bilal, de sus hermanos, de Ghassan, de la pastelería, de los asentamientos, de problemas menstruales, de astrología, ganado, gatos callejeros, noticias de los pueblos vecinos, política y de por qué ninguna de las dos queríamos tener hijos.

—Ya me preocupo bastante de mis hermanos, que son hombres adultos, en esta situación de mierda. No creo que sobreviviría a la preocupación porque mis hijos tuvieran que lidiar con los soldados y los colonos en todas partes a donde fueran —me dijo—. ¿Qué me dices de ti? ¿Por qué no quieres hijos?

—Es probable que por la misma razón que tú. No quiero traer una vida a este mundo que despreciará su existencia y porque… a veces, la idea de tener relaciones me causa ganas de vomitar.

Volteó hacia mí, pero yo mantuve la vista en lo que estaba haciendo y dejé que llegara a sus propias conclusiones del porqué.

Teoría del caos

Dos semanas después de la operación de contrabando, volvieron a empezar los juegos de cartas en la casa, el camión llevaba tiempo de haberse regresado y el nuevo sofá, ya vacío de su contenido secreto, reemplazó al anterior, negro de tizne, en el salón limpio, remozado y recién pintado. Estábamos exhaustos, pero orgullosos de lo que logramos. Trabajamos como equipo y nos mantuvimos leales unos a otros a lo largo de las peores sorpresas posibles. La confianza que se derivó de ello tenía peso; era un objeto inamovible, como las colinas que nos rodeaban, llenas de historias que jamás narrarían y de vida que siempre nutrirían. O así es como yo lo experimenté.

—De hecho, el incendio nos dio la excusa para traer un nuevo sofá, aunque el viejo todavía no estaba gastado —explicó Faisal. Siempre podíamos confiar en que él encontrara algo bueno en cualquier infortunio.

Más importante aún, los gemelos habían transportado las armas de manera segura a la caverna subterránea. Bilal y Ghassan, los únicos dos que sabían algo acerca de armas, todavía no inspeccionaban el cargamento. Al estar bajo vigilancia, trataban de que no se les viera juntos en lugares que no fueran la casa y la pastelería. La mejor oportunidad para inspeccionar las armas sería durante una futura boda local. Mientras tanto, lo más que Samer y los gemelos podían decir fue: «Ya lo contamos y está todo».

Al fin, Bilal y Ghassan se reunieron bajo tierra mientras Jumana y yo los ayudábamos con la gente que pudiera preguntar por ellos en la boda. Nos mantuvimos pegadas a Hajjeh Um Mhammad por un tiempo, pero se fue temprano con su hermana, que no se estaba sintiendo bien. Hice mi mejor esfuerzo posible, pero una y otra vez me sacaban a bailar y me perdía dentro de la música. Por fortuna, Jumana mantuvo la cabeza fría y al fin me alejó de la pista.

—Amiga, si vuelves a bailar una sola vez más, la novia te va a golpear. Le estás quitando toda la atención y el brillo —me advirtió. Volteé a sonreírle a la novia, que se limitó a entrecerrar los ojos y a darse la vuelta, al tiempo que la música de «Bitmoun» de Elissa llenaba el aire.

»Por otro lado, estás manteniendo distraídos a todos —susurró Jumana.

Vimos que Samer se dirigía a nuestra mesa. Era difícil interpretar su expresión porque jamás lo abandonaba una especie de nerviosismo aprehensivo, una costra de preocupación electrificada, como alguna especie de estática que te obligaba a preguntar «¿Estás bien?», una y otra vez.

—¿Todo bien, Samer? —Preguntó Jumana.

Le hizo señales para indicarle que no podía oírla. La música estaba demasiado fuerte. Jumana tomó una silla y lo obligó a sentarse entre las dos, los tres haciéndonos bolita—. ¿Qué pasa?

—No están nada felices —nos informó—. Dijeron que la mayoría del cargamento no sirve para nada.

Nos enderezamos en nuestros asientos. Vi a Bilal y a Ghassan en lados opuestos del salón dando una excelente impresión de estar disfrutando la fiesta. Cerca de treinta personas estaban bailando con una canción de 'Amr Diab; los demás estaban sentados a sus mesas mientras platicaban, comían y miraban a los danzantes. No había nada más que pudiéramos hacer esa noche. Me levanté para dirigirme hacia Bilal, pero alguien me jaló hacia la pista de baile justo al momento en que el *DJ* calmó los ánimos con música de Fairooz. Las primeras notas de su canción «Ya Tayr» siempre me conmueven. Es una melodía sencilla que tocan con una flauta, como todo lo que era bueno y se perdió. Los demás que estaban en la pista de baile enlazaron sus brazos y empezaron a cantar la letra. Cerré los ojos para hundirme más en la música. Fairooz tiene el tipo de voz que te roba el corazón y te lleva a otro sitio. Yo me vi transportada a otra época, en la que me sentaba a la orilla de las costas de Kuwait, mis dedos desnudos enterrándose en la arena mojada del Golfo Pérsico, las olas bañando mis pies al tiempo que cientos de caracolillos de mar se enterraban junto a ellos. Paseé por la calle El-Bahr en Salmiya con mis amigas, coqueteando con los chicos, presumiendo nuestros cuerpos y sus nacientes curvas. Cerca, flotaban imágenes silenciosas y sonrientes de Mamá, Sitti Wasfiyeh, Jehad, Sabah y Baba que se entrelazaban con la música. La soledad y deshonestidad de Mhammad, la astucia y generosidad de Um Buraq, Deepa y Ajay, Saddam Hussein, las bombas estadounidenses y, al final, de vuelta en Palestina, con el dulce Jandal y sus cabritos. Mis caderas tejieron una espiral de recuerdos que subían a través de mí en dirección al éter, hasta que la música empezó a apagarse. Abrí los ojos y vi a Bilal, mirándome.

De regreso a la mesa, Jumana se inclinó hacia mí.

—Estoy bastante segura de que se la acabas de parar a cada uno de los hombres de este lado del salón y de elevar la presión arterial de cada mujer. Creo que deberíamos irnos.

Eché un vistazo hacia Bilal. Seguía viéndome. Meses después me diría:

—Verte bailar, perderte en la música, me dejó paralizado. No podía moverme ni quitarte los ojos de encima.

Al final, todos los planes, riesgos, temores y trabajo agotador que llevamos a cabo sirvieron para dos rifles útiles, una pistola de 9 mm y una buena cantidad de cartuchos provenientes de un gánster ruso-israelí y de un narco palestino. Bilal invirtió casi la totalidad de sus ahorros para adquirir lo que resultó ser una colección más bien inservible de armas rusas y estadounidenses ligeras de la época de la Guerra Fría. No había nada que pudiéramos hacer al respecto. Aunque, de inicio, Bilal y Ghassan se pusieron furiosos por el engaño, para cuando volvimos a reunirnos su perspectiva se había transformado en optimismo. Supongo que eso es lo que los hacía revolucionarios. Estaban absolutamente comprometidos, con todo lo que tenían, y eso significaba buscar entre la derrota y la decepción para encontrar un nuevo plan y una razón para renovar esperanzas.

Durante el siguiente par de semanas, continuamos con nuestras rutinas normales y Ghassan y Bilal lograron escabullirse un sábado para llevar a cabo una práctica de tiro lejos en el bosque, para que nadie los oyera. Evitar los ojos siempre atentos no fue fácil, pero ya lo habían hecho antes y podían cubrir sus huellas, en especial durante el *sabbat* judío, cuando la mayoría de los trabajadores israelíes se encontraba en casa o ansiaba estarlo. En general, las labores de vigilancia quedaban a cargo de los informadores palestinos. Bilal y Ghassan investigaban a los potenciales informadores de manera constante, y ya habían logrado identificar a varios de ellos a lo largo de los años. Los utilizaban para despistar a los israelíes, o se aseguraban de que alguien «se encargara» de ellos. El sábado en el que se escabulleron para la práctica de tiro implicó que viajaran por separado a ciudades abarrotadas y que se cambiaran de ropa para después disfrazarse como mujeres.

—Es fácil, pero es muy tardado —me dijo Bilal. Los gemelos transportaron las pocas armas útiles a sitios de recolección específicos, adonde se les regresaría después para volver a guardarlas bajo tierra hasta que se necesitaran.

Estuvieron fuera todo el día. Jumana y yo nos quedamos juntas para no tener que preocuparnos a solas.

—La gente está hablando —me dijo mientras le depilaba las cejas con hilo.

—¿Acerca de?

—Nosotras.

—¿Creen que somos lesbianas?

—¡No, burra! De mí y Ghassan, y de ti y Bilal.

—Pensé que ya chismeaban de ti y de Ghassan.

—No como ahora. Antes no éramos tan abiertos como ahora.

—¿De qué hablas? No son abiertos para nada.

—La gente nos ve yendo a tu casa con mucha frecuencia y todos están hablando acerca de que tú y Bilal estén viviendo bajo un mismo techo, aun a pesar de la presencia de Hajjeh Um Mhammad.

—¿Y eso te molesta?

—¡Por supuesto! ¡Ay!

—Mírate nada más; una mujer revolucionaria que no puede con el dolor de que le saquen una ceja.

—Te odio.

—Mentirosa; me amas. —Le entregué un espejo de mano para que pudiera inspeccionar mi trabajo.

—Se ve bien.

—Se ve fabuloso. ¿Y por qué no ya se casan tú y Ghassan? Ignoren a su tío cascarrabias. Ni siquiera tiene sentido.

—La verdad es que hablamos al respecto. La mayoría de los hombres de la familia de Ghassan están de su lado. Va a tener que hablar con el tío... enfrentársele si es necesario.

—¡Al fin!

Ninguna de las dos quiso admitirlo, pero supongo que pensamos que el sentido de urgencia de Ghassan por casarse ahora tenía que ver con los peligros que se estaban acercando a nuestras vidas.

Las armas permanecieron ocultas por dos meses hasta que pudimos reunirnos bajo tierra de nuevo. Ya estaba avanzada la tarde del viernes cuando los hombres se presentaron a su juego de cartas habitual en casa de Samer. Jumana y yo cerramos el salón como siempre y nos ayudamos la una a la otra a descender por la cuerda detrás del escusado. Todo estaba más sombrío de lo que recordaba e incluso me pareció sofocador. Pero no quise admitir ningún tipo de incomodidad o debilidad frente a Ghassan.

Caminamos por el oscuro corredor hacia la luz de las linternas de pilas. Vimos las sombras de los hombres sobre las paredes de tierra antes de que aparecieran. Susurramos nuestros saludos y nos sentamos en una cobija puesta sobre el piso. La tierra se sentía fría bajo mi trasero.

—Buena idea —exclamó Samer antes de sentarse sobre sus manos al verme hacerlo. Estaba mascando chicle de manera vigorosa.

—Ghassan y yo creemos que tenemos un buen plan y queremos estar seguros de que todos estén de acuerdo... —empezó Bilal.

—No podemos decirles de qué se trata, pero necesitamos repasar lo que tendremos que decir en caso de que nos capturen. —Ghassan pausó para dejar que asimiláramos sus palabras.

—Si capturan a quien sea, deben afirmar su inocencia y culparme a mí —dijo Bilal.

—Y a mí —apuntó Ghassan.

—Pero bajo ninguna circunstancia, pase lo que pase, podemos revelar la existencia de este espacio —insistió Bilal. Solo podía ver la mitad de su rostro en la tenue luz. Trataba de ver la otra mitad cuando su cabeza se movía para quedar iluminada de manera intermitente. —Si alguna vez se enteraran de su existencia, destruirían al vecindario completo y a todos sus habitantes. ¿Comprenden?

Samer empezó a mecerse sobre sus manos.

—¿Pero qué vamos a hacer?

—Por el momento, solo tienen que seguir sus rutinas cotidianas —indicó Ghassan.

—No podemos decirles cuándo o dónde, pero vamos a ejecutar varias operaciones simultáneas —nos advirtió Bilal. La luz se movió sobre su rostro cuando se inclinó hacia adelante, dejando la totalidad de su rostro iluminado excepto por un ojo, como si trajera puesto un parche.

Bilal explicó que una pequeña banda de camaradas confiables de sus días en prisión también tendría papeles limitados y aislados, pero que mientras menos supiéramos, mejor.

Habían ideado un plan para eliminar soldados israelíes.

—¿Y después qué? —pregunté. Era una pregunta sincera, pero Bilal la interpretó como algo más.

—Aquí no hay cabida para un «¿Y después qué?». —Bilal, el Comandante de Hielo me miró de manera fija con un tipo de impaciencia que me lastimó—. Hacemos lo que podemos para luchar en su contra y toleramos las consecuencias, sin que importe lo que sean, ni lo mucho que nos pesen. —Se inclinó hacia adelante. Ahora podía ver la totalidad de su cara. No parpadeó. —Eso es todo. Eso es lo que podemos hacer.

Le devolví la mirada, sintiéndome furiosa y traicionada. ¿Cómo podía hablarme así frente a los demás, en especial frente a Ghassan?

Samer sacó las manos de debajo de sus nalgas.

—El problema es que resulta difícil organizar cualquier cosa de mayor envergadura cuando hay tantos traidores paseándose por allí.

—Es cierto —dijeron Wadee y Faisal al unísono. Jumana interrumpió para afirmar lo difícil que era tener una resistencia organizada bajo intensa vigilancia y a causa de la corrupción generalizada de la Autoridad Palestina.

Yo seguía hirviendo por las palabras de Bilal y me estaba esforzando por no ponerme a la defensiva, de modo que me reí.

—Lo que necesitamos es caos, no organización —dije, ignorando a Bilal de manera deliberada—. Nadie es más organizado que los palestinos —seguí, la ironía subrayando mis palabras—. Vean la manera tan ordenada en que nos formamos en los retenes, todos sacando nuestros pequeños pases verdes a las órdenes de nuestros amos. —Miré en torno a la habitación. Bilal se había retraído hacia las sombras y solo podía verse una tenue silueta de su rostro—. ¿Recuerdan cuando dejé que la botella de refresco salpicara la cara del soldado? Todos ustedes pensaron que fue gran cosa y el soldado casi se caga en sus pantalones. ¿Por qué? —respondí a mi propia pregunta, estirando el cuello hacia adelante—. ¡Porque fue un toque de caos en el teatro de la organización!

No podía determinar si me estaban escuchando con tanta atención porque lo que estaba diciendo era de lo más profundo, o porque era tan absurdo que ni siquiera sabían cómo contestar.

—A los soldados les fascina enfrentarse a muchedumbres enormes que les lanzan piedras, pero entran en pánico cuando alguien los salpica con un refresco. ¿Por qué? Porque esperan piedras y cocteles Molotov. No los sorprendemos. Estamos organizados en espacios codificados por color, con placas codificadas por color en nuestros coches. Solo piensen en lo que es bailar —seguí—. A la gente no se le necesita decir que baile. Solo tocas la música y sus cuerpos saben lo que tienen que hacer. Los puedes organizar el día entero para que bailen, pero nadie se moverá hasta que no toques la música. Solo tenemos que averiguar cuál es la música que impulse a los individuos y a los pequeños grupos de personas a que actúen como bien puedan, por todo el país, sin hacer el intento de organizarlos de inicio.

Bilal empezó a frotarse la ceja.

—¿Crees que la resistencia en contra de una ocupación militar colonizadora es igual a bailar? —El desdén en su voz me hirió a profundidad. Samer, que había dejado de masticar mientras hablaba, regresó a una velocidad audible y trató de cambiar el tema.

«Al carajo con todo esto», pensé al tiempo que me ponía de pie para marcharme.

—Espera —interrumpió Ghassan—. Creo que lo que estás diciendo tiene perfecto sentido… de manera extraña. —La vista de todos se centró en Ghassan.

Ghassan y Jumana cruzaron una mirada. Fue casi imperceptible, pero contenía una sonrisa inexpresada. Habían hablado acerca de mí en privado; ¿ella le habría dicho que estaba siendo demasiado duro conmigo?

—No necesitamos a muchas personas, por lo menos no al principio. Podemos utilizar las pocas armas que tenemos para un par de operaciones pequeñas. Dependiendo del éxito que tengamos, quizá pudiéramos confiscar más armas de los soldados —siguió Ghassan—. Tal vez esa debería ser nuestra primera meta; llevar a cabo operaciones que nos permitan acumular armas.

«Todavía no lo entienden», pensé, aunque no estaba del todo segura del porqué, ni tenía respuestas qué ofrecer.

—Creo que lo que sea que empecemos debe ser con el fin de despertar la imaginación de las personas para que actúen de manera propia, y que confiemos en que ellos imaginen lo que nosotros no hemos podido —insistí.

El silencio que siguió a esto estaba colmado de posibilidades e historia, como el espacio subterráneo mismo.

—He estado trabajando con nuestro contacto en Jordania —dijo Samer y, por alguna razón, todos voltearon a verme para después desviar la mirada. Samer se incomodó un poco, pero prosiguió—. Él…, perdón, *ellos* hicieron conexiones en el extranjero. Podremos establecer un sitio web para comunicarnos sin que sea posible que nos rastreen.

Jumana y yo, y quizá Ghassan, no teníamos tantos conocimientos técnicos como los demás. Utilizábamos el Internet muy poco y, de manera principal, para el correo electrónico, aunque ya había aprendido un poco a usar los motores de búsqueda más o menos durante el último mes; sin embargo, no los usaba con gran frecuencia porque el servicio de módem telefónico en casa, y en los cafés, cobraba por minuto.

Jumana le hizo a Samer la pregunta que yo tenía en mente.

—¿Y eso para qué es?

Los hermanos respondieron, terminando las oraciones uno del otro.

—Es una manera para que podamos transmitir ideas y para crear tableros de mensajes por toda Palestina y el resto del mundo. El sitio se hospedará en el extranjero y...

—¿Y por qué no solo colocar carteles o mandar correos electrónicos? —Pregunté. Los dos se rieron divertidos, cosa que me molestó.

—Es que los correos electrónicos son fáciles de rastrear; el sitio no podría rastrearse hasta nosotros —explicó Samer.

—Ah. —Volteé hacia Jumana—. Eso tiene sentido.

Bilal se había mantenido en silencio y ya se estaba haciendo tarde.

—Deberíamos terminar —afirmó—. Esto fue de veras excelente. —Volteó a Samer—. Déjanos saber lo del sitio web. —Después volteó hacia mí—. Nahr, nos diste mucho en qué pensar. —Por último, se dirigió a Samer, Faisal y Wadee—. Hermanos, tenemos estas armas gracias a ustedes. Podemos elaborar estos planes por su valentía y su labor.

Del mismo modo en que no podíamos llegar juntos, no podíamos irnos juntos. Bilal y Ghassan fueron los primeros en marcharse. Seguimos Jumana y yo, y dejamos a los gemelos y a Samer para que recogieran todo y nos siguieran un poco después.

Bilal ya estaba en casa cuando Jumana me dejó. No era la misma persona en casa de lo que había sido momentos antes.

—Antes de que digas nada, Nahr, quisiera disculparme —afirmó mientras tomaba mis dos manos entre las suyas—. Me equivoqué y lo supe de inmediato. —Quise preguntarle por qué no lo había admitido en ese instante, pero dejé que siguiera—. Creo que lo que pasa es que me endurezco cuando imagino que hay cualquier tipo de resistencia. Quizás es porque siento el peso de nuestra humillación durante esas horas, pero me doy cuenta de que me vuelvo insensible. No es quien quiero ser. —Me tomó entre sus brazos, que cada vez se convertían más y más en mi hogar.

»También quiero decirte que tu discernimiento fue de lo más profundo. Ahora lo comprendo —siguió.

Me eché hacia atrás.

—Dímelo mientras me ves de frente.

—Creo que eres brillante —afirmó—. Tienes una profunda inteligencia y una intuición que no pueden enseñarse.

Me dolía el corazón de tanto amor y añoraba la cercanía física tanto como me aterraba, pero no le faltaríamos al respeto a la confianza de Hajjeh Um Mhammad. De modo que lo abracé más fuerte y durante más tiempo, sin saber del todo qué hacer con el deseo que experimentaba mi cuerpo.

El sitio web de Samer entró en operaciones; lo llamó Orquesta del Caos.

—Lo nombré por tu teoría del caos —me dijo. Eso me gustó.

Jumana compró cinco latas de aerosol para matar avispas y avispones.

—Es mejor que el gas lacrimógeno porque con esto puedes disparar hasta a seis metros de distancia. —Se llevó el crédito por tener la primera idea creativa para una confrontación aislada—. Pensé que podríamos elegir uno de los retenes más pequeños que no tienen una torre de vigilancia. Podríamos vencerlos, en especial si Bilal y Ghassan se colocaran cerca con los rifles.

—Lo haces sonar sencillo —indicó Wadee—. Estás hablando de matar a soldados fuertemente armados que pueden convocar a un batallón completo en cuestión de minutos.

Faisal lo interrumpió.

—El retén de Surda sería ideal, en especial cuando empieza a oscurecer y casi no hay nadie que pase por allí. Solo tienen un *jeep* militar y cuatro soldados a lo más.

—Ya ha pasado tiempo desde que fui a Birzeit, pero tenía entendido que ese retén estaba desmantelado.

—Ya lo colocaron otra vez. Deberíamos hacerlo antes de que lo vuelvan a quitar —dijo Faisal.

—Si hacemos eso, los judíos le prenderán fuego a todas nuestras aldeas —exclamó Wadee en una evidente demostración de las dudas que estaba teniendo, quizás a causa de su prometida. Claro que todos teníamos dudas, pero Wadee era el más dispuesto a expresarlas ahora que las posibilidades del amor, el matrimonio y la familia estaban a su alcance.

Ghassan habló.

—Wadee, hermano, no tienes que formar parte de esto. Nadie te culpará si te alejas a estas alturas, pero tarde que temprano vendrán por ti y quemarán nuestras aldeas sea, que luchemos contra ellos o no. Y aun en caso de que te salves tú, no se salvarán las personas a las que amas.

La Orquesta del Caos parecía de lo más inocente ya que se dedicaba a reportar noticias y a seleccionar la «canción del mes», que Samer pensó sería una manera ocurrente de prestarle homenaje a la música, el origen de lo que él llamaba «la teoría del caos».

—Ese término ya está tomado, amigo —le indicó Bilal mientras fumaba el *argileh*, todos nosotros sentados sobre la terraza que miraba al valle.

—¿De veras? —respondió Samer para después voltear hacia mí—. ¿Te plagiaste todo el asunto del baile y del asunto del caos?

—No tengo idea de lo que está diciendo Bilal.

Ghassan soltó una carcajada.

—Hermano, vete tranquilo con el *hash* —le dijo a Bilal mientras tomaba su turno con el narguile.

—¿*Hash*? —dijimos Jumana y yo al mismo tiempo, nuestros ojos abriéndose como platos. Me pregunté si habían estado fumando lo mismo todo este tiempo, en lugar de tabaco.

Ghassan me ofreció la pipa, pero la decliné.

—Le tengo gran aprecio a mis pulmones —le dije, pero Jumana sí se arriesgó a darle una probadita. Todos lo hicieron, excepto por Samer y yo—. Oí que algunas personas se drogan y jamás se recuperan del viaje —explicó Samer.

—El punto es que la teoría del caos es todo un campo de las matemáticas; no tiene nada que ver con el desorden. De hecho, el caos no es aleatorio. Forma patrones predecibles —indicó Bilal, el Profesor Drogado—. Dentro de lo que parece ser aleatorio, la realidad es que existen sistemas altamente complejos pero deterministas con patrones repetitivos, retroalimentación constante y una organización que es de lo más sensible a las condiciones iniciales.

No tenía ni la más mínima idea de lo que estaba diciendo y volteé a mi alrededor para ver si alguien más le estaba entendiendo. Todos parecían estar perdidos, pero Bilal siguió adelante.

—Es importante entender que el determinismo no se refiere a predictibilidad. Y lo que es impredecible no es aleatorio por necesidad.

El clima es un ejemplo de la teoría del caos, así como el mercado accionario. Son deterministas, tienen patrones repetidos y retroalimentación constante y se autoorganizan. Impredecibles, pero no aleatorios. Una mariposa que aletea en Japón podría iniciar un huracán en el Golfo de México; eso forma parte de la teoría del caos. —Bilal pensó un instante y añadió—. ¿Lo ves, Nahr? Tenías toda la razón. El baile es un excelente ejemplo de un sistema caótico y creo que también tienes razón en cuanto a que la revolución pudiera serlo.

No pude evitar sonreír de oreja a oreja.

—No entendí una sola palabra de lo que acabas de decir, hermano, pero al mismo tiempo, todo tiene el más perfecto sentido —exclamó Faisal.

—Lo mismo digo —añadió Wadee y, después de una pausa—. Oigan, no puedo creer que Rula se vaya a casar conmigo.

Todos nos reímos y dijimos «nosotros tampoco» casi al unísono, excepto por Jumana, que empezó a acariciarle el cabello como si fuera su madre.

—Tiene suerte de tenerte, mi dulce hermanito.

Además de la sección de noticias y de la selección de la canción del mes, el sitio web era un portal hacia un tablero privado de mensajes restringido a miembros conocidos y verificados. Prometía privacidad, pero las conversaciones estaban monitoreadas por «el Contacto» en Jordania. No querían decirme de quién se trataba, pero esta persona utilizaba el tablero de chat para identificar a reclutas potenciales. Sospechaba que el Contacto Jordano pudiera ser Jehad, pero esperé a ver cuánto tiempo lo ocultarían de mí.

Ensayos y análisis políticos acerca de revoluciones en todo el mundo, así como los perfiles de los revolucionarios tras los mismos, eran características que surgían en el sitio web. Esta parte provenía de los tableros de chat privados y públicos. Samer y el Contacto guardaban las publicaciones interesantes en una sección que se convirtió en un repositorio de sucesos y personajes históricos que evolucionó para transformarse en un recurso para los grupos de estudio que empezaron a aparecer en los tableros de mensajes.

Jumana se adentró en estas publicaciones y alteraron nuestras conversaciones diarias. La cháchara acerca de quehaceres de la casa, clientes, dinero, hombres y consejos de belleza se vio reemplazada poco a poco con historias acerca de personajes como Dalal Mughrabi, Leila Khaled, Angela Davis, Harriet Tubman y Kathleen Cleaver.

—La mayoría de estas mujeres llevaban vidas comunes y corrientes, pero la vida hizo que emergiera lo extraordinario que llevaban dentro de sí mismas —dijo Jumana.

—¿Y cuándo va a pasar todo esto? —Faisal preguntó lo que todos queríamos saber. Wadee había dejado de asistir a nuestras reuniones de los viernes, pero nadie dijo nada al respecto, aun cuando podíamos ver que Faisal solo era la mitad de sí sin su gemelo.

Ghassan emitió una voluta de humo del narguile.

—Cuando el momento se presente.

Levanté mis ojos al cielo, pero no dije nada. Ese tipo de comentario críptico me molestaba.

—¿Qué tal durante el Rosh Hashaná o Yom Kipur? —presionó Faisal—. Como cuando Gamal Abdel Nasser los tomó desprevenidos.

—Sí —respondió Ghassan—. Ese es el tipo de momento que estamos esperando. —Para ser justos, Ghassan estaba drogado. Supongo que seguía en contacto con el guía de turistas de Nazaret. Esa noche, Bilal no estaba fumando con él. Habían empezado a experimentar juntos, pero Ghassan no se había detenido y había formado lo que parecía ser un hábito nuevo.

Samer cambió de tema.

—He estado haciendo algunas investigaciones acerca de las guerras de la antigüedad. ¡Les sorprendería lo sofisticado que era el armamento! ¡Miren esto! —Exclamó mientras señalaba la impresión de una fotografía—. Es una ballesta semiautomática de la china antigua llamada Zhuge Un. Podríamos reproducirla con facilidad y aprender a usarla. —Miró a su alrededor—. Ya se publicó en el tablero de mensajes en línea. Alguien más en el grupo publicó las instrucciones para fabricar cerbatanas; las tribus indígenas de las Américas las utilizaban para cazar presas de gran tamaño con dardos envenenados.

Pasó otra foto para que la viéramos.

—Esta es otra ballesta de lo más poderosa que inventaron los griegos en el siglo v a.C. Otro objeto, llamado *polibolos*, es un sistema de artillería de repetición que inventaron los griegos en el siglo III a.C y, claro, están los ninjas, que inventaron los palestinos en la Intifada del siglo XX. —Samer se rio y señaló a la fotografía del dispositivo poncha-llantas hecho de grandes clavos de hierro insertados en discos de hule tomados de llantas viejas.

Bilal tomó la foto.

—¡Los recuerdo! Ya estaba en prisión, pero durante la Intifada, la gente los arrojaba por toda la calle justo antes del avance de la milicia y se quedaban a ver cómo los *jeeps* tenían que orillarse con todas las llantas ponchadas.

El sol se había puesto hacía rato y estábamos sentados bajo un dosel de estrellas que contrastaba con la profunda oscuridad que despertaba nuestra imaginación y nuestros temores. Podrían poner a Jandal y a miles como él en sus miras para después jalar del gatillo, pero no estábamos indefensos. Las posibilidades para una resistencia armada creativa eran infinitas.

Un viernes por la tarde, Bilal y yo organizamos un día de campo en una tienda de campaña acurrucada entre los árboles de la franja exterior de los olivares de su familia, no lejos de «nuestro lugar». No habíamos regresado al mismo desde que habían matado a Jandal, aunque todavía quedaba parte de su rebaño. Uno de los primos de Jandal se había hecho cargo de su trabajo de pastoreo para darle seguimiento al legado de Jandal, pero no era lo mismo para Bilal y ya rara vez iba a revisar a los animales.

—Hay algo que quiero que sepas en caso de que me pase alguna cosa. Solo Ghassan lo sabe.

Esperé.

—¿Ves por allá donde los almendros se están muriendo?

Podía verlo. Ya habíamos hablado del tema antes. Israel racionaba el agua a los palestinos, en especial a los granjeros, y después entraban para confiscar las granjas y arboledas agonizantes argumentando descuido.

—¿Temes que los judíos se apropien de las arboledas? —Le pregunté.

Suspiró profundamente y alejó la mirada, pensando en cómo decir lo siguiente.

—Uno de los jornaleros que trabajó en las tuberías de agua para el asentamiento es un viejo amigo. Tomó el trabajo por desesperación, de modo que no puedo culparlo, pero le pagué para que perforara dos hoyos en los conductos y que de allí sacara dos tubos estrechos para que pudiera regar los almendros.

—¡Eso es brillante!

—Los tubos bajan por los lados de las bases hasta quedar enterrados y salen como a tres metros de distancia. No pudo correrlos más allá sin que lo atraparan. Yo tengo que extender los tubos el resto del camino para conectarlos con el sistema de riego que tenemos aquí —detalló, al tiempo que me mostraba dónde había enterrado una manguera debajo de la tienda en la que estábamos—. He estado fingiendo que estoy desbrozando el terreno alrededor de los árboles y que le doy vuelta a la tierra a fin de extender la tubería, pero el último tramo sigue estando fuera de mi alcance sin que lo detecten.

Lo escuché, en espera de oír el resto, mientras la lona de la tienda se mecía con suavidad en la brisa. La tienda solo tenía tres lados y un techo. El cuarto lado se abría hacia las colinas llenas de árboles y el verde valle. Una vieja alfombra cubría el piso de lona y una pesada capa de lana beduina cubría las paredes para amortiguar el sonido. Estaba sentada con las piernas cruzadas mientras jugueteaba con la orilla desgastada de la alfombra.

—¿Puedo ayudarte con las mangueras? —Dije al fin.

Estaba a punto de decir algo, pero no habló.

—Sea lo que sea, te ayudaré con ello —insistí.

—Estamos seguros de que tienen vigilancia de algún tipo, pero todavía no están tan establecidos como para tener cámaras fijas. Por lo que puedo determinar, solo tienen una estación de soldados que hacen de vigías porque sigue siendo un asentamiento bastante pequeño —empezó Bilal—. Necesito que conectes la tubería mientras yo distraigo a los soldados. Te diré exactamente lo que necesitas hacer.

—¿Cómo los vas a distraer? —Le pregunté, pero sin obtener respuesta—. ¿Es algo que hará que te arresten?

—Es posible.

Pensé unos momentos.

—Suena a que es algo que ya pensaste a detalle y confío en ti. Dime qué necesitas y cuándo.

—Esta noche —me dijo y procedió a explicarme el plan, paso a paso, antes de dejarme sola en la tienda con una excavadora espiral motorizada de mano, tubos, cinta de plástico y un temporizador.

Cayó la noche y entendí por qué Bilal me había insistido en que trajera suéter y chamarra. Aunque el clima seguía siendo cálido, por la noche se hacía invierno. Me quedé dentro de la tienda, temblando de frío, en espera de la señal, una fogata en la distancia, sobre las laderas más bajas de las colinas, detrás de la casa de Ghassan.

Una sinfonía de grillos llenó la oscuridad mientras crecía mi ansiedad. A solas, bajo el cielo abierto, regresó a mí un recuerdo de Kuwait, en un lugar lejano y en un momento lejano, sobre la playa, cuando un trozo de vidrio roto se había hundido a cada vez mayor profundidad en mi espalda con cada arremetida del hombre que tenía sobre mí. Sentí un dolor intenso proveniente de la cicatriz que había marcado esa noche sobre mi cuerpo para siempre, y pensé en lo mucho que mi vida había cambiado. Dos noches de terror a solas en la naturaleza; una llena de desesperación y de la sensación de un final, la otra colmada de posibilidad, vida, amor, anticipación y poder, tanto personal, como colectivo.

Allí estaba. Me levanté de un brinco cuando los fuegos artificiales empezaron a detonarse como miles de ojos de fuego que parpadeaban en la oscuridad. El corazón golpeaba en mi pecho cuando inicié el temporizador, tomé las mangueras y medí cuarenta pasos del árbol marcado; después, me dejé caer sobre la tierra, tratando de encontrar un pequeño montón de piedras a tientas, como me lo indicó Bilal. Revisé el temporizador y entré en pánico. Ya iba atrasada. Palmoteé la tierra con más ansiedad, sin suerte, y justo cuando estuve a punto de darme por vencida, encontré las rocas y empecé a cavar hasta que encontré el plástico. Los tubos se unieron con facilidad. Bilal había temido que los extremos no se acoplaran y me dijo que improvisara con el rollo de cinta, pero no fue necesario. Me arrastré un poco a la derecha para encontrar el segundo tubo. Nada. Después, recordé que tenía que buscar a mi izquierda.

Los fuegos artificiales seguían detonándose, espaciados por algunos segundos de silencio. Encontré el segundo montón y acoplé la manguera. Ahora, tenía que cavar una pequeña zanja para enterrar los dos tubos a lo largo de la zona prohibida entre la tubería de agua y el extremo de las arboledas. Aguanté la respiración y esperé a que los cohetes se intensificaran para poder arrancar la excavadora. Jalé la palanca, coloqué la excavadora en ángulo en el momento en que prendió y corrí con ella hasta la línea de árboles. Fue sorprendentemente fácil, porque la fuerza de la excavadora me jaló sola. Con velocidad, enterré el primer tubo y me dejé rodar por la colina para aplanar la tierra. Volví a localizar la segunda manguera y esperé otra detonación de fuegos artificiales antes de repetir el mismo procedimiento.

Las detonaciones cesaron, se apagó el fuego en la colina y empecé a andar por el camino hacia la casa. No podía ver gran cosa, pero estaba segura de que estaría cubierta de tierra, sudor y, quizás, insectos. Si arrestaban a Bilal, tendría que caminar el resto del trayecto a casa, que era la parte más riesgosa del plan. Mi corazón estaba latiendo con mayor velocidad y fuerza de lo que creí que fuera posible.

No llegué lejos antes de que Bilal se detuviera en el camino junto a mí.

—¡Súbete! —Me gritó.

—Ya quedó —le dije mientras lo iluminaba una sonrisa como jamás había visto antes. Tomó mi rostro entre sus manos y me besó fuerte sobre los labios, casi saliéndose del camino antes de volantear para regresar al mismo, riéndose.

Pensamos que la milicia israelí llegaría esa noche, pero no lo hicieron. Tampoco vinieron al día siguiente, ni al siguiente, ni al que le siguió. Tampoco fueron tras Ghassan por los fuegos artificiales, que están prohibidos para los palestinos, y todos nos pusimos nerviosos de que estuvieran planeando algo más grande.

—O tal vez no sepan quién lo hizo —sugirió Ghassan.

—¿Hizo qué? —Contesté.

Ghassan rio, aprobando mi respuesta.

Bilal y yo regresamos a las arboledas y fingimos estar podando y desbrozando mientras conectábamos las mangueras. Miró hacia la tubería de agua. Las dos zanjas que había cavado todavía podían verse, pero solo si sabías a qué estar atento.

—Hiciste un trabajo magnífico —me dijo.

Ya hacía mucho que se había colocado un sistema de irrigación que se alimentaba de un barril de agua al tope de la colina, justo detrás de la tienda, mismo que Bilal llenaba de vez en vez con costosas entregas de agua de pipa que pagaba cuando la lluvia no alcanzaba; pero ahora, sentados con una charola de bocadillos y sorbiendo té caliente, una pequeña bomba estaba tomando el agua a través de las mangueras enterradas para llenar el barril, de donde se repartiría a los árboles.

—Ladrón que roba a ladrón… —dije.

—Solo estoy recuperando un poco de lo que nos pertenece —respondió. Bilal no tenía muy buen sentido del humor.

Me enseñó a conectar la bomba.

—Tráela contigo siempre que vengas —me indicó.

—¿Crees que solo sea que no saben que fuiste tú? —Pregunté—. ¿O será que piensan que los cohetes no fueron la gran cosa?

—Créeme, lo saben y vendrán.

—¿Y por qué no solo te escondes?

—Será peor si lo hago. Demolerán la casa o harán otra cosa con tal de lastimar a la gente a la que quiero.

El sonido de la bomba me dio una idea.

—Cuando el barril esté lleno, deberíamos invertir la dirección para bombear nuestras aguas residuales a su tubería —sugerí.

Los soldados llegaron a las cuatro y media de la mañana del miércoles. Bilal estaba dormido, pero Hajjeh Um Mhammad estaba llevando a cabo la limpieza *wudu* en preparación para la oración *fajr*. Me desperté a causa de la explosión que derribó la reja del patio y me apresuré a ponerme un suéter sobre mi pijama. Para cuando llegué a la puerta, los soldados ya estaban adentro y arrastraban a Bilal al exterior, sin camisa y con las muñecas atadas detrás de su espalda. Hajjeh Um Mhammad empezó a gritar y uno de los soldados la tiró al piso. Cuando corrí a ayudarla, otro de ellos me jaló hacia atrás y también me ató las muñecas, las correas de plástico se enterraron en mi piel. Hajjeh Um Mhammad les arrojó todo lo que tenía a la mano: un cenicero, un adorno de madera tallada, un zapato, el narguile. Cuando se puso de pie, uno de ellos levantó su mano abierta de forma amenazante y ella le escupió, maldiciéndolos a todos de manera incesante. Otro de los soldados lo jaló para alejarlo y, quizá para salvar cara, decidió apresarme a mí y me arrastró por el pelo hacia afuera, donde estaba Bilal.

La mañana seguía estando fresca y oscura; me dio gusto traer el suéter. Bilal estaba al otro lado del patio custodiado por dos soldados, al igual que yo. La luz de la luna y de la lámpara del patio bañaba su cuerpo. Jamás lo había visto sin camisa, aunque lo había imaginado. Era delgado, con un pecho musculoso donde podía verse un cúmulo triangular de vello negro que se convertía en una línea que corría por en medio de su cuerpo hasta su ombligo y al interior de sus pantalones. Su vientre era un poco blando. Lo había sentido innumerables veces cuando nos abrazábamos. Me estaba mirando con fijeza; la angustia, deseo, temor y furia mutuos pasando entre los dos. Nuestros ojos se encontraron cuando comenzamos a oír que rompían cosas en el interior. Empezaron a prenderse las luces de las casas cercanas. Pronto, la gente se estaría reuniendo. Algunos ya estaban caminando entre los olivares para evitar a los soldados apostados sobre el camino. Venían por solidaridad, por curiosidad, para fungir como testigos y porque ellos también querrían que se presentara la gente cuando les llegara su momento.

Poco a poco, la luz del día empezó a deslavar a la luna y las estrellas mientras aparecían cada vez más soldados por la vereda que subía hacia la casa.

Bilal dejó escapar una carcajada llena de sorna.

—¡Vaya, vaya! ¿Y a quién tenemos aquí? ¿A qué debemos este honor, comandante? —Exclamó burlesco al uniformado israelí que se estaba acercando. Los dos hombres se miraron, cara a cara. Escuché que Bilal susurró «Hola Tama...» antes de que el israelí lo golpeara con la culata de su rifle para dejarlo inconsciente. Al fin lo sabía. Ese era Tamara.

Cuatro soldados recogieron a Bilal del piso, arrastrándolo por la vereda hasta el camino, cada uno sosteniendo una de las extremidades de Bilal, su cabeza laxa moviéndose con cada paso.

El comandante volteó hacia mí y contempló mi rostro. Después, desvió la mirada y dio órdenes para que me soltaran. Para ese momento, ya se había juntado una muchedumbre. Los soldados estaban empujando a la gente a un lado, detonando sus armas al aire y lanzando latas de gas lacrimógeno a las personas que se acercaban por la colina. Escuché a Jumana antes de poder verla. Un soldado que pasó junto a ella la empujó al piso.

—¡*Sharmoot*! ¡*Ibn sharmoota!* —protestó. «¡Puto! ¡Hijo de Puta!».

El sol ya había salido para el momento en que los israelíes se marcharon, llevándose a Bilal con ellos. Aunque no cabía duda de que iba a suceder, me atormentó su arresto y, más tarde, su ausencia, por lo que pasé varias noches en vela preguntándome lo que los interrogadores le estaban haciendo.

Jumana y yo conseguimos las pastillas para el corazón y la presión de Hajjeh Um Mhammad y le preparamos un pequeño desayuno, que se rehusó a comer. Todos los muebles de la casa estaban abiertos, algunos de ellos rotos, y su contenido se había vaciado al piso. Un regimiento de vecinos y familiares rodeaba a Hajjeh Um Mhammad, que lanzaba maldiciones a los soldados ya ausentes. Fue cuando vi a la mujer formidable que había tolerado toda una vida de ocupación militar, esfuerzo y viudez. Alternaba entre maldiciones y oraciones a Dios para que aniquilara a los israelíes, pusiera a los malignos de rodillas, y castigara a todos los opresores para vengar a las víctimas. Pero no derramó una sola lágrima. Era una roca. Una pared. Una fuerza. Una mujer. Más tarde lloraría lágrimas angustiadas y amargas, pero únicamente a solas o en compañía de sus hermanas y de sus amistades más cercanas. Pensé en mi madre y en Sitti Wasfiyeh, en Um Buraq y en todas las mujeres de nuestro *hara* de Kuwait que habían soportado los traumas del colonialismo.

Jumana me rodeó con uno de sus brazos.

—Bilal es un guerrero; estará bien. Limpiemos este desastre. —Y una vez más empezamos a poner las cosas en orden. Doblamos y organizamos la ropa tirada por doquier, juntamos los alimentos regados, salvamos lo que pudimos del arroz que quedó sobre el piso de la cocina, aspiramos el azúcar y la harina de los muebles, y la limpiamos de las paredes.

El día siguiente trajo noticias del arresto de Ghassan. Hajjeh Um Mhammad preparó una comida para su familia y nos apelotonamos en el carro de Bilal para ir a su casa, que también habían registrado.

Muchas personas ya estaban allí, ayudando a limpiar, pero Jumana y yo nos quedamos a ayudar antes de regresar con Hajjeh Um Mhammad para terminar de ordenar nuestra propia casa.

En otro día más, un carpintero local ya había reparado los gabinetes, cajones y estantes rotos. A lo largo de las semanas siguientes, las hermanas de Hajjeh Um Mhammad, y la multitud de familias que la amaba, llevaron más comida de la que jamás podríamos comer. Refrigeramos parte y regalamos el resto. El sol se puso y volvió a salir como si nada hubiera sucedido, indiferente a la ausencia de Bilal y Ghassan, y al conocimiento de que los estaban lastimando en formas que no aguantábamos imaginar. No hubo ningún cargo. No hubo un juicio. A los dos los tenían bajo «detención administrativa». Y todo esto solo por conseguir un poco de agua para los árboles.

La tenacidad del dolor de corazón puede afectar al cuerpo. En los meses posteriores al arresto de Bilal, Hajjeh Um Mhammad se puso muy delgada y yo me quedé a cuidar de ella. Jumana dividía su tiempo entre su propia casa, la nuestra y el salón. Una vez por semana, también me acompañaba a prender la bomba y a llenar el barril de agua. La hermana de Ghassan y otros miembros de su familia se dedicaron a administrar la pastelería. Seguir con el trabajo de Bilal y de Ghassan fue la manera en que todos lidiamos con su encarcelamiento.

Las órdenes de detención administrativa se renovaron en dos ocasiones más, con intervalos de seis meses. Nunca acusaron ni a Bilal, ni a Ghassan de ningún delito. En esos dieciocho meses, Wadee se casó con su prometida, Samer consiguió una beca para estudiar en Rusia, Hajjeh Um Mhammad pasó una semana en el hospital, y la cosecha de aceitunas vino y se fue sin ella y sin mí, ya que me quedé a su lado mientras la aldea entera recogía, clasificaba y prensaba las aceitunas. Aumentaron los ataques de los colonos, pero me dijeron que la cosecha fue buena. Fue la primera cosecha a la que faltó Hajjeh Um Mhammad en toda su vida.

Estábamos a finales de octubre una vez más, durante otra temporada de cosecha, cuando llegó la noticia de que liberarían a Bilal. La dicha de Hajjeh Um Mhammad fue efusiva.

—¡Gloria y gratitud a Ti, Todopoderoso! ¡Alabado seas! —Entonó mientras reía y lloraba a un mismo tiempo. En la euforia que la embargó el resto del día, se la pasó moviéndose por la casa al tiempo que cantaba. Sus hermanas y amigas llegaron para ayudarla a hacer *mansaf*, el platillo de cordero favorito de Bilal. No sabíamos exactamente cuándo lo liberarían, pero su abogado nos aseguró que hoy sería el día. Hajjeh Um Mhammad dedicó la mañana entera a preparar la carne y el *jameed*, yogurt seco fermentado. Nos envió a Jumana y a mí para conseguir los mejores y más frescos cortes de cordero.

—Si tiene un aroma algo fuerte es que lo sacrificaron ya viejo y la carne no servirá. Lo mismo con el color. Asegúrense de encontrar carne que tenga un color rosa claro. La carne roja es demasiado dura y no terminará tan tierna después de cocinarla —nos instruyó.

— *Haader, ya sit el kol* —respondimos las dos. «Sí, señora».

—Y consigan cardamomo fresco; lo moleré aquí.

— *Haader, ya sit el kol.*

—Y asegúrense de comprárselo a Abu Abdelkarim. Es mi vendedor de especias favorito. ¡Y no se les olvide decirle para quién es!

Trató de darnos dinero, pero nos negamos, por supuesto. Como había dejado de trabajar para cuidar de Hajjeh Um Mhammad, casi no tenía dinero, pero Jehad me había enviado el suficiente como para que me durara un par de meses. Entre su trabajo, el trabajo de cómputo independiente que llevaba a cabo y la administración de la recién obtenida fortuna de Sitti Wasfiyeh, a mi hermano le estaba yendo de lo mejor.

—Al menos llévense esto para Abu Farooq y Abu Abdelkarim —nos insistió al tiempo que nos entregaba bolsas de frutas y verduras que regalarles al carnicero y al comerciante de especias—. Siempre les llevo algunas pocas cositas del jardín.

La noticia se difundió por todas partes. En la calle, la gente nos detenía a Jumana y a mí para preguntarnos si era cierto que Bilal estaba de camino a casa. Cuando preguntaban acerca de Ghassan, los ojos de Jumana traicionaban su propia desesperación ante su alargada detención.

El carnicero nos dio cortes adicionales y el comerciante de especias nos llenó de obsequios de granos de café, nueces de la india y cúrcuma fresca «para la *hajjeh* y para nuestro héroe Bilal».

Para cuando regresamos, Hajjeh Um Mhammad ya había remojado el arroz y disuelto el *jameed*. Las demás mujeres habían trabajado un poco en el jardín y se habían regresado a sus casas llevándose algunas verduras y frutas, manteniendo así el hábito de compartir lo que produjeran los huertos del hogar. Jumana y yo miramos con ansias mientras Hajjeh Um Mhammad revisaba las bolsas de compras, olisqueaba las especias e inspeccionaba la carne.

—¡Hicieron un excelente trabajo, chicas! —Nos sonrió desde la mesa de la cocina. Aliviadas de haber llevado a cabo nuestras tareas de manera cabal, Jumana y yo lavamos el cordero en repetidas ocasiones, como nos lo indicó. La artritis se había llevado consigo el vigor de las manos de Hajjeh Um Mhammad y sus movimientos eran dificultosos, pero insistió en preparar la carne con las especias ella misma.

—Tienen que cubrir cada trozo por separado —nos indicó mientras frotaba la carne con la mezcla de especias—. Y tienen que recitar el Corán dentro de sus corazones cuando lo hagan... o, al menos, deben pensar en cosas sagradas. Darle gracias a Dios y al animal cuya vida va a nutrirnos. Oh, Señor, bendice este día. Te agradecemos por todas las cosas. Alabado seas, Señor.

Jumana ayudó a cubrir el resto del cordero con las especias mientras yo molía el cardamomo en un fino polvo con el mortero y el pistilo. Después, Hajjeh Um Mhammad añadió el cordero a una olla de agua en ebullición y le vació el cardamomo, las hojas de laurel, la *mistika*, sal, pimienta negra y clavos de olor. Los aromas de un hogar amoroso en espera de su hijo flotaron por toda la casa. Cuando la carne quedó cocida casi a la perfección, pusimos al fuego otra olla donde preparar la salsa. Jumana y yo tomamos turnos revolviendo el *jameed* mientras Hajjeh Um Mhammad le añadía los trozos de carne cocida de uno en uno. Tomó una pizca de cúrcuma y la añadió a la salsa blanca. «Necesita un poco más de sal», decía después de probar su guiso, o un poco más de esto o aquello.

—¿Ya tostaron las almendras? —Preguntó.

—Sí, y el perejil ya está picado —respondí.

—Son tan buenas muchachas, ustedes dos. Dios me dio las hijas que nunca tuve. Alabado sea. Alabada sea Su sabiduría y Su piedad. —Volteó a mirar el reloj que se encontraba en la pared—. Oh, Señor, en tu infinita bondad, trae a mi hijo a casa pronto. Oh, Dios y Señor mío, te ruego liberes su camino de la perversidad y malicia de estas personas.

Jumana y yo volteamos a vernos. Para estas horas, Bilal ya debía haber llegado a casa. Seguimos ayudando con la cocina y la limpieza. Varias personas llegaron a saludarnos y a desearnos bendiciones. La mayoría se quedó, y cuando pareció que Bilal ya no llegaría, regresaron todavía más visitantes, incluyendo las hermanas y amigas de Hajjeh Um Mhammad, para ayudarla a soportar la decepción.

—Vendrá hoy. Por voluntad del Todopoderoso, vendrá a casa hoy —insistía Hajjeh Um Mhammad, rehusándose a aceptar cualquier otra opción. Nos pidió que le consiguiéramos su silla motorizada. Mientras lo estábamos haciendo, escuchamos el rugido de la muchedumbre y después vimos a un grupo de treinta o cuarenta hombres que se apresuraban por la vereda, cargando a Bilal en hombros. Estaba sonriendo, pero yo sabía que lo avergonzaba ser el centro de toda esa adoración y pude adivinar el agotamiento tras su sonrisa. Primero, se dirigió hacia su madre hincándose para besarle los pies mientras ella se esforzaba por levantarlo. Bilal le besó las manos, la frente y las mejillas. Jaló a sus tías y a otros en un abrazo y después nos abrazó a Jumana y a mí. No importaba que no fuéramos parte de su familia; la gente aceptó su afecto físico como si fuéramos sus propias hermanas. Antes de cualquier otra cosa, éramos las más queridas amigas y su llegada a casa me llenó de una alegría muy parecida a aquella del día en que Jehad regresó a nosotros después de estar encerrado en la prisión en Kuwait.

Escuché que le susurró a Jumana, «Ghassan te manda su amor».

Hajjeh Um Mhammad apresuró a todas las mujeres a la cocina para calentar los alimentos y empezar a preparar las capas de los platillos. Montones de arroz con azafrán se acomodaron en pequeñas montañas sobre cuatro grandes bandejas. Hajjeh Um Mhammad sacó los trozos de cordero y los dispuso sobre cada montaña de arroz. Mientras se encontraba esparciendo las almendras tostadas y el perejil por encima de todo, la madre de Ghassan llegó a la casa y Hajjeh Um Mhammad se apresuró tanto como se lo permitió su cuerpo artrítico a abrazar a su amiga. Las dos *hajjes* se abrazaron por un largo y enternecedor momento. Cuando se separaron, Bilal besó las manos de la madre de Ghassan.

—Déjame que te bese la cara, hijo mío. Me eres tan querido como Ghassan y Jandal, Dios lo tenga en su Gloria. Alabado sea Dios por regresarte a salvo. Alabado sea Dios —dijo.

—Ghassan está de buen ánimo, tiita. La semana pasada, nos trasladaron al mismo centro de detención y pude verlo con frecuencia. Te manda su cariño —le dijo Bilal. Sus palabras le ofrecieron algo de consuelo a la mujer y llenó la habitación con más y más plegarias, tanto para los dos hombres, como para todos los prisioneros palestinos.

—Vamos, vamos, hermana —exclamó Hajjeh Um Mhammad al tiempo que se llevaba a su amiga—. Comamos. Si Dios así lo quiere, estaremos compartiendo nuestros siguientes alimentos pronto, en celebración del regreso de Ghassan. —Empezó a verter la salsa encima del arroz y nos indicó que lleváramos el resto en platos hondos para colocarlos alrededor de las bandejas al centro. Dispusimos las bandejas calientes de *mansaf,* cordero tierno en una especiosa salsa de yogurt blanco, sobre una cama de arroz con azafrán, todo cubierto de almendras tostadas, perejil y piñones.

Había demasiadas personas como para que cupieran dentro de la casa. Un grupo llevó una de las bandejas a la terraza y comió bajo la vigorizante y fresca brisa de octubre en Palestina.

El *mansaf* es un platillo que, durante mi juventud, siempre se servía para las grandes reuniones o celebraciones. Comerlo a mano lo hace todavía más apreciado. La continuidad de estas tradiciones ayudaba a cerrar los espacios entre la dislocación y el hogar que yo misma me había forjado en la que era mi patria por derecho propio, pero supe que jamás podría sentirme completa en un solo lugar. Eso era lo que significaba ser exiliado y desheredado; tener un pie entre dos fronteras y no sentirse completo en un solo sitio jamás. Permanecer en un lugar significaba arrancar parte de tu ser de otro diferente. Extrañaba a mi madre, a mi hermano y a mi abuela. Tomé un trozo de *mansaf* en mi mano y miré en torno a la habitación a Bilal, Jumana, Samer, Wadee y Faisal, a otras amistades, a Hajjeh Um Mhammad y a sus hermanas, así como a los demás familiares. Este era el lugar al que pertenecía, pero todavía había muchas partes de mí regadas en otros sitios.

La cosecha

Como no quería dar pie a más chismes de la gente, en especial debido a la frágil salud de Hajjeh Um Mhammad, me mudé con Jumana después de que Bilal regresó, pero iba a diario a ver a la *hajjeh*, a pesar de que tenía bastantes personas que se ocupaban de cuidarla.

—Que Dios dé brillo a tus días y libre tu camino de la maldad, hija mía. Siempre estás al pendiente de mí. Que los ángeles de Dios siempre estén al pendiente de ti. Amén —solía decirme.

Un par de días después del regreso de Bilal, Hajjeh Um Mhammad se desmayó en la cocina. El médico dijo que fue por agotamiento, probablemente por una combinación de la emoción por el regreso de su hijo y los preparativos para la cosecha de la semana siguiente. La edad le había robado fuerza y agilidad, y ya no era capaz de hacer tantas cosas durante la cosecha como antes, pero no había forma en que se la perdiera de nuevo, en especial con Bilal en casa, aunque el médico le ordenó que descansara.

La noche antes del gran día, Jumana y yo preparamos ensaladas y platos de *mezze* para llevar al huerto. Hajjeh Um Mhammad y sus amigas prepararon la masa para hacer pan *khobz* fresco, que hornearon al aire libre en un *taboon* caliente. El primer día de las cosechas nos levantamos temprano, empacamos lo necesario para un largo día y empezamos a caminar hacia los olivares antes de que el sol emergiera sobre la tierra. Incluso cargué una canasta sobre la cabeza como lo hacían las mujeres mayores, y como imaginaba que lo habían hecho mis ancestros.

Aunque Hajjeh Um Mhammad no podía caminar bien, siempre había insistido en hacer la caminata anual a los olivares. Este año cedió y dejó que Bilal la llevara en coche hasta la cima de la colina, donde pudo caminar la corta distancia hasta donde estaban sus parientes y amigos reunidos para clasificar las aceitunas, hornear el pan y preparar los alimentos. Era maravilloso contemplar a las mujeres que se ocupaban de equilibrar la carga sobre sus cabezas y conversar unas con otras, mientras que al mismo tiempo avanzaban por los senderos rocosos en pendiente, a veces también con un niño a cuestas. Me esforcé por impedir que la canasta se me cayera de la cabeza sosteniéndola con un brazo. Luego tuve que usar ambos brazos, lo cual provocó la risa de algunos niños (y adultos).

—Acepta que eres una chica citadina —bromeó Faisal.

—Estamos cruzando apuestas para ver cuándo y dónde se te caerá la canasta —exclamó Wadee entre risas, y también rieron los niños.

—Y tú Jumana, ¿de parte de quién estás?

—Bueno, por lo común tomaría partido por una hermana, pero hay un premio involucrado. Tengo que ir con la apuesta segura de que la canasta se te caerá de la cabeza antes de que llegues a la arboleda.

—¿Y si logro llegar? ¿Me darán el premio a mí? —pregunté.

—No. Esta se lo quedará. Apostó a que llegarás más que bien —dijo Jumana y señaló a una chiquilla de unos nueve o diez años—. Se llama Amna y es familiar de Bilal.

—Ven aquí, hermosa Amna —respondí—. Tú eres mi única amiga de verdad. Se los demostraremos, ¿verdad?

—Sí. —La niña levantó la mirada hacia mí y sonrió con dulzura.

El premio era una bolsa de M&M's, que Amna ganó y se guardó como postre para después de comer y de un largo día de trabajo.

—¿Quieres compartirlos con ellos? —le pregunté.

Amna me sonrió con timidez.

—Solo si trabajan mucho y ¡tienen que demostrarme cuántas aceitunas recogieron y clasificaron!

Bilal ya había puesto las lonas para cuando llegamos. Nos pusimos a trabajar de inmediato, esforzándonos entre esos árboles antiguos mientras que el sol avanzaba con lentitud por el arco que trazaba sobre el cielo. Amna me enseñó la manera correcta de cosechar las aceitunas.

—Algunos de los chicos perezosos solo tratan de sacudir y golpear las ramas para que caigan las aceitunas, pero están equivocados. Mi padre dice que está mal golpear un árbol que te regala sus bendiciones. Hazlo así —indicó Amna y tomó una aceituna por vez con rápida destreza, permitiendo que cayera dentro de la lona colocada bajo el árbol. El golpeteo de cientos de aceitunas que caían a la vez de todos los árboles que nos rodeaban creaba una música semejante a la lluvia que desciende de un cielo azul despejado.

Cinco o seis personas trabajaban con gran esfuerzo en cada árbol y recogían tanto como podían alcanzar. Algunos, como Amna, se subían a escaleras y llenaban cubetas de aceitunas de las ramas altas. Algunos se sentaban sobre las lonas y clasificaban los frutos en canastas según el color y la maduración. Los niños demasiado pequeños para cosechar arrastraban las canastas desde y hacia los montones destinados para prensar. Jumana, Amna y yo trabajamos juntas en uno de los lados, mientras que Bilal, Wadee y Faisal lo hicieron del otro lado, escuchando la radio que otra familia había llevado. Platicamos. Cantamos. Los brazos empezaron a dolerme y manchas húmedas oscurecieron las axilas de mi blusa. El aire se sentía frío y refrescante contra mi rostro, a pesar de las gotas de sudor que rodaban todo el tiempo por el surco de mi espalda. Nunca había conocido el placer de un esfuerzo físico de ese tipo. Al poco nos llegó el olor a pan fresco que se filtraba entre los árboles. Casi había llegado la hora de detenernos para comer los alimentos dispuestos en la parte más alta de la colina, no muy lejos de la carretera donde estaba estacionado el auto de Bilal.

—¡Apesto! —Jumana se olió las axilas.

—¿Y ahora quién es la chica citadina? —Le dije burlona.

De pronto, Amna hizo un extraño sonido con la garganta y dejó caer su cubeta desde lo alto de la escalera y el contenido se desparramó sobre el suelo. Me estaba dando el sol en los ojos y no podía verla, pero luego Jumana me describiría el temor en el rostro de la niña. Antes de poder decir nada, un niño que estaba a unos cuantos pasos sobre la colina empezó a gritar:

—¡Los judíos! ¡Los judíos!

La gente se levantó a toda prisa y empezó a juntar tantas aceitunas como les era posible. Yo corrí hacia Amna. Las piernas le temblaban y alcé los brazos para ayudarle a bajar de la escalera, en tanto que Bilal pasó junto a nosotras para subir a la colina. Wadee y Faisal lo siguieron y nos ordenaron que «envolviéramos las aceitunas».

—*Allah yustor* —oró Jumana y las manos le temblaban al tiempo que recogía puñados de aceitunas para meterlos en las cubetas.

Ahora ya podíamos verlos: eran los niños de los asentamientos que nos lanzaban piedras. Detrás de ellos, sus padres nos apuntaban con rifles mientras que los soldados protegían sus flancos. Amna estaba recitando el Corán, todavía temblorosa, cuando su madre la llamó. Vi que la madre y la hija huyeron tomadas de la mano. Nubes de gas lacrimógeno avanzaron con lentitud entre los árboles y obligaron a la gente a retirarse hacia el valle.

¿Algo que se espera puede seguir siendo una sorpresa? Sabíamos que los israelíes representaban una amenaza especial durante la temporada de cosecha. Saben que las aceitunas han sido el pilar y el elemento principal de nuestra presencia social, económica y cultural durante miles de años y los enfurece —hasta la fecha— observar la continuidad ininterrumpida de nuestras tradiciones originarias, de modo que llegan con armas de alto calibre y con la lógica colonial de intrusos que no pueden tolerar nuestra presencia o nuestra alegría.

Sonaron dos disparos.

—¡Apúrate! —Me insistió Jumana.

Corrí detrás de ella hacia la colina. Los colonos parecieron emprender la retirada y disparaban desde cada vez más lejos. Hajjeh Um Mhammad se había desplomado sobre el suelo entre platos de comida aplastados y la sangre de alguien. Bilal estaba gritando que ayudaran a su madre mientras que una horda de soldados lo apresó y se lo llevaron a rastras. Faisal también había sido arrestado. Wadee cargaba a un niño que había recibido un disparo en el abdomen y lo llevó hacia una ambulancia que se aproximaba. El chico moriría esa noche en el hospital.

Hajjeh Um Mhammad tenía dificultades para respirar, pero estaba consciente. Al mismo tiempo que los soldados se llevaban a Bilal, yo le grité lo más fuerte posible que su madre estaba bien y que la llevaríamos al hospital, y le pedí a Dios que me hubiera escuchado.

Al día siguiente, las calles fueron sacudidas por el duelo cuando grandes multitudes cargaron el cuerpo del chico asesinado hasta el lugar de su entierro. Tenía ocho años. Sin embargo, faltaba trabajo por hacer en los huertos y todos volvimos para terminar lo más posible. Lo que ayer fue encantador, ahora se volvió intolerable. Las nubes oscurecían el cielo y nadie hablaba. No había radios ni canciones. El sonido de las aceitunas que caían era amargo y triste. Los familiares de Hajjeh Um Mhammad se tomaron turnos para cuidar de ella, que se había recuperado en un sentido físico, pero su honda pena la tenía atada a la cama.

Por la tarde, fuimos a darle el pésame a la familia del niño. Algunos visitantes extranjeros llegaron para ayudar a recoger las aceitunas y ofrecieron sus cuerpos y sus cámaras como escudos contra otro ataque. Vinieron de nuevo al tercer día, pero no pudieron hacer nada más que filmar cuando llegaron los colonos enmascarados, otra vez protegidos por los soldados. Estaba concentrada en el ritmo robótico de la cosecha y mi mente estaba completamente en blanco. La capacidad para vaciarme de pensamientos era una habilidad que perfeccioné por años. El lento riachuelo de sudor que me recorría la espalda me hacía entrar y salir de la conciencia. Estaba allí y al mismo tiempo no lo estaba.

De pronto, el pandemonio me hizo recobrar el sentido: alaridos, fuego, humo, colonos que reían y que se alejaban corriendo, y los soldados que impedían que el único camión de bomberos llegara hasta nosotros. Vi a los soldados a la distancia y su postura lánguida parecía comunicar que les aburría nuestro creciente pánico ante la dispersión del incendio.

De todas partes llegaron pobladores para extinguir las llamas. Jumana y yo tomamos nuestras cubetas y corrimos a llenarlas de tierra que lanzamos sobre el infierno. Era como tratar de secar el mar con una esponja, pero quedarnos paradas a ver cómo se incendiaba la tierra hubiera sido más doloroso que las quemaduras en nuestra piel y el humo en nuestros pulmones.

Dios intervino, o eso dijeron todos después. Se juntaron más nubes y los rayos abrieron los cielos. La lluvia cayó a cántaros. Jumana se tiró al suelo a llorar mientras el incendio moría con lentitud y el suelo lleno de brasas chillaba donde aterrizaban las gotas. Nos quedamos allí, cubiertas de hollín, con la lluvia que marcaba franjas negras sobre nuestra piel. Esperábamos que viniera lo siguiente, fueran rescatistas, colonos que regresaban a dispararnos, rayos que incendiaran la colonia, pero ahora ya no había nada. Solo lluvia. Me quité la pañoleta y le limpié la cara a Jumana, que al fin había dejado de sollozar, y juntas vadeamos entre el lodo y los restos carbonizados.

Fuimos a su casa para limpiarnos. Debería haber ido de inmediato a ver a Hajjeh Um Mhammad porque seguramente los niños del vecindario ya habían corrido la noticia sobre el incendio. Debería haber estado allí cuando se enteró para darle un testimonio tranquilizador de la lluvia milagrosa que contuvo el fuego, para contarle que solo se había perdido una pequeña parte del huerto, pero no pude. Por egoísmo me abstuve. No pude hacer más que lavarme el cuerpo de los restos del día.

Jumana y yo nos vendamos mutuamente las quemaduras y nos quedamos dormidas justo donde estábamos sentadas en el sofá. Cuando volví a abrir los ojos, alguien tocaba a la puerta. Eran las seis de la mañana del día siguiente. Jumana levantó la cabeza desde el lado contrario del sofá y todavía teníamos entrelazadas las piernas al centro. Era su hermano Wadee. Su prometida le había llamado para decirle que habían llevado a Hajjeh Um Mhammad al hospital en una ambulancia.

No estaba lista para enfrentar otro día de agitación. Necesitaba más tiempo en el sofá, sin hacer nada. Sin embargo, mientras que reunía los ánimos para ir al hospital, otro torbellino de noticias alteró nuestra mente: acababan de liberar a Ghassan.

Que volvieran a arrestar a Bilal, los campos incendiados y el internamiento de Hajjeh Um Mhammad en el hospital provocó que las horas se estiraran y doblaran sobre sí mismas, tomando como rehén al tiempo hasta crear diferentes iteraciones de un mismo día que no tendría fin. Recibimos noticias de que Bilal empezó una huelga de hambre. Al mismo tiempo, los médicos nos informaron que Hajjeh Um Mhammad había sufrido una embolia y que tenía paralizado el lado derecho del cuerpo. También dijeron que su corazón tenía un problema porque le había crecido demasiado como para bombear la sangre suficiente por el cuerpo. No había nada más que pudieran hacer. «Está en manos de Dios», nos dijeron. Sus hermanas se turnaron junto a su cama, mientras que un flujo constante de visitantes entraba y salía. Hajjeh Um Mhammad estaba consciente y hablaba, pero solo sus hermanas le entendían.

Los colonos israelíes que incendiaban los olivos durante la cosecha se habían vuelto tan comunes en los últimos diez años que se habían establecido organizaciones internacionales de ayuda con el único propósito de defender a los agricultores palestinos. El grupo que vino a cosechar con nosotros también se comprometió a ayudarnos a replantar y a revolver la tierra, pero yo no estaba acostumbrada a tales traumas sucesivos sin tomarme un respiro. Necesitaba tiempo para el duelo, tiempo para recuperarme.

Regresé a trabajar al salón y a veces ayudaba en la pastelería, aunque en realidad Ghassan no me necesitaba. Visité todos los días a Hajjeh Um Mhammad, pero me avergüenza reconocer que se convirtió más en una obligación que en algo que de verdad quisiera. Era difícil ver su deterioro y todo el tiempo sentía el corazón atascado en la garganta.

Cuando se dio cuenta de que no podía entender sus palabras, la mayor parte del tiempo me apretaba la mano mientras le contaba los sucesos de la aldea. Había algunos días buenos en que estaba más alerta. Una de esas veces, me jaló para acercarme a ella e insistía en que le entendiera. Dos de sus hermanas me ayudaron a discernir lo que decía. Quería que Bilal y yo nos casáramos. No era la primera vez que lo sugería, pero ahora tenía la seriedad de la petición de una mujer al borde de la muerte. Sabía que nuestra situación no era sostenible en nuestra cultura conservadora y sí quería estar cerca de Bilal, pero el matrimonio me perturbaba. El aspecto de la intimidad física. Su permanencia. Volverme propiedad de un hombre. Era seguro que la gente correría chismes de que me había casado con ambos hermanos.

—Son buenos el uno para el otro. Acepta esto que te dice una vieja que sabe más del mundo que tú —susurró con voz ronca. Sus hermanas coincidieron. Todas lo habían hablado. De las cuatro hermanas, Hajjeh Um Mhammad era la única que había tenido menos de cinco hijos y la única que no tenía hijas ni nietos. Era la única viuda entre ellas y ahora sería la primera en morir, a pesar de no ser la mayor.

Hajjeh Un Mhammad envidiaba la abundancia que sus hermanas habían producido: hijos e hijas, nietos y bisnietos. En una ocasión me confió que a veces se preguntaba si Dios estaba enojado con ella por alguna ofensa que pudiera haber cometido, pero luego ahuyentaba esos pensamientos, rogaba el perdón de Dios y le agradecía por todo lo que tenía y no tenía. «Siempre debes estar agradecida con Dios por el propio destino, *alhamdullilah*», me había dicho.

La miré a los ojos, sin saber qué responderle. Cuando habló de nuevo, le entendí a la perfección.

—Te ama y sé que tú lo amas a él.

Qué raro era haber llegado a esta familia como la esposa de uno de los hermanos, solo para enamorarme del otro y recibir la bendición de su madre para que me casara con él, luego de divorciarme del primero.

En efecto, amaba a Bilal, aunque esas palabras parecían poco para describir su creciente presencia en mi corazón. Él me veía en la plenitud de mi vergüenza y de mi quebranto, y no alejaba la vista. Me vi a través de sus ojos y tal vez incluso me convertí en otra versión de mí misma: una mujer reflexiva, poderosa, intelectual, que podía amar, ser amada, afectar al mundo y, tal vez, recibir de nuevo las caricias de un hombre.

—Hija, tus mayores saben más que tú —susurró su hermana—. Bilal te honrará. Alivia el corazón de nuestra hermana antes de que muera, querida Nahr. Eres lo más cercano que tiene a una hija en sus últimos días.

Me incliné hacia el rostro de Hajjeh Um Mhammad y le besé la frente, las manos y las mejillas. Luego acuné mi cara contra su oreja y con lágrimas en los ojos, le susurré:

—Cuidaré de Bilal y, si es la voluntad de Dios, me casaré con él.

Sentí que su cuerpo se relajaba y me quedé allí, dejando que mis lágrimas se derramaran. Le dije cuánto la amaba y lo agradecida que estaba por la bondad que me había mostrado. Que su sitio en mi corazón era como si fuera mi propia madre.

Alguien entró en la habitación, pero no levanté la vista y seguí hablándole al oído, pero cuando sus hermanas preguntaron: «¿Quién eres?», levanté la cabeza y me encontré frente a frente con una mujer delgada que llevaba un *niqab*. Cuando se retiró el velo y se quitó su *abaya*, pude ver que era un hombre. Su pelo era demasiado largo para un palestino de esta área y una barba de candado enmarcaba su boca. Parecía enfermo, pero era evidente que era el rostro de Mhammad. Hajjeh Um Mhammad soltó un grito audible y sus hermanas saltaron de sus asientos para abrazarlo. Yo me quedé inmóvil.

Las hermanas murmuraron y corrieron a cerrar la puerta después de asomarse a revisar si alguien lo había visto entrar. Él se arrodilló junto al lecho de Hajjeh Um Mhammad y lágrimas silenciosas recorrieron los rostros tanto de la madre como del hijo.

—Qué Dios te conceda su gracia, hijo mío —repitió Hajjeh Um Mhammad. Sus hermanas también lloraban y yo me quedé allí, asombrada y confundida, olvidando casi que podían verme.

Una de sus tías le dijo a la otra.

—Qué hijo tan valiente. Averiguó como colarse de nuevo al país solo para ver a su mamá...

La otra hermana respondió:

—Vino desde Canadá. No pensé que alguna vez veríamos de nuevo al chico. Es un hombre valiente e ingenioso. Dios le dé larga vida, amén.

«¿Canadá? ¿Creen que está viviendo en Canadá?»

—Hola, Nahr. —Su voz sonaba más áspera de lo que recordaba y tenía los ojos rojos y la mirada distante. Hubo algún tiempo en mi vida en que anhelaba que este hombre regresara a mí, pero esa chica rechazada ya no existía y ahora él me provocaba asco.

Besé a Hajjeh Um Mhammad.

—Volveré luego para ver cómo sigues —le susurré y, al momento en que iba a abrir la puerta, Mhammad dijo detrás de mí:

—No tengo que decirte que nadie puede saber que estoy aquí.

Controlé mi fuerte deseo de darle una cachetada.

Hajjeh Um Mhammad exigió regresar a casa el día en que la visitó Mhammad. Él se quedó con ella hasta las primeras horas de la noche antes de volverse a poner el disfraz e irse.

—Quiero morir en mi propia casa —dijo ella. Sus riñones estaban produciendo muy poca orina y los médicos nos explicaron que no faltaba mucho para que sus demás sistemas fallaran.

»Mientras todavía puedo hablar, exijo irme a casa —afirmó con tanta fuerza como le permitió su frágil voz.

Sus hermanas la llevaron del hospital a su casa y empezaron la vigilia. Jumana y yo nos quedamos allí cuando se durmió esa noche, rodeada de unos veinte miembros de su familia, y estuvimos allí cuando su hermana soltó un largo alarido a las cinco de la mañana del siguiente día. La noticia se difundió con rapidez mientras que las hermanas de Hajjeh Um Mhammad realizaron el lavado ritual del cadáver.

Jumana, las sobrinas de Hajjeh Um Mhammad y yo nos ocupamos del caudal de personas que llegó a la casa durante el funeral y en las siguientes semanas del periodo de duelo. No recuerdo quién lo dijo primero, pero la gente empezó a referirse a mí como «la prometida de Bilal». Miles de personas fueron a dar el pésame luego del funeral. Los hombres se reunían a diario en la terraza exterior, mientras que las mujeres guardaban su espacio sagrado en el interior: las sobrinas y sobrinos de Hajjeh Um Mhammad, con sus hijos y cónyuges; sus amigos y las familias de estos; sus vecinos (incluso aquellos cuyas casas fueron demolidas y que se vieron obligados a mudarse lejos); comerciantes a los que frecuentaba en diversos pueblos; agricultores que le llevaban sus productos; carpinteros y plomeros que habían trabajado en su casa; Ghassan y su familia; otros amigos de sus hijos, con sus familias; compañeros de prisión de sus hijos, con sus familias. Todos estaban allí, excepto sus propios hijos.

—Alabado sea Dios que Mhammad pudo eludir a los judíos para traerle consuelo en sus últimas horas. Cuando menos lo vio por última vez, pero sé que le rompió el corazón no ver a Bilal. Qué Dios les rompa el corazón a los judíos. Amén —nos susurró una de las hermanas.

Otra de ellas la hizo callar.

—¡Baja la voz! Es posible que Mhammad todavía no haya salido a salvo del país.

Volteé hacia Jumana para obtener respuestas y ella captó mi mirada, pero desvió la vista. Me pregunté si sabía algo, pero no era el momento de preguntar.

Otra vez, la detención de Bilal se convirtió en semanas y luego en meses. Durante los cuarenta días del duelo, con gente que entraba y salía de la casa para dar el pésame, la huelga de hambre de Bilal empezó a atraer la atención. Un periódico inglés en Israel publicó un artículo sobre su deterioro, lo cual detonó que varios medios noticiosos internacionales retomaran la nota. Telesur, Al Jazeera y la BBC hicieron reportajes sobre la detención de Bilal sin acusación ni juicio. Yo llené esos días oscuros con la agotadora determinación de mantener la continuidad. Cociné y limpié para los dolientes, trabajé a diario en el salón e hice días de campo con Jumana en los huertos por lo menos una vez a la semana, para mantener el proyecto de riego de Bilal.

Años antes, cuando los almendros estaban muriendo, Bilal cambió la configuración de los árboles para que esos almendros, que son los que más agua demandan, fueran replantados detrás de los olivos, que son más resistentes a la sequía, y con eso impedir que Israel se apropiara de la tierra con el pretexto de los árboles que se estaban secando. La tubería que diseñó Bilal corría del centro hacia los extremos, para que la mayoría del agua fuera a los almendros, que ahora parecían haber recuperado la salud con sus delicadas flores blancas, aunque todavía no producían frutos. El primo que ocupó el lugar de Jandal llevaba a las ovejas a pastar allí con regularidad, para asegurarse de que la tierra tuviera suficiente nitrógeno. Incluso los trozos quemados estaban mostrando señales de vida, con maleza que crecía aquí y allá. Habíamos envuelto los árboles quemados con trapos blancos, como un vendaje que reflejara el sol y mantuviera la humedad, y yo extendí una manguera hasta esa área para mojar la tierra lo más posible desde el tanque, que seguía extrayendo el agua de la tubería de los colonos. En ese sentido, los árboles no son muy diferentes a las personas: proteges de los elementos a las partes quemadas, sigues hidratando y nutriendo el cuerpo, y esperas a que la vida se ocupe de sanarse por sí misma.

—Quiero que Bilal encuentre vivo este sitio cuando regrese —comenté a Jumana—. Sé que debe estarlo matando no haber estado aquí cuando ella murió…

Ella desvió la mirada hacia los árboles.

—Tienes algo en mente. Solo dilo —rogué.

—¿Qué pasa si esta vez no lo dejan salir? —preguntó al fin.

—¡Eres tan depresiva! ¿Qué tal si los alienígenas nos invaden mañana?

Ella rio.

—Está bien, recuérdame otra vez cómo funciona esto en caso de que nos invadan los alienígenas y te secuestren para llevarte al espacio —dijo mientras estiraba la mano hacia la bomba de agua.

Le mostré las válvulas en el cuerpo de la bomba.

—Cuando esté encendida, gira en este sentido para llenarla. Cuando apagues la bomba, gira la válvula para este lado, para que el agua escurra por los tubos. Así está en neutral, que es cuando el agua no entra ni sale. Déjala en esa posición cuando llueva o si la tierra se ve muy mojada. El terreno debe tener buen drenaje.

—Vaya, nada más mírate —exclamó Jumana—. ¡Después de todo hay una campesina dentro de la chica de ciudad!

—Quédate conmigo y te enseñaré unas cuantas cosas —respondí—. Ahora escúchame, sabelotodo. Tienes que estar muy atenta. Es complicado porque las almendras necesitan mucha agua, pero la tierra no debe estar empapada, mientras que las aceitunas no pueden recibir demasiada agua porque el aceite tendrá un sabor diluido. ¿Entiendes?

—Sí, jefa.

La atención de los medios internacionales aumentó a medida que se deterioró la salud de Bilal. Despacharon una delegación europea para negociar su liberación cuando se filtró la información de que lo habían transferido a un hospital militar, posiblemente en condición crítica. Dos semanas después, más de cuatro meses posteriores a su arresto y a casi diez semanas de su huelga de hambre, Israel negoció los términos de su liberación y transmitieron la primera vez que comió: una cucharada de sopa. Los teléfonos empezaron a sonar constantemente en la casa, el salón y la pastelería.

Ghassan me llamó al salón.

—Gracias al Todopoderoso que nuestro hermano vendrá a casa —me dijo—. Deberías pasar por la pastelería esta noche. Ven a cenar con nosotros.

No era tanto una invitación como una petición urgente, pero como interceptaban nuestras llamadas, había poco más que pudiéramos decir.

—Sí, por supuesto, hermano. Lamento no haber ido antes. Jumana y yo iremos de inmediato luego de cerrar el salón, *enshallah.*

—Nos vemos pronto. Queremos saber también de los planes para la boda. Todo el mundo ansía el honor de celebrarlos a los dos —terminó y colgamos.

Mi boda iba creciendo en la imaginación de todos los que vivían allí, a pesar de que Bilal y yo todavía no habíamos hablado al respecto. Por primera vez desde mi niñez en Kuwait, fantaseé sobre una vida hecha por mí misma, una historia que Bilal y yo crearíamos en nuestros propios términos. Me atreví a imaginar un futuro eterno con él e incluso tuve la audacia de desear un hijo, una vida nacida del amor, para amarla con todas mis fuerzas y para siempre.

Volteé hacia Jumana.

—¿Crees que Bilal esté enterado de nuestra boda inminente?

—Es probable que tenga fantasías desde el día en que finalizó el divorcio —afirmó.

—No es de ese tipo.

—Todos los hombres son así —respondió y me recordó a Um Buraq.

La hermana de Ghassan estaba en la pastelería cuando llegamos. Trabajaba allí con menos frecuencia desde que Ghassan regresó porque sus incesantes sermones eran insoportables: lo acusaba de no ser lo bastante devoto, de que ya debería estar casado, de que debería tener hijos; lo regañaba porque no se relacionaba con amigos devotos, porque era muy necio y lo peor de todo era su desprecio hacia Jumana.

Nos sorprendió verla y ella a nosotros.

—Bienvenidas, señoras. Ghassan no me dijo que tendríamos visitas —exclamó y barrió con la mirada a Jumana, deteniéndose en su cabello—. Veo que no llevas *hijab*.

Di un paso al frente, con una mirada cargada lo más posible de groserías. Ghassan apareció en la periferia y susurré:

Algo está mal contigo —antes de que él se acercara a saludarnos.

A su hermana no le gustó que Ghassan estrechara la mano de Jumana y que le diera besos en ambas mejillas, pero se abstuvo mientras que él me felicitaba por el triunfo de Bilal y nuestra boda.

—Ay, Ghassan. Esta es la boda más extraña en la historia de Palestina —le dije—. Bilal va a…

—¿Siquiera pidió alguna vez tu mano? —Interrumpió su hermana.

Antes de que pudiera clavarle las uñas en los ojos, Ghassan le gritó:

—¿Qué sigues haciendo aquí? Tu marido te llamó a casa desde hace media hora. ¡Vete!

Mientras se alejaba indignada, Ghassan volteó hacia nosotras:

—Acabo de hornear un poco de pan fresco antes de que llegue la cena. Pedí unas cuantas *mashawi* y platones de *mezze* —nos indicó.

—No deberías haberte molestado —respondió Jumana.

Él le sonrió y repitió el viejo adagio:

—Nada es un problema para aquellos a quienes amamos y nunca hay nada que sea suficiente.

—Agh. Son unos ridículos —les dije y volteé los ojos al techo—. Deberíamos estar hablando de su boda.

Ghassan se inclinó hacia nosotras.

—Parece que las paredes oyen —afirmó y nos indicó a un grupo de hombres jóvenes que estaban sentados en una mesa al otro lado del salón. Eran los únicos clientes que quedaban y hablamos de cosas sin importancia hasta que se fueron.

Ghassan se levantó a cerrar la puerta detrás de ellos.

—¿Crees que son espías? —Le preguntó Jumana.

—Ya nadie lo sabe. Son de la aldea, pero no vienen aquí con frecuencia —nos informó—. Escuchen, tenemos un poco del inventario y necesitamos moverlo mañana —añadió—. Dos mujeres irán a tu salón a últimas horas de la tarde para que les arreglen el pelo. Asegúrense de que haya un espacio disponible para estacionarse y desháganse de otras clientas cuando ellas lleguen. Nosotros nos ocuparemos de lo demás.

Miré a Jumana. Ninguna de las dos sabía qué decir y Ghassan nos advirtió.

—Traten de parecer como si solo estuviéramos teniendo una conversación amistosa. Cualquiera que pase por aquí puede vernos. —Obedecimos y adaptamos nuestras expresiones frente el enorme escaparate de la tienda.

* * *

Hacía más de dos años que no volvíamos al subterráneo, aunque es posible que Ghassan haya entrado y salido por sí mismo en unas cuantas ocasiones. Samer había regresado de Moscú para unas vacaciones de la universidad. Con más que perder, le había entrado la paranoia de que su madre o uno de sus sobrinos chismosos pudieran encontrar el pasaje al subterráneo.

Wadee nos contó a Jumana y a mí:

—Samer piensa que está poniendo en riesgo a su familia solo por un delirio de que en realidad podemos montar una resistencia porque encontramos un hoyo en el piso.

Jumana examinó el rostro de su hermano.

—¿Quién lo dice: Samer o tú?

Wadee desvió la mirada con nerviosismo y luego volteó hacia nosotras.

—Nadie más que Ghassan ha estado allí en años. Tenemos que olvidarnos de eso.

Jumana empezó a dar vueltas por el cuarto.

—Muy bien. Escúchenme, no tenemos que tomar una decisión en este momento y lo único que debemos hacer es asegurarnos de que el pasaje esté bien oculto, incluso si los militares hacen una redada en nuestras casas. Creo que tranquilizará a Samer que fortifique de algún modo la entrada que está en su sótano.

—¿Qué tal si construye un armario sobre ese espacio, con un piso falso como el del salón? —Les pregunté.

—Por lo general, los soldados los derriban —respondió Wadee.

Molesta, Jumana levantó las manos al aire.

—¡Entonces, que lo empotre en el cuarto y que le ponga paredes enyesadas, como un clóset! ¿Por qué complicas las cosas de manera innecesaria?

La idea del clóset resultó ser la solución correcta para Samer. Él, Faisal y Wadee pasaron unos cuantos días construyendo un armario con un complejo piso que podía abrirse y cerrarse tanto desde arriba como desde el subterráneo.

—Es asombroso. Tendrías que saber lo que buscas para averiguarlo —dijo Faisal muy orgulloso.

Más o menos en esa misma época, se hicieron públicos los términos de la negociación para liberar a Bilal. Solo estaría preso cinco semanas más.

Cuando al fin nos reunimos dos semanas antes de la liberación de Bilal, nos quedamos pasmados al ver lo que Ghassan había guardado bajo tierra: estanterías apiladas con un depósito de veinte arcos, junto con más de cuatrocientas flechas. Algunos eran más complejos que otros, unos estaban hechos de madera y otros de plástico o metal. Los más complicados tenían múltiples cuerdas metálicas, palancas y una mira, y eran de fibra de vidrio y aleaciones de metal. Parecían fabricados por expertos y ninguno de nosotros sabía que Ghassan los hubiera comisionado ni cómo los había pagado.

—Quien haya hecho esto es un artista —exclamó Faisal, al mismo tiempo que recorría los dedos con asombro sobre el metal liso y los cables tensos de uno de los arcos. Las flechas también eran profesionales y variadas. Algunas semejaban largos lápices de acero mientras que otras eran más convencionales, con plumas en un extremo y puntas de metal.

—Debe ser por esas publicaciones sobre las guerras de la antigüedad —dijo Jumana—. Me sorprende que Israel no haya infiltrado el sitio web.

Todas las miradas voltearon hacia mí.

—¿Por qué siempre voltean a verme cada vez que hay una mención del sitio web? —Pregunté—. ¿Qué?, ¿mi hermano está detrás de esto?

—¡Sí! —Exclamó Wadee. Volteó a ver a los demás y protestó—: ¿Por qué me miran? ¡Ya lo sabe!

—Habibti —se lamentó Jumana—, todos pensamos que deberías saberlo y quería decírtelo, pero tu hermano insistió en que no lo supieras, supongo que para protegerte, pero no creo que entienda lo involucrada que estás.

Regreso a casa

No estábamos seguros de cómo celebrar el regreso de Bilal a casa en esta ocasión. Sería su primera confrontación con la muerte de Hajjeh Um Mhammad y todavía se encontraba enfermo por la prolongada huelga de hambre. Sus órganos habían sufrido daños permanentes durante sus diez semanas sin alimentos. Los riñones, creo; y su corazón. Mi esperanza era que todos esos fueran rumores. Ghassan y las tías de Bilal estaban reunidos en la casa en espera de noticias. Por lo general, la milicia dejaba a los prisioneros donde se les daba la gana, por lo que no sabíamos cuándo o dónde lo liberarían. Primero, un grupo de pequeñitos llegó corriendo hasta la casa, todos gritando al querer ser los primeros en darnos la noticia.

—Respiren hondo —les dije; tenía las manos llenas de dulces para regalarles—. Cada uno de ustedes, tome uno. Ahora, tú —indiqué, señalando al más pequeño de todos, dime.

—Ammo Bilal estaba caminando y todos los hombres lo seguían —respondió.

—Excelente; ahora tú. —Señalé a otro.

—Se fueron al cementerio a leer la *Fatiha* para Hajjeh Um Mhammad.

—¿Y cómo se veía?

Intercambiaron miradas confusas. Uno de ellos me respondió.

—Se veía como Ammo Bilal.

—Está bien. Gracias, niños. Tomen, aquí hay más dulces.

Ghassan se apresuró a salir por la puerta, me imagino que para dirigirse al cementerio, pero en ese instante escuchamos consignas y cantos. Y entonces los vimos; Bilal sobre los fuertes hombros de sus camaradas. Una de sus tías exclamó:

—¡*Enshallah*, la siguiente vez que lo lleven así será el día de su boda!

Ghassan corrió hasta ellos para reunirse con Bilal al momento en que lo bajaron con gran cuidado. Los dos amigos se abrazaron, ocultando sus rostros uno en el hombro del otro. Cuando Ghassan levantó la mirada, sus ojos estaban llenos de lágrimas, sin duda a causa de la amarga dicha de sostener el frágil y delgado cuerpo de un amigo que alguna vez fue tan fuerte. Al ver a Bilal acercarse a mí, pensé que jamás existirían palabras del calibre suficiente como para expresar esa cantidad de amor y deseo por una persona. Sus brazos me rodearon y los míos a él. En esta ocasión, el amor eclipsó el decoro. Pude sentir sus costillas bajo el suéter, pero tenía al mundo entero entre mis brazos. Susurró en mi oído, «Eres todo, Nahr».

Regresé a vivir con Jumana a regañadientes. La rectitud tenía que ganar hasta que estuviéramos casados. Las tías de Bilal se turnaron para quedarse la noche hasta que se recuperara, y yo lo visitaba de día, algo que no pareció molestar a nadie.

—Tal vez piensen que el sexo solo se da en la oscuridad —bromeó Bilal.

—Me imagino que jamás pensaron en nuestras gruesas cortinas.

Pero, en términos generales, no decíamos mucho, en especial durante los primeros días de su regreso. «Eres todo, Nahr» llenaba todas las habitaciones, y el silencio hacía eco de esas palabras siempre que estábamos juntos.

La primera mañana después de su regreso, llegué justo en el momento en que una de sus tías estaba preparando el café.

—¡Buenos días, hija! —Exclamó—. ¡Qué gusto me da que estés aquí tan temprano! Necesito regresar a casa porque mi nieto está enfermo. Ven, tú termina de preparar el café.

Bilal estaba en la terraza que miraba hacia el valle. El asentamiento exclusivo para judíos se destacaba sobre la colina como un tumor; hectáreas de olivares y árboles frutales nos separaban de ellos. Bilal parecía un anciano con los ojos hundidos en sus cuencas y los pómulos sobresalientes; le habían afeitado la cabeza. Me acerqué en silencio porque no quería perturbarlo.

—Mañana de bondad —me dijo con una sonrisa en los ojos.

—Mañana de luz y de jazmín. —Lo acompañé con un café y un beso. Ahora, en el Cubo, evoco esas gloriosas mañanas de silencio con Bilal y el sol de la mañana, con la tierra, las amenazas y la brisa que acariciaba nuestros rostros.

Llevé el café de vuelta a la cocina y preparé un desayuno sencillo. Bilal se levantó para entrar. Desde la terraza, se escuchaba el rumor del viento, el susurrar de las hojas y las campanas de viento mezclándose con los pequeños sonidos de nuestro desayuno; el correr del agua del grifo, el chiflido de la tetera, el golpe ocasional de un plato o cuchillo, el rechinar de la puerta del horno, el golpeteo rítmico del bastón de Bilal mientras se movía y, después, el sorbido del té caliente de menta y el crujido del pan caliente al romperlo. No había querido alterar la sinfonía de nuestro silencio, pero la voz de Bilal fue una interrupción bienvenida.

—¿Por qué no volviste a casarte? Pudiste haber conseguido un divorcio desde hacía mucho sin tener que venir hasta acá.

Seguí comiendo mientras pensaba en mi respuesta.

Pasó un largo momento antes de que respondiera.

—No sé porqué —dije al fin—. ¿Por qué tú nunca te casaste?

—No quería tener nada que perder. ¿Tú deseabas casarte de nuevo?

—No.

—¿Imaginaste que permanecerías soltera para siempre?

—Técnicamente, sería divorciada para siempre.

Con una risa, me respondió:

—Sabelotodo. ¿Así es como veías tu futuro?

—¿A qué quieres llegar?

—A nada en particular. Solo quiero comprenderte. Me estaba preguntando si te sentías feliz sin una pareja.

—¿Estás retirando tu petición de matrimonio?

—Técnicamente, nunca te lo pedí.

No me gustó que lo dijera, aun cuando sabía que era una broma.

—Según el pueblo entero, sí lo hiciste —contesté.

—Pues me siento honrado y más que feliz de saber que nos vamos a casar. —Tomó mi mano en la suya.

—«Técnicamente», nunca acepté.

Bilal soltó una carcajada.

—Según el pueblo entero, sí lo hiciste.

Dejamos que el precioso silencio volviera a hacer su aparición. Después continuó:

—¿No te importa que... —dudó un instante, viendo su cuerpo—,... que esté así?

Este era un excelente momento para iniciar la conversación que necesitábamos tener, pero tenía miedo.

—Hay algo que tengo que decirte —empecé.

—No me digas que ya te estás divorciando de mí.

Sonreí incómoda y dije lo que necesitaba de un tirón.

—No creo que pueda tener relaciones sexuales contigo.

Me miró, pasmado y herido.

—O sea, no me refiero a ti. No solo a ti. No creo que pueda tener relaciones sexuales con ningún hombre.

—¿Es que prefieres a las mujeres?

—No. Es solo que... —Se me estaba dificultando recordar las palabras que había ensayado—. No sé por qué, Bilal. Es solo que estoy dañada.

Su rostro se suavizó y me acercó a él con cuidado. Le rodeé la cintura con el brazo y nos quedamos así, mi cabeza contra su cuello, el ritmo de su respiración serenándome y dándome una sensación de hogar.

—Podremos estar dañados juntos —susurró—. Mientras pueda abrazarte así, seré el más feliz de los hombres.

A los pocos días de estar en casa, Bilal empezó a subir de peso y el color regresó a sus mejillas. Todavía se le dificultaba caminar sin bastón.

—¿Cómo te sentiste de ver a Mhammad? —Me preguntó una mañana mientras estábamos sobre la terraza.

—Me preguntaba cuándo ibas a mencionarlo —dije sorbiendo mi té.

—No tenemos que hablar de ello si no quieres hacerlo.

—De entrada, me sorprendió que algunas personas pensaran que Mhammad estuviera viviendo en Canadá y, por lo que se rumora en la aldea, no pude determinar si es un héroe o un traidor.

—Es ambas cosas. Y ninguna de las dos —afirmó, con un lenguaje críptico que me hizo suspirar—. No estoy tratando de ser vago —me aseguró—. La verdad es que no sé ni quién, ni qué es mi hermano.

—Entonces termina el resto de la historia que me estabas contando antes de que regresara a Amán.

Lo hizo más tarde, esa misma noche.

Años atrás, Mhammad y Bilal habían visto arder su ropa en el barril en ese día que había determinado el curso de todas nuestras vidas. Esa noche, tranquila y bella, escondió sus atemorizados cuerpos y contradijo su destrozado futuro. El crepitar de las llamas no dio aviso alguno del inferno que estaba por desatarse, ya que Israel habría de exigirle venganza a cada palestino por las muertes de esos dos soldados.

Mientras hablaba, Bilal titubeaba, y abría y cerraba el puño de su mano derecha para poder controlar su temblor.

—El recuerdo de hundir mi cuchillo en el cuello de ese hombre está grabado en mi mano; incluso después de que mi cuerpo dejara de estremecerse esa noche, mi mano no dejó de hacerlo. Nunca lo hizo, en realidad.

»Mientras estuvimos parados frente al barril donde se estaba quemando nuestra ropa, Mhammad permaneció en calma. Me pidió el cuchillo y me advirtió que jamás hablara de lo que había visto en el bosque, además de ordenarme que huyera a Jordania a primera hora de la mañana siguiente. Supuse que todas las fronteras estarían cerradas, pero mi hermano me aseguró que pasaría un tiempo antes de que alguien encontrara los cuerpos.

»Y así fue que supe que él e Itamar… Supe que tenían un plan; que estaban trabajando juntos —explicó Bilal—. Regresé a la casa, me bañé y empaqué.

Esa noche, Bilal se acostó llorando, un joven que esperaba que el cielo se cayera mientras reproducía las últimas horas una y otra vez dentro de su cabeza. Su hermano y el soldado israelí, la agresiva lujuria, la risa de los otros soldados, la cámara, el cuchillo que se hundía y emergía del cuello del hombre; tenía que marcharse antes de que despertara su madre.

—Bajé a tientas, en la oscuridad, alrededor de las cuatro y media de la mañana, y dejé mis cosas junto a la puerta. De repente, se prendió una pequeña lámpara de mesa que iluminó a mi hermano, sentado en una silla. Debe haber estado allí la noche entera. Sus ojos se veían oscuros y cansados; pude ver que había estado llorando y me pregunté si podía ver lo mismo en mi propio rostro.

Mhammad le entregó una caja. Dentro, había un libro que contenía varias fotografías Polaroid pegadas a la tapa. La cámara misma también estaba dentro de la caja.

—Me dijo que encontrara un sitio seguro donde esconderlas y que rescatara las fotografías si algo llegaba a suceder. No dijo qué; solo que yo lo sabría.

Eran fotografías de Mhammad y de Itamar juntos, las que habían tomado los soldados que se habían burlado y que Mhammad rescató de la sangrienta escena como modo de garantizar la seguridad de su familia. Mhammad e Itamar habían urdido un plan que salvaría a Bilal y a su familia, que haría que Mhammad fuera a parar en la cárcel y que le ganaría un ascenso a Itamar, poniéndolo en el camino para convertirse en un comandante de alto rango.

—Parecería que Mhammad se sacrificó para salvarte a ti y al resto de la familia.

—Lo hizo; pero tampoco es inocente. En este lugar, las manos de todos están sucias y cubiertas de sangre —aseveró Bilal. Siguió adelante—. Me quedé en Amán por algunos años. Fui a la universidad y, después, trabajé como químico para una empresa de plásticos en Kuwait.

—¿Cómo? ¿Estuviste en Kuwait?

—Solo un par de años. —Hizo un amplio movimiento con su brazo para indicar el verde paisaje frente a nosotros—. Kuwait era todo concreto y arena. Lo odiaba. Jamás me sentí tan solo como cuando estuve allí; ni siquiera en la cárcel.

—¡Dios mío! Pudimos habernos cruzado en la calle —dije.

A fin de hacer que su historia fuera más creíble, Mhammad apuñaló a Itamar de forma superficial en el tejido blando de su abdomen con su propio cuchillo militar, y después lo golpeó con una piedra, justo con la fuerza suficiente para dejar las marcas y la inflamación que probaran que hubiera perdido la conciencia, lo que le había impedido ir en busca de ayuda. Pasaron varias horas antes de que reportaran los soldados como desaparecidos y que se iniciara su búsqueda. Al llegar al bosque, un ensangrentado y confundido Itamar emergió hecho un héroe; pero no por haber sobrevivido al ataque.

—Solo los asesinos de árabes son héroes israelíes —dijo Bilal.

—No comprendo.

Bilal dio una intensa fumada a su cigarro, cuya punta resplandeció con intensidad. Su mano derecha no dejaba de temblar.

—Dos hermanos a los que conocíamos vivían cerca de allí. Los hijos de Haj Ayman. Se rumoraba que eran colaboracionistas. No creo que haya sido cierto, pero sí avergonzaban a toda su familia; usaban drogas, acudían a los bares israelíes y se acostaban con mujeres extranjeras. Cosas por el estilo, pero no eran traidores. —Volvió a darle otra fumada a su cigarro—. O tal vez lo fueran; no lo sé.

Esperé en silencio, recordando las noticias del periódico que afirmaban que Mhammad había tenido dos cómplices a los que encontraron muertos en la escena, junto con los soldados israelíes. Bilal me miró con fijeza.

—Mhammad e Itamar sabían que los hijos de Haj Ayman sospechaban que eran amantes. Mhammad sacrificó a esos chicos, a dos palestinos, por su amante judío.

Estaba escuchándolo todo, tratando de darle sentido a mi breve tiempo con Mhammad, viendo al hombre con el que me había casado desde un punto de vista muy diferente.

—¿Es posible que lo haya hecho por ti? —Le pregunté.

Bilal exhaló, corrió sus dedos por su cabello encanecido, y sostuvo sus sienes con ambas manos, como si quisiera mantener sus pensamientos en su lugar.

—Sí; estaba tratando de protegerme —dijo, empezando a llorar.

»No sé cómo fue que los hijos de Haj Ayman terminaron en la escena. Supuse que Mhammad o Itamar los atrajeron hasta allí, tal vez con drogas. No lo sé —siguió Bilal—. Ni quiero saberlo. Itamar los asesinó allí. Preparó la escena para que prestara apoyo a la historia heroica de que les había disparado a los atacantes palestinos antes de perder el conocimiento a causa de sus heridas.

—¿Alguien más sabe todo esto? —pregunté.

—No.

—¿Ni siquiera Ghassan?

—No.

—¿Por qué me lo contaste a mí?

Dudó brevemente y después volvió su vista hacia el paisaje.

—Deberías saber con quién te casaste… y con quién planeas casarte ahora.

Algo innombrable se atoró en mi garganta. No tenía palabras que describieran los sentimientos encontrados de amor, decepción, asco y compasión.

Su engaño, una vez arraigado en la imaginación del público, al igual que la épica fantasía de la nación judía que regresaba a su tierra de origen, se transformó en una narrativa viva y palpitante que forjaba vidas como si fuese de verdad.

Ese día, a partir de sus mentiras, se formaron héroes tanto palestinos, como israelíes. Israel honró a sus héroes caídos y condecoró a Itamar por asesinar a los dos palestinos. Haj Ayman pudo sostener la cabeza en alto en todo el país porque, ahora, sus hijos habían elegido el camino justo de la resistencia para morir como mártires. La gente acudió a él para darle el pésame y para honrar a sus hijos caídos. Las bendiciones de la comunidad entera aminoraron el dolor de ver a Israel demoler su hogar y convertirlo en un anciano desamparado.

Israel sembró el caos a lo largo y ancho de Palestina y quiso tener a un sospechoso vivo que exhibir para justificar la destrucción masiva que infligió sobre miles de palestinos inocentes. Las autoridades siempre sospecharon de Bilal por haber desaparecido de la noche a la mañana y después emerger como líder en el exilio, pero alguien tenía que pagar. El día después de que enjuiciaran y sentenciaran a Mhammad, la milicia también arrasó con la casa de Bilal.

—No tenía idea —exclamé.

—Esta no es la casa en la que crecí —me explicó—. Cuando mi padre murió, mis tíos paternos se hicieron de nuestra herencia. Éramos unos niños, y Mamá era analfabeta y confiada. Firmó algunos documentos o, quizá, los falsificaron, y se llevaron lo más que pudieron. Pero nos quedamos con nuestra casa de infancia, con las arboledas y con el resto del terreno. No había mucho que pudiéramos hacer con él y costaba más quedarnos con las tierras, pero venderlas era impensable. Nos las arreglamos como mejor pudimos. El hermano menor de Mamá, un tío que vivía en Chile con su esposa chilena, nos mandaba dinero mes con mes para ayudarnos. Cuando Israel demolió la casa, le heredó la casa en que habían vivido él y mi madre de niños. Tenía más que suficiente en Chile y jamás iba a regresar. Solo nos pidió que permitiéramos que sus hijos vivieran aquí si alguna vez venían de visita, o que los dejáramos regresar si así lo deseaban en caso de que Palestina se liberara en el curso de sus vidas.

Los mosquitos estaban empezando a picar y quería regresar al interior, pero temía interrumpir a Bilal. Toleré a los insectos mientras mirábamos la serenidad de un sol agotado prenderle fuego al cielo y pintar las colinas con una mezcla de rojos, anaranjados y amarillos.

—¿Y cómo es que atraparon a Mhammad?

—En la escena, encontraron el recibo de una tienda de reparaciones que llevaba su nombre. Cuando lo arrestaron, negó que hubiera estado allí, por supuesto. Pero su amada Tamara no lo respaldó. Dijo que no reconocía al árabe y que solo recordaba a los otros dos atacantes, aunque era posible que hubiera otro más. Entonces, Israel torturó a un par de niños palestinos que confesaron haber visto a Mhammad con los hijos de Haj Ayman ese día.

Bilal cerró los ojos con un suspiro, quizá recordando su infancia, cuando la milicia lo había torturado también.

—No creo que ni Mhammad ni Itamar hayan tenido planeado que terminara en prisión. Se suponía que la culpa de todo recaería en los hijos de Haj Ayman, pero no contaron con que apareciera ese recibo en la escena.

Para cuando el ejército israelí encontró a Itamar, a los dos soldados muertos y a los cuerpos de los hijos de Haj Ayman, ya habían allanado cientos de hogares de la zona; habían arrestado a más de mil ochocientos palestinos, principalmente hombres jóvenes y muchachitos, y habían aterrorizado a pueblos completos buscándolos.

—¿Y qué dijo acerca de la razón por la que se encontraban en el bosque?

—La historia de Itamar fue que él y los soldados muertos habían observado y seguido a un palestino que llevaba un rifle. No pudieron enviar un mensaje para pedir ayuda porque su equipo estaba fallando. Aseveró que alguien lo había dejado inconsciente cuando él y sus compañeros estaban a punto de esposar al palestino. Al recuperar el sentido, los dos atacantes estaban parados sobre los cuerpos de los soldados muertos. Después, Itamar alcanzó su arma, como en una maldita película de James Bond, supongo, y los mató a los dos. Itamar y Mhammad arreglaron la escena para que la evidencia sustentara el testimonio que darían a sus superiores.

—¿Y cómo es que no vieron el recibo si ellos mismos prepararon la escena? —Pregunté.

—Es algo que me he preguntado por años. Solo existen dos explicaciones. La primera es que de verdad no lo hayan notado; la segunda es que Itamar lo plantó. Del mismo modo en que mi hermano se llevó las fotografías para tener algo con qué negociar, es posible que Itamar haya querido algo propio para hacer lo mismo.

Se estaba haciendo tarde; las tías de Bilal ya tendrían que haber llegado. Mientras lo ayudaba a entrar, volteó para mirarme.

—¿Todavía quieres casarte conmigo?

El teléfono empezó a sonar. Eran las tías de Bilal que llamaban para preguntarle cómo estaba. No podían ir a quedarse porque la milicia acababa de imponer un toque de queda inesperado hasta las 5:00 de la mañana. De su lado, esto es lo que escuché:

—Gracias, tiita, pero de todos modos no es necesario que vengas a quedarte. Puedo cuidar de mí mismo.... Sí, tiita.... Gracias, tiita. Se fue hace un rato. Sí... Gracias, tiita. Buenas noches.

—¿Te preguntó si ya me había ido?

—¿Cómo lo adivinaste?

Nos reímos juntos y el teléfono volvió a sonar. Era Jumana, que hablaba para decirnos que las tías de Bilal le habían hablado, preguntando por mí.

—¿Qué les dijiste?

—Les dije que estabas con Bilal y que de seguro estaban cometiendo algún pecado mortal imperdonable —me respondió Jumana.

—Está bien; excelente.

—Te veo mañana. Espero que pequen.

—Ya, en serio, ¿qué les dijiste?

—Les dije que tenías un terrible dolor de cabeza y que ya te habías ido a dormir.

Los mosquitos habían dejado pequeñas ronchas rojas por todos mis brazos.

—Espérame aquí. —Bilal cojeó hasta la cocina y regresó con un platito de aceite de oliva—. Ven —dijo al tiempo que sostenía mi mano. Metió uno de sus dedos en el aceite y lo frotó sobre mi piel. Ese dulce silencio que había llegado a conocer en su presencia se acomodó a nuestro alrededor. Cuando terminó, nos acostamos envueltos en un abrazo y dormimos.

Un tiempo para nosotros

Un poco más de cuatro meses después de que murió Hajjeh Um Mhammad, Bilal y yo nos casamos en una memorable boda *fallahi*. Solo queríamos una pequeña celebración con la familia y amigos, en parte porque eso era lo único que podíamos pagar, pero principalmente porque no parecía adecuado hacer una boda en esa época; la Segunda Intifada estaba en su segundo año y los israelíes habían elegido como primer ministro a Ariel Sharon, el Carnicero de Beirut, y se percibían los efectos de su brutal legado. Sin embargo, mi madre y las tías de Bilal no permitirían que eso interfirieran en nuestro destino.

—Justo lo contrario. Les demostramos a esos monstruos cómo seguimos viviendo y amando en nuestra tierra, sin importar lo que nos hagan —le comentó Ghassan a Bilal.

Mamá, Jehad y Sitti Wasfiyeh hicieron el viaje desde Jordania.

—Accedí a conseguir la visa de los hijos de Satanás en su embajada infernal solo por ti —afirmó Sitti—. Tu madre intentó que me perdiera la boda porque el doctor dijo que mi corazón está demasiado débil, pero mi corazón se siente bien. —Luego volteó hacia Bilal—. La madre de Nahr está celosa porque los hijos de mi hijo me quieren más que a ella. Eres un buen hombre por casarte con mi nieta, a pesar de que ya estuvo casada y no pudo conservar a su marido por mucho tiempo.

—Ya lo sabe, Sitti —le aseguré—. Mhammad es su hermano, ¿te acuerdas?

—Sí, es cierto —afirmó—. Se me olvidó. —Volteó de nuevo a Bilal—. Nada es igual sin ella. Desearía que todos siguiéramos en

Kuwait con mi hijo. O ¿qué te parece si todos pudiéramos estar de nuevo aquí para siempre? —Se limpió las lágrimas con su *hijab*. Mamá la consoló. Sitti estaba perdiendo la razón y estas ensoñaciones sucedían con frecuencia, según me contó Mamá.

Mamá estuvo tratando de llamarme aparte todo el día y, cuando al fin tuve un momento, me hizo cerrar los ojos y me guió hasta la habitación de los invitados.

—Abre los ojos —dijo.

Lo que vi me quitó el aliento. Le rodeé el cuello con los brazos y empecé a sollozar.

—*Habibti*, Mamá. Que Dios te guarde siempre. Que extienda tu vida y tu presencia en la mía por todos nuestros días. Este es el mejor regalo que haya recibido jamás de nadie. Gracias, Mamá.

Extendido sobre la cama estaba un asombroso y elegante *thobe* bordado de novia, con un tocado igualmente sorprendente.

—Vamos, pruébatelo —indicó. Mientras iba a recogerlo, Mamá me explicó su creación—. Pensé mucho en esto y decidí usar los patrones básicos de un *thobe* de Jerusalén, porque nos están borrando de su historia y de sus piedras —afirmó. Incluso la forma en que describía sus bordados era poética.

»Por lo común hubiera usado seda blanca para este *thobe*, pero encontré esta preciosa seda en terracota que recuerda a Jericó. Verás que aquí en el peto tiene un collar que portaban las reinas cananeas. Le añadí estos patrones geométricos, típicos de los *thobes* Romi de la región de Ramallah, para mostrar los olivos, los almendros y los granados. En estos costados está la crucifixión que recuerda la época en que los Cruzados nos dominaron y, como verás, aquí está la media luna de cuando Jerusalén regresó al control musulmán desde la época de Salah Eddein.

Estaba asombrada.

—Mamá, esto es un tesoro.

—Tú eres el tesoro —respondió—. Y aquí, mira con cuidado estas figuras. Es el versículo veintiuno del Surah al Rúm del Corán. Una plegaria para el matrimonio.

Se me dificultaba discernir el texto retorcido, pero Mamá me lo leyó:

«Entre Sus signos está haber creado cónyuges de entre ustedes para que encuentren sosiego, y dispuso entre ustedes amor y misericordia. En ello hay signos para quienes reflexionan».

Recorrí con los dedos los complejos patrones bordados en color turquesa, terracota, esmeralda, bermellón y damasco. La vida me alzaba en brazos dentro de un sueño inesperado.

Jumana se quedó a mi lado el día de la boda y me ayudó a prepararme. Mamá invitó a primos que yo no conocía de Ein el-Sultan y Haifa, y parecía como si aldeas completas hubieran venido a celebrar. Incluso estuvieron presentes las cámaras de los noticieros de la televisión palestina para informar sobre la boda de un héroe nacional. La mañana se convirtió en tarde y luego nos llegó la noche, en una confusión de cantos, bailes, comida, parranda, *zaghareet*, rezos, invitados que llegaban para desearnos suerte y regalos. Mi hermano se hizo cargo de casi toda la cuenta porque sabía que Bilal y yo no podíamos darnos el lujo.

—De hecho, lo hice mayormente por la abuela —dijo. Bilal no se sentía cómodo en aceptarlo, pero Jehad le aclaró—: Considéralo como mi contribución a la revolución.

—Como si no estuvieras manejando los sitios web —dije con una sonrisa. Él también me sonrió, pero esa fue la única oportunidad que tuvimos de hablar del tema de que él era nuestro Contacto en Jordania.

Para cuando terminó esa noche, Bilal y yo estábamos agotados. Queríamos darle un final romántico a nuestra boda, pero apenas pudimos quitarnos la ropa y lavarnos antes de desplomarnos, uno en brazos del otro, hasta quedarnos dormidos. Supongo que una noche de boda sin incidentes preocuparía a la mayoría de las parejas, pero se sintió como algo natural y precioso. Aparte, aún teníamos invitados en casa y tuvimos cuidado de no hacer ruido.

Al día siguiente fuimos los últimos en despertar, obligados a levantarnos por el escándalo que había en la cocina.

—Y hasta aquí llegó la mañana tranquila y romántica —me susurró él. Mi madre y mi abuela discutían en la cocina.

—Esto es lo contrario del romance —respondí con una sonrisa de oreja a oreja.

Saludamos a Sitti Wasfiyeh y a Mamá. Jehad estaba en la terraza tomando café.

—Tu madre está haciendo mal los huevos —se quejó Sitti Wasfiyeh.

—Por favor, Hajjeh. Te he preparado los huevos por lo menos durante los últimos treinta y cinco años —respondió Mamá.

Sitti levantó las cejas, lo cual indicaba que había algo que quería decir. Avanzó hacia mí arrastrando los pies, con la cabeza baja por la joroba de su espalda.

—Olvidé contarte de tu amiga. ¿Te enteraste?

—¿Cuál amiga, Sitti? ¿Me enteré de qué?

—Esa loca que casi nos mata por cómo manejaba cuando nos fuimos de Kuwait.

—¿Um Buraq?

—¿Cómo sabría su nombre? ¡Es tu amiga!

Me reí.

—¿Qué pasó con ella?

—Se me olvidó. Pregúntale a tu madre. Había algo en el periódico.

Volteé hacia Mamá, que freía ajo con jitomates.

—No sé gran cosa, *habibti*. El artículo mencionaba que tal vez la liberen pronto por razones humanitarias. —Al parecer, Um Buraq tenía cáncer y los funcionarios kuwaitíes insistían en pedirle al departamento de justicia que la liberara, bajo la condición de que renunciara a su ciudadanía kuwaití y fuera deportada a Irak, donde tenía familiares. Me angustió pensar en mi vieja amiga en ese estado, enferma y en la miseria, a las puertas de parientes distantes en Irak y pidiéndoles caridad. Recordé las palabras con las que se despidió de mí en Kuwait: «Sin importar lo que pase en este mundo mezquino, nos encontraremos de nuevo, hermana».

Los cinco desayunamos en la terraza: Sitti Wasfiyeh, Mamá, Jehad, Bilal y yo, todos juntos en Palestina. Las lluvias invernales de diciembre y enero habían sido más intensas de lo común y propiciaron una densa y diversa capa de flores silvestres sobre la colina. Anémonas rojas, blancas y moradas, junto con violetas de Persia rosas y blancas, cubrían las colinas orientales que nos rodeaban. Amapolas, flores de árnica y siempre rojas se entrecruzaban en racimos aleatorios. Unos cuantos tulipanes silvestres se erguían aquí y allá. Malvas, salvia de

Jerusalén, mostaza y tomillo encontraban un sitio alrededor de las piedras y los peñascos.

En poco tiempo, el lupino azul y las margaritas doradas reemplazarían a las anémonas. Los azafranes y la drimia marítima esperaban latentes en sus bulbos para florecer en verano. La madreselva empezaba a reptar sobre los arbustos y árboles, en tanto que los jacintos, los azafranes, las margaritas y los narcisos brotaban en los terrenos más altos.

Mamá y Jehad estaban impresionados con lo mucho que sabía de la flora local. Hajjem Um Mhammad, que Dios la tenga en su gloria, me enseñó los nombres de las plantas y sus valores medicinales. No podía recordar todo lo que me había inculcado y desearía haberlo puesto todo por escrito, pero Bilal también tenía mucho conocimiento indígena de nuestra herencia botánica. Hajjeh Um Mhammad solía decir que no había enfermedad en esta tierra para la que Dios no nos hubiera dado también una medicina.

—Palestina te sienta bien —me susurró Jehad—. Te ves más radiante y viva de lo que jamás te haya visto.

—¿Más que cuando estábamos en Kuwait? —Pregunté

—Kuwait fue otra vida. Éramos demasiado jóvenes. Demasiado diferentes.

Era cierto. Jehad había cambiado. Ambos lo habíamos hecho. Su presencia transmitía una seriedad, una especie de solidez, algo robusto de lo que podía depender. Él y Bilal se parecían en ese sentido.

—Supongo que tienes razón. Estamos muy lejos de nuestro departamentito en Hawalli. ¿Recuerdas los negocios que emprendíamos en verano, tus experimentos de ciencia y mis pandillas de amigas?

—¿Quién podría olvidarlo? Nadie se metía conmigo por ti y por tu pandilla de niñas. —Mi hermanito rio y me abrazó.

Al reflexionar sobre mi vida, como uno suele hacer en el Cubo, me di cuenta de que mi boda, en febrero de 2002, rodeada de mi familia, fue el inicio de la época más feliz de mi vida. Mi familia no se quedó por mucho tiempo después de la boda porque planeaban llevar a Sitti Wasfiyeh a pasar unos cuantos días en Ein el-Sultan antes de regresar a Amán.

—Volveré en dos meses —me prometió Mamá. Tendría más tiempo libre en el futuro, así que nos dimos un beso y nos abrazamos para despedirnos al anochecer. Sitti Wasfiyeh usó el viejo carrito motorizado de Hajjeh Um Mhammad para llegar al auto, aunque parecía ir más lento con él que si hubiera caminado.

—Puedes hacer que vaya más rápido, Hajjeh —le insistió Mamá.

—¿Quieres que me mate? —Le gritó en respuesta.

—Hajjeh, eres indestructible. Aprieta un poco más el acelerador —dijo Mamá.

—¡Maldigo tus canas, mujer! ¡Deja de apresurarme! —Sitti agitó la mano para despedirse.

Antes de que arrancara el auto, Sitti me susurró:

—Que Dios los bendiga a ambos y que bendiga su matrimonio y les conceda muchos bebés. No eches a perder las cosas con este como lo hiciste con el primero. Dios te ama y todos nosotros te amamos.

Al caer la noche, Bilal encendió una fogata afuera. Ahora ya podía caminar sin bastón, pero su marcha seguía sin llegar al nivel que tenía antes. Nos acurrucamos juntos, envueltos en una manta bajo el resplandor de la hoguera.

—Al fin solos —dijo y me dio un beso. La cercanía era familiar, como si siempre hubiéramos estado juntos. Se me dificultaba recordar la vida sin Bilal.

Miramos a la negrura del cielo que iluminaba un universo incomprensible.

—Todas las cosas que me preocupan parecen pequeñas y sin importancia cuando me enfrento con un cielo como este —murmuró Bilal.

Me acurruqué contra su hombro y le besé el cuello.

Cuando estaba en segundo de primaria me metí en muchos líos por tratar de comprender el universo —respondí.

—¿A qué te refieres? Bilal se alejó para mirarme.

—Mi maestra de religión le dijo a la clase lo enorme y vasto que era el universo creado por Dios. Nos platicó que Dios hizo millones de planetas y que incluso podría haber vida como en la Tierra. Como es de suponerse, le hice preguntas perfectamente lógicas, tales como: ¿Por qué Dios se ocupa solo de la gente en la Tierra? ¿Cómo logra llevar cuenta de todos en todas partes y de quién podría comer cerdo? ¿Las niñas alienígenas también tienen que llevar *hijab*? Y, por último, la gota que derramó el vaso de mi maestra fue: ¿Por qué le importaría qué comemos o qué ropa nos ponemos? ¿No tiene cosas más importantes qué resolver?

Bilal rio.

—La mayoría de la gente vive toda su vida sin hacerse esas preguntas obvias.

—El director me suspendió por una semana.

—Estos sistemas escolares estúpidos destruyen la curiosidad y creatividad de los niños —afirmó.

—Pero nadie guarda rencor como yo. Cuando llegué a cuarto grado, le rajé las llantas a los coches de ellos dos. Nadie se enteró nunca —confesé.

Bilal soltó una carcajada.

—¡Me encanta! ¡Has sido una rebelde y revolucionaria toda tu vida, mujer!

—Cierto. Y tú eres el afortunado que se casó conmigo.

—Sí que lo soy.

Nos quedamos así por un rato, platicando, riendo, compartiendo y besándonos. Quería hacer el amor con él, pero mi cuerpo no quería; o tal vez era al revés, mi cuerpo sí quería, pero yo no. Él también parecía perdido en su propio conflicto interno y fue el primero en tocar el tema.

—Los dos estamos pensando en eso, ¿verdad?

Le sonreí.

—Respeto y acepto tus deseos, Nahr. Ya me lo dijiste y no tienes que repetirlo dos veces. Lo que te quise decir entonces es que solo nosotros decidiremos cómo debería ser nuestra relación. Podemos ser lo que queramos. No tenemos que hacer el amor ahora y quizá nunca lo hagamos, siempre y cuando ese sea nuestro deseo. Lo único que te pido es que seas sincera. Yo te responderé de igual manera y siempre me esforzaré por ganarme y conservar tu amor, respeto y lealtad.

Enterré la cara en su cuello, satisfecha y agradecida por esta vida, y me sentí imposiblemente enamorada.

Bilal cambió de posición con actitud de incomodidad.

—Hay otra cosa que quiero decirte.

Esperé mientras encontraba las palabras correctas.

—Quise contarte esto desde el día que confiaste en mí, pero no tuve el valor —empezó—. Cuando estuve en prisión la última vez, me torturaron de maneras diferentes. Hace años, me aporrearon todo el cuerpo, en especial las ingles, pero esta vez me golpearon una y otra vez en los genitales. Vomitaba todo el tiempo y tenía todo hinchado entre las piernas. Después de eso, me dejaron en paz, pero se me infectó y no quisieron llevarme con un médico. En ese momento fue cuando empecé la huelga de hambre. Para cuando me transfirieron a la clínica militar, la infección estaba demasiado avanzada y no pudieron reparar el daño. —De nuevo cambió de posición en su asiento y me apretó con fuerza—. Tuvieron que quitarme un testículo.

Bilal estaba al borde de las lágrimas y yo lo abracé con fuerza.

—Estaba demasiado avergonzado para contártelo. Lamento no haberlo hecho. —Se detuvo un momento y se pasó una mano sobre el rostro—. Y mírame, yo soy quien te pide que seas sincera. —Aspiró aire entre los dientes—. Entonces quise decírtelo, que solo soy la mitad de un hombre… y no sé si tendré la capacidad física para hacerte el amor. —Los músculos de su mandíbula se contrajeron debajo de su piel y no quería verme a los ojos.

Le di un beso cariñoso en los labios.

—No te hagas esto. —Besé el lado de su rostro—. Te amo, Bilal. La gente es compleja, tú mismo lo dijiste. Ya averiguaremos qué funciona para nosotros y lo iremos viendo con el tiempo. —Puse mis manos alrededor de su mandíbula—. Por el momento, tenemos sinceridad, confianza y amor. —Quería describirle que la intimidad emocional que crecía entre nosotros me destrozaba el corazón de la manera más alentadora, pero no encontraba las palabras justas, excepto decirle que lo amaba, lo cual no bastaba en absoluto.

Pasamos juntos esa noche y todas las noches posteriores, en una cercanía que nunca conocí o que ni siquiera pensé que fuera posible con otra persona. Estaba feliz y satisfecha de verdad.

Al tiempo que me hundía en el sueño en brazos de Bilal, pensé en las colinas más allá de la terraza. Pronto florecerían los ciruelos, los duraznos, los perales, las higueras, los nísperos europeos, las moreras, los dátiles y los almendros, y en el verano cuidaría de los nísperos japoneses y granados de Hajjeh Um Mhammad.

* * *

Mamá y Jehad regresaron a Jordania un poco antes de que Ariel Sharon asolara la tierra e hiciera estallar el sol, menos de dos meses después de que Bilal y yo nos casamos. Bombardeó nuestras principales ciudades para aumentar las tasas de aprobación en su país. Pulverizó el aeropuerto de Gaza y destrozó la pista, que había sido un pequeño símbolo de la soberanía palestina. Sus militares ejecutaron a nuestros líderes, convirtieron en escombros las escuelas y universidades, se robaron las bases de datos de la población y las estadísticas de los estudiantes, y nos obligaron a soportar meses de toques de queda, durante los cuales no podíamos salir de nuestras casas en ningún momento, por ninguna razón, a menos que los militares lo anunciaran de manera específica.

Bilal todavía no sanaba por completo y los médicos pensaban que era posible que nunca volviera a caminar sin cojear, debido a que también le habían quitado algunos de los músculos de la ingle y cadera para eliminar la infección. Sin embargo, recuperó peso y fortaleza. Era poco frecuente que hablara por teléfono porque nuestras llamadas estaban intervenidas, pero trabajaba por horas desde su computadora. Fuimos más afortunados que la mayoría por tener una computadora en casa, lo cual nos libró de morir del aburrimiento por tener que estar encerrados las veinticuatro horas del día sin encontrar posibilidades de alivio. La nuestra era marca Dell y yo solo la usaba para checar el correo electrónico una vez por semana, en tanto que Bilal estaba a diario en ella para investigar temas de química que yo no entendía y para utilizar software de química para hacer las preparaciones que cocinaba a veces en la cocina.

—¿Qué estás haciendo? —Le pregunté.

—Solo estoy jugueteando con esto para pasar el rato.

No obstante, cuando empecé a preparar alguna botana para nosotros, no me lo permitió hasta lavar, enjuagar y secar toda la cocina.

—Necesito otro espacio para estas cosas —murmuró para sí.

—Supongo que esas no son nuevas recetas de pastelitos.

Me atrajo hacia él tomándome por la cintura.

—Tu sarcasmo es tan sexi.

Al día siguiente hicimos un espacio de trabajo en el baño del segundo piso y modificamos el ventilador para construir una campana de escape que estaba sobre su superficie de trabajo. Mi curiosidad aumentó.

También leía mucho y aunque yo trataba de leer con él, las teorías políticas abstractas no lograban mantener mi interés. Prefería las historias, los dramas humanos. A veces nos acurrucábamos por horas en el sofá para ver televisión o no hacer nada. En otras ocasiones me leía en voz alta. Comenzó con un ensayo de un estadounidense llamado James Baldwin. Era una carta para su sobrino, Big James.

—Regresa. ¿Podrías leerme de nuevo la última oración? —pedí.

«Lo único que puede destruirte es creer que de verdad eres lo que el mundo blanco llama *nigger*».

Había otros en el mundo que, como nosotros, eran considerados indignos, de los que no se esperaba que aspiraran a algo o que sobresalieran, para quienes la mediocridad estaba predestinada y que deberían esperar a que les dijeran a dónde ir, qué hacer, con quién casarse y dónde vivir. El señor Baldwin le dice a Big James:

«Aquí estabas: para ser amado. Para ser amado, bebé, con fuerza, de una vez y para siempre, para fortalecerte contra un mundo sin amor».

Bilal siguió leyendo, pero mi mente se entretuvo con esa oración porque sabía que, a pesar de todo, era amada. Me amaban con fuerza. De una vez y para siempre, contra un mundo sin amor. Extrañaba a mi familia y también a Um Buraq, pero aquí me sentía en casa.

—*Habibi*, lo siento, ¿puedes leer eso último? Estaba pensando en lo que dice antes.

—Sé a qué te refieres. A Baldwin hay que leerlo lento. Cada frase atrae no solo a la mente, sino también a nuestro corazón, historia y futuro. —Hizo una pausa.

«... si no nos hubiéramos amado entre nosotros, ninguno habría sobrevivido.

—¿Crees que así es como hemos sobrevivido? —Pregunté.

Bajó el libro y lo pensó por un instante, y luego me miró.

—No veo de qué otro modo alguien podría sobrevivir al colonialismo. Al entender nuestra propia condición, creo que cuando habla de «amarnos entre nosotros», Baldwin no se refiere únicamente a vivir. Sobrevivir amándonos entre nosotros significa amar también a nuestros ancestros. Conocer su dolor, sus luchas y su alegría. Significa amar nuestra memoria colectiva, quiénes somos, de dónde venimos —afirmó, y después de un rato de silencio en que ambos nos embebimos en esos pensamientos, prosiguió con la lectura.

«No hay razón alguna para que intentes volverte como los blancos y no existe fundamento para su insolente suposición de que *ellos* son los que deben aceptarte *a ti*. El asunto verdaderamente terrible, viejo amigo, es que eres *tú* quien debe aceptarlos a *ellos*. Te lo digo con absoluta seriedad. Debes aceptarlos y hacerlo con amor, porque estos inocentes no tienen otra esperanza. De hecho, siguen atrapados en una historia que no comprenden y, hasta que la entiendan, no pueden liberarse de ella. Por muchos años, y por innumerables razones, han tenido que creer que los hombres negros son inferiores a los hombres blancos. En efecto, muchos de ellos están mejor enterados pero, como ya descubrirás, a la gente le resulta muy difícil actuar con base en lo que sabe. Actuar es comprometerse y comprometerse significa estar en peligro».

«Comprometerse significa estar en peligro». Nunca he olvidado esas palabras.

Durante los siguientes días del toque de queda, cuando Bilal no estaba haciendo experimentos de química en el piso superior, pasábamos el tiempo leyendo al señor Baldwin. Nunca le dije a nadie, ni siquiera a Bilal, que el primer libro que leí de principio a fin fue el primero que leímos juntos: *The Fire Next Time*, de James Baldwin, cuando yo tenía treinta y cuatro años.

—¿Crees que Baldwin diría que deberíamos amar a los israelíes?

—No pienso que eso sea necesariamente lo que dice; creo que solo significa que deberíamos fortalecernos con amor cuando tratemos con ellos. Se refiere más a nuestro propio estado de gracia, a proteger nuestros espíritus de la denigración que nos imponen, a saber que nuestra lucha está enraizada en la moral y que la lucha en sí no es contra ellos como personas, sino contra aquello que los infecta: la idea de que son una mejor forma de seres humanos, que Dios los prefiere y que son, de manera inherente, una raza superior, mientras que nosotros somos desechables.

Después leímos a Ghassan Kanafani y también me encantó, empezando con su libro *Hombres al Sol*, que terminamos en un día. En esta historia, tres palestinos que viajan de contrabando a Kuwait dentro de un camión cisterna para transportar agua, mueren en silencio bajo el abrasador sol del desierto. «¿Por qué no golpearon la pared del camión para salir?», es la pregunta que atormenta al libro y que me atormenta a mí.

Baldwin y Kanafani fueron contemporáneos que vivieron a miles de kilómetros de distancia y que nunca se conocieron, pero que tuvieron vidas paralelas. Escribieron con la misma pasión, con la misma irreverencia y resistencia; con heridas coincidentes y un infinito amor por su gente. Baldwin se vio obligado al autoexilio y Kanafani fue asesinado por Israel: «comprometerse es estar en peligro».

Esas semanas de encierro en la casa, nosotros solos, incapaces de salir o recibir visitas, y teniendo que escaparnos al jardín para tomar aire fresco e ir por un poco de comida, tal vez fueron la luna de miel más intensa que cualquiera pudiera pedir. En unos cuantos meses nos hicimos de unos cuantos años. Deambulamos uno dentro del otro, en nuestros recuerdos, inseguridades y sueños. Exploramos nuestros cuerpos, centímetro a centímetro, hacia un precipicio encantado que era a la vez atemorizante e irresistible. Acostado detrás de mí, recorrió con sus dedos la cicatriz de mi espalda.

—¿Esta es? —Preguntó.

—Sí —susurré.

Se demoró besándome toda y sus labios permanecieron alrededor de la cicatriz. Bilal lo cambió todo, reordenó mi mundo. Creo que fue la primera vez que deseé realmente a un hombre. Mi cuerpo lo deseaba a nivel emocional, psicológico, intelectual y, al final, también físico.

Hicimos el amor muchas veces antes de hacer el amor. Con frecuencia, nuestros cuerpos se fundían mientras que él me leía, cuando nos besábamos, cuando platicábamos; abrazados, desvestidos, mientras nos bañábamos y cuando dormíamos. Cuando al fin sucedió, se deslizó dentro de mí y yo caí en el sublime abismo de él. El fuego que me recorrió completa me arrancó un sollozo.

—¿Me detengo? —Preguntó.

—No —le dije en un susurro mientras aún lloraba. Me besó con ansia, hundiéndose más dentro de mí. Lo consumí y aprendí un anhelo sexual que se volvió insaciable por un amor tan vasto como el cielo.

En los siguientes días apenas salimos de la cama. Leímos, oímos la radio, miramos televisión, hicimos de comer, comimos y nos bañamos juntos. Ariel Sharon seguía devastando al país. Esta vez, invadió el campo de refugiados de Jenin. Bilal llamaba de manera intermitente por teléfono a sus camaradas, hablando en clave y planeando desde la impotencia. Luego hicimos el amor otra vez. Encontramos maneras de amarnos a pesar de sus limitaciones físicas, que lo frustraban a él, pero no a mí. Casi estaba agradecida de ello, porque cada vez que no alcanzaba una erección o un orgasmo, eso parecía impulsarnos a estar más cerca, más internados en el amor y la confianza. Cinco millones de personas como nosotros estuvieron encerrados en sus casas y tal vez ellos también fluctuaron entre la ira y el amor.

No me resulta fácil hablar de esas semanas de mi vida sin caer en los lugares comunes, más que nada porque no tengo el lenguaje adecuado. No cuento con las palabras suficientes para explicar el grado pleno y absoluto al que me disolví en el amor.

Incluso ahora que estoy en el Cubo, sé que él se quedó conmigo, invisible, amándome todavía. Sé que las cosas que me dijeron sobre él no eran ciertas. Sé que no me abandonó. Lo sé. Lo sé. Eso que sé no será vencido, ni siquiera ahora en este sitio gris y antinatural.

La comida disminuyó en forma significativa para la tercera semana del toque de queda, pero seguíamos siendo más afortunados que la mayoría. Teníamos un jardín de verduras al alcance de la mano y el suficiente aceite de oliva como para que nos durara un año o más. Una vez por semana, Bilal hacía masa de pan y la horneábamos juntos.

—Esto me recuerda cuando Saddam ocupó Kuwait. Hubo escasez de pan y horneábamos lo que podíamos en casa —le conté mientras aplanaba la bolita de masa con el rodillo—. Ahora pareciera como si hubiera pasado toda una vida, casi como si le hubiera sucedido a alguien más.

El siguió amasando y haciendo las bolas de masa mientras escuchaba.

Tomé más masa para aplanarla.

—Um Buraq es la que me metió en eso.

Me miró con curiosidad.

Ella era la que reservaba las citas y nos llevaba a las fiestas con hombres —dije.

Bilal se detuvo a mitad de lo que estaba haciendo. La mano derecha le temblaba y mantuvo la vista fija en la masa. Yo sostuve el aliento.

—No te voy a mentir —afirmó—, es difícil escuchar algunas cosas, pero te amo, Nahr, más de lo que te puedes imaginar. Lo que sea que quieras contarme irá directo a ese pozo de amor.

Le conté todo. No en ese momento, sino más tarde. Quería que conociera lo que nunca podría contarle a nadie. Todo. Y no podía detenerme. Abu Nasser, el olfateador de pantaletas. Abu Moathe, mi violador. Saddam Hussein, mi salvador. El dinero. Um Buraq, mi alcahueta, mi amiga. Cómo se lo oculté a mi familia. Por qué lo hice. Por qué lo dejé de hacer. Por qué regresé. Se lo conté como lo cuento ahora, como si hubiera sido la vida de otra persona, algo distante de mí. No sentí la vergüenza, el placer o el trauma de todo eso. No me aguanté las lágrimas porque simplemente no las había.

Bilal me escuchó y, de manera intermitente, me acariciaba el pelo, sin compasión o empatía; con paciencia y, a veces, también me juzgaba un poco, aunque no lo dijo.

Empezó a caer el ocaso. Nos perdimos las noticias en la televisión y no comimos. Al final, me levanté para ir al baño, pero él me jaló para sentarme.

—Te amo todavía más por lo que sobreviviste, por lo que hiciste para mantener a tu familia y por confiar en mí —declaró.

Bilal puso una tetera para hacer té, apenas el suficiente para dos pequeñas tazas porque nuestro tanque en el techo tenía poca agua. Hicimos una cena de *mezze*, con el pan fresco que horneamos antes: jitomates fritos, ajo y calabazas del jardín, huevos cocidos, lo último de nuestro queso Nabulsi, *zeit-o-za'atar, labneh* con aceite de oliva y pimentón, pepinos rebanados, betabeles y verduras encurtidas. Pusimos los platos en el suelo junto a la puerta de la terraza, para sentir la brisa fresca del exterior al que no podíamos ir, en caso de que los francotiradores ocultos nos detectaran con su visión nocturna. Comimos en la oscuridad, bajo el brillo de una velita, mientras escuchábamos los informes de noticias en la radio.

El ejército israelí dio a entender que al día siguiente podrían concedernos dos horas de aplazamiento del toque de queda para salir a buscar alimentos. El anuncio fue seguido por una severa advertencia de que cualquiera que estuviera afuera al terminar el aplazamiento recibiría un disparo sin previo aviso. Bilal y yo hicimos masa para el pan, con el tiempo suficiente para que levara y llevarlo a hornear fresco en la pastelería cuando se levantara el toque de queda. Él se aventuró al jardín para recoger lo más posible que pudiera compartir con amigos y familiares. Al día siguiente se hizo el anuncio de que el aplazamiento se cancelaba hasta próximo aviso.

Los combatientes en Jenin emplazaron una heroica resistencia contra la invasión de Israel y mataron a docenas de soldados, pero el combate terminó y los soldados israelíes arrasaron con el campamento en su deseo de conseguir venganza. Bilal apagó la radio. Ya era de noche y no encendimos las luces. Nadie lo hacía, a menos que estuvieran tapadas las ventanas, porque las balas y los misiles, al igual que las polillas, se sienten atraídos por la luz.

Llevamos la bandeja de comida hasta la cocina en medio de la oscuridad.

—Déjalo —me indicó Bilal cuando empecé a limpiar los platos con un trapo, ya que solo quedaba agua para consumo. Me besó y me levantó sobre el mostrador de la cocina al mismo tiempo que yo rodeaba su cintura con mis piernas. Cuando nuestros besos se volvieron más apasionados, me empujó y me acarició la mejilla. Podía ver el contorno de su rostro, iluminado por la luz de la luna que se filtraba por la ventana.

»¿Bailarías para mí? —Musitó.

Me cargó hasta nuestro dormitorio y, aunque todavía cojeaba, seguía siendo fuerte. Al llegar, cerró las pesadas cortinas de las ventanas, reunió tantas velas como pudo y las encendió alrededor. Puso una mezcla de canciones en el estéreo portátil y dejó el volumen bajo. No era música para bailar, sino *tarab*, las clásicas canciones árabes del Levante y del Norte de África. Ató una *kuffiyeh* alrededor de mis caderas. Primero bailé para él, pero, como siempre sucedía, al poco tiempo empecé a bailar en aras de la música, solo por el baile, por mi propio cuerpo, por el aire y la noche. Bailé por el recuerdo y la luna.

Por amor a Bilal y nostalgia de mi familia. Bailar me hizo sentir bien. Recogí las horas pasadas con mis caderas y las integré en mi cuerpo. Las manos de Bilal me rozaron, pero todavía no estaba lista para recibirlo. Quería darle tiempo a la música. Hacía mucho desde la última vez que bailé. Me despojé de la ropa y mi *dishdasha* cayó al piso con un susurro. Desnuda ahora, excepto por la *kuffiyeh* que Bilal volvió a atar a mis caderas, regresé a la música y bailé. Él me observó por largo tiempo. Hay tipos de música que puedo oír, escuchar y disfrutar, pero luego hay algo más. Eso ocurre cuando los pequeños movimientos diestros de los instrumentos invocan una especie de belleza que llena la habitación. Convoca a la historia para que se una al baile. Llegan los siglos pasados y, tal vez, el tiempo aún por venir. Eso me roba el aliento y lo único que puedo hacer es filtrarme por debajo de mi piel, cerrar los ojos, mirar la belleza que se expande en mi interior y sentir cómo anima cada parte de mí. En algún momento, como sucede siempre, la música también cierra los ojos. Se da un respiro, quizá con el plañido de un violín, el llanto de la *ney* o el estremecimiento de un *oud*, y se asienta dócil en mi corazón.

Bilal murmuró:

—Eres la mujer más extraordinaria sobre la que se hayan posado mis ojos. —Al mismo tiempo que Abdel Halim Hafez cantaba a través de las bocinas la letra de «El Hawa Hawata», Bilal se arrodilló a mi lado y tomó mi pierna para besar mis tobillos, pantorrillas y rodillas. Se tomó su tiempo al avanzar sobre mis muslos hasta llegar al espacio entre mis piernas. La música seguía tocando, y las velas parpadearon y se consumieron mientras hacíamos el amor durante el toque de queda, detrás de ventanas oscurecidas, ocultos de los tanques, los jeeps y los francotiradores que cercaban nuestro pueblo.

Las temperaturas se elevaron y empezamos a tener dificultades para mantenernos frescos. Me preocupaban los árboles bajo el sol y sin lluvia, en especial los vulnerables árboles quemados que aún se recuperaban y los retoños con raíces superficiales.

Mientras tomábamos el café de la mañana en la cuarta semana del toque de queda, la radio transmitió lo siguiente:

«Condena internacional hacia la entidad sionista. Se rumora que las fuerzas sionistas de ocupación están planeando levantar el toque de queda por unas horas para permitir la evacuación de los enfermos, que se entierre a los difuntos y que la gente pueda comprar provisiones».

—Cuando levanten el toque de queda, uno de nosotros debería ir a regar los almendros y los olivos —le dije a Bilal.

Me miró con actitud inquisitiva y pude sentir que las palabras empezaban a formarse en su lengua.

—¿Qué está pasando? —Pregunté.

—Regaremos los árboles, pero luego voy a invertir la bomba —respondió.

—¿De qué hablas?

—Siéntate. —Me acarició con cuidado el hombro y empezó a divagar sobre compuestos químicos con nombres impronunciables para mí y términos científicos como *antiandrógenos*, que carecían de significado para mis oídos.

—Detente. Lo único que entendí es que estás fabricando compuestos en el baño de arriba —contesté.

Tomó un respiro y empezó de nuevo.

—Espera —lo detuve otra vez—. Tengo que ir a fabricar mis propios compuestos al baño.

Se rio y yo salí a toda prisa.

Esto es lo que entendí al final: los compuestos que cocinaba se llamaban ftalatos. Son andrógenos, lo cual significa que feminizan a los hombres y debilitan sus espermatozoides. Los andrógenos son las hormonas masculinas. El anhídrido ftálico es un ftalato y el ftalato se encuentra en casi todas las cosas que usamos, desde pegamentos y artículos para la limpieza del hogar, hasta productos de cuidado personal, materiales de construcción, juguetes infantiles, pintura y artículos médicos. Hace años, Bilal sintetizó una variación que resultó demasiado tóxica para el consumo humano.

—Los ftalatos correctos, en las concentraciones suficientemente elevadas, alteran el funcionamiento endócrino y...

—¿Qué es el funcionamiento endócrino?

—Es el sistema de hormonas en el cuerpo —indicó y añadió—: como los andrógenos.

—Bien, continúa.

Se me quedó viendo con la mirada vacía y yo lo observé fijamente, hasta que leí su intención y la entendí.

—¿Vas a bombear tus ftalatos especiales en el agua?

—Shhh. —Se llevó un dedo a los labios y se acercó—. No lo digas en voz alta, pero sí, eso es lo que voy a hacer.

—¿Los matará?

—No, pero podría partirles la madre. —No esperó a mi reacción antes de emprender una defensa—. Esta gente está tratando de eliminar hasta el último rastro de nosotros. Voy a hacer lo que se necesite. Aunque lancen veneno y aguas negras dentro de nuestros pozos y manantiales, lo que estoy tratando de hacer es asustarlos lo suficiente como para que se vayan. De modo que sí, eso es lo que estoy haciendo y gracias por tener esa brillante idea desde el principio.

Recordé la vez en que fuimos de día de campo, cuando le sugerí que bombeáramos aguas negras dentro de su agua.

Cuando Israel levantó finalmente el toque de queda, Bilal y yo nos separamos durante un periodo de tres horas. No había llovido en semanas y uno de nosotros tenía que ir al huerto. Todo el extremo hacia el sur debía regarse con mayor intensidad porque los retoños estaban luchando por sobrevivir. Pensé que él lo haría, pero en lugar de eso, quería hornear el pan en la tienda e ir al pueblo por alimentos y provisiones. El plan era que lo dejara en el pueblo y que me llevara el coche hasta los huertos, y que luego lo recogiera en la pastelería. En parte fue porque pensó que parecería sospechoso que él fuera a ocuparse de los árboles en lugar de ir a la pastelería, en vista de que el aplazamiento del toque de queda era tan breve. Pensarían que se traía algo entre manos. Sin embargo, había otra razón, de la cual solo me enteraría más tarde.

Cargamos el auto con cuatro recipientes de cinco galones vacíos, del tipo que se usa para llevar agua, las cubetas de masa y bolsas con verduras de nuestro jardín. Luego lo descargamos todo, excepto los tambos vacíos, en la pastelería, y yo me fui, mientras que las filas de personas se formaban para comprar el pan fresco. Los reporteros extranjeros zumbaban por todo el pueblo como insectos con cámaras, que enfocaban sobre los rostros marcados por la desdicha y la gente que compraba de manera frenética en un intento por conseguir lo más posible, en preparación para otro periodo incierto de toque de queda.

Los huertos estaban más o menos a diez minutos de distancia en auto y, por suerte, no tuve que pasar por ningún retén, pero las calles estaban hechas pedazos por los tanques. En todas partes había torres del tendido eléctrico destrozadas y tuve que cuidarme de los cables que saltaban y chisporroteaban. Las tuberías estaban rotas y la preciosa agua se derramaba por las calles. Los tanques aplastaron los autos estacionados como si fueran cochecitos de juguete.

Me estacioné en la cima de la colina y caminé hacia la tienda de campaña. El tanque de agua estaba volteado, lo cual significaba que los soldados o los colonos estuvieron allí, pero la formación rocosa donde se ocultaban las tuberías no había sido alterada. Enderecé el tanque y activé la bomba para llenarlo de agua. Hice todo un escándalo de cómo me esforzaba por sacar del coche los tambos de agua vacíos, como si estuvieran llenos y, con mis mejores aptitudes como actriz, vacíe su pesada agua ficticia dentro del tanque. Nunca era posible estar seguro de cuándo nos observaban los soldados, pero sabíamos que tenían la mirada puesta en Bilal y en todo lo que hacía. Lo último que necesitábamos era que descubrieran un tanque lleno sin explicación de cómo llegó el agua allí.

Cuando el tanque se llenó lo suficiente con la manguera, encendí la tubería para que el agua goteara hacia los árboles y metí los otros tubos dentro la tierra, debajo de la pequeña formación de rocas.

Me llevó dos horas terminar, principalmente porque decidí recorrer toda la colina para revisar los árboles de los extremos. Estaba feliz de ver que los arbolitos nuevos seguían vivos y que debajo de la costra de tierra quemada por el sol, el suelo tenía la suficiente humedad como para sostener a los gusanos.

Cuando llegué, seguía habiendo filas de personas en la pastelería, con menos de cuarenta minutos para que empezara de nuevo el toque de queda. Bilal no había tenido tiempo de ir por provisiones, pero apartaron bolsas para nosotros. Distribuyó las verduras entre sus tías y Ghassan, y ellos habían comprado queso y encurtidos para nosotros, al igual que unas cuantas especias y arroz. La hermana de Ghassan y yo atendimos a los últimos clientes mientras que Bilal y Ghassan cargaban el coche. Nos quedó apenas el tiempo suficiente para que fuera corriendo a la esquina a comprar helado, y llevé suficiente para todos nosotros.

—¡Gracias, hermana, me haces un hombre muy feliz! —exclamó Ghassan. Era poco común verlo tan efusivo. ¿Quién se hubiera imaginado que helado era lo único que se necesitaba?

No quedó tiempo suficiente para ver a Jumana, pero le llamé por teléfono. Había ido a revisar el salón y, de hecho, se encontró a una mujer que quería ocupar sus preciosas tres horas en que le pintaran y arreglaran el pelo, le depilaran con cera la cara y le hicieran las uñas.

—Le dije que el salón no estaba abierto, pero era tan patética que cambié de opinión —me contó Jumana—. Me pagó bien, pero no pude hacer lo que estaba en mi propia lista. Por suerte, Faisal nos surtió de comida. Ni siquiera pude ir a ver a Wadee. Su esposa está embarazada y la está pasando mal con las náuseas, así que mi plan era ir a verla, pero supongo que la mujer del salón me necesitaba más.

Me hubiera gustado ir a que me consintieran en el salón y traté de depilarme las cejas con hilo cuando llegué a casa, pero no tenía caso. La depilación con hilo no es el tipo de cosa que puedes hacerte en tu propia cara. Me estaban saliendo canas y quería pintarme el pelo. Necesitaba una depilación con cera en todo el cuerpo y pensé que podría hacérmela sola, aunque las sesiones de depilación siempre habían sido eventos sociales con amigas. Planeé cómo ocuparía mis tres horas la siguiente vez que levantaran el toque de queda y me di cuenta de que había dejado de pensar en la posibilidad de que lo quitaran por completo. Es trágico cómo adaptamos nuestro sentido de la normalidad.

—¡Eres brillante, esposa mía! —Me dijo Bilal cuando sacó el helado—. Eso es algo que amo de ti. Estamos esforzándonos y corriendo para ir por los productos básicos y tú tienes el buen sentido de recordar las cosas dulces.

—*El hilw ma byinsa el halawa* —le respondí. El dulce no olvida las dulzuras.

Bilal puso las noticias de la televisión mientras que yo desempacaba las bolsas. El reportero estaba entrevistando a una joven cuando llegaron los militares y empezaron a dar órdenes desde los altavoces de sus jeeps. De inmediato, la chica salió corriendo. El reportero discutió con el soldado que todavía les quedaban cinco minutos, pero la filmación concluyó de manera abrupta cuando le arrancaron la cámara. El presentador apareció justo al momento en que saqué unos extraños recipientes de plástico de una de las bolsas.

En el noticiero estaban dando las estadísticas más recientes. El conteo de cadáveres, la cifra de lesionados; personas que murieron durante el toque de queda y que tuvieron que quedarse en sus casas hasta que se levantara la prohibición de salir; la cifra de personas transferidas al hospital durante las últimas tres horas; el número de médicos y enfermeras que vivían en los hospitales durante el toque de queda para cuidar de sus pacientes. Un adolescente en Nablus recibió un disparo apenas momentos antes por quedarse en las calles después de terminado el toque de queda. Resultó que tenía una discapacidad mental y su familia no se dio cuenta de que se había salido. Los soldados le disparaban a la gente incluso cuando teníamos permiso de salir. Yousef Iyad y su esposa, Jameleh, dejaron a sus hijos en el campamento de refugiados de Dheishe para ir por alimentos cuando Israel levantó el toque de queda allí el día anterior. De camino, los soldados le dispararon a su auto y la pareja corrió hacia la casa más cercana para refugiarse. Se volvió a imponer el toque de queda y ahora la pareja estaba separada de sus hijos, el menor de los cuales era un bebé de dos meses al que su madre amamantaba y que no había recibido alimento en dieciocho horas. El reportero entrevistó por teléfono al hermano mayor y pudimos escuchar de fondo el llanto el bebé.

—¿Qué son estos? —Levanté el recipiente de plástico con polvo blanco, cuya etiqueta en inglés decía: ANHÍDRIDO FTÁLICO.

—Un profesor israelí me los trajo. —Bilal devolvió los recipientes a la bolsa.

—Es un poco molesto que digas cosas que no tienen sentido y que esperes que las entienda —le reclamé al mismo tiempo que él subía al piso de arriba con la bolsa—. Bilal, ¿dónde te los entregó el profesor?

—En la pastelería.

—¿Eso significa que Ghassan lo sabe?

—Tuve que contarle por razones prácticas, pero también porque si sabe cómo estás ayudando, dejará de dudar de tu compromiso —afirmó Bilal. Me imaginé que esa fue la razón por la que Ghassan fue tan amistoso conmigo, y yo que pensaba que fue por el helado.

Momento después, Bilal entró a la cocina y salió con un enorme tazón y dos cucharas en una mano, y con la otra detrás de la espalda.

—Si eso que traes es helado, no vas a recibir lo que te toca, querido. Más bien podrías traerte tu propio tazón, porque soy una máquina de comer helado. Tengo que esforzarme para mantener unos muslos y unas nalgas así de grandes —le aclaré.

—Sabía que dirías eso. —Entonces sacó un tazón que llevaba en la otra mano.

—*Habibti* —dijo—, ese profesor israelí solía mandarme reactivos para mi laboratorio cuando enseñaba química porque no teníamos presupuesto en nuestra universidad. A cambio, de vez en cuando yo le proporcionaba datos que publicaba con su nombre. Es una mierda de persona, pero puedo depender de él para que me consiga reactivos y compuestos sin hacer preguntas. El anhídrido ftálico es un compuesto inerte e inocuo, y no tiene idea de para qué lo estoy usando. Ahora tengo el suficiente para hacer una tanda lo bastante grande de lo que necesito en altas concentraciones.

Esa noche comimos tanto helado que nos saltamos la cena.

Historia de redención

Los habitantes de Nablus fueron los primeros en salir de sus casas en masa. El lunes 29 de julio de 2002, en el día cuarenta del toque de queda, miles de hombres y mujeres jóvenes se volcaron a las calles, arrojándoles piedras a los soldados israelíes. Jenin había ocasionado bajas al ejército israelí; Nablus estaba desafiando el toque de queda de manera abierta; y los combatientes de Belén estaban resguardándose en la Basílica de la Natividad, negándose a darse por vencidos a pesar del terrible sitio a su alrededor. Ramala fue la que soportó la mayor presencia militar porque Yasser Arafat se refugió allí en el cuartel general de la Autoridad Palestina. Cada distrito tuvo sus propias historias acerca de lo que, al final, fueron casi sesenta terribles días de confinamiento que convirtieron a las casas y a las ciudades en prisiones.

Algunos de los activistas más jóvenes dijeron que Bilal y Ghassan «no hicieron nada»; que los líderes a los que admiraban se habían «escondido como conejos» cuando más los necesitaban. Sus palabras hirieron a Bilal de manera muy profunda. Supongo que se sintió bastante culpable por no hacer más y por pasarse horas en la decadencia del amor en lugar de hacer lo otro. No hablaba al respecto, pero por cierto tiempo se comportó de manera extraña, como si me culpara a mí. Sin embargo, no pasó mucho tiempo antes de que volviera a ser el hombre de siempre. De todas maneras, esas fluctuaciones se convertirían en un patrón, en la manifestación tangible de su lucha interna, entre el guerrero que daría su vida por la liberación nacional y el marido que lo único que deseaba era amor y familia.

Durante las dos semanas después de recibir el anhídrido ftálico en polvo, trabajó muchas más horas en su laboratorio del baño. Fabricó galones y galones de otros ftalatos para bombearlos por la tubería de agua que fluía hacia el asentamiento una vez que terminara el toque de queda.

Cuando al fin nos permitieron salir de nuestras casas convertidas en prisiones, las estadísticas fueron pasmosas. Cientos de palestinos muertos, miles arrestados, incontables desaparecidos, miles más heridos o lisiados, cientos de casas demolidas… y más y más. Era difícil no insensibilizarse a la violencia y a esas sádicas cifras. A diferencia de Bilal, yo no podía existir en un estado constante de ultraje y pena. Él buscaba las vidas individuales, las familias que habían quedado atrás.

—Mira esto. —Me enseñó un recorte del *Sunday Digest* del 30 de junio de 1957, que citaba pasajes de un diario que se encontró en el American Colony Hotel, en Jerusalén—. Lee el penúltimo párrafo —me indicó.

Después de la matanza de la aldea árabe de Deir Yasin, acogí a cincuenta bebés en nuestra casa de cuna. Mientras hablaba con las mujeres atemorizadas y registraba a los bebés, un niño de entre tres y cuatro años de edad me miró y, al ver que no era árabe, dio un grito y cayó desmayado. Corrí por agua para reanimarlo, pero estaba muerto. ¿Qué imágenes tan terribles debe haber visto para que se le detuviera el corazón?

—Deir Yasin no fue solo una matanza, una palabra abstracta con cifras y fotografías borrosas de hace mucho tiempo. Para mí, Deir Yasin es este pequeño. Hay historias como esta para cada pogromo que se ha cometido en nuestra contra —dijo. Bilal se rodeaba de todas esas historias, llenaba estantes de ellas para reunir el dolor de la gente y conjuntarlo en sucesos históricos y análisis políticos.

Yo lo escuchaba, lo ayudaba a concertar sus planes y bombeaba altas concentraciones de ftalatos a la tubería de agua del asentamiento.

Monitoreábamos los medios israelíes en busca de noticias relevantes acerca de esa colonia particular asentada en las tierras de Bilal. Después de cinco meses de bombear ftalatos por la tubería, apareció un artículo en un periódico local en lengua hebrea que describía la aparición de síntomas extraños entre los residentes. Bilal tradujo que el ministerio de salud estaba recibiendo críticas por ignorar su petición de que investigaran el asunto. Pero los oficiales respondieron de inmediato que los síntomas reportados no eran causa de alarma. «A algunos de los hombres les están creciendo los senos. Muy bien; quizá lo que necesitan es ponerse a dieta», citaron que afirmó un funcionario del ministerio. Pero también había otros problemas. A las mujeres se les estaba dificultando embarazarse. La fuente respondió que «eso le sucede a las personas de vez en cuando. Tienen que seguir intentándolo o acudir a clínicas de fertilidad. Hay muchas otras mujeres de allí que están embarazadas». Y era cierto que había algunas de ellas; pero, aparte de eso, había cosas adicionales: los asmáticos estaban experimentando exacerbaciones frecuentes, nuevos casos de sibilancias y otros problemas respiratorios.

El artículo fue perfecto. Nos advirtió que las autoridades no tardarían en presentarse a investigar. Usamos los días siguientes para invertir la bomba, y para extraer y guardar la mayor cantidad de agua limpia que pudiéramos; para cuando vimos que los camiones del departamento de aguas llegaban al asentamiento, la tubería ya llevaba cuatro días limpia. Si analizaban el agua, no verían nada y eso fue justo lo que pasó. El único resultado que arrojaron sus pruebas fue que había niveles ligeramente elevados de pesticidas, cosa que no tenía nada que ver con nosotros; de todos modos, según un artículo, las concentraciones no fueron lo bastante elevadas como para convencerlos de que ellos fueran los responsables.

No obstante, los problemas de salud de los colonos persistieron, porque seguimos saboteando su agua en el momento en que sentimos que era seguro hacerlo de nuevo.

Otro artículo reflejó la molestia de las autoridades con los residentes del asentamiento. Eran novatos, casi todos de Estados Unidos, y se les habían dado subsidios para vivir en tierras palestinas confiscadas. La mayoría apenas y podía hablar hebreo, y los israelíes los veían como delicados e inútiles; judíos que todavía no se habían visto endurecidos por el servicio militar o las realidades del país.

—Estas personas se detestan unas a otras. Si no nos tuvieran a nosotros para maltratarnos, se estarían matando entre sí —dijo Bilal.

Ahora, Bilal aumentó las concentraciones de ftalatos hasta que los médicos empezaron a quejarse y los medios más importantes empezaron a hacer reportajes al respecto. Líderes religiosos emitieron valoraciones autoritarias que afirmaban que el área estaba maldita. Al fin, obtuvimos resultados: los colonos empezaron a abandonar el asentamiento.

Dejamos de bombear los ftalatos. Camionetas llenas de científicos sometieron a prueba el agua, la tierra, los materiales de construcción, los caminos y las plantas decorativas en las casas. Por pura coincidencia, la colonia había estado comprando sus productos agrícolas de una granja comunitaria que les habían confiscado a tres de los tíos y primos de Bilal. Se encontraron concentraciones inusualmente elevadas de pesticidas en la tierra y en las muestras de orina de los individuos a quienes sometieron a prueba. Seguro que eso era. Identificaron la fuente y remediaron la situación al reducir el uso de pesticidas. Caso cerrado; pero el daño ya estaba hecho. Después de eso, ya nadie quiso comprar los productos de esa granja.

Los residentes no quedaron satisfechos con el reporte oficial y siguieron abandonando el asentamiento. La granja empezó a tener problemas para mantenerse a flote. Las noticias informaron que algunos de los residentes que quedaban creían que «los árabes» les habían lanzando hechizos de magia negra para maldecirlos. Pretendían quedarse, seguros de que Dios estaba de su lado. Para ellos, esto se había convertido en una batalla entre Dios y el diablo, pero la colonia se estaba vaciando día con día.

Lo leímos todo y lo celebramos. También nos preparamos para la reanudación de las incursiones militares.

Mudé los agentes químicos, tubos y matraces de Bilal al subterráneo, llevándome algunas cuantas cosas a diario cuando me iba a trabajar al salón. Jumana no lo sabía, porque lo hacía en los días en que me tocaba abrir la tienda, antes de que llegara. No me gustaba ocultárselo, pero aprendí de Bilal que mientras menos supiera la gente en general, más seguros estaríamos.

La milicia llegó, por supuesto. Itamar hizo hincapié en venir él mismo para supervisar el cateo a nuestra casa. Bilal y yo los miramos, las manos atadas con correas de plástico. Itamar nos habló en árabe, las sombras del agotamiento tiñendo su rostro.

—No quiero hacer esto, Bilal, pero te sacaré la información de una forma u otra.

—¿Información de qué? Ustedes, hijos de puta, nos tienen vigilados las veinticuatro horas de cada día. Saben hasta cuándo cago —exclamó Bilal con indignación fingida.

Quizá Itamar también haya estado fingiendo cuando apretó su mano alrededor de la garganta de Bilal y le advirtió:

—Sabes lo que podemos hacer. Si tengo que hacerlo, arrestaré a tu esposa y te haré mirar cuando mis hombres se la cojan de uno en uno.

Bilal sostuvo la mirada de Itamar, claramente sin poder respirar, su rostro enrojecido. Cuando Itamar lo soltó, Bilal se dobló, tosiendo y tratando de tomar grandes bocanadas de aire.

—Eres un hombre enfermo y cruel, y provienes de una sociedad enferma y cruel —espetó Bilal—. Se te olvida que sé el tipo de basura podrida que eres en realidad.

Pensé que Itamar lo golpearía o que quizá le dispararía, pero solo se quedó allí parado, respirando las palabras de Bilal y mirándolo a la cara con una mezcla de tristeza, furia y derrota en su actitud.

—No hay nada aquí —les dijo a sus soldados, ordenándoles que salieran. Cuando dos de ellos nos empezaron a arrastrar a Bilal y a mí, Itamar les ordenó que nos dejaran ir. Los soldados titubearon, confundidos.

—¡Corten sus ataduras! ¡Déjenlos ya! —Vociferó.

En el 2003, durante el tercer año de la Segunda Intifada, los horrores de la represión de Israel mantuvieron a ciudades enteras en un estado de humillación y desesperación, pero nueve meses después de los difíciles días del toque de queda, empezaron a brotar bebés palestinos de los hospitales como si fueran palomitas de maíz. Resultaba evidente que la mayoría de la gente había hecho exactamente lo mismo que Bilal y yo. Cuando no puedes salir de tu casa y hay poca comida y agua, coger es lo único que te queda. Incluso ante la furia recrudecida y la solidificación de los planes de resistencia, tan certeros como los ojos y oídos de los traidores que vivían entre nosotros, las familias de todas partes repartieron dulces en celebración del nacimiento de los niños y niñas acabados de nacer.

—Esos idiotas hijos de puta están aterrados de que nuestra población termine por superarlos, ¿y qué hacen? —Exclamó Ghassan—. Encierran a todo el mundo en casa por meses sin nada que hacer más que fabricar bebés. ¡Y ahora hay miles de pequeñas amenazas demográficas! ¡Es de verdad poético!

Los granjeros perdieron sus cosechas, familias perdieron a hijos e hijas, poblaciones perdieron su electricidad y sus caminos, las cárceles israelíes terminaron atestadas de jóvenes y viejos, y no había trabajo por ninguna parte, pero todos esos bebés reunieron a la gente, les dieron esperanzas y algo que hacer, nos forzaron a visitarnos unos a otros, a comer juntos, a volver a vivir y a tramar las siguientes acciones de la implacable lucha de liberación nacional.

Mi regla se retrasó tres semanas.

Lo que vino a continuación no sorprendió a nadie. Se intensificaron las protestas y las huelgas, crecieron las confrontaciones a pedradas con los soldados y uno que otro bombardeo suicida sacudió a Israel. Bilal y Ghassan se concentraban en sus planes. Jumana y yo sabíamos poco y no nos veríamos involucradas a menos que fuera necesario. Con Samer fuera del país, haciendo sus estudios de posgrado en Moscú, éramos las únicas guardianas del subterráneo y estábamos manteniendo ignorantes a Wadee y Faisal sobre la mayoría de las cosas. Lo que fuera que Bilal y Ghassan estuvieran planeando involucraría a la mayoría de las armas. Jumana y yo lo sabíamos porque habíamos ayudado a contrabandear las armas y las municiones para las mismas fuera del subterráneo una por una. Las llevábamos a donde fuera que nos lo indicaran; por lo general, solo al basurero al final de la calle, conde alguien a quien no conocíamos las recogía. En una ocasión, envolvimos una de las ballestas como si fuera un regalo gigante para un *baby shower.* Ni siquiera conocíamos a la futura madre, pero su hermano tomó la caja de regalo y fingimos ser los mejores amigos frente a los demás invitados.

Una fresca noche de febrero, cuando todos nos encontrábamos reunidos en la casa, Bilal y Ghassan nos dieron un poco más de información.

—Escuchen —empezó Bilal—. Hay muchas personas involucradas en lo que va a suceder. Atraparán a algunas y otras más incluso terminarán muertas. Conocen los riesgos, al igual que Ghassan y yo. —Bilal me miró a mí, Ghassan a Jumana y los gemelos el uno al otro; miradas colmadas de amor y de las terribles realidades de nuestros destinos.

»Estamos cubriendo nuestro rastro, pero lo más probable es que nos arresten, y eso los incluye a todos los demás por mera asociación. —Ahora, se centraron en los gemelos. Wadee había asistido a la junta muy a regañadientes. Nos había hecho más que claro que no quería tener nada que ver con cualquier plan adicional, lo que había creado una brecha entre él y su gemelo, algo que resultaba doloroso de mirar. Estaba desesperadamente enamorado de su muy embarazada esposa y, aunque a todos nos quedaba claro que ella no correspondía a sus afectos al mismo grado, él estaba centrando la totalidad de su energía en conquistar su corazón.

Wadee enterró sus manos en su cabello.

—¿Y yo por qué estoy aquí? ¿Qué tiene que ver todo esto conmigo? —Rogó. Faisal volteó hacia él con asco, pero Ghassan lo interrumpió.

—Lo más probable es que nos arresten a todos —afirmó Ghassan.

Wadee levantó su cabeza al techo en absoluta exasperación. Faisal parecía listo para golpear a su hermano. No creo que estuviera de verdad enojado porque Wadee quisiera abstraerse de todo esto; más bien, Faisal se sentía incompleto sin su otra mitad, que parecía querer ignorar a quien fuera aparte de su esposa.

—Nos torturarán —siguió Ghassan—. Registrarán nuestras casas, la pastelería y también el salón. —Pausó un instante para que comprendiéramos sus palabras—. Sería poco realista esperar que nadie soportara la tortura sin hablar. Ninguno de nosotros es sobrehumano. No estamos tratando de ser héroes. Tenemos que darles algo. —Hizo un movimiento hacia Bilal, sacó un cigarro, lo prendió y empezó a fumar mientras Bilal describía todo lo que había hecho con la tubería, los ftalatos, la bomba y los árboles.

—¿Quieres decir que tú eres la razón por la que abandonaron el asentamiento? —Exclamó Wadee.

—En términos técnicos, fui yo —interrumpí, queriendo que se me diera crédito por el trabajo de llenar los barriles y activar la bomba por horas a diario. Pero Bilal me lanzó una mirada terrible.

—Ignoren lo que acaba de decir. Cuando sientan que es momento de confesar, díganles todo acerca de la tubería de agua y que yo lo hice solo. Nahr no tenía idea de lo que estaba pasando. Ninguno de ustedes lo sabía en el momento. Si todo el mundo confiesa haberlo oído o averiguado de alguna manera u otra, resultará convincente, pero nadie, bajo ninguna circunstancia, puede revelar, jamás, nada acerca de la existencia del subterráneo.

Bilal respiró profundo.

—Necesito repetirlo una vez más. Hablen acerca de lo que quieran; inventen cosas si es necesario, pero jamás, nunca, hablen del subterráneo.

Todos asentimos en acuerdo y procedimos a acomodar nuestras historias; en específico, cómo, cuándo y dónde se había enterado cada uno de nosotros del envenenamiento de la tubería de agua del asentamiento.

Todo ello tenía que adjudicarse a Bilal.

—Tenemos un plan —indicó—. Quizá funcione o no, pero, en todo caso, usen esa información para darles algo en caso de que los torturen.

—Cada uno de ustedes recibirá una llamada alrededor de cinco horas antes de que algo suceda. Tienen que asegurarse de tener una buena coartada pública durante las horas posteriores a que reciban la llamada —añadió Ghassan.

—¿Cuándo va a suceder todo esto? —Fue lo primero que Faisal quiso saber.

—Eso no se los podemos decir. Incluso las personas que están llevando el plan a cabo no lo sabrán sino hasta cinco horas antes —explicó Bilal.

Dos ancianas egipcias caminan conmigo por un oscuro pasillo. Me parecen conocidas y recuerdo dónde las vi antes. «No». Les digo que no quiero abortar a mi hijo, pero ellas solo se ríen y me dicen, «Ya nos pagaron».

Me desperté de la pesadilla presa del pánico y me incorporé en la cama, Bilal todavía dormido junto a mí. El reloj marcaba las 3:48 a.m. Era viernes, el día en que solíamos quedarnos en cama hasta más tarde. Entré de puntitas al baño y oriné sobre el filamento de la prueba de embarazo, como lo indicaban las instrucciones. Observé mientras la línea de mi orina viajaba por el mismo. Cruzó la primera ventana de la prueba, donde reveló una sola línea roja; el «control», que me aseguraba que la prueba estaba funcionando como debía. La orina siguió subiendo a la siguiente ventana y, poco a poco, aparecieron dos líneas. La interpretación del instructivo afirmaba: «Positivo. ¡Felicidades! Estás embarazada».

Me quedé sentada sobre el escusado pensando que los fabricantes de las pruebas de embarazo deberían atenerse a los hechos sin presumir que saben qué es o no causa de felicitaciones. Patriarcado de mierda. Envolví el dispositivo en una tira de papel de baño y lo arrojé a la basura, regresé a la cama y me quedé dormida hasta que me vi atacada por la intensa luz del sol que entraba por la ventana. Se me había olvidado cerrar las persianas la noche anterior.

Bilal ya estaba despierto y vestido, y estaba preparando el desayuno.

—Mañana de bondad y jazmín, mi bella esposa —dijo con inusual alegría, como si estuviera en la escena de alguna película. Por lo general, no le gustaba hablar por las mañanas. Casi siempre, se limitaba a emitir gruñidos hasta después de tomarse su primer café en la terraza.

—*Sabaho*, mi amor —respondí mientras lo besaba.

Le felicidad como de película pronto derivó en el silencio habitual y nos dedicamos a llevar a cabo nuestra rutina de los viernes. Café, un desayuno ligero para él, uno enorme para mí, periódico en la terraza, horas de pereza en casa y, aunque él no creía en Dios, oraciones vespertinas en la mezquita. Era algo que esperaba con anticipación semana con semana; algo que amaba, eran sus extrañas contradicciones. A veces, lo acompañaba, pero por lo general, Jumana y yo nos reuníamos para cocinar, a veces veíamos a algunos clientes en el salón, íbamos de compras o jugábamos cartas. Después, Bilal tenía un turno en la pastelería y, más tarde, era posible que todos nos reuniéramos en la casa o él y yo nos íbamos a caminar al campo para pasar un tiempo con el rebaño (al paso del tiempo, Bilal había vuelto a visitar a los animales de Jandal y a su nuevo pastor). Los viernes eran sagrados.

Empezó a sonar el teléfono de la casa. Lo ignoré porque a Bilal le gustaba contestar. Sin embargo, en esta ocasión me dijo, «¿No vas a contestar?».

«Qué extraño», pensé. ¡Era Jehad!

—¡*Habibi,* hermanito! ¡Cuánto te extraño! ¡Escuchar tu voz es la manera perfecta para iniciar este viernes!

—Yo también te extraño, hermana..., pero quiero que te sientes. Te tengo una mala noticia.

Me puse en alerta.

—¿Qué?

—Acaba de fallecer nuestra abuela —dijo en tono solemne—. Murió en paz, mientras dormía.

Ahora, recostada en mi cama dentro del Cubo, recuerdo la llamada y el chasquido de la bocina cuando colgó. Recuerdo el pasmo que sentí y después haberme cuestionado cómo la muerte era lo único seguro en la vida y, de todos modos, la sorpresa más devastadora.

Bilal me rodeó con sus brazos. Dijo que sacaría dinero del banco y que pediría un coche para que viajara a Amán para asistir al funeral.

—¿Pero y qué con...

—No te preocupes. No va a suceder por otro par de semanas más —me interrumpió.

—Pensé que dijiste que nadie sabría nada hasta cinco horas antes.

—Pues yo te lo acabo de informar. Ahora, ponte a empacar para que puedas reunirte con tu familia.

«Tiene razón», pensé y me fui a empacar. Estaba tomándome mi tiempo, suponiendo que me marcharía a la mañana siguiente, pero Bilal me sorprendió menos de media hora después con el efectivo y diciéndome que había dispuesto que viniera un coche a recogerme para ir a la frontera.

—Me gustaría poder ir contigo o, al menos, llevarte hasta la frontera, *habibti* —afirmó mientras tomaba mi rostro entre sus manos. Los términos de su liberación habían limitado sus movimientos a un radio todavía menor. Si me llevaba, lo arrestarían.

Traté de hablarle a Jumana, pero fue en vano. Mi hermano volvió a marcarme y me insistió que fuera lo más pronto posible. Dijo que nuestra madre me necesitaba, pero no quiso ponerla al teléfono, cosa que me pareció extraña.

—Deberías irte de una vez, amor mío, porque cierran la frontera temprano los viernes —insistió Bilal. Antes de que pudiera procesarlo todo, el taxi ya estaba esperando afuera, solo unas cuantas horas después de despertarme en lo que pensé que sería un viernes de descanso normal.

Bilal me sostuvo en un fuerte y largo abrazo para después besarme con gran pasión, como si quisiera incorporarme dentro de sí.

—No te preocupes, amor. Regresaré en unos cuantos días. A lo más, me ausentaré una o dos semanas —expliqué. Estudió mi rostro como si quisiera recordar cada detalle.

—Llévate esto. —Sacó un sobre sellado de su bolsillo trasero—. Dáselo a Jehad cuando llegues a Amán.

—¿Qué es?

—Una carta en código; él la entenderá, pero no la abras antes de que estés en Jordania.

Coloqué el sobre en mi bolsa, rodeé su cintura con mis brazos y coloqué mi cabeza sobre su pecho, sintonizándome con el ritmo de su corazón. Volvió a apretarme.

—Te amo, Nahr; me has dado los mejores días de mi vida.

Me metí en el taxi, besé a mi marido una vez más a través de la ventana y me puse en camino.

Esa fue la última vez que vi a Bilal.

«Te amo, Nahr; me has dado los mejores días de mi vida». Hoy en día, esas palabras dan vueltas dentro de mi cabeza; sus letras se desintegran y flotan en mis ojos, detrás de mi rostro y dentro de mi garganta, y me apresuro a volverlas a armar, temerosa de haber olvidado el sonido de la voz de Bilal o el golpeteo de su corazón en mi oreja pegada a su pecho. Me acuesto en mi cama en el Cubo y me concentro para volver a armarlas todas a fin de reproducirlas una y otra vez: «Te amo, Nahr; me has dado los mejores días de mi vida». Hay veces en que no logro hacerlo y me invade el pánico. Me aterra olvidarlo.

Cuando el taxi se puso en camino, me asaltó una fuerte añoranza por ver a mi familia en Amán. La tristeza se apoderó de mi corazón al imaginar el departamento sin la presencia de Sitti Wasfiyeh. No había experimentado la muerte tan de cerca desde el fallecimiento de mi padre. Me sentí abrumada por la incomprensibilidad de la muerte, por su irrevocabilidad. Mi abuela había sido una presencia constante a lo largo de mi existencia. En ese taxi, casi a la mitad del camino hacia la frontera, vi a Sitti Wasfiyeh con una nueva claridad; cuatro veces refugiada, una madre que perdió a su hijo y cuyas hijas no la aguantaban, que se había defendido y había protegido su dolor lanzando insultos, que se había pasado la vida persiguiendo el hogar del que los sionistas la habían expulsado. Experimenté un deseo desesperado por sentir el amplio abrazo de mi madre. Y Jehad; qué dulce sería pasar un tiempo juntos a solas. Al fin podríamos hablar de su papel en la resistencia y de la razón por la que había querido ocultármelo. Revisé mi bolsa en busca de la carta. La saqué para regresarla sin abrir.

El inusual silencio de las calles interrumpió mis reflexiones. Casi no había nada de tráfico, incluso en un pueblo en el que el atronador sonido de las bocinas era algo común. Había un número sorprendentemente pequeño de personas en las calles, en especial para ser viernes. De hecho, el día entero había sido de lo más raro. Empecé a reconstruir el día, empezando por Bilal.

«¿Por qué quiso que contestara el teléfono? ¿Sabía que era para mí? Tendría que ser. Seguro ya había hablado con Jehad antes de que me despertara. ¿Por qué insistió en que me fuera con tal velocidad? Se puso ansioso al ver que me estaba tardando en empacar. ¿Por qué Jumana no contestó su teléfono?».

Algo estaba sucediendo. Me di cuenta de que el conductor había pasado el viaje en silencio. Le pedí que prendiera las noticias en la radio. En lugar de ello, eligió una estación de música.

—No, por favor, ponga una estación de noticias. ¿No cree que las cosas estén algo raras?

—Lo siento, hija, pero no me lo tienen permitido. Se supone que la lleve directo a la frontera —respondió.

—¿A qué se refiere con que «no me lo tienen permitido»? Me recorrí hacia adelante y me recargué hacia el asiento delantero.

No respondió nada, sino que cambió la estación a regañadientes.

—Tiene razón; pareciera que algo está pasando —afirmó mientras subía el volumen.

El anunciador estaba a mitad de una oración: «... a causa de la intensa presencia militar. Aún no sabemos qué sucedió, pero están llegándonos informes de testigos presenciales. Mientras tanto, el ejército acaba de aislar toda la zona. Al parecer, cortaron todas las comunicaciones telefónicas porque no están entrando llamadas a los residentes del área.

Le marqué a Bilal por mi celular. No hubo respuesta ni en la casa, ni en la pastelería. El conductor se detuvo junto al taller de un herrero. Las personas estaban saliéndose de las calles y las tiendas estaban cerrando. El conductor se inclinó hacia la radio, como para poder oír mejor. Mi corazón empezó a acelerarse a medida que las diferentes partes del día empezaban a conjuntarse dentro de mi cabeza. Abrí la carta de Bilal a mi hermano de un tirón y quedé pasmada ¡al ver que estaba dirigida a mí!

> *A mi preciosa, bella y amada esposa.* Habibti, *Nahr, ruego a Dios que estés leyendo la presente en la seguridad de tu familia en Amán y que permanezcas allí para criar a nuestro hijo...*

Me di cuenta de que lo sabía. ¡No había ocultado bien la prueba de embarazo dentro del cesto de basura!

> *...hasta que nos volvamos a ver. Te escribo esto mientras duermes en nuestra cama. Ya hablé con Jehad. Estoy seguro de que sabes lo que pasó para este momento y espero que nos hayas perdonado a los dos. No podía tolerar...*

—¡Dese la vuelta! —grité al conductor—. ¡Lléveme de regreso ahora mismo!

«Estoy seguro de que sabes...», eso ya lo había leído. No podía encontrar el punto en el que me había quedado.

—¡*Ya Sater!* —El conductor le subió al volumen con manos temblorosas— «...hace apenas algunos momentos. Ahora, tenemos confirmación de que la resistencia llevó a cabo dos operaciones con veinte minutos de diferencia. Al parecer, se llevaron a cabo al estilo del héroe Tha'ir Hamad. Estamos escuchando que...».

De repente, el chofer apagó la radio, se arrojó sobre el asiento del frente y me ordenó que bajara la cabeza. A la distancia, vi unos jeeps militares que se acercaban a nosotros a toda velocidad y no perdí tiempo en acostarme. El auto tembló cuando pasaron junto a nosotros como bólidos. Levanté la mirada y vi los ojos del chofer, que me miraban desde el espacio del descansabrazos. Sus ojos parecían flotar en sus cuencas, como si no pudiera verme en realidad.

—Mantenga la cabeza abajo —me ordenó, aterrado. Escuchamos helicópteros que rugían sobre nuestras cabezas y más tiendas que cerraban sus puertas—. Dios nos ampare —continuó—. Si esta es otra operación tipo Tha'ir Hamad, van a desatar el infierno mismo sobre nosotros.

Tha'ir Hamad era un francotirador palestino solitario que llevó a cabo un ataque contra los soldados de un retén al inicio de la Segunda Intifada. Lo único que tenía era un antiguo rifle Máuser de la Segunda Guerra Mundial y treinta cartuchos útiles. Antes de la salida del sol del 3 de marzo de 2002, Tha'ir Hamad excavó un escondite bajo algunos olivos sobre una colina que miraba hacia Wadi al Haramiya, el Valle de los Ladrones, y se mantuvo a la espera de la compañía de reserva israelí que quedaría al mando del retén de Uyoun al Haramiya. Disparó cuatro veces y mató a cuatro soldados. Los dos soldados que salieron para localizar al tirador y para ayudar a sus compañeros caídos también murieron a sus manos. Disparó contra las tropas de reforzamiento cuando llegaron, y mató a un sargento e hirió a varios de sus hombres. Una mujer israelí y sus hijos llegaron para cruzar por el retén, pero les gritó que se marcharan y no les hizo daño alguno. Al final, se marchó cuando el rifle se trabó con el último cartucho, 25 minutos después de empezar a disparar. Los israelíes despacharon helicópteros y unidades caninas de búsqueda para encontrarlo, pero ni siquiera lograron ubicar su escondite. Se hubiera salido con la suya de no haber cometido el error de confiar en un amigo. Su nombre se convirtió en sinónimo de precisión y excelencia en tiro.

Mantuve la cabeza abajo, extrañamente calmada, revisando los últimos días en mi cabeza. Sabía que Bilal y Ghassan tenían algo que ver con esto. Todos nos teníamos que enterar cinco horas antes de que implementaran el plan, pero la prueba de embarazo había motivado un cambio en los planes para sacarme del país. «¿Le habrá dicho a Jumana que no respondiera mis llamadas? ¿Ella lo sabía?».

De nuevo, traté de seguir leyendo la carta.

«...nos hayas perdonado a los dos. No podía tolerar la idea de lo que te harían si supieran que estás embarazada de nuestro hijo. De modo que...».

El conductor volvió a prender la radio, pero bajó el volumen.

«...un tercer ataque, y ahora nos dicen que están sonando las sirenas en Huwwara, lo que significa que esta es la cuarta emboscada a un retén en media hora. ¡Esto es increíble! ¡Increíble! Hasta donde sabemos, nadie ha asumido la autoría de estos ataques. Hemos recibido algunas llamadas de testigos oculares que afirman que algunos de los soldados fueron heridos con flechas».

Se escuchó la voz de alguien que llamaba, aunque con muy mala recepción: «Yo lo vi con mis propios ojos en Huwwara. ¡Larga vida a la resistencia! Había un grupo de *shabab* que parecía que estaba iniciando una riña y salieron todos los soldados con sus armas listas a fin de aplacar el caos. Todos ellos, junto con cerca de diez más, los confrontaron con latas de aerosol —resultó ser insecticida para avispas— y les vaciaron todo el contenido en la cara. Los soldados empezaban a retraerse a toda prisa cuando todas estas flechas, ¡como las de los indios americanos!, empezaron a llover sobre sus cabezas. ¡Alabado sea el Señor! ¡Alabado sea Dios! ¡Dios bendiga a nuestros guerreros! ¡Dios bendiga a la resistencia! ¡El Señor los proteja! *Allahu Akbar*». Dios es grande.

El conductor y yo escuchábamos incrédulos.

—Alabado sea Dios. *Allahu Akbar.*

Ahora, el corazón galopaba dentro de mi pecho.

—Creo que deberíamos salir del coche e intentar caminar hasta la casa más cercana —dije—. Pronto, la calle estará invadida de tanques y van a pasarle por encima al coche. Si trata de marcharse, seguro nos dispararán con algún misil desde los helicópteros.

—Sí, sí. Dios mío, ten misericordia de nosotros, Señor. —Asomamos nuestras cabezas con cuidado. La calle estaba en silencio. Las personas habían desaparecido edentro de sus hogares o comercios y el sonido de los helicópteros se estaba alejando. Nuestra mejor opción era un edificio de departamentos a cinco metros de distancia. Aunque no podíamos detectar ningún peligro inmediato proveniente de caminar esa distancia tan corta, el inquietante silencio resultaba aterrador.

No podíamos estar seguros de que no hubiera francotiradores israelíes en las azoteas. Lentamente, abrimos las puertas del coche. El chofer empezó a arrastrarse fuera del lado del conductor y yo traté de hacer lo mismo desde el asiento de atrás cuando apareció un helicóptero sobre nuestras cabezas.

—¡Helicóptero! —Gritó el chofer. Reaccionamos de modos distintos. Él se apresuró a salir del auto para correr hacia el edificio, dejando abierta su puerta. Yo me replegué dentro del vehículo y la cerré. Mientras él corría, el helicóptero se colocó justo sobre nosotros y unos jeeps militares aceleraron por la calle. Yo me agazapé en el auto y escuché varias detonaciones antes de que algo se estrellara contra el coche con fuerza, lo que me sacudió y dejó desorientada. Vi sangre. El coche se volteó de cabeza. Aparecieron soldados que me apuntaron con sus enormes armas y que me arrastraron, primero por el cuello y después por el brazo, a través de la ventana rota, que cortó todo el lado derecho de mi cuerpo mientras me sacaban al exterior.

—¿Yaqoot? ¿Eres Yaqoot? —Rugieron en árabe acentuado.

Todavía tenía la carta sin terminar de leer en la mano.

«¡La carta!». Quería terminar de leerla. «¡No puedo dejar que se apoderen de la carta!».

Mientras me arrastraban por el pavimento, hice una bola con el papel, me di la vuelta, y lo metí en mi boca, el asfalto raspándome el rostro. Mantuve la boca cerrada mientras trataba de masticar la carta poco a poco, deshaciéndola en pedazos manejables al tiempo que me ataban las manos y los brazos, me arrojaban a la parte posterior de un jeep y registraban mis pertenencias. Tenía sangre en los ojos. No sabía de dónde estaba sangrando o si la sangre era mía siquiera.

Uno de los soldados notó que estaba masticando.

—¡Qué tienes en la boca! —Exclamó, por lo que traté de tragar lo más posible. Gritó algo en hebreo a los demás soldados y, en menos de un segundo, varios de ellos se abalanzaron sobre mí y trataron de abrirme la boca. Mordí la mano de alguien con fuerza y probé sangre. Casi no quedaba nada de la carta.

Lo siguiente que recuerdo es que desperté en un hospital con la muñeca esposada a la cama. Había una soldada que leía una revista mientras esperaba sentada en una silla de plástico. Debo haber mascullado algo porque le habló a una enfermera. El resto fue confusión. Me encontraba en un dolor constante y variable, a veces intenso, y después amortiguado por medicamentos que hacían que mi cabeza se sintiera abotagada, entre nubes y tan pesada que el solo moverla requería de una fuerza sobrehumana. Tampoco podía acomodar mi cuerpo a causa de las esposas. Cuando traté de arrancarme la sonda del suero, esposaron mi otra muñeca, y después recordé que Sitti Wasfiyeh había muerto. «¿O estará viva? ¡Dios mío, Bilal!».

No sé cuánto tiempo estuve en el hospital. Me transfirieron un par de veces a lo que creí que eran otros pabellones. Cuando al fin recuperé el sentido, estaba en la clínica de la prisión. Me enteré que sufrí una lesión en la cabeza y que estuve en coma por dos días.

«No hay ningún bebé» fue la única respuesta que obtuve a mis preguntas repetidas. De pronto, mi vientre se convirtió en una caverna, en un vacío ahuecado donde alguna vez se habían arraigado el amor, la vida, la esperanza y el futuro. Incluso ahora, en el Cubo, hay veces en que escucho el eco del llanto de un bebé que proviene de mi interior.

La interrogación inicial fue leve comparada con lo que pensé que sería. Me llevaron a una habitación, con la cabeza vendada y varias lesiones y moretones en diferentes etapas de recuperación. Tenía una cicatriz larga y roja que abarcaba la totalidad del lado de mi torso. Las sucias paredes de la pequeña habitación estaban salpicadas de manchas rojas. Un guante de látex usado estaba sobre el piso en un charco de agua sucia. Dos hombres vestidos de jeans me sentaron en una silla de metal frente a una mesa del mismo material. Uno traía una camiseta blanca, el otro una negra. Otro hombre más, vestido de traje, caminaba lento por la habitación, todos nosotros bajo el zumbido y sonidos metálicos de un viejo ventilador de techo.

El de la camiseta blanca preguntó cómo me encontraba y si quería un cigarro. Le dije que no fumaba.

—¿Un vaso de té, entonces?

—No, gracias —respondí.

—Es educada esta —dijo el de la camiseta negra.

Camiseta Blanca fingió desaprobar a Camiseta Negra.

—Tenemos muchas preguntas para ti, Yaqoot, pero lo primero que debes decirnos es dónde se encuentra Bilal.

Vi que, de inmediato, se arrepintió de preguntármelo porque debo haber sonreído o mostrado alivio de alguna otra manera.

—No lo sé —respondí.

Trató de ocultar su furia, pero no le fue posible. En lugar de obtener información, me dio a saber, de manera accidental, que Bilal se les había escapado. Los tres hombres se ofuscaron ante mi satisfacción. Sin darse cuenta, me dieron un poco más de información.

Camiseta Negra me empezó a interrogar de manera agresiva, su enojo aumentando cada vez más cuando no le daba una respuesta o cuando le ofrecía información irrelevante, mientras que Camiseta Blanca fingía calmarlo y tenerme compasión hasta que Camiseta Negra me abofeteó. Por un momento, quedé aturdida. Ni siquiera me di cuenta de lo que pasó hasta que me levanté del piso. En esta ocasión, Camiseta Blanca reprendió a Camiseta Negra de manera genuina. Se dijeron algo en hebreo, pero logré entender un par de palabras que me explicaron su reacción: *zikaron* y *zokheret.*

En alguna ocasión, Bilal me dijo que el hebreo era un idioma sencillo, sin gran cantidad de conjugaciones y con muchos sustantivos y verbos que se asemejaban al árabe. *Zikaron* y *zokheret* sonaban a la raíz árabe *zakira*, que significa «memoria». Tenía una lesión craneal y supuse que Camiseta Blanca estaba preocupado de que pudiera tener pérdidas de memoria que no quería empeorar. Desde ese momento en adelante, fingí recordar muy poco, incluso cosas insignificantes.

—Yaqoot, me disculpo por los malos modales de mi colega —me dijo Camiseta Blanca—. Dime dónde te encontrabas el día en que te arrestamos.

—No recuerdo que me hayan arrestado —dije—. Lo que es más, ni siquiera estoy segura de cómo llegué hasta aquí. A la cárcel, quiero decir.

—¿Recuerdas la muerte de tu abuela?

—¿Mi abuela está muerta? ¿Sitti Wasfiyeh está muerta?

—De hecho, no; está sana y salva —afirmó Camiseta Blanca.

Y aquí debo haber revelado mi confusión.

—¿Por qué me dirían algo así si se encuentra bien? ¡Gracias a Dios que está viva!

«Saben lo de Sitti Wasfiyeh por haber monitoreado nuestras llamadas telefónicas. Sin duda, esa es la única manera. A menos que hayan capturado a Jumana y que ella se los dijera». Supuse que Israel había recibido un duro golpe. Su inteligencia no había esperado esa cantidad de sofisticación y coordinación. Mis interrogadores me dejaron saber que estaban arrasando todos nuestros vecindarios con una furia «que no puedes imaginarte». Pensé que solo era cuestión de tiempo antes de que descubrieran el dispositivo que instalamos en la tubería de agua.

—No tengo idea de lo que están hablando.

Los camisetas intercambiaron una mirada y Camiseta Negra golpeó su mano sobre la mesa con un estruendo que me hizo brincar. Empecé a llorar, cubriéndome el rostro con las manos.

—Estamos tratando de ayudarte —insistió Camiseta Blanca—. Ya sabemos lo que hicieron con el suministro de agua.

Me sentí agradecida por haberme cubierto la cara, o podían haber visto mi sorpresa. Traté de seguir fingiendo de la mejor manera que pude. Volví a decir que no sabía de lo que estaban hablando.

—Tenemos suficiente evidencia en tu contra. Tus cómplices ya confesaron.

Esto siguió por varios días, horas y horas de espera, preguntas, amenazas y gritos. Me ataron en una posición dolorosa con la espalda arqueada de manera anormal sobre una silla, por tanto tiempo que la totalidad de mi cuerpo entró en espasmo y tuvieron que soltarme. A la larga, confesé que había ayudado a sabotear la tubería de agua. Por principio, me negué a implicar a Bilal, pero sí firmé una confesión en hebreo y Dios sabe qué decía en realidad.

Me regresaron a la prisión, donde ocupé una celda con cuatro otras mujeres. No fue para nada como el encarcelamiento de Bilal en el que, a pesar de todo, había cierta camaradería y hermandad entre los prisioneros políticos de Palestina. En vez de eso, me encerraron con delincuentes israelíes que me detestaban. Una de ellas hablaba árabe y más tarde trató de hacer amistad conmigo, advirtiéndome de esto o aquello, aconsejándome la manera de obtener la mejor comida y a qué guardias o prisioneras debía evitar. Afirmó que era una palestina de Galilea y que estaba encarcelada por «actividades de resistencia». Era una caricatura de lo que Bilal alguna vez me explicó que eran los «pájaros», colaboradores palestinos que hacían migas con los recién llegados para sacarles información. Afirmó que conocía a Bilal.

—Bueno, no lo conozco personalmente, pero he oído de él. Todos lo conocemos. Qué suerte tienes de ser la esposa de un héroe —dijo.

Yo asentí y ella me sonrió.

—Solo quiero decirte que no creo para nada todas las cosas que dicen de ti. Detesto que la gente, por celos, trate de arruinar la reputación de una mujer.

No reaccioné. Era un muy buen pájaro y casi no podía contener su impaciencia por lograr que hablara. A la larga, me dejó en paz y no tardó en desaparecer de la prisión. Y ese fue el momento en que empezó el acoso por parte de las demás reclusas y de los guardias. Me aterraba, pero hice mi mejor esfuerzo por ocultarlo, hasta que dos mujeres israelíes me defendieron la segunda ocasión en que alguien me dio una golpiza. No tenían interés alguno en hacer amistad conmigo, pero dejaron muy en claro que habría consecuencias si las demás no dejaban de atacarme. No sé por qué lo hicieron, pero aprendí que te puede sorprender la presencia de humanidad en distintas formas e idiomas, y en el más inhumano de los sitios.

Mi juicio fue en hebreo y duró dos días. Hubiera sido más corto, pero «desperdicié el tiempo de la corte y empeoré las cosas».

La primera vez que Israel sentenció a Bilal a prisión, lo juzgaron *in absentia*. Lo encerraron cuando se ofreció para tomar el lugar de su hermano. Cada encarcelamiento subsiguiente fue por violar los términos de su liberación o se tildó como detención administrativa. Jamás tuvo un juicio en un tribunal. En alguna ocasión me dijo que jamás cooperaría con su sistema judicial porque eso significaría reconocer la autoridad de Israel.

Hice exactamente lo que hubiera hecho él. Quería que se sintiera orgulloso de mí, dondequiera que se encontrara. Tal vez vería o leería al respecto en las noticias. Llevé lo que imaginé sería el desafío de Bilal un paso más allá. Decidí cantar, aunque no tenía buena voz. Empecé con «*Yumma Mweil el Hawa*» para poner las cosas a tono. La juez me amonestó. Esperé un tiempo y después me puse a cantar todas las canciones que pude recordar de Abdel Halim Hafez. Primero «*El Hawa Hawaya*» y, después, mi favorita, «*Qariatol Fingan*». La juez se mostró sorprendida, pero después se molestó y empezó a gritarme a mí, a los fiscales, a los abogados y a los alguaciles. Les ordenó a los guardias que mi silenciaran. Canté «*Mawood*», otra de mis favoritas. La juez había permitido que entraran reporteros a la corte, pero ahora les ordenó que se retiraran y, mientras salían, se dedicaron a tomarme fotos y videos, para los que posé de la mejor manera en que pude.

Hice lo que Bilal hubiera hecho. Colonicé el espacio de autoridad de los colonizadores. Me liberé, aun encadenada, y aprehendí al tribunal dentro de mi libertad. Sentí que la presencia de Bilal me acompañaba. Durante esas horas, me dio consuelo y fuerza imaginar que me estuviera viendo. Cuando no quise dejar de cantar, la juez les ordenó a los guardias que me retiraran de la sala y que «se aseguraran de que me portara de manera civilizada mañana».

Seguí cantando mientras me arrastraban por el pasillo, donde los reporteros ocasionaron un desorden, por lo que los contuvo la policía. Para ese momento, estaba cantando «*Gabbar*», y estiré la interminablemente larga nota de la última sílaba, «Gabbaaaaaaaaaaaaaaaaaaaar», hasta que uno de los guardias puso su mano sobre mi boca. Le lamí la palma, fiel a la lección de Um Buraq de no reaccionar de manera predecible. Quitó la mano por reflejo, pero me agarró por la mandíbula con tal fuerza que amorató mis mejillas.

Me colocaron dentro de una bóveda metálica, con luces brillantes y música estridente que sonó hasta la mañana siguiente, cuando volvieron a llevarme al tribunal militar. Mi cabeza colgaba por el peso de las bolsas oscuras que tenía debajo de los ojos. El segundo día, la habitación permaneció vacía, excepto por los oficiales de la corte. Seguí canturreando en voz baja, pero los guardias metieron un trapo en mi boca y la sellaron con cinta. La juez inició el procedimiento expulsando a la prensa, pero no sin antes responsabilizarlos de darle una plataforma a una terrorista que había usurpado la integridad de su sala en particular, y de la democracia de Israel en lo general. Sin embargo, añadió, le daba gusto que me estuviera comportando el día de hoy.

Traté de hacerme de la energía suficiente como para tararear a pesar del trapo, pero la libertad de mi desafío se atoró en mi garganta y me atraganté con la misma. Mi cuerpo se llenó de silencio y agotamiento. Me dio gusto no estar bajo las luces brillantes y la música estridente. Mi cabeza cayó pesada, mis ojos se cerraron y, cuando volví a abrirlos, estaba en una camioneta y, después, dentro del Cubo.

Por mucho tiempo, no supe la razón precisa de mi encarcelamiento, ya que todos los procedimientos se llevaron a cabo en hebreo, pero supuse que algo tendría que ver con la tubería de agua y los ftalatos. Durante mis primeros días en el Cubo, deslizaban recortes de periódicos árabes por la puerta, quizá para desmoralizarme. Allí estaban, las casi olvidadas fotografías de mi persona de 19 años de edad, bailando en medio de hombres voraces, uno de los cuales me estaba arrojando dinero. Sus rostros estaban ocultos, pero no fue por obra del periódico. Um Buraq lo hizo años antes cuando la obligué a que le entregara las fotografías a Abu Moathe. No supe cómo fue que la inteligencia israelí logró obtenerlas, pero supongo que se limitaron a seguir los rumores directamente hasta la puerta de Abu Moathe, y quizás él mismo vio la oportunidad para al fin vengarse de mí por vaciarle la cuenta bancaria todos esos años antes.

De inicio, me les quedé viendo a todas esas fotografías sin siquiera notar los titulares. Pensé en lo herida que se sentiría mi familia; en su vergüenza. La mera idea me hizo sentirme feliz de estar encerrada, aunque añoraba verlos.

Y, entonces, noté el titular: «¿Heroica o nefasta?». Al parecer, los medios habían informado de mi juicio y algunos se sintieron inspirados por el ridículo en el que puse a todo el procedimiento. Israel no fue capaz de censurar los videos que mostraban cómo la corte se había visto humillada, y su autoridad disminuida, por una mujer palestina en grilletes. No me había enterado de nada de eso hasta que leí el artículo. Fue en ese mismo reportaje que me enteré por primera vez de que mi delito había sido «terrorismo». Claro que ya sabía y comprendía los elementos específicos a partir de la interrogación, pero esto lo confirmaba. Decía que había ayudado a Bilal en la planeación de diversos ataques terroristas, uno de los cuales llamaron «terrorismo silencioso». Así es como denominaron lo de la tubería de agua.

Israel trató de ocultar muchos de los detalles para no darles ideas a otros.

La leyenda de Bilal creció entre los palestinos, en especial al seguir prófugo. De manera pública, Israel concluyó que lo más seguro es que estaba muerto y que eso era lo mejor posible porque era un «Hitler en ascenso». También dijeron que Saddam era Hitler. Cualquier líder que no les agrada es un Hitler.

Si Israel se enteró del alcance de lo que hicimos con la tubería, no lo informó de manera pública, porque los medios le restaron importancia a los efectos del sabotaje, al tiempo que exageraron el delito. A uno de los reporteros que me entrevistó en el Cubo le permitieron que me mostrara un artículo. Decía:

> *Aunque los terroristas lograron violar la tubería de agua, la causa de las enfermedades que aquejaron a nuestros valientes colonos fue el uso indebido de pesticidas. La investigación original relacionada con este asunto sigue siendo válida.*

Desde hacía mucho, Bilal y yo habíamos aceptado las consecuencias (aunque, a decir verdad, ¿cómo podíamos hacerlo?), que fueron la completa destrucción de las arboledas y hortalizas, así como la demolición de nuestro hogar, todo lo cual sucedió antes de mi juicio. Fue un pequeño precio que pagar a comparación de lo que les pasó a otros.

VII. Entre libertades

El cubo, el más allá inalcanzable

La conmoción inicial de ver los recortes del periódico se disipó con rapidez. Aquí los sentimientos se desgastan. Los recuerdos se desvanecen y lo único que queda son los hechos, sin la emoción que alguna vez los acompañó. No lloro en este lugar porque no hay espacio suficiente para que el corazón se mueva. No hay vientos que lo agiten. El silencio de este lugar no es la ausencia de sonido, sino la presencia de una quietud densa y sólida. Como la materia oscura en el espacio, el silencio aquí es una fuerza viva que se desliza por todas las esquinas y uniones. He llegado a depender de él.

He permanecido en este sitio el tiempo suficiente como para que mi pelo, que ahora está completamente gris, crezca tres veces la longitud de mi espalda, luego de que lo cortaran a apenas unos centímetros de mi cabeza. Me sigo preguntando si Bilal está vivo. Si Israel lo supiera, creo que yo también, porque ese tipo de noticias se filtra por cualquier punto permeable. Algo de lo que sí me enteré con el tiempo, gracias a notas que me dieron de contrabando y conversaciones ocasionales, es que los ataques coordinados por Bilal contra los militares mataron a veinticuatro soldados israelíes e hirieron a otros doce en ese día asombroso. Esa fue una pérdida abrumadora para Israel que los tomó por sorpresa. Nunca se imaginaron una resistencia guerrillera con armamento tan poco convencional como arcos y aerosol contra avispas. Algunas de las flechas estaban envenenadas con aceites de plantas, las cuales se encontraron en casa de Ghassan. Los soldados hicieron redadas en su casa muchas veces antes, sin darse cuenta de que las armas que utilizaría en su contra estaban en las macetas que destruyeron, y que Ghassan simplemente volvió a plantar. Esas plantas fueron las que dieron credibilidad a la afirmación de Israel de que Ghassan fue el único autor intelectual de los ataques. Sabían que no era cierto, pero necesitaban sostener una narrativa de fuerza, ya que admitir que el líder de esa ofensiva se les había escapado entre los dedos hubiera sido una señal humillante de su vulnerabilidad.

El primer asalto fue un señuelo para desviar recursos de los sitios que se atacarían después. Ocurrió en un retén lejano, donde murieron dos soldados bajo un torrente de flechas lanzadas por tres camaradas. Ese retén estaba a unos cuantos minutos de un puesto de avanzada de los militares, pero nuestros compañeros apilaron grandes piedras en la carretera para demorar el rescate y la llegada de apoyos. Las armas automáticas y granadas que tomaron de los soldados muertos fueron usadas para atacar a los refuerzos israelíes. El segundo asalto sobre un retén fue igual que el primero. En vista de que los recursos de Israel se desviaron a esas áreas, Ghassan y otros tres hombres atacaron un tercer retén, el más grande y más fuertemente dotado de personal. Usaron las pocas armas funcionales que obtuvieron de los contrabandistas rusos y, a medida que los soldados israelíes emprendieron la retirada hacia la terminal fortificada, la brigada de Ghassan les cayó encima. Cerca de veinte palestinos que parecían estar esperando a pasar por el retén, se integraron de manera espontánea a los combatientes y dominaron a los pocos soldados que no tuvieron tiempo de ocultarse detrás de los muros blindados. Hubo un cuarto ataque similar a los dos primeros.

Ese día, Israel mató a Ghassan. Los refuerzos militares llegaron al lugar y bañaron a los combatientes palestinos con una lluvia de balas. Un recorte del periódico citaba que la madre de Ghassan había rogado que le devolvieran el cadáver de su hijo para poder enterrarlo al lado de su padre y de Jandal, su hermano menor. Uno de mis interrogadores me mostró una foto de Ghassan, muerto y bañado en sangre a un lado del camino. Vomité, y luego vomité de nuevo al imaginar cuando Jumana lo vio, pero después sentí alivio de que no fuera Bilal y, más tarde, me dio vergüenza el alivio que sentí.

Bilal estuvo con Ghassan en el tercer retén. Incluso hubo rumores de que Mhammad también estuvo allí. Me impresionó enterarme de eso y no sé si fue cierto. Sin embargo, sí me quedó claro que Mhammad no había estado en Canadá todos esos años. Se informó que estuvo viviendo en Tel Aviv y que trabajaba como cantinero. Sin importar cuál fuera la verdad, Mhammad apareció muerto semanas después de mi arresto y su cadáver mostraba señales de tortura, quizá debido a que creyeron que estaba escondiendo a Bilal.

Los israelíes se volvieron locos y emprendieron una guerra sin cuartel contra todos los palestinos, incluyendo aquellos que tenían la ciudadanía israelí dentro de los territorios de 1948, la llamada Línea Verde. Sus aviones de combate lanzaron bombas sobre las escuelas, mezquitas, centros de negocios y fábricas en la Franja Occidental y en Gaza. Hicieron redadas contra miles de hombres y mujeres para cobrar venganza. Cinco millones de personas fueron sometidas a toques de queda y a diversos castigos colectivos. Pero luego Israel se obsesionó con un escándalo nacional que implicaba a un importante general llamado Itamar que, según resultó después, tuvo una aventura amorosa con un árabe llamado Mhammad, hermano mayor del hombre más buscado. Las autoridades israelíes lo acusaron de auxiliar de manera inconsciente el escape de Bilal y culparon de ello a sus «orígenes orientales», ya que era un judío iraquí. Culparon a la tendencia judía de ser amable con los no judíos y lo pusieron como escarmiento contra cualquiera que confiara en los árabes.

Itamar sigue en prisión y me resulta poético pensar que tanto Tamara como yo estemos en la cárcel. Arrestaron a Jumana y la torturaron y violaron, incluso después de que confesó haber sabido que Bilal «se robaba» el agua para sus árboles. Sostuvo que nunca tuvo conocimiento del ftalato. La dejaron cuatro años en prisión. De igual manera, Faisal confesó la infracción cometida con la tubería de agua y señaló a Bilal como el autor intelectual. Lo liberaron de prisión después de aceptar que lo deportaran a Gaza. En algún momento de mi confinamiento, Gaza se convirtió en un gigantesco campo de prisioneros. Samer se quedó en Moscú, donde continuó manejando el sitio web con Jehad y lo amplió a múltiples redes. Israel intentó, sin éxito, conseguir que lo metieran en la lista de Interpol. El nombre de Jehad nunca salió a relucir, excepto en las noticias que decían que yo tenía un hermano que era un jardinero discapacitado, con un solo ojo y una mano lisiada. Wadee, quien todos imaginamos que era el más débil de nosotros, resultó ser el más resistente. Nunca confesó nada.

El aspecto más extraño de todo esto fue que la esposa de Wadee era parte de otra célula de la resistencia. Después de un año de matrimonio, y de una hija en común, se enteraron de sus secretos mutuos dentro de una sala de interrogatorio de Israel. Los militares no sospechaban nada de ella, pero la llevaron para violarla frente a su marido y con ello incitarlo a confesar. Wadee tampoco lo sospechaba, pero cuando ella le gritó, declarando ante él por primera vez: «Mi esposo, mi verdadero amor», Wadee encontró el valor que necesitaba. Ese día, ella se enamoró profundamente de su marido cuando al fin se vieron en la plenitud de lo que eran ambos. (Esto no lo sé de cierto, pero así es como imagino la felicidad para Wadee). A los pocos días la liberaron, pero Wadee se quedó encerrado, primero por dos años sin que le imputaran cargos, y luego en una sentencia de por vida bajo una acusación de terrorismo, impuesta a la medida, y una rápida condena militar. Como en el caso de mi acusación, solo se necesitaron dos días entre la imposición de cargos y la condena. Su esposa y su hija pueden visitarlo en prisión una vez cada dos meses durante treinta minutos.

En cuanto a Bilal, nadie sabe dónde terminó o si sigue vivo. La manera en que Israel aporreó a Palestina y arrestó a la mayoría de los hombres dejó asombrados a todos, pero no pasó mucho tiempo para que la resistencia se reagrupara y se desencadenara una Tercera Intifada, que llevó incluso a la captura de dos soldados israelíes y a que retuvieran los cadáveres de otros dos. Eso no pasó hace mucho.

La ciudad subterránea sigue siendo nuestro secreto.

* * *

Aquí estoy ahora. Mi historia está escrita y esto es todo lo que sé. Observo de nuevo el papel, quizá tres mil páginas por escrito apiladas contra las paredes del Cubo. Hay papeles en todas direcciones. Las guardias de la prisión no han intentado confiscar nada de eso. Supongo que están esperando a que termine pero, si llegan a hacerlo, les parecerán los desvaríos de una loca, sus intentos sin sentido de crear una interminable parábola infantil, porque está codificado con nuestro método de 194.

No sé qué me impulsó a escribirlo. ¿Dejar las cosas en claro? ¿Exponer con amor lo que para otros resulta ofensivo? ¿Pasar el rato? ¿Establecer mi sitio en el mundo? ¿Inyectarle vida a esta caja inerte? ¿Simplemente declarar que sobreviví? ¿Mantener cerca a Bilal?

Tal vez lo destruya y empiece de nuevo. Quizás empape con agua todas las páginas, pero Attar no ha venido en algún tiempo. El almizcle bajo mis brazos y entre mis piernas adquiere un olor más intenso y hago mi mejor intento en el lavabo.

La alarma me indica que me ponga los brazaletes del muro. Una guardia llega con una silla, lo cual me dice que tengo visitas. La coloca en el centro del Cubo y llama a otra guardia, que hace entrar a una reportera israelí. Es una mujer blanca de mediana edad, con mirada amable, pelo castaño revuelto, sin maquillaje, pecosa, con anteojos, jeans viejos y tenis. La conozco.

—Hola, Nahr —dice cuando sueltan mis brazos de la pared. Es la única visitante que no me llamó Yaqoot—. ¿Está bien que me siente? —Lo dice con fuerte acento árabe.

—Hola, Nira —respondo y asiento con la cabeza.

—¿Escribiste todo esto? —Hace un movimiento con la mano sobre las pilas de papeles.

—Sí.

Lleva en sus manos un pequeño bloc amarillo, una pluma y recortes de periódico, que empieza a abrir.

—Obtuve permiso para mostrarte esto. No me permiten que te lo dé, pero puedo mostrártelo y leer lo que dice. ¿Te gustaría que lo hiciera?

—¿De qué trata?

—Es posible que te liberen en un intercambio de prisioneros.

No era la primera vez que escuchaba una cosa así durante el tiempo que tardaron mis senos en caerse y mi pelo en convertirse en cenizas.

—¿Ah, sí?

—Creo que esta vez es verdad. Un intercambio. Seiscientos prisioneros palestinos por los cuatro soldados israelíes capturados, dos de ellos muertos.

Me río, sin creerlo en realidad. Israel nunca dejó de tratar de engañarme para que les diera información de Bilal, como si supiera algo.

—¿Y tú estás visitando a los seiscientos prisioneros para darles la noticia?

—No. Solo a ti. —Se quita los anteojos—. Las negociaciones han llevado un año. Nos dijeron que ya concluyeron y que se planea que las liberaciones ocurran en las siguientes tres semanas. Israel y la Autoridad Palestina voltearon de cabeza el país en búsqueda de los soldados perdidos, pero no han tenido éxito, y creen que los sacaron de contrabando del país. Una nueva organización se adjudicó el crédito y han estado exigiendo este intercambio de prisioneros desde que capturaron a los soldados —concluye. Me pongo a pensar en lo que he estado haciendo todo este tiempo: leyendo (cuando me dan libros), esperando a Attar, a Klara, bailando. No puedo lograr que me importe o que sienta algo—. Eres la única prisionera que piden que se traslade a Jordania.

Exploro su rostro y empiezo a creerle.

—Estoy escribiendo un artículo acerca del intercambio.

Los márgenes de mi visión se nublan. Eso les pasa a veces, así que parpadeo con fuerza y sacudo la cabeza para recuperar mis sentidos.

—¿Estás bien?

Le digo que sí con la cabeza.

—¿Te parece bien si te hago unas cuantas preguntas?

Mientras contemplo la posibilidad de responder que no, ella pregunta:

—¿Se te ocurre alguna razón por la que seas la única prisionera que quieren trasladar a Jordania?

Nos miramos fijamente y ella intenta mantener la actitud benévola en su mirada, pero puedo darme cuenta de que se está desvaneciendo, y ella sabe que puedo verlo. Se pone de nuevo los anteojos y un nombre flota entre nosotras. Quiere que yo lo diga primero. Su respiración cambia, el pecho sube y baja con más fuerza. Esto me resulta levemente hipnótico.

—No sé —respondo, elevando sin intención una ceja. Ya estoy perdida en pensamientos de lo que significa todo eso. Escarbo en mi mente para desenterrar los rostros y voces en el vasto terreno de mi memoria.

Sus párpados se cierran con cuidado y se abren apenas. Respira profundamente y deja salir el aire con calma.

—¿Crees que tu Bilal esté vivo?

Regreso a mi luna de miel, cuando Bilal y yo estuvimos encerrados en la casa durante el toque de queda de la primavera del 2002.

—¿Nahr?

—¿Vas a leer eso? —Le digo y muevo la mano hacia el artículo parcialmente abierto.

Se endereza y empieza a leer en voz alta. Es un artículo extenso que vuelve a tocar el tema de los ahora legendarios ataques con arco y flecha, el aerosol contra avispas, el reciente secuestro de los soldados israelíes, la incapacidad para recobrarlos, la nueva resistencia dentro de Palestina y en la diáspora, la campaña internacional de boicot llamada BDS. Cita a un general israelí que dice que la liberación de los prisioneros es un sacrificio necesario y sugiere que a la larga los volverán a apresar. «Los terroristas siempre terminan de vuelta en prisión, que es adonde pertenecen», dijo el general. El artículo menciona mi nombre.

«... Es la esposa de Bilal Jalal AbuJabal, y la única prisionera de la que se exigió que sea liberada a Jordania. Esto ha llevado a la conjetura generalizada de que el infame terrorista sigue vivo. Para los palestinos, AbuJabal es venerado como un héroe y amado combatiente. El general ríe ante esto. "Su esposa es una prostituta", señaló».

Nira levanta los ojos para verme.

—Continúa —le indico.

«... Su esposa es una prostituta", señaló. Sin embargo, cuando se le contradice diciéndole que para los palestinos es una revolucionaria del mismo nivel que su esposo, el general vuelve a reír y añade: "Una prostituta revolucionaria"».

Ahora sé, como siempre lo sentí, como el general israelí lo sabe, como Nira lo sabe, como el mundo lo sabe para este momento, que Bilal está vivo. También sé que, aunque me liberen, es posible que nunca lo vuelva a ver. Me reclino en la cama y me quedo tendida, mirando a mi cielo de concreto. Pensamientos, preguntas, imágenes y recuerdos corren y chocan en mi mente. Nira dice que le gustaría leer mis escritos y tal vez publicarlos. Cree que puede obtener mi permiso para sacarlos del Cubo. Sigue hablando, pero es demasiado ruido. Me volteo de lado, con la espalda hacia ella, y cierro los ojos. Escucho movimientos y voces. Me levantan para esposarme y me quedo de frente a la pared, hasta que oigo el sonido metálico de la puerta de mi prisión y mis brazaletes se abren. Al poco tiempo se enciende el resplandor rojo de Attar. Volteo y miro caer el agua de la regadera, pero no me muevo. Al carajo con Attar.

Día uno

Camino con esposas y grilletes hasta el vehículo negro que me está esperando. Se encuentra muy lejos; es lo más lejos que he caminado desde que llegué al Cubo por primera vez. Mis piernas se agotan con velocidad y necesito respirar más profundo y más rápido. Personas uniformadas me escoltan hasta otras personas vestidas de traje. Hombres y mujeres, altos y bajos, parecen idénticos de una manera u otra. Cierro mis ojos con cansancio.

Al fin, estoy dentro del vehículo, una camioneta grande. Es el vehículo más elegante e inusual que haya visto. En hebreo, el conductor exige que se le den instrucciones para llegar a la embajada de Jordania. Nadie le responde, pero una pantalla al frente se ilumina con un mapa y me doy cuenta de que le está hablando al coche. Es difícil comprenderlo. Todos los hombres y mujeres vestidos de traje, uno en frente, uno a cada lado de mí, en la siguiente fila, y dos en la de atrás, tienen lo que supongo son teléfonos celulares. Una de ellas lo coloca contra su oreja y empieza a hablar.

El mundo ha cambiado; darme cuenta de ello me extenúa. Quiero dormir. Las siguientes horas se ven marcadas por una espera interminable. Llegamos a la embajada de Jordania, un feo edificio a cuadros al que le dicen Oz, donde distintas personas con los mismos trajes y uniformes corren de un lado al otro mientras me llevan de una habitación a la siguiente. Las modas cambiaron. Los trajes de los hombres están más ajustados y sus corbatas son más estrechas. Los colores de los labiales son menos intensos, las faldas son más cortas. Los guardas me quitan los grilletes de las piernas, pero no me muevo. Entran y salen personas que me observan. Quieren ver a la esposa de Bilal Jalal AbuJabal. La única prisionera liberada en Jordania. La prostituta heroína terrorista. Levanto las piernas sobre el sofá y me acuesto; extraño el Cubo.

Semana dos

Ahora estoy en Jordania. Aquí, el tiempo se mueve según un calendario y calculo que estuve 16 años dentro del Cubo. Me llevan a un ministerio de gobierno, donde me toman fotografías con más hombres y mujeres trajeados. De salida, extenuantes horas después, una muchedumbre me recibe a gritos. Están divididos entre aquellos que ven a una heroína y los que ven a una puta. Sus clamores resuenan en mi cabeza. Un sol enceguecedor pesa sobre mis hombros. Me desmayo. En casa de mi familia, una casa contemporánea de piedra con enormes ventanas y muebles modernos, me dicen que mi hermano me llevó cargando. «Gracias», le digo mientras estudio la enorme fotografía enmarcada de Sitti Wasfiyeh que cuelga en la pared junto a la foto enmarcada de mi padre que solía colgar de la pared en la casa de Kuwait. No pregunto cuándo o cómo murió. Sé que esta es la casa que construyó para mi madre.

El ruido es insoportable. Coches, bocinas, sirenas, puertas que se abren y cierran, personas que se hablan las unas a las otras y, todavía peor, que me hablan a mí. Incluso el zumbido del refrigerador y del aire acondicionado sacuden mi cerebro. Mamá se ve vieja. Aprende a dejarme en paz para que pueda quedarme acostada de lado. No la puedo convencer de que no estoy deprimida. En los ojos de quienes me rodean, puedo ver que no soy la persona que recuerdan. No tengo sentimiento alguno relacionado con ese tema, ni con ningún otro.

Semana tres

Los días son más de lo mismo. Muchísimo ruido. El mejor momento es cuando mi mamá se va al trabajo. Amistades y conocidos llegan para darme la bienvenida, pero finjo que no hay nadie en casa y no abro la puerta. Pensé que para este momento ya habrían dejado de venir, pero son implacables. Es un infierno por las noches cuando Mamá llega del trabajo. Les abre la puerta a todos. Llegan por montones con dulces y sonrisas y besos y tantísima maldita cháchara, pero lo tolero porque mi madre está haciendo lo mejor que puede.

De todas maneras, me veo atraída a la cama que está en la esquina de mi habitación y no encuentro paz hasta que logro acostarme de lado viendo a la pared. Le aseguro a Mamá una y otra vez que no estoy deprimida y que «sí, sé que estás orgullosa de mí y que piensas que soy una heroína y sí, sé que no piensas que soy "esa otra" palabra». Pero le digo que tampoco soy una heroína, que el lenguaje es absurdo, que la vida es absurda, que el teatro que hacen todos estos visitantes es absurdo y que el zumbido del endemoniado refrigerador está deshaciéndome los huesos, y «por favor, créeme que lo único que necesito es estar sola. No estoy molestando a nadie, solo, por favor, dame algo de paz y tranquilidad».

Semanas cuatro y cinco

Mamá instala material acolchado alrededor de la ventana y la puerta de mi cuarto para reducir el ruido. Los visitantes dejan de venir.

Mamá toca a la puerta con cuidado y entra. Se sienta a la orilla de la cama y coloca su mano sobre mi pierna.

—Querida, hay alguien que vino a verte.

Antes de que le ruegue que haga que el visitante se vaya, me dice, «Es Um Buraq» y sale de la habitación.

Volteo en busca de un recuerdo. Un enloquecido viaje en coche para salir de Kuwait por última vez. Risas y tristeza encontradas. Sitti Wasfiyeh obligándonos a detenernos para poder sentarse atrás. El silencio de mi hermano. Palabras que vienen de otra vida se entremezclan y chocan contra mi cuerpo desde dentro y escucho un susurro en mi mente: «Pase lo que pase en este mundo mezquino, nos encontraremos de nuevo, hermana mía».

Me incorporo en la cama y veo a una pequeña y delgada mujer en una *abaya* negra, que camina recargada sobre un bastón. Me sonríe. Es inconfundible la enorme sonrisa con el espacio entre los dientes. Me levanto, camino hasta donde se encuentra y coloco mis brazos a su alrededor en silencio. Ella envuelve su brazo libre sobre mí, deja escapar un suspiro, y las dos nos vemos envueltas por las décadas que atravesamos.

Huele como anciana. Puedo sentir los huesos de sus costillas debajo de la *abaya* suelta.

—*Waleh, ma ajmal shooftitsh* —exclama. «¡Nena! ¡Qué hermoso volver a verte!»—. Ahora, ayúdame a que me siente —exige.

Por primera vez en muchos años, una sonrisa irreprimible se apodera de mí. Agradezco que no me trate con delicadeza. Pensé que jamás volvería a ver a Um Buraq, pero aquí estamos, el deshilachado tejido de nuestras vidas cerrando un ciclo. Puedo ver que la vida también le ha pasado por encima. Pero en este momento, el destino se siente generoso y hay algo en mí que queda restaurado. Siento que el color y la textura transforman lo que parece sombrío y disecado.

—Por lo que se ve, tú también te hiciste vieja —me dice, y una enorme sonrisa espaciada bombea sol en mí.

Semanas seis, siete, ocho y nueve

Me subo a la báscula de Mamá y veo que subí tres kilos. La semana pasada, Um Buraq me llevó a unos baños turcos y nos sentamos juntas, desnudas en el vapor, mientras que las ayudantes nos frotaban todo el cuerpo. Fue la primera vez que salí de casa desde que regresé. Mañana iremos otra vez allí, pero hoy dijo que iremos al parque.

—No te preocupes, está fuera de la ciudad y es tranquilo. No habrá casi nadie y el único ruido es el de las aves y el viento. —Me aclara mientras sacude la cabeza y añade—: Eres igual de difícil que tu abuela, que Dios guarde su alma.

—Ni siquiera conociste a mi abuela —reclamo.

—Claro que sí. Esa vieja loca me obligó a orillarme solo para exagerar que yo era una mala conductora. ¿Te acuerdas?

Eso me hace reír.

—Pero tenía razón.

El parque no es en realidad un parque, sino un paisaje de colinas y valles, salpicados con árboles y rocas. Se parece mucho al campo de Palestina. Como la vista sobre los huertos que Bilal y yo solíamos mirar. Me permito tener la fantasía ilícita de un mundo que nos hubiera permitido simplemente vivir, criar hijos, tener un empleo, viajar libremente por el mundo y envejecer juntos. Me complazco en imaginar que los privilegios del hogar y la libertad pudieran estar al alcance de los miserables de esta Tierra. Bilal y yo tendríamos un lugar así y quizás estaríamos caminando al lado de una hija, ya adolescente, a la que su padre le enseñaría los nombres y beneficios de todas las plantas que nos encontráramos, en tanto que yo escucharía sus historias sobre sus amigas, sus intereses amorosos, sus sueños y planes. Comeríamos juntos como familia y luego iríamos a casa, cansados después de un largo día de sentirnos enteros y libres. Siento la pérdida de lo que nunca tuvimos y me agrada saber que mi corazón se mueve.

El cáncer de Um Buraq regresó. Esta es su tercera recaída y los médicos dicen que el tratamiento ya no está funcionando.

—Esa es la razón por la que Kuwait me dejó salir de la cárcel y me deportaron a Iraq a través de Jordania —me contó el primer día que me visitó en nuestro departamento—. Algunos de nuestros viejos clientes abogaron por mí. —Ya en Irak, vivió con parientes lejanos.

»Fue terrible estar a su merced, pero, por suerte, Saddam siguió garantizando atención médica gratuita y servicios sociales, incluso con las sanciones de Estados Unidos. De modo que, por lo menos, pude tener un poco de mi propio dinero que me daba el estado y conseguí una chocita donde vivir.

Sin embargo, los aviones de combate y los planes de guerra de los estadounidenses la siguieron años después hasta Irak, cuando estaba un presidente de Estados Unidos que era hijo del presidente que bombardeó Irak cuando todavía vivíamos en Kuwait. Esta vez redujeron a escombros a Babilonia, la alguna vez espléndida, sofisticada y antigua civilización. Convirtieron en pordioseros a sus maestros, en conductores de taxi a sus médicos y se robaron sus tesoros y piezas arqueológicas. Um Buraq llegó a Jordania en la enorme oleada humana de refugiados durante la primavera de 2003.

—Los estadounidenses son el demonio —me dijo.

La amargura es difícil de mantener a raya. Um Buraq suspira y exhibe la brecha entre sus dientes.

—Pero de verdad que este es un mundo bello —comenta, al tiempo que explora con la vista la grandeza de nuestro planeta, a sabiendas de que le quedan pocos días.

Eso es lo único que dijimos acerca de las enfermedades y la guerra.

—¿Crees que signifique algo que las dos hayamos terminado en prisión? —Me pregunta Um Buraq.

—Significa que al destino le falta imaginación —respondo, pero me quedo pensando en su pregunta—. Tal vez solo es una prueba de que el estado siempre encontrará una forma de encerrar a quienes son de verdad libres, que no aceptan las cadenas sociales, económicas o políticas.

Eso fue lo único que dijimos sobre la prisión. Al regresar a casa, le pinto las uñas y le aplico un facial.

Paso más tiempo fuera de mi habitación. Vuelvo a hacer cremas corporales con aceite de oliva y de coco, y las aplico sobre la delgadísima piel de Um Buraq. Se le cayó el cabello y no necesita que le depile las cejas con hilo o que le pinte el pelo, ni que le aplique cera.

—Mira nada más tu panocha calva —le digo—, como la de una bebita.

—Maldita panocha que no trae nada más que mierda. Más le valdría ser otro ojete —contesta—. Solo frótame los muslos con esa buena loción y deja mis cositas en paz.

Mi madre y yo platicamos más. Le arreglo el pelo, le depilo las cejas y cuido de ella como lo hago con Um Buraq. Todos los días salimos a caminar por el vecindario. Los sonidos me molestan menos.

Dos veces por semana, Um Buraqy yo vamos al baño *hammam* y, después de que nos frotan la piel y nos ponen aceite, le pinto las uñas, le dibujo las cejas y le delineo los ojos con *kohl*. La ayudante del baño turco nos conoce y le caemos bien. Nos da las mejores salas de vapor y nosotras le damos una buena propina. Um Buraq recibe dinero de algunos de sus viejos clientes de Kuwait que se han vuelto más amigables con el paso de los años, a medida que han visto con impotencia la devastación de Irak y de Palestina, y que se han visto motivados a actuar en beneficio de su propia culpa y nostalgia.

—Sin importar qué pase, seguimos siendo árabes. Todavía somos hermanos y hermanas. A pesar de todo, yo sigo amando a Kuwait y me considero kuwaití, aunque me hayan revocado la ciudadanía. Todos formamos parte unos de otros. Cuando ves lo que los estadounidenses nos hicieron, lo que hicieron con Irak, con Libia… eso nos rompe el corazón a todos. Así es como te das cuenta de que estamos incompletos si no nos tenemos los unos a los otros

—declara y me recuerda a Bilal cuando hablaba del panarabismo y del panafricanismo.

—¿Viste que el otro día Marzouq al-Ghanim sacó a patadas al representante israelí en esa conferencia internacional? ¡Qué tipo! Me sentí tan orgullosa de Kuwait. ¿Lo viste?

Niego con la cabeza.

—¿Quién es Marzouq al Ghanim? —Le pregunto.

—Estás empezando a encabronarme. ¿No ves las noticias? Es un diplomático kuwaití.

—Creo que puedo encontrarlo en estas computadoras —digo—. Jehad sabrá cómo.

Hablamos de computadoras, de teléfonos «inteligentes» y de la tecnología enajenante que nos hace sentir como intrusos en el mundo. Hablamos de Kuwait.

—Esos fueron buenos tiempos —afirma.

—Las playas eran mágicas, ¿verdad? —Contesto—. Lo que daría por estar en un concierto vespertino junto al mar en Salmiya, saboreando el aire salado y mirando el cielo estrellado del desierto, embelesada por la música. —Gozo de esa ensoñación.

—No sabíamos todo lo bueno que teníamos —dijo Um Buraq—. ¿Recuerdas cuando la marea se alejaba y descubría a miles de cangrejos que corrían como rayos por la costa? Y la heladería de Ala'a Eddin. ¡Caramba! Me encantaría uno de esos helados justo ahora, y luego tan solo volver a mi antigua casa para ver horas y horas de telenovelas.

—¿Te acuerdas de la noche en que nos conocimos? —Le pregunto.

—¿Cómo podría olvidarlo? Eras la mejor bailarina que haya visto en mi vida.

Ambas sentimos el peso de ese día y todas las palabras no dichas empiezan a brotar.

Um Buraq es la primera en hablar.

—Lamento lo que hice. Fue algo terrible. ¿Algún día podrás perdonarme?

La acerco hacia mí y le beso la coronilla.

—Había una parte de mí que no estaba temerosa de tu chantaje porque nunca mostrarías esas fotos a nadie. Elegí seguir la corriente. Quería obtener la validación y la sensación de valía que se consiguen con un poco de dinero y con la capacidad de ayudar a mi familia. Me gustaba romper reglas en cuya creación no tuve voz ni voto, al mismo tiempo que odié cómo lo hice. —Tomo su vieja cara entre mis manos—. No necesitas mi perdón pero, si lo quieres, dalo por concedido.

DICHA

Ahora, Um Buraq está en silla de ruedas. Llegamos a los baños, como siempre, y la empujo hasta el mostrador principal. Allí se encuentra nuestra amistosa ayudante. Toma el dinero y nos da el recibo, pero hay algo más con el mismo. Es un sobre. Voltea a su alrededor y susurra:

—Alguien dejó esto y me dijo que te lo entregara. Como puedes ver, está sellado.

Le doy las gracias y llevo a Um Buraq en la silla hasta los vestidores.

—¡Ábrela! —exclama Um Buraq.

Es una carta escrita a máquina que contiene una especie de historia, como un cuento de hadas para niños. Es de lo más extraño y no tiene sentido.

—Déjame que lo vea. —Um Buraq la toma.

Cuando lo hace, se me ocurre algo y arranco la carta de sus manos, empujándola deprisa hasta uno de los vapores privados. Empiezo a buscar una pluma en mi bolsa como si estuviera loca. Lo único que encuentro es un delineador, pero tendrá que bastar. Mi corazón empieza a palpitar con fuerza mientras coloco una toalla sobre la banca y extiendo el papel sobre la misma. Encierro la primera palabra en un círculo. Um Buraq no tiene la más mínima idea de lo que está pasando, pero se mantiene en silencio. Cuento nueve palabras y encierro la novena en un círculo. Cuento más palabras y encierro la cuarta palabra en un círculo. Empiezo de nuevo: 1-9-4, 1-9-4, hasta que la carta se acaba. Bajo el delineador y leo lo que marqué.

Pero apenas y puedo distinguir las palabras a través del vapor y el papel está empapado. A tientas, logro apagar el aspersor y abro una ventana.

mi… amada… esposa… he… pasado… estos… años… tratando… de… encontrar… la… manera… de… regresar… a… ti… si… me… aceptas… vendré… a… ti… hay… un… árbol… en… el… valle… donde… vas… a… sentarte… mañana… dejaré… una… carta… debajo… de… una… piedra… allí… *enshallah*… nos… veremos… de… nuevo… mi… amor.

Me colapso sobre la banca, sudor y lágrimas corriendo por mi rostro. Me siento abrumada por la posibilidad de ver a Bilal, electrizada por la mera idea de él.

Bilal está vivo. Israel lo supo todo el tiempo. Llevan todos estos años tratando de encontrarlo. Es la razón por la que me convirtieron en su prisionera especial. La razón por la que me refundieron en el Cubo. La razón por la que me exhibieron ante el mundo. Fui la carnada en ese entonces, y lo sigo siendo ahora.

Un Buraq me mira, sagaz.

—Es él, ¿verdad? —Me pregunta, pero puede ver la respuesta en mi rostro.

Se esfuerza por levantarse de la silla y la ayudo a sentarse junto a mí.

—Vuelve a prender el vapor y cierra esa ventana —indica—. Todo tiene que parecer normal.

Coloco mi brazo a su alrededor aunque estamos solas y en absoluta privacidad.

—Sobrevivió —digo—. Sobrevivimos a todos.

Sus labios se estiran poco a poco y de su interior brota esa enorme risa. Es la única parte de ella que no se vio disminuida. Sé que pronto ya no estará aquí y se llevará esa magnífica risa consigo. No sé dónde y cómo veré a Bilal, aunque sé que jamás podremos estar juntos de manera abierta. Quizá jamás encuentre mi lugar en este mundo pero, por ahora, en este instante, siento la más pura y perfecta dicha.

Agradecimientos

Estoy en deuda con tres mujeres árabes que vendieron sus cuerpos para sobrevivir a los tiempos de aislamiento en sus vidas. Aunque no las identificaré por nombre, quiero abrir en esta página un espacio de gratitud para ellas por confiar en mí. Quiero agradecer a los presos políticos, cuyas extraordinarias vidas y escritos me ayudaron a entender (aunque sé que no del todo) lo que significa ser un preso político: Khalida Jarrar, Ahmad Sa'adat, Mumia Abu-Jamal, Albert Woodfox, y los miembros de la familia MOVE. En particular, quiero agradecerle a Janet Holloway Africa, Janine Phillips Africa, and Ria Africa, que fueron liberadas recientemente después de permanecer encarceladas durante más de cuarenta años, y que fueron tan gentiles de platicarme sus vidas en prisión. Me asombra su fortaleza, generosidad y compromiso con el mundo y entre ellas, y por el amor que dan, a pesar de tolerar indignidades constantes que la mayoría de nosotros somos incapaces de imaginar.

No mucho después de terminar un borrador legible de esta novela, encontré a Anjali Singh, una magnífica agente de la Ayesha Pande Literary Agency. Estoy agradecida por ayudarme a mejorar el manuscrito y me entusiasma iniciar un nuevo viaje en mi carrera literaria con ella a mi lado. Debido a las reorganizaciones entre agencias, al final resultó que las traducciones al alemán y al sueco se publicaron antes que la versión en inglés, lo cual implicó que mis editoras en Diana Verlag Random House y Norstedts tuvieran que trabajar el doble para corregir las traducciones. Así que muchas gracias, Britta Hansen y Gunilla Sondell.

Por supuesto, gracias a Martha Hughes, mi confiable editora, que se ocupa de mi trabajo desde la fase del flujo de conciencia hasta algo que se puede reconocer como una historia. Aparte de mi querida amiga Mame, Martha es la única persona a la que le confío la lectura de los primeros borradores de mis libros, y estoy agradecida con ella por su aliento y aguda perspectiva editorial.

A mis editoras en Simon & Schuster y Bloomsbury, Michelle Herrera Mulligan, Alexandra Pringle y Allegra Le Fanu: gracias por creer en mí y en Nahr. Soy afortunada de emprender este trayecto literario con mujeres tan poderosas.

Quiero agradecerle a mi hermana, Lausanne Abulhawa, a mi primo Ra'ed Marei, y a mi tía, Ra'eda Abulhawa, quienes me orientaron y explicaron a detalle las condiciones en Kuwait durante la ocupación iraquí y la posterior invasión de Estados Unidos. Estoy agradecida con el Dr. Salman Abu Sitta y con Ibrahim Nasrallah por proporcionarme la literatura que necesitaba para mi investigación o indicarme dónde encontrarla. Gracias al Dr. Richard Falk, Rachel Holmes, Adab Ibrahim, Eric Larsen y Raja Shehadeh por la lectura de un primer borrador y por darme su aliento; a Uri Horesh, por su ayuda con las palabras en hebreo; y a Anita Anand, por convertirse en mi caja de resonancia y confidente en asuntos relacionados con la publicación.

Además de Norsteds y Diana Verlag, quiero agradecerles a todas mis otras editoriales internacionales, en particular a Aschehoug (Noruega) y Feltrinelli (Italia) que han sido tan buenos conmigo a lo largo de los años.

Mame Lambeth, mi amiga más antigua y querida, que leyó todos mis libros en múltiples ocasiones y en diferentes etapas. Acudí a ella porque era muy inteligente y creativa, pero, más que nada, porque me amaba y yo confiaba en ella más que en ninguna otra persona en el mundo. Leyó el borrador de esta novela antes de su muerte, el 12 de junio de 2018, la noche posterior a su cumpleaños 75. Pasé los siguientes varios meses revisando el manuscrito con el profundo dolor de haber perdido a la persona que fue mi única ancla en la vida a lo largo de los últimos treinta y dos años. En mis dos novelas anteriores, inserté tributos a su persona que solo ella hubiera reconocido. Su hija, Erin Caldwell, mi antigua compañera de preparatoria, también los reconoce. Mame me enseñó muchas cosas, entre las cuales se encuentra cómo vivir mi verdad, incluso (y en especial) cuando entra en conflicto con las costumbres sociales. Ella me mostró cómo amar y apreciar la soledad, cómo establecer una conexión con la naturaleza y forjar relaciones emocionales con los animales. No le agradaban muchas personas y dejaba que pocos entraran en su vida, por lo que fue un privilegio que me amara. Nunca me falló y nunca me decepcionó, aunque sé de cierto que yo le fallé y la decepcioné mucho. Esta novela está dedicada a su memoria, al igual que mis novelas anteriores, que son tributos que solo ella hubiera reconocido. Me alegro de haber podido decirle cuánto la amaba y el significado que su amistad perdurable e inquebrantable tuvo para mí a lo largo de los años desde que nos conocimos, cuando yo era una chica de preparatoria de 16 años que estaba perdida y confundida. Sin embargo, persiste en mí la sensación de que no hice ni dije lo suficiente. Me dio más de lo que yo le di y dedicarle esta novela es lo justo, por insuficiente o tardío que pueda ser. Mi vida se ha vuelto menos brillante sin ella y todavía no me adapto a la realidad de que nuestros juegos diarios de Scrabble en línea ya no existan o que no pueda tomar el teléfono para llamarle cuando quiera para preguntarle por su jardín, sus perros, sus problemas con los hombros, sus hijos y nietos; o contarle sobre mi vida, para chismorrear, quejarme, regocijarme y gozar en general de la amistad más profunda que haya conocido.

A las personas cuyo amor me sostiene, mi hija Natalie Abulhawa y mis queridos amigos aquí y en todo el mundo, gracias y los amo. Un reconocimiento para mis bebés peludos que están conmigo o que ya partieron: Luca, Lily, Lavar y Shami; Gipsy y Midnight; Tommy y Emerson; Char, Toby y Max.

Por último, quiero agradecerte a ti, querido lector. Sin ti no sería una escritora y una novela no puede existir plenamente, o encontrar su sitio en el mundo, sin tus ideas e interpretaciones de ella.

Glosario

abaya: Túnica o manto suelto que portan algunas mujeres en zonas del norte de África y la Península Arábiga. En Kuwait, son negras por tradición y las utilizan tanto los hombres como las mujeres.

adan: Llamado a la oración entre los musulmanes.

ahlan: Una de las muchas formas de dar la bienvenida en árabe.

alhamdulillah: Gratitud a Dios.

alhamdulillah assalameh: Gratitud a Dios por la seguridad (por llegar con bien).

Allahu akbar: Dios es más grande. Esta frase se utiliza en toda situación posible de imaginar para invocar la verdad de que Dios es mayor que cualquier circunstancia y que es omnisciente de cualquier cosa que aqueje o bendiga a los seres humanos.

Allah yustor: Dios protege.

almas: Diamante.

ammi, ammo: Término coloquial palestino para denotar a un «tío»; se utiliza para dirigirse a los hombres mayores en la familia o a cualquier hombre mayor en señal de respeto.

argileh: Narguile o pipa para fumar.

aseeleh: Mujer genuinamente arraigada en la tradición y las buenas costumbres.

babbour: Tipo de estufa de queroseno que se utiliza en los campamentos.

bismillah: En el nombre de Dios.

bizir: Semillas de sandía asadas.

booza: Helado. *Booza dhahab* es un helado popular en Kuwait.

dabke: En sentido literal significa «golpetear con los pies»; es una danza folclórica de los nativos del Levante que bailan los palestinos, libaneses, sirios y jordanos. La danza combina filas o círculos de hombres y mujeres que bailan con movimientos coordinados que divergen de una región a otra. Se cree que el *dabke* se originó de la danza de fertilidad de los cananeos.

dawali: Hojas de parra.

dhuhur: Mediodía.

dinar: Unidad monetaria; el dinar kuwaití (DK) es aproximadamente tres veces más fuerte que el dólar estadounidense. Un DK equivalía aproximadamente a 3.37 dólares estadounidenses a finales de 2019.

dishdasha: Prenda suelta que llega a la altura de los tobillos y que en general tiene mangas largas, que se utiliza en toda África, Persia, el Levante, la Península Arábiga e Irak. Los *dishdashas* masculinos son sencillos y de manera tradicional son blancos o grises, en tanto que los de las mujeres varían de los sencillos a aquellos coloridos y con estampados llamativos.

diwaniya: Habitación grande donde los hombres de la región del Golfo reciben a sus invitados varones para asuntos de negocios o para socializar. Los *diwaniyas* tradicionales tienen cojines para sentarse en el suelo, alineados contra las paredes de la habitación. Albergar una reunión o ser anfitriones de una *diwaniya* es una característica importante del tejido social y económico de la vida masculina en Kuwait.

dua'a: Una oración a Dios.

dunum: Unidad de terreno equivalente a cerca de una cuarta parte de un acre (alrededor de mil metros cuadrados).

el hilw ma byinsa el halawa: Lo dulce no olvida las dulzuras.

enshallah: Veneración al amanecer, el primero de los cinco rezos del día en el Islam.

fallahi: Masculino singular de *fallah*, que se refiere a la clase campesina.

Fatiha: En general significa «la apertura», pero en específico se refiere a la sura inicial del Corán. En el contexto donde se menciona en el texto, la *Fatiha* se recita por tradición por las almas de los muertos.

fattoush: Ensalada levantina común en Palestina, Líbano, Jordania y Siria. Es típico que incluya lechuga, jitomates, pepinos, rábanos y trozos fritos de pan pita. A algunas familias también les gusta añadir pimientos verdes, cebolla de cambray y perejil. En árabe, la palabra *fattoush* se deriva de *fatteh*, que significa literalmente «migajas» (que también es el origen de la palabra para el queso *feta*).

frangie: Se utiliza para denotar a los occidentales.

fuul: Habas, en general como pasta untable con especias y aceite de oliva.

ghada: Comida principal del día en las sociedades árabes.

ghutra-o-egal: Gorro tradicional de los hombres árabes. La *ghutra* es el pañuelo que cubre la cabeza y que se sostiene con un *egal*, o cordón negro, que se enrolla dos veces alrededor de la coronilla.

habibi: Masculino singular para «mi amado».

habibti: Femenino singular para «mi amada».

haader, ya sit el kol: La traducción literal es «presente, señora de todo» y es una forma afectuosa de decir «sí, señora».

ha'ek alay: Una forma de decir «mi culpa» o «por favor, perdóname». La traducción literal no tiene sentido en español: «tu justicia está sobre mí».

hajjeh: Título de respeto para una anciana, en particular si emprendió la peregrinación, o Hajj, hacia la Meca.

hammam: Baño público asociado con la cultura islámica. Los bañistas empiezan con una relajación en salas de vapor, donde se les enjabona y frota con estropajos especiales para retirar las capas de piel muerta, a lo que sigue un masaje con aceites esenciales y un periodo de enfriamiento. Las variaciones incluyen inmersión en agua helada antes del masaje o relajación con mosaicos calientes en cuartos sin vapor.

hara: Vecindario que, por lo común, está en áreas más pobres.

haram: Pecaminoso.

hawiyya: Credencial o tarjeta de identidad.

hummus: Pasta rica en proteína que se hace con *tahini* (semillas de ajonjolí molidas), garbanzos, ajo, aceite de oliva, jugo de limón y sal. Por siglos, el *hummus* ha sido un alimento básico en las sociedades levantinas —Palestina, Líbano, Siria y Jordania—, aunque es común en todo el mundo árabe.

ibriq: Cafetera o tetera.

immi: Término coloquial palestino para «mi madre».

istaghfar Allah: Se traduce de manera literal como «busco el perdón en Dios». A menudo se dice como súplica ante pecados, fechorías o maldades. También se utiliza en broma.

jafra: Estilo popular de *dabke* que incluye todo un género de canciones que pueden varíar de manera significativa, pero que siguen manteniendo un ritmo básico reconocible de una canción a otra, y que se presta a formas consistentes de danzas *dabke*.

jameed: Yogur duro, seco y salado que se hace con leche de oveja o cabra. La leche se filtra por una manta de cielo fina para hacer yogur espeso, al que a diario se añade sal para espesarlo más y se le drena el suero. Cuando alcanza el espesor suficiente, se forman esferas que se secan durante varios días a la sombra.

khala: Una de las muchas formas de decir «tiita».

Khaleeji: Originario o perteneciente a la región del Golfo Árabe o Pérsico.

khamr: La traducción literal se refiere a una sustancia fermentada o en infusión. En el texto, se refiere a bebida alcohólica.

khanneth: Homosexual.

khanjar: Daga tradicional con un filo curvo muy afilado y que de origen viene de Omán. A menudo está decorado y lo portan los hombres en ocasiones ceremoniales.

kheir: Bendiciones. Se puede utilizar en forma interrogativa: *¿Kheir?* y así significa: «¿Qué?»

khobz: Pan.

knafe: Postre de queso.

kuzbarat el ajooz: En forma literal significa «especia de la anciana», pero en términos específicos se refiere a una hierba silvestre: cilantrillo o cabello de Venus.

labneh: Tipo de queso suave que se hace mediante colar el yogur (*lavan*). Es típico como botana o comida ligera en la región del Levante (Palestina, Líbano, Siria y Jordania).

mansaf: Platillo popular levantino de cordero cocinado en una salsa de *jameed* (yogur seco y fermentado) que se sirve sobre arroz, con nueces y otros acompañamientos. Es el platillo nacional de Jordania, pero también es común en Palestina, Irak, Siria y algunos países del Golfo.

maqlooba: Platillo tradicional palestino que se come en toda la zona del Levante. Consiste en capas de carne, arroz y verduras en una mezcla especial de especias. Su nombre se traduce como «volteado» o «invertido», debido a que la olla se voltea de cabeza cuando se sirve.

matchboos: Platillo nacional de Kuwait, Baréin y Catar que consiste en arroz cocinado con una mezcla especial de especias (cardamomo, pimientas, canela, semillas de cilantro, clavos, comino, nuez moscada y pimentón) con limón negro y bañado con una salsa picante de jitomate asado.

mashawi: Carnes asadas a la parrilla.

mhammara: Su traducción sería «enrojecido», y se refiere a una salsa para untar originaria de Siria. Se hace con pimienta de Alepo, ajo, nueces trituradas, aceite de oliva, granadas y pan molido.

mezze: Botanas o refrigerios que suelen consistir en quesos diversos, ensaladas y salsas para untar (como *hummus, mhammara, labneh*).

mistika: Resina obtenida del lentisco (*Pistacia lentiscus*). También conocida como goma arábiga; se utiliza para dar sabor a alimentos y postres.

mitkawteen: Nativos no kuwaitíes a los que se les otorga la ciudadanía de Kuwait.

mlookhiya: Hojas de una variedad de yute que suelen comerse en un guisado que se conoce con el mismo nombre. Se piensa que el platillo se originó en el Egipto antiguo o en la India. De manera tradicional se cocina con pollo o en caldo de pollo con ajo, y se sirve con arroz y limón exprimido.

mo'akhar: Parte de los contratos de matrimonio islámicos donde se listan dos tipos de *mahr* (dote): el *muqaddam* se paga como adelanto para garantizar el matrimonio. El *mo'akhar* es un pago diferido en caso de divorcio o de la muerte del marido.

msakhan: Platillo palestino tradicional hecho en capas con un gran trozo de pan *taboon* como base, cubierto con montones de cebollas caramelizadas, sazonado con cantidades generosas de zumaque, y con pollo rostizado, almendras tostadas y piñones arriba.

mukhtar: El «elegido», se refiere a un anciano que escoge el consejo del pueblo como líder y árbitro en disputas.

queso nabulsi: Queso blanco en salmuera que se originó en Nablus, Palestina, hace siete a nueve mil años.

nahr: Río.

niqab: Velo facial que deja una abertura solo para los ojos.

ney: Instrumento de viento similar a la flauta que, por tradición, se hace de una caña o un junco ahuecados con perforaciones para los dedos y el pulgar. Es uno de los instrumentos musicales de mayor antigüedad todavía en uso.

osool: Derivado de la palabra «origen» o «raíces», en el texto se refiere a tener principios y buenos valores tradicionales.

qabbah: Pechera bordada de un *thobe* (caftán); ver imagen.

radah: Porción bordada de los hombros de un *thobe* (caftán); ver imagen.

Rashida, habibit Baba: Rashida, amada de papi.

Romi: Se refiere a la época del Imperio Romano.

sabaho: Forma abreviada para decir «buenos días».

salamtik, alf salamah: En sentido literal, significa «bendiciones sobre ti, mil bendiciones», pero tiene la intención de dar gracias a Dios por el bienestar de alguien, en especial después de estar enfermo.

salat: Adoración.

shabab: Juventud.

shabka: En sentido literal, significa «lazo» o «red». Se refiere a la joyería de oro, incluyendo el anillo de bodas, que tiene por intención «atar» a los recién casados. Se considera parte importante de las bodas en las sociedades árabes, ya que también pretende ofrecer cierta seguridad económica a la novia.

shakshouka: Platillo árabe originario de Marruecos en el que se escalfan huevos en una salsa de jitomate con chile, ajo, canela, comino, pimienta de Cayena, pimentón, nuez moscada y otras especias. El *shakshouka* se encuentra entre la larga lista de platillos árabes que se han designado erróneamente como parte de la «comida israelí», aunque todos estos platillos anteceden a Israel por cientos de años.

sharmoot: Puto, forma singular masculina; en contexto, «*sharmoot, ibn sharmoota*»: puto, hijo de puta.

sharmoota: Puta, forma singular femenina.

sidi: Término coloquial palestino para «abuelo» o «papá».

sirwal: Pantalones amplios hechos de tela ligera que por tradición se utilizan debajo de una *dishdasha* en los países árabes. También se usan diferentes formas de *sirwal* en Irán, India y Pakistán.

sitt: Término usado para referirse a una mujer adulta que sigue soltera o que es divorciada. Ni señora, ni señorita.

sitti: Término coloquial palestino para decir «abuela» o «abuelita».

souq: Mercado árabe.

subhan Allah: Alabado sea Dios.

taboon: Horno de barro que se ha utilizado por miles de años para hornear pan en Palestina. Al fondo tiene una abertura donde se atiza el fuego. Por tradición, es de uso comunitario en las aldeas o familias de gran tamaño. El pan plano que se hornea en un *taboon* lleva el mismo nombre.

takht: En términos literales, significa «cama», pero se refiere al conjunto musical típico de Egipto y el Levante que consiste en los instrumentos *oud, qanun, kamanjah, ney, riq* y *darbakka.*

taqseem: Su traducción literal sería «división», pero se refiere a las improvisaciones instrumentales que anteceden a las composiciones de música tradicional.

tarab: Este término resulta imposible de traducir. Describe la transformación emocional e, incluso, espiritual que sucede al experimentar una unión con la música. El fenómeno de sentirse «transportado» por la música es la representación perfecta del *tarab*. La apreciación de las canciones árabes tradicionales implica una comprensión de este concepto.

tatreez: Bordado.

tfadaloo: Bienvenidos.

thobe: Caftán tradicional bordado.

thuhr: Tarde.

um: Madre de.

waleh: Palabra versátil en árabe coloquial que puede variar desde insulto hasta expresión de cariño, dependiendo del contexto. *Waleh* es la forma femenina de *wala*. Un equivalente podría ser el uso urbano de *niña* y *niño*. Dicho entre amistades, «niña» es una palabra afectuosa, pero dicho por un supremacista blanco a una mujer de piel morena o negra, resultaría ofensivo. Dentro del presente libro, el contexto es el primero.

wudu: Ablución. Limpieza ritual islámica antes de las prácticas de adoración.

ya Sater: Oh, protector. Al referirse a Dios como llamado de protección, es una expresión que pretende comunicar precaución, inquietud o, en general, temor a lo desconocido.

yalla: Palabra versátil en árabe. Puede traducirse como «vamos», pero se puede utilizar en una variedad de contextos con distintos significados. Por ejemplo, puede significar «supéralo», «olvídalo», «hazlo» o «muévete».

yaqoot: Rubí; gema.

yis'ed soutik: La traducción literal es «que tu voz sea feliz». Pretende comunicar amor y felicidad al escuchar la voz de un ser amado.

yumma: Término coloquial palestino *fallahi* para «madre».

za'atar: Tomillo, a menudo molido y combinado con ajonjolí para consumirse con aceite de oliva y pan.

zaffa: Procesión nupcial tradicional que conduce a los recién casados y a sus invitados por las calles a la recepción de bodas. Por lo común, la procesión está encabezada por bailarines y por un conjunto musical que lleva tambores *bendir*, gaitas y cornetas.

zaghareet: Ululato; sonido vocal prolongado de tono agudo que se produce al emitir una voz intensa acompañada de movimientos repetitivos con la lengua. Por lo general, lo llevan a cabo las mujeres para expresar una enorme felicidad.

Zakira: Memoria.

zeit: Aceite; suele referirse al aceite de oliva.

zeit-o-za'atar: Aceite de oliva y *za'atar* (tomillo), bocadillo común en la sociedad palestina.

Índice

V. JORDANIA, OTRA VEZ

VI. PALESTINA, SIEMPRE

VII. ENTRE LIBERTADES